AU-DESSOUS DU CALVAIRE

Hervé Jaouen

AU-DESSOUS DU CALVAIRE

Roman

Production Jeannine Balland

Romans Terres de France

PRESSES DE LA CITÉ

ISBN 2-258-06318-3

Pour écrire ce livre, j'ai déplacé la réalité bretonne de la Libération vers l'imaginaire. En conséquence, on perdrait son temps à chercher dans mon roman une vérité historique ou à ergoter sur l'exactitude de tel ou tel fait, puisque aussi bien je les ai adaptés, sinon inventés, pour les besoins de mon intrigue.

Sur les tombes, et il y en a un certain nombre, j'ai effacé les noms des figures qui appartiennent à l'Histoire, quand la mémoire collective ne l'a pas déjà fait. Si j'ai choisi pour toile de fond des lieux précis – Huelgoat, Saint-Herbot et les monts d'Arrée –, c'est parce que je les aime, qu'ils m'inspirent et possèdent un mystère qui m'était nécessaire. Mais ce n'est qu'un décor. Il serait donc vain de chercher à reconnaître des personnes existant ou ayant existé en ces lieux sous les traits de mes personnages. Toute ressemblance et toute homonymie seraient parfaitement fortuites.

H. J.

Prologue

A partir de la vallée de l'Aulne la route n'a cessé de monter, jusqu'à finir par sinuer sur la crête en faux plats de l'un des sommets du pays d'Arrée.

Il y a des sommets plus connus que celui-là, lequel n'a même pas de nom sur les cartes d'état-major. A l'ouest de cet anonyme, le mont Saint-Michel de Brasparts, au nord-ouest le roc Trevezel et le roc Tredudon.

Au tout début de notre chemin de crête, une route départementale descend à perte de vue vers les replis intimes de rondeurs féminines. Avons-nous gravi le ventre ou la poitrine d'une monstrueuse matrone couchée sur le dos ? Dans quelle direction tourne-t-elle la tête ? Impossible de savoir. Peut-être a-t-elle été décapitée. En tout cas, si l'on accepte l'idée que ces deux collines adossées au mont comme des jambes de force figurent ses cuisses, et cette large pilosité sylvestre son pubis, nul doute que c'est à l'endroit de son sexe que se situent les chaos de Saint-Herbot et de Huelgoat, ces éboulis gigantesques que la terre a expulsés de sa matrice il y a des millions d'années.

Avant d'entreprendre la longue descente, l'esprit doit se préparer à affronter cette faille mystérieuse. Le voyageur s'assied un instant sur le socle d'un calvaire en granit mangé par le temps. Dominant le paysage, le Christ et les deux larrons, le visage et les membres grêlés de lichen, semblent dire au chemineau : « Ecarte-toi de ce chemin, demeure sur les sommets ou bien attends-toi à trouver le désordre dans cette fosse commune de pierres millénaires. »

Le carrefour où le calvaire a été érigé porte le nom de Kroaz-an-Turk. Sur les origines de ce toponyme, les avis divergent, mais la plupart s'accordent sur une explication qui a la beauté des légendes : ce serait un Turc, un infidèle, par conséquent, qui aurait sculpté la croix au siècle des Lumières. D'où venait cet Ottoman ? Qui était-il, que faisait-il au centre de la Bretagne ? Un descendant d'esclave ramené d'Orient par des Templiers dont on trouve la trace, ici et là, dans les archives de manoirs fortifiés ? Ou, plus simplement, un tailleur de pierre breton, mais au physique barbare – œil noir, moustache tombante – d'égorgeur de chrétiens ? L'absence de réponse à ces questions ajoute encore à l'angoisse qu'inspirent le calvaire et le paysage qu'il semble maudire.

Pour avoir raison de l'angoisse, rien de mieux que de toucher, d'apprivoiser, de conjurer sa source. Comme des myriades d'hommes, de femmes et d'enfants avant nous, asseyons-nous au pied du calvaire, signons-nous si nous sommes croyants et méditons en attendant que se présentent en haut de la côte les personnages de notre histoire. A un moment ou à un autre, ils passeront tous par là, guidés par le destin qui les fera se rencontrer dans le chaos, au printemps 1944.

1

Quimper, lundi 5 mai 1969

En ouvrant les yeux, la première pensée de Kermanac'h fut pour son fusil, qu'il avait enterré près de la ferme en 1940. Il espérait le retrouver en bon état. Et s'en servir.

Dans le noir, réveillé depuis quatre heures du matin, il attendait que claque le loquet extérieur, que grince la clé dans la serrure et que s'allume l'ampoule nue au-dessus de sa tête. Il n'était pas nerveux, ni tendu, ni quoi que ce soit de plus ou de moins que les autres matins. Le jour était venu, voilà tout. En prison, dans son cas, on devient philosophe ou on perd la boule. Sauf ceux qui perdent carrément la tête, sous le couperet de la Veuve, dans la cour de la prison. Jusque dans l'entre-deux-guerres, ils installaient la guillotine au milieu du Champ de Foire et des bonnes femmes se précipitaient pour tremper leur mouchoir dans le sang du condamné comme de vieilles coches se jettent sur les boyaux de leur porcelet qu'on vient d'étriper.

Kermanac'h haussa les épaules en rigolant un brin : plus d'une fois il s'était dit qu'il n'aurait pas aimé ça, avoir la tête tranchée. Surtout devant tout le monde, les mains entravées dans le dos, incapable de baisser son froc et de lui montrer son cul, au monde, avant l'émondage définitif. Kermanac'h était devenu philosophe, mais du genre misanthrope. Un bail que les humains le dégoûtaient, pire que des asticots dans le lard du charnier.

« Kermanac'h sauve sa tête ! » avaient titré les journaux, fin 1944. Ben oui, encore heureux. Il avait assez gueulé qu'il était innocent avant le procès pour se taire pendant. Ça avait dû jouer. A moins qu'au bout de six mois d'épuration ces messieurs-dames les jurés se fussent lassés d'envoyer des types au trou de fumier, autrement dit dans la parcelle du cimetière dévolue aux condamnés, entre la poubelle, le tas de sable et les pots cassés que certains avaient payés pour d'autres. Peut-être aussi avaient-ils subodoré qu'il y avait du règlement de comptes dans l'air, des accusations de circonstance, des témoignages suspects. Alors, en ne prononçant pas la peine capitale, ils s'étaient caressé la conscience dans le sens du poil.

Parce que avec les crimes abominables qu'on lui avait collés sur le dos, aussi sûr que du grain de sarrasin donne du blé noir, sa caboche de paysan aurait dû rouler dans le panier d'osier. La cour de justice de Quimper l'avait condamné à perpétuité. Et chacun sait que perpète n'est pas synonyme d'éternité. Tôt ou tard on vous libère et, comme on dit en ville aussi bien qu'à la campagne, mieux vaut tard que jamais, n'est-ce pas ? Ce lundi 5 mai 1969, Kermanac'h allait sortir de Mesgloaguen, la maison d'arrêt de Quimper.

Il avait tiré une bonne partie de son temps en centrale : la Santé, Clairvaux, Tulle et autres lieux de villégiature forcée. Excepté la promiscuité et le fait qu'il détestait pisser et caguer en compagnie, il n'avait pas trop eu à se plaindre de ces séjours. Aux yeux des malfrats, et particulièrement de l'engeance incarcérée suite à l'épuration, ses crimes étaient glorieux. A en croire l'issue de son procès, s'il avait assassiné froidement, c'était d'une part pour s'enrichir, et d'autre part pour défendre sa petite sœur. Des motifs éminemment respectables dans l'univers de la pègre, fût-elle collaborationniste.

En centrale Kermanac'h inspira donc du respect, mâtiné d'une espèce de méfiance que ressentent les citadins à l'égard d'un taureau : placide en apparence, mais capable de charger et d'encorner à tout moment. Il est vrai que Kermanac'h se fit à la prison comme la bête à une nouvelle étable : un toit, du foin, une alternance régulière de veille et de sommeil, et la paix. Tout de suite après la lecture du verdict, il grimpa au mât de la solitude et s'installa dans la hune pour guetter l'apparition, un jour qu'il savait très lointain, du monde libre. Déjà peu bavard de nature, il devint quasi mutique, n'ouvrant guère la bouche que pour déclarer ses annonces, à la belote.

Pendant que s'empilaient les semaines, les mois et les années, sa sœur Naïg ne cessa de se démener pour le rapatrier en Bretagne. Et un beau jour elle y parvint : en qualité de prisonnier modèle, qui plus est vieillissant, Kermanac'h fut transféré à la maison d'arrêt de Mesgloaguen, au cœur du quartier historique de Quimper. En quelque sorte, il regagna ses pénates : c'était entre ces quatre murs qu'il avait été incarcéré jusqu'à son procès. Ce déménagement lui agrémenta drôlement la vie, à tous points de vue.

Comme elle habitait Quimper, Naïg lui rendait visite une fois par semaine. Elle lui apportait des crêpes et du quatre-quarts, du beurre salé – qui lui avait terriblement manqué –, des confitures maison, du tabac gris, les journaux, du linge propre, bref tout ce dont il avait besoin et tout ce qui pouvait lui faire plaisir. Ils n'évoquaient pas l'affaire. En parler était inutile. Naïg le savait aussi bien que lui, qu'il était innocent.

En réintégrant Mesgloaguen Kermanac'h était revenu au pays, et ce n'était pas seulement une question d'adresse. La plupart des clients qui défilaient à la maison d'arrêt étaient des gars du coin. Parmi les quinquas ou les sexagénaires comme lui, Kermanac'h trouvait des bretonnants et, ma foi, ça faisait plaisir de causer de la pluie et du beau temps à la mode d'autrefois, dans la langue apprise sur le tas avec les vieux qui ne connaissaient les plantes, les fleurs, les oiseaux et tous les animaux que par leurs noms bretons.

A présent qu'on le surnommait « Papy », ou « Kerm' », il paraissait inoffensif. Pourtant, le contraste entre son physique de paysan toujours bien droit dans ses sabots et l'horreur des crimes pour lesquels on l'avait condamné instillait chez les pensionnaires de Mesgloaguen une bonne dose d'incrédulité. « Ho ! Kerm' ! Comment t'as pu zigouiller des gusses, toi ? C'est pas possible ! » Kermanac'h haussait les épaules, roulait une cigarette et répondait : « Faut croire que c'est comme ça. »

En sa qualité de doyen, il vaquait presque à sa guise aux quatre coins de la prison, rendait des services aux collègues, bouturait les plantes vertes de la femme du directeur, réparait une fenêtre, repeignait une porte, huilait une serrure, affûtait même les couteaux du cuistot. Avec une lime, l'instrument des évasions ! Jamais Kermanac'h n'avait songé à s'évader. Il vivait à Mesgloaguen comme dans une maison de retraite. A cette différence près que les pensionnaires d'un asile de vieux attendent de crever et que lui, déjà mort, attendait de renaître pour tuer.

Ce n'est pas donné à tous les morts d'observer jour après jour l'état du monde dans lequel ils vont ressusciter. Par la fenêtre de sa cellule, qui donnait sur le Champ de Foire, Kermanac'h avait vu, entendu, humé cet univers de l'au-delà des barreaux. Pendant une poignée d'années, au tout début de son retour en Cornouaille, les samedis furent pour lui des jours de fête.

Dès l'aube les bétaillères et les remorques au cul des tracteurs amenaient les porcs, les vaches et les veaux, plus quelques chevaux. Sa cellule résonnait de cris, de beuglements, de couinements et de hennissements, de plus en plus rares au fil du temps. Ses narines frémissaient des odeurs de bouse, de lisier, de crottin et de foin mouillé. Sa cervelle reconstituait les conversations entre les maquignons et les paysans, à partir des dénégations ou des hochements de tête, des mentons levés et des regards qui toisent – « Ho ! Tu te fous de ma gueule ou quoi ? disait le paysan. Ma génisse, tu la veux pour rien ? Elle est complète, je te signale. Elle a quatre pattes, une tête et des mamelles, plus un trou de balle pour te chier dessus ».

A *entendre* cela, Kermanac'h rigolait tout seul. Des billets changeaient de main et les compères se dirigeaient vers le bistrot de l'autre côté de la place pour arroser la transaction d'un verre de muscadet. A treize heures tout était terminé. Les employés municipaux nettoyaient la place, au balai et au jet d'eau. Des brins de paille filaient dans le caniveau, le long de la descente du Pichéry, et tombaient dans le Stéir, non loin de son confluent avec l'Odet.

L'après-midi du samedi était alors bien avancée, des

cars se garaient près de la sortie du lycée qui jouxtait la prison et emportaient de jeunes messieurs en costume bleu vers des destinations que supputait Kermanac'h d'après les raisons sociales des transporteurs peintes sur les flancs des véhicules : Briec, Pleyben, Châteauneuf-du-Faou, Carhaix. Sans doute y avait-il parmi ces gamins des fils de gens qu'il avait connus dans le temps, des garçons de la campagne *qui avaient bien appris* au collège et qu'on avait admis dans le saint des saints, ce lycée pour enfants de bourgeois. Ils deviendraient *quelqu'un*, à leur tour. Professeurs, commissaires de police, inspecteurs des impôts. Du temps où Kermanac'h avait leur âge, ça ne risquait pas d'arriver. Au turf à douze ans, qu'on sache lire ou écrire ou qu'on ne sache rien du tout.

De sa fenêtre Kermanac'h avait vu les jupes des filles raccourcir et les cheveux des lycéens s'allonger. Il avait vu les DS remplacer les tractions avant, les 4L succéder aux Juvaquatre et les R16 aux Frégate, et les tracteurs éliminer les chevaux. Le monde n'avait pas arrêté de changer et pourtant le monde était toujours aussi dingo.

Au cours des semaines précédentes, Kermanac'h avait relevé dans les journaux un tas d'événements qui prouvaient bien que le plus grand plaisir des hommes était toujours de marquer leur territoire comme des chiens et de se disputer des os sur lesquels il n'y avait pas lerche de viande à gratter. Pour leur honneur ? Pour leur identité ? Identités brouillées, dans ce cas. Une drôle de touille à cochons, avec de rares bonnes choses et pas mal d'épluchures de patates flétries. En Irlande du Nord, les catholiques montaient au créneau contre les protestants qui leur bouffaient la laine sur le dos. Au Canada, un prétendu Front de libération du Québec menaçait d'assassiner des ministres. Au Moyen-Orient, l'Organisation de libération de la Palestine détournait des avions. A Bruxelles, des Flamands du Vlaamse Militantent Orde cherchaient des crosses au Front des francophones.

Et en Bretagne, des néo-nationalistes posaient des bombinettes ici et là. Trente-neuf autonomistes venaient d'être arrêtés. L'épuration avait dû en oublier quelques-uns et ils avaient fait des petits. Oui, se dit Kermanac'h, rien n'avait changé depuis la guerre : la liberté avait toujours le dos large. On pouvait l'accommoder à toutes les sauces, la servir dans le faitout de la démocratie ou la dresser sur le plat du nationalisme, il y aurait toujours des gens pour foutre leur merde à tort ou à raison et empêcher les gars comme lui de peler tranquillement leur pomme en regardant les tourterelles se poser sur les champs moissonnés.

Perdu dans ses pensées, Kermanac'h n'avait pas entendu sonner les heures à l'un ou l'autre des clochers environnants – Saint-Corentin, Saint-Mathieu, chapelle du lycée, église de Kerfeunteun. Il se rendit soudain compte que la cuisine de la prison retentissait de bruits de gamelles – pichets de café en fer-blanc, bols en faïence, cuillers en aluminium. Le dimanche, lorsque le vent soufflait de l'est, l'air transportait par-dessus le haut mur qui séparait le lycée de la prison des effluves de chocolat, un extra servi aux pensionnaires le jour du Seigneur, pour atténuer leur sentiment de claustration. Certains ne rentraient chez eux que trois fois par an : à Noël, à Pâques et pour les grandes vacances. Ma foi, Kermanac'h s'en serait contenté.

Il se leva d'un bond, angoissé. On l'avait oublié. A moins que… Non, ce serait trop inhumain. A moins qu'un grain de sable dans les circuits paperassiers n'ait annulé sa libération ? Non, l'administration pénitentiaire était une machine parfaitement huilée. Une fois mise en route, elle ne se grippait pas, que ce soit pour vous boucler ou vous élargir, comme ils disaient, ou vous diminuer de la longueur d'une tête.

Il sursauta quand le loquet extérieur claqua. La clé tourna dans la serrure, l'ampoule s'alluma, le gardien-chef entra et s'étonna :

— Ah, t'étais debout ? Moi qui avais pensé que c'était pas la peine de te réveiller aux aurores. Mais c'est vrai que tu dois être pressé. N'importe qui à ta place aurait hâte de se tailler. J'espère que tu n'es pas à la minute près, le directeur voudrait te dire au revoir. Amène-toi, qu'on se débarrasse d'abord des formalités. Tu prendras ton jus après, en petit comité.

Ils passèrent directement dans l'aile du bâtiment occupée par les bureaux, en évitant le réfectoire.

— Ça vaut mieux, dit le gardien-chef, ça ferait de la peine à tes copains de te voir partir, et des fois qu'ils foutent le bordel...

Au greffe tout était prêt. On rendit à Kermanac'h quelques piécettes et billets qui n'avaient plus cours, un balluchon avec les frusques qu'il portait en 1944, un pécule en nouveaux francs pour ses premières dépenses et un volumineux dossier. Le gardien-chef étala sur le comptoir des vêtements bien repassés : caleçon, tricot de corps, chemise, cravate, pull-over à col en V, chaussettes, chaussures, costume, chapeau.

— Tiens, mets ça. Ta sœur t'a gâté, dis-moi. Tu vas être sapé comme un prince !

Kermanac'h se déshabilla, s'habilla de neuf et signa des papiers.

— Le dossier, garde-le précieusement. L'assistante

sociale t'a tout arrangé. Aide sociale le temps que tu trouves un boulot, papiers de Sécu, livret de caisse d'épargne... T'as une idée de combien t'as dessus ? C'est pas la fortune, mais t'as de quoi voir venir.

— J'ai travaillé pour, dit Kermanac'h.

— Et t'as bien eu raison ! Y a rien de tel pour tuer le temps. Et t'étais pas fainéant, ni manchot. Si t'avais pas bientôt l'âge de la retraite, t'aurais pu t'installer à ton compte comme rempailleur de chaises. Remarque, l'un n'empêche pas l'autre. Bon, ça roule ? Pas de questions ? Si t'as un problème, t'appelles l'assistante sociale, OK ? Où tu vas aller ?

— Chez ma sœur.

— Je sais. Mais tu comptes y rester ?

Kermanac'h haussa les épaules.

— T'as raison. On verra bien. A chaque jour suffit sa peine, hein ? Excuse, c'était juste une façon de parler.

Le gardien-chef ajusta le nœud de cravate de Kermanac'h et déboutonna un des trois boutons de sa veste.

— C'est un veston, pas une camisole de force. Plus élégant, comme ça. Hum ! T'es beau comme un camion, dis donc !

Kermanac'h fronça les sourcils. Le gardien-chef rectifia le tir.

— Je me fous pas de ta gueule, crois pas ça. Je te le dis comme je le pense. D'ailleurs...

Le gardien-chef prit Kermanac'h par les épaules et lui donna l'accolade.

— On va te regretter, mon vieux. Je sais pas si t'as vraiment descendu des types ou quoi, probablement que oui puisque t'as pris perpète, mais bon, les collègues et moi on est tous d'accord là-dessus : t'as toujours eu l'air d'un brave gars.

Ils montèrent à l'étage au-dessus du greffe. Le directeur de la prison y avait un petit appartement qu'il occupait parfois, quand sa femme et ses gosses partaient en vacances sans lui. Après avoir introduit Kermanac'h, le gardien-chef lui serra la main en lui souhaitant bonne chance et se retira. Le directeur accueillit Kermanac'h d'un sourire un peu gêné, comme s'il voulait se faire pardonner toutes ces années d'enfermement.

— Les formalités de levée d'écrou ont été effectuées, vous n'êtes plus un prisonnier, Kermanac'h. Vous êtes donc libre d'accepter ou de refuser de prendre le petit déjeuner en ma compagnie. J'espère que vous accepterez. Ne serait-ce que pour commencer dès ce matin un régime un peu plus consistant que l'ordinaire de la prison.

Kermanac'h adressa à l'homme un regard vide. Le directeur était à peine moins âgé que lui, à un jet de boule de pétanque de la retraite. Depuis combien d'années était-il enfermé, lui aussi ? Sa peau était aussi grise que celle des détenus. Il avait l'air d'un curé et de tout temps Kermanac'h avait détesté les curés. Il baissa les yeux et regarda la table, toujours de ce même regard qui semblait ne rien capter. Voyait-il le jus d'orange, les tranches de jambon, le plateau de fromage, le pain, les brioches et les croissants ?

— Thé, café, chocolat ? demanda le directeur.

— Café noir.

— Bien !... Asseyez-vous, je vous en prie. Mettez-vous à l'aise, enlevez donc votre veston, il fait chaud, ici.

Kermanac'h cilla mais ne bougea pas. Le directeur lui avança une chaise et pesa légèrement sur son épaule pour qu'il s'asseye. Il s'assit à son tour, remplit deux verres de jus d'orange et avala le sien d'un trait.

— Que voulez-vous pour commencer ? Une tranche de jambon et du fromage ? Un œuf dur ?

— Je n'ai plus l'habitude, dit Kermanac'h.

— Autrefois, à la ferme, vous deviez prendre un vrai repas, le matin ?

Kermanac'h hocha la tête.

— De la soupe avant de démarrer et un casse-croûte à dix heures.

Il but une gorgée de jus d'orange et grimaça.

— Ne vous forcez pas, surtout. Peut-être que j'ai eu tort, dans le fond. Je vous sers votre café ?

— Oui.

Kermanac'h hésita entre une brioche et un croissant. Il prit un croissant, le trempa dans son café et le mangea à petites bouchées, si lentement que le directeur, pendant ce temps, avala deux brioches. Il se servit une deuxième tasse de thé, reversa du café dans celle de Kermanac'h et rompit le silence.

— Vous allez nous manquer. Tout le monde va vous regretter, ici. Vous vous sentez prêt à affronter le monde extérieur ?

— Il faut bien.

— Je suis allé aux archives départementales, vous savez. J'ai étudié votre dossier. Tout vous accusait, c'est vrai. Une affaire un peu trop bien ficelée. J'ai acquis la conviction que vous êtes innocent. Mais si ce n'est pas vous, qui a fait le coup ?

— Personne, dit Kermanac'h d'un air buté.

— Allons ! Je suis sûr que vous avez votre petite idée. Maintenant que vous êtes un homme libre, vous n'avez pas envie de le dire ?

— Je n'ai rien à dire.

— Je connais un journaliste que ce genre d'affaire passionne. Il a déjà contribué à la révision de trois procès. Voulez-vous que j'arrange un contact entre vous ?

— Ah que non ! cria Kermanac'h. Personne ne remettra son nez dans cette merde !

Il se leva et se tourna vers la porte.

— Je veux sortir, maintenant.

— Bien sûr, bien sûr. Suivez-moi.

Ils descendirent l'escalier et longèrent un couloir que Kermanac'h ne connaissait pas. Une porte des services administratifs s'ouvrait sur un parking, qui lui-même s'ouvrait sur la place Mesgloaguen.

— On va prendre ma voiture, je vais vous conduire chez votre sœur.

— Non, dit Kermanac'h, j'irai à pied.

— Comme vous voudrez. Mais laissez-moi vous indiquer le chemin, au moins.

— Ma sœur m'a fait un plan.

— Pourquoi n'est-elle pas venue vous chercher ?

— Parce que je ne voulais pas.

— Vous êtes sûr que ça ira ? Vous n'allez pas vous jeter dans la rivière, dites-moi, Corentin ?

Corentin ! Voilà qu'on l'appelait par son prénom ! Kermanac'h eut un large sourire, un de ces sourires qu'il affichait dans le temps, un sourire qu'il réservait aux marchands de bestiaux qui voulaient se payer sa tête, un sourire qui valait tous les discours et toutes les remontrances quand il s'adressait à ses frères réunis autour de la table pour décider de ceci ou de cela à tort et à travers, un sourire d'orgueil et de certitudes, un sourire d'homme qui sait ce qu'il veut et qui sait que les autres savent qu'il a raison de vouloir ce qu'il veut.

— Aucun risque, dit-il, j'ai trop de choses à faire avant d'aller voir saint Pierre.

Ou de revenir ici, songea-t-il.

Il empoigna sa valise et franchit le seuil sans serrer la main tendue du directeur ni se retourner. Il regarda droit devant lui, puis à droite et à gauche. Personne. Il laissa échapper un soupir de soulagement et murmura en breton :

— *Mat tre*[1].

La plus grande peur qui l'avait hanté ces jours derniers était qu'un des gardiens ne bavasse et que des journalistes du *Télégramme* et de *Ouest-France* le guettent à la sortie. Les flashs l'auraient ébloui comme un blaireau déterré de nuit par les lampes des piégeurs.

Les belles maisons bourgeoises de la place Mesgloaguen évoquaient celles de la grand-place de Huelgoat, sauf qu'ici il n'y en avait que d'un côté, puisque de l'autre s'élevait le mur de la prison. Quelques cellules donnaient sur la place. En montant sur sa table, puis sur sa chaise posée sur la table, Kermanac'h avait eu le rare privilège d'apercevoir du coin de l'œil des lustres et des lampes de chevet éclairant des intérieurs tapissés de fleurs et décorés de tableaux, de voir des dames en robe du soir ou en déshabillés aussi fins que des toiles d'araignée glisser comme des fantômes pour fermer des rideaux en velours. Kermanac'h aimait la blancheur de leurs bras nus. Pensaient-elles chaque soir que des prisonniers les regardaient à travers les barreaux ?

D'un côté l'hôtel de la misère, de l'autre des hôtels particuliers. Des maisons de notaires, d'avocats, de médecins, de gens de bien. Même granit, mêmes portes d'entrée massives, certaines avec heurtoir, mêmes fenêtres à petits carreaux, mêmes cheminées et, devant les bâtisses, mêmes pavés inégaux usés au cours des

1. « Très bien. »

siècles par le cerclage des roues des charrettes. Maintenant, c'étaient les pavés qui usaient les roues des voitures. Le moindre emplacement était occupé. Des bagnoles partout, ça c'était le signe le plus évident que le monde avait changé. Le Champ de Foire avait été transformé en immense parking. Kermanac'h, de sa cellule, avait vu se tarir les marchés. Il était un peu comme ces astronautes américains qui se préparaient à décrocher la Lune. Les indications de Naïg étaient gravées dans sa mémoire : il n'hésita pas sur le chemin à prendre.

A l'angle d'un bistro tout en longueur baptisé le Petit Cercueil, il descendit un raidillon, bifurqua à plusieurs reprises dans les rues biscornues d'un quartier des années 30, traversa le Stéir – « Oh que non, pas question, Kermanac'h ne se jettera pas à la baille, monsieur le directeur ! ricana-t-il, il a son travail à faire » –, se retrouva rue de Locronan et, juste avant l'entrée de l'usine Saupiquet, poussa la porte d'un bouchon dont la vitrine lui rappela Ty Stang, le café-tabac de Saint-Herbot, et celle qui le tenait, Suzanne, qu'il avait tant aimée.

C'était l'heure de la pause pour ceux qui avaient embauché aux aurores. Des ouvriers de la conserverie cassaient la croûte. Kermanac'h regretta d'être entré de plein fouet dans le monde réel. Dans la rue ce n'était pas pareil. En marchant sur ses deux jambes il avait une impression de solitude, malgré les gens et les voitures. Ici, à l'intérieur, il se sentit de nouveau prisonnier. L'air un peu hébété, il se planta devant le bout de comptoir, bas et rouge comme un étal de charcutier.

— Qu'est-ce que je vous sers ?

La patronne était une dame dans la cinquantaine, l'âge de Suzanne aujourd'hui, si elle était encore en vie.

Elle portait une blouse à carreaux et une drôle d'épingle avec un papillon dessus retenait ses cheveux gris coiffés en chignon.

— Un verre de rouge, dit Kermanac'h.

— Moyen ou ballon ?

— Ballon.

— Ordinaire ou supérieur ?

Kermanac'h se renfrogna. Des questions, toujours des questions. Il en avait eu son content, des interrogatoires.

— Supérieur, bougonna-t-il.

Il avala son verre de vin rouge, paya avec un billet de cent francs, rafla sa monnaie sans s'occuper de savoir s'il y avait le compte et prit la fuite. Sur le trottoir, il respira à fond et son cœur se remit à battre normalement. Il ne se serait pas cru aussi impressionnable. Avant de faire ce qu'il avait à faire, il lui faudrait s'acclimater à la vie du dehors, se fondre dans la réalité pour avoir l'air naturel, de façon qu'on ne le regarde pas comme un veau à cinq pattes.

Avec tout ça le plan de Naïg s'était effacé de son cerveau. Il craignit d'avoir dépassé le dernier repère, une chapelle moderne, en béton banché. Il scruta les toits et entre deux cheminées aperçut un bout de clocher, sur la gauche. Tous ces clochers qui le poursuivaient depuis le début de son histoire, à commencer par celui de Saint-Herbot, où il était né, pour continuer par ceux qui cernaient la prison de Mesgloaguen et pour finir par celui-ci, qui suintait la misère de l'après-guerre et la construction vite bâclée, est-ce que ça voulait dire quelque chose ? Un signe du diable ? Pas du bon Dieu, en tout cas. Kermanac'h n'y avait jamais cru et ce n'était pas sa libération qui le ferait changer d'idée.

Deux coups de sifflet firent taire les cris et cesser les

jeux dans la cour de récréation d'une école primaire. Sûrement que c'était là-dedans que les deux gosses de Naïg – ceux qu'elle avait eus de son mari, les « officiels », par rapport au premier, le naturel – avaient appris à lire et à écrire.

Kermanac'h changea de trottoir, longea la chapelle et remonta une rue récemment bitumée – « une route neuve », avait dit Naïg – en direction du lotissement où sa sœur habitait. Les pavillons se ressemblaient tous qui reproduisaient trois modèles néo-bretons, avec chiens-assis en façade et garage attenant par lequel ils étaient mitoyens. Ils se distinguaient par leurs jardinets, selon les goûts ou les moyens de leurs propriétaires clos de haies vives ou de murs en pierre et de portillons en bois ou en plastique. Kermanac'h n'aurait pas aimé s'installer là pour la vie.

La maison de Naïg n'était pas difficile à dénicher : la dernière, en haut du lotissement, isolée, bâtie sur un terrain choisi parce qu'il donnait sur les champs et que Naïg était restée une fille de la campagne. Elle avait raconté à son frère que derrière, contre le talus, elle élevait des lapins et des poules. Là, ils ne dérangeaient personne. En revanche, au milieu du lotissement, c'était interdit d'avoir des animaux. Un chat ou un chien à la rigueur, à condition qu'ils ferment leur clapet et n'aillent pas gratter les parterres des voisins. Sur le passage de Kermanac'h des rideaux bougèrent. Normal, les fenêtres c'est fait pour regarder. Il avait bien passé son temps à regarder par la sienne. Mais ses rideaux à lui, ses barreaux, il n'avait jamais pu les écarter avec ses bras, juste avec ses pensées.

Naïg et son mari n'avaient pas jugé utile de se barricader derrière des murs et un portail. Kermanac'h entra directement dans le jardinet de devant, lut le nom sur une plaque en faïence décorée façon Quimper – Monsieur & Madame Robert Cornec – et appuya sur le bouton de la sonnette.

Dans d'autres familles la sœur aurait été dans le jardin ou dans la rue à attendre son frère, en se triturant les mains. Elle aurait couru, crié, se serait jetée dans ses bras. Pas chez les Kermanac'h où les vivants n'avaient pas l'habitude de se lécher le museau et où les morts comprenaient parfaitement qu'on ne leur chiale pas après comme des matous en chaleur miaulent des nuits entières après la lune.

La porte s'ouvrit, Naïg essuya ses mains dans son tablier.

— Alors, te voilà, dit-elle.

— Oui, puisque tu ne m'as pas abandonné.

— Toi non plus. Toi non plus tu ne m'as pas laissée toute seule avec mon malheur.

2

Kroaz-an-Turk, avril 1944

Trois personnes descendirent du car à l'arrêt de Loqueffret. Le véhicule attaqua la grande côte vers Brasparts. Comme il ne restait plus qu'une poignée de voyageurs et que les soutes et la galerie de toit étaient vides de marchandises, le chauffeur passa la troisième, mais dut se résoudre à rétrograder aussitôt et à rester en seconde jusqu'au calvaire. Dans son rétroviseur, il vit une jeune fille se lever, mit au point mort, et c'est en roue libre que le car se gara sur le terre-plein.

Le chauffeur alla ouvrir la portière et en profita pour rallumer le mégot de tabac gris coincé au coin de sa bouche. Il empoigna la valise de la passagère. C'était une pauvre valise en similicuir, entourée d'une lanière en toile, sans doute parce que les serrures ne fermaient plus.

— Merci, balbutia la jeune fille.

— De rien, dit le chauffeur en lui rendant la valise. Il est pas bien lourd, ton bagage.

— Oh non !

Le chauffeur passa sa langue sur ses lèvres et humecta le bout de son mégot.

— Tu serais pas Naïg, la sœur des cinq frères de Kermabeuzen, par hasard ?

— Si, dit Naïg en baissant la tête.

Le chauffeur alluma son mégot à la flamme de son briquet-tempête et tira quelques courtes bouffées. Le tabac grésilla.

— Tu es devenue une petite femme, dis-moi !

— Ben oui. Ça fait quatre ans.

— Déjà ! Le temps passe. T'étais pas bien à Carhaix ? Quelque chose qui n'a pas collé avec tes patrons ?

Naïg haussa les épaules et ses yeux se remplirent de larmes. Un passager toqua à la vitre.

— On arrive, on arrive ! maugréa le chauffeur. Ils ont le feu au derrière, ces Morlaisiens, ma parole ! Bon, ben, *kenavo*, Naïg. Et à la prochaine.

Il resta le pied sur la première marche et regarda la jeune fille, l'air songeur.

— T'as mal choisi ton moment pour revenir. M'est avis qu'il va y avoir du grabuge dans la paroisse. Les boches deviennent nerveux. Enfin, c'est comme ça et pas autrement, hein ? Traîne pas trop en route, une compagnie de SS vient de débouler à Huelgoat. Une sacrée bande de rastaquouères, à ce qu'il paraît. Ils seraient pas longs à te faire ton affaire. *Salute !* Et donne le bonjour à Corentin.

Le chauffeur regagna son siège. Naïg avait hoché la tête et gardait son menton sur sa poitrine, les yeux fixés sur ses gros souliers. La portière claqua et le car repartit le long de l'échine de la montagne, creuse comme le dos d'une vache pleine. Naïg s'agenouilla au pied du calvaire, laissa couler ses larmes, pria un moment, se signa, essuya ses joues d'un revers de main et prit le raccourci pour rattraper la route de Saint-Herbot.

Le Christ, les deux larrons, la Vierge et tous les saints regardèrent s'éloigner une drôle de silhouette, entre clocharde et femme de *termagi*[1]. D'allure plutôt boulotte, Naïg n'était pas si petite que cela, mais sa tenue la rapetissait. Elle était bizarrement accoutrée de gros souliers d'homme, de chaussettes en laine écrue et d'un épais manteau d'une texture peu commune, sinon inconnue, raide, rêche et de couleur indéterminée, ce qui n'avait rien d'extraordinaire puisqu'il avait été tissé à partir de la laine de pulls détricotés et cousu à la main par son patron, qui était tailleur.

Elle éprouvait bien plus de chagrin d'avoir quitté Carhaix qu'elle n'en avait eu en quittant la ferme, quatre ans auparavant. Beaucoup de choses expliquaient cette différence de degrés dans sa tristesse, à commencer par le contraste entre la gentillesse de ses patrons et la dureté de ses frères, entre le confort de la maison en ville et la froideur des pierres de Kermabeuzen, entre la petite fille qu'elle était en partant et la jeune femme qu'elle était en revenant. Son cœur se serra : penser à ses patrons, c'était aussi penser, bien plus fort, à l'amoureux qu'elle n'avait pas pu embrasser en partant. Elle avait pris le car toute seule, en juin 1940, après la fermeture de l'école. Elle revenait à peu près à la même époque de l'année, plus seule encore finalement, et elle ignorait si les autres gamins de son âge avaient continué d'aller en classe pendant qu'elle devenait une demoiselle au service des Jacob de Carhaix.

Les « personnes », comme elle les appela dans sa tête

1. Mot breton pour « romanichel ».

pendant plusieurs semaines, l'attendaient à l'arrêt des cars, place des Lices. Pour elle, c'étaient des petits vieux, alors qu'ils n'avaient pas atteint la soixantaine. Ils n'étaient pas beaucoup plus grands qu'elle, avaient des yeux noirs et des cheveux blancs, étaient habillés avec élégance, comme des gens riches, ce qu'ils n'étaient pas vraiment, ainsi qu'elle l'apprit très vite en se rendant compte qu'ils ne gagnaient pas beaucoup de sous, vu que les clients ne se bousculaient pas dans la boutique. S'ils prenaient une bonne, ce n'était pas pour jouer les *kiz ker*[1], mais parce qu'ils avaient besoin d'aide. Tous deux semblaient fatigués et avaient le souffle court, ce qui n'empêcha pas le monsieur de porter sa valise jusqu'à la rue Victor-Hugo toute proche, où se trouvaient leur magasin et leur appartement au-dessus.

D'abord affolée par la ville et ses rues qui menaient à d'autres rues et ainsi de suite à vous donner le vertige, apeurée par ces immeubles hauts desquels dépassaient au moins deux clochers (y avait-il donc tant de gens à vivre là qu'il leur fallait deux églises ?), angoissée par l'absence d'horizon qui lui donnait l'impression d'être prisonnière d'un réseau de fossés à salamandres et de talus à vipères (Naïg ne connaissait pas le mot « labyrinthe »), elle fut rassurée : ses premiers patrons avaient l'air de gentilles personnes, et pendant quatre ans elle n'aurait pas l'occasion de dire le contraire, oh non, loin de là !

Leur maison était à leur image, maigrichonne, étroite d'épaules, coincée entre une droguerie et une boulangerie, et de ce fait bien placée au milieu de la rue commerçante, mais à l'écart cependant, comme intimidée,

1. M'as-tu-vu.

en retrait comme un petit qui se serait mis derrière les grands sur une photo de classe, et cet effacement plaisait bien à Naïg, elle-même peu disposée à se mettre en avant. Leur maison devint la sienne.

Dans la vitrine il y avait deux mannequins tronqués, deux bustes emmanchés sur un socle, un homme et une femme dont on changeait la mise quatre fois par an, la veille des Rameaux, à la Saint-Jean, à la Saint-Michel et dans la semaine avant Noël. Monsieur Jacob était spécialisé dans la veste d'homme et le manteau de femme, mais la longueur du pied des mannequins permettait d'épingler sous les vestes et les manteaux, qu'on laissait ouverts, une jupe ou un pantalon, pliés sur le tapis de la vitrine. Madame Jacob agrémentait la devanture d'objets de saison disposés dans un panier en osier : champignons sur un parterre de feuilles mortes, houx à boules et boules de gui, fleurs de printemps et des champs, et puis des bouquets d'épis de froment, d'orge et d'avoine. Naïg participait aux changements de décor et avait l'impression de jouer à la marchande.

Quelle que fût la saison, madame Jacob gardait toujours à part dans un coin sept épis de blé plantés dans un vase à long cou de cygne.

« Un porte-bonheur, disait-elle, sept épis de blé cela attire l'abondance. »

Etant donné le peu de fois par jour que la clochette de la porte tintait, le porte-bonheur ne marchait pas vraiment, à moins que sans lui c'eût été pire, que la cloche n'eût plus tinté du tout. Heureusement que monsieur Jacob ne restait pas les bras ballants en l'absence de commandes. Il fabriquait d'avance ce qui avait fait sa renommée : des vestes d'homme, en épais velours noir, marron clair et marron foncé, avec un col officier qu'on pouvait boutonner jusqu'au cou. L'inconvénient de ces vestes, c'était leur qualité.

« Comment veux-tu qu'on devienne riches ? plaisantait madame Jacob. Tout ce que tu fabriques est inusable.

— On perdrait notre clientèle si on ne lui en donnait pas pour son argent », répondait monsieur Jacob en gloussant comme une poule, la tête dans les épaules.

Ils s'aiment comme de jeunes tourtereaux, ces deux-là, pensait Naïg à chaque fois qu'ils se taquinaient.

Le commerce et le logement formaient un tout. On entrait directement par la boutique. Quand elle revenait des courses, Naïg faisait tinter la clochette de la porte vitrée. Monsieur Jacob levait la tête de sa table de coupe ou de sa machine à coudre et souriait comme s'il ne l'avait pas vue depuis des lustres.

Le magasin occupait tout le rez-de-chaussée, divisé en trois parties : une surface d'exposition avec des vestes en velours sur des cintres, des tissus sur des étagères et une psyché à miroir biseauté ; séparé par un rideau, l'atelier de monsieur Jacob proprement dit et, derrière un autre rideau coulissant, une remise d'où partait l'escalier qui menait aux étages, juste à côté d'une porte qui s'ouvrait sur un jardin de curé.

L'atelier servait de cabine d'essayage, surtout pour les dames. Monsieur Jacob tirait le rideau et se postait près de la porte du magasin, mains dans le dos, et regardait la rue. Le crissement des anneaux du rideau sur la tringle indiquait que la dame avait fini de s'habiller et qu'il pouvait se retourner. Il haussait alors les sourcils, presque jusqu'à la racine des cheveux, avançait et arrondissait les lèvres comme s'il allait prononcer un « ô » sans fin, puis sa bouche se crispait comme sous le coup d'une douleur aiguë et dans l'instant il tapait dans ses mains, avait son drôle de rire de gorge et s'exclamait :

« Ah ! Madame ! Quel honneur ! Quel honneur ! Quel honneur de voir son ouvrage porté par une personne telle que vous ! »

La dame se regardait dans la psyché et disait :

« Cette robe me mincit. Il n'y a rien à reprendre, à votre avis ?

— Mais si ! Mais si ! De minimes retouches, pour que ce soit parfait ! »

Il s'agenouillait aux pieds de la dame et portait la main droite à son bracelet piqué d'épingles. Comme son bras gauche était plié, on aurait dit qu'il donnait son cœur à la dame.

Au bout de quelques mois Naïg fut apte à l'aider. Elle adorait les essayages. Surtout des robes de mariée. Malheureusement, on n'en commandait pas beaucoup à monsieur Jacob. Trois ou quatre par an, en temps ordinaire, et maintenant, à cause de l'Occupation et des restrictions, la majorité des gens se mariaient dans la simplicité. Les filles faisaient retoucher la robe d'une sœur ou d'une cousine. Ce que Naïg aimait par-dessus tout, c'était les longues robes à traîne satinées, si douces au toucher.

Ce qu'elle regrettait, c'était que monsieur Jacob cédait tout le temps lorsqu'une cliente demandait une réduction. A Kermabeuzen, elle n'avait jamais vu son frère Corentin céder à un marchand de bestiaux. Monsieur Jacob, lui, chassait la question du prix comme on chasse un brin de fil ou une poussière, en tapant du bout des doigts sur ses manches.

« Ah ! Madame ! L'argent, l'argent ! L'argent est

l'ennemi de l'art ! Vous savez bien que je vais vous faire un prix. »

Avec les hommes cela se passait différemment. Le prix était le prix. D'ailleurs il était marqué sur une étiquette. Mais avant de finir d'emballer le vêtement, monsieur Jacob ouvrait son tiroir-caisse, levait une pièce en l'air un peu comme une hostie et la glissait dans la poche gousset de la veste neuve.

« La pièce du bonheur ! disait-il. Vous prendrez une chopine à la santé de madame Jacob. »

A cause de son cœur, madame Jacob descendait le moins possible. Pour quelqu'un dans son état, souffrant d'angine de poitrine, la maison était très mal fichue, avec ses trois étages. Au premier il y avait la cuisine, un cabinet de toilette et la chambre des Jacob. Au second, la chambre de Naïg et un débarras à usage de lingerie – où Naïg faisait son repassage. Au troisième, un grenier perdu, auquel on accédait par une échelle de meunier et où l'on mettait le linge à sécher, en hiver. Voilà pourquoi Naïg avait été embauchée : pour monter et descendre tous ces escaliers à la place de madame Jacob. Monter les courses, le bois et le charbon, les seaux d'eau, le linge quand il avait séché dans le jardin ; descendre le linge quand il avait séché dans le grenier, les seaux d'aisances qu'elle allait vider dans les cabinets au fond du jardin, rincer à l'eau du puits et à la Javel, et au fond desquels elle mettait, après, de la paille bien sèche.

Bientôt Naïg fut considérée comme la fille de la maison. Elle s'était demandé comment ces personnes l'avaient dénichée à Kermabeuzen. Le mystère fut élucidé par une confidence de madame Jacob : Corentin avait confié à Suzanne Guermeur, du café-tabac Ty Stang, son désir de placer sa sœur, et la Suzanne, à l'occasion d'un dépannage en tabac, avait chargé le buraliste de Carhaix, chez qui le tailleur achetait son Caporal à pipe, d'en parler aux Jacob, qu'elle connaissait – cela, Naïg ne savait pas comment. Enfin, ce n'était pas plus compliqué que cela et le hasard avait bien fait les choses : Naïg n'aurait pas pu trouver une meilleure place et elle se disait souvent qu'elle avait bien de la chance d'être là, au lieu de trimer comme une esclave dans une ferme, à touiller la boëtte des cochons, traire les vaches, baratter la crème, broyer la lande pour les chevaux et nettoyer à grande eau, cent fois par jour, le dallage d'une salle souillée par les bottes pleines de boue de journaliers dégoûtants sur eux aussi bien qu'en paroles.

Le soir de son arrivée, madame Jacob fit l'inventaire de la valise de Naïg : deux culottes, deux paires de bas, une chemise de nuit, deux robes, des chaussettes et la veste qu'elle avait sur le dos.

« C'est bien peu de chose pour une demoiselle », constata-t-elle.

Elle ouvrit son armoire, dit à Naïg de tendre les bras et posa dessus tout un tas de vêtements à ranger dans sa garde-robe. Souvent, le soir avant de se coucher, Naïg changeait plusieurs fois de mise, pour le plaisir de se regarder dans la glace.

La question des gages fut réglée par monsieur Jacob. Il ouvrirait un livret de caisse d'épargne à Naïg et y verserait sa paye. Si elle voulait se faire un cadeau, elle n'aurait qu'à lui demander de retenir des sous sur son mois. Quant à l'argent de poche, il lui en donnerait, pour s'acheter des bonbons et des sucres d'orge, ou se payer un tour de manège à la fête foraine, et ces sous-là ne seraient pas déduits de ses gages.

Très vite Naïg ne pensa plus guère à ses frères, ni à

la ferme de Kermabeuzen, ni à ses amies d'école. De tempérament farouche, elle ne chercha pas à lier connaissance avec des filles ou des garçons de son âge. La compagnie des Jacob lui suffisait. Dans les boutiques où elle faisait les courses, à travers les questions qu'on lui posait – était-elle bien chez le tailleur ? ses patrons n'étaient-ils pas trop radins ? mangeait-elle à sa faim ? –, elle apprit que monsieur Jacob était né à Carhaix, mais qu'il descendait de gens venus d'ailleurs, à la fin du siècle précédent. Monsieur Jacob père avait ouvert la boutique après la Grande Guerre et épousé une couturière parisienne. Monsieur Jacob fils était allé chercher son épouse au diable vauvert. A son arrivée à Carhaix, madame Jacob parlait le français avec un drôle d'accent et le mélangeait de mots qui ressemblaient à de l'allemand.

Ces commérages persuadèrent Naïg que les Jacob étaient différents. Qu'est-ce que ça voulait dire, *différents* ? Ah pour ça ils ne sont pas comme les autres ! songeait-elle. Tellement discrets, tellement amoureux de leur métier, tellement attentionnés à son égard.

A leur contact, Naïg devint une fille instruite. Madame Jacob, le soir, lui lisait la moitié d'une fable de La Fontaine et elle lisait le reste elle-même au lit, bien obligée, si elle voulait connaître la fin. Après les fables, ce furent des livres d'aventures, et puis la Bible, mais rien que la première partie, pas la vie de Jésus. Ils n'allaient pas à la messe, mais exigeaient que Naïg y aille, aussi se rendait-elle à la grand-messe le dimanche, en chemisier blanc, veste ou manteau selon la saison, et avec un chapeau sur la tête, confectionné par madame Jacob. Si ses frères avaient pu la voir ! Il lui sembla très vite qu'elle vivait à Carhaix depuis toujours et qu'elle était installée chez les Jacob pour l'éternité.

A cet âge-là on ne pense pas que les *personnes* sont mortelles. Surtout quand on les aime bien sincèrement, même si elles sont différentes des autres.

Erwin, lui non plus, n'était pas comme les autres.

Erwin n'était pas comme les autres Allemands.

Son irruption dans leur vie coïncida avec la pénurie de tissu ainsi qu'avec un drôle d'événement : les Jacob se rendirent à l'église où le curé les baptisa et leur remit un certificat. Le papier fut rangé dans la boîte à papiers – une grosse boîte à thé, vide bien avant que Naïg n'arrive, si bien qu'elle n'avait aucune idée du goût que pouvait avoir ce breuvage qui s'appelait Olympia, croyait-elle, puisque c'était imprimé sur la boîte à côté d'une Chinoise et des mots *Peking Tea*. Madame Jacob lui avait fait sentir l'intérieur de la boîte.

« C'était du thé de Chine. On sent bien encore le parfum de la bergamote. Ah, je ne sais pas ce que je donnerais pour en boire de nouveau ! »

Il fallait croire que le thé avait un goût de nectar puisque madame Jacob, rien qu'à respirer l'odeur fanée de la boîte au décor rouge et or sur fond jaune jonquille, fermait les yeux, souriait aux anges et balbutiait une sorte de prière dans une langue étrangère.

Au début de l'automne 1943, la matière première vint à manquer dans la boutique du tailleur. Sur l'étagère des tissus ordinaires il ne restait plus que des coupons plats comme des crêpes de sarrasin. Sur celle des beaux tissus, cela faisait belle lurette qu'ils ne diminuaient plus, faute de clientèle argentée. Jusque-là les vestes en velours, de travail et de sortie, avaient permis de faire bouillir la marmite. Les paysans en possédaient généralement deux, une pour tous les jours et l'autre pour le dimanche, et quand celle de tous les jours avait fait son temps, ils la remplaçaient par celle du dimanche, puis venaient au magasin en acheter ou en commander une neuve. Mais en octobre 1943 le coupon de velours d'Amiens arriva à sa fin. Monsieur Jacob le mesura plutôt deux fois qu'une.

« Juste de quoi faire une taille 44, dit-il.

— 44 est un bon chiffre, dit madame Jacob. C'est l'année prochaine. Peut-être que les Américains et les Anglais viendront nous libérer. Et qu'ils auront du thé dans leur paquetage, ajouta-t-elle pour plaisanter.

— On ne vendra pas cette veste, dit monsieur Jacob.

— Pourquoi ? C'est une taille moyenne.

— Je sais. Je voulais dire qu'on ne la mettra pas en vente. On la gardera en souvenir.

— Et nous mourrons de faim ?

— Non. Il m'est venu une idée.

— Ah ! Ah ! Un tailleur, ça a donc des idées ? »

Monsieur Jacob déposa un baiser sur la tempe de sa femme et lui répondit :

« Autant qu'une... », suivi de mots en langue étrangère que Naïg ne put comprendre, mais qui les amusèrent tous deux.

Monsieur Jacob coupa, faufila et cousit une dernière veste en velours marron foncé au revers de laquelle il épingla un bout de papier où il avait écrit à l'encre violette : « Cet article n'est pas à vendre. » Il en vêtit le mannequin dans la vitrine.

« Et maintenant ? demanda madame Jacob en frisant le nez. Avec quel argent allons-nous faire bouillir la marmite ? Qu'allons-nous faire, tu peux me le dire ?

— Nous allons tisser, femme ! » s'exclama monsieur Jacob en se frottant les mains.

Naïg fut priée de monter dare-dare au grenier et d'en descendre un drôle d'appareil fait de cadres de bois et d'autres instruments dont elle ne voyait pas l'usage.

L'ensemble passa, au centimètre près, par la trappe du grenier. Monsieur Jacob fit de la place dans son atelier pendant que madame Jacob fouillait dans les tiroirs et les cartons à la recherche de pelotes de laine et de vieux pulls.

Pour Naïg une période de vrai travail commença : détricoter les pulls et en faire des pelotes. Cela n'était pas toujours simple, quand les points étaient peu ordinaires ou le tricotage trop serré. Ses mains de fille, cependant, faisaient merveille, et elle était soigneuse. Elle prenait bien garde que le fil se posât en tas à ses pieds sans s'emmêler. Une fois ce travail terminé, elle prenait le bout de la fin, tournait le fil sur quatre doigts de sa main gauche – le pouce avait l'air orphelin, le pauvre, qui ne servait à rien –, démarrait une pelote, et quand la pelote était de la taille d'un pompon, elle la faisait glisser délicatement de ses doigts et tournait le fil dans l'autre sens, puis dans le sens inverse, de façon à obtenir une pelote bien ronde. Le bout du début, devenu celui de la fin, ou du début de la pelote – ah, il y avait de quoi perdre la boussole –, elle le passait dans le milieu de la pelote et faisait une demi-clé, comme madame Jacob le lui avait appris, un drôle de nœud, incompréhensible puisqu'il ne nouait pas deux bouts.

Au fur et à mesure que les pelotes se constituaient, monsieur Jacob en choisissait certaines, madame Jacob critiquait ses choix – trop sombre, trop pisseux, trop caca d'oie...

« Il faut que la dominante soit gaie, tout de même !

— C'est un manteau d'hiver, madame !

— Puis-je te rappeler, monsieur Jacob, que la petite n'a que quinze ans ? Elle ne va pas s'habiller comme une mémère ! »

Naïg comprit qu'on parlait d'elle. De quelle façon était-elle concernée par le travail de monsieur Jacob ? Qu'allaient donner tous ces fils tendus sur le métier et entre lesquels passait la navette ? Du tissu. Un épais tissu cent pour cent laine. Sa texture et sa couleur apparaissaient au fil des heures. Monsieur Jacob semblait avoir rajeuni, tout comme madame Jacob, d'ailleurs, qui n'arrêtait pas de tâter le tissu en cours de tissage.

Monsieur Jacob avait pris les mesures de Naïg. Il fabriqua des pièces de façon qu'il n'y ait plus qu'à les assembler : le dos, les devants, les manches, le col. Après dîner, il redescendait dans son atelier. Au lever, il se tenait les reins, mais au lieu de grimacer de douleur, c'était de bonheur qu'il souriait. Un matin, enfin, Naïg vit une housse sur un cintre pendu à l'espagnolette de la cuisine. Monsieur et madame Jacob avaient des mines de conspirateurs. Pendant que Naïg avait le dos tourné, monsieur Jacob ouvrit la housse. Madame Jacob rit comme une gamine. Naïg se retourna et écarquilla les yeux.

Quel joli manteau ! L'ensemble était dans les tons feuilles mortes, mais quand on y regardait de plus près il était chiné, tout piqueté de pointes de couleurs vives et moins vives qui formaient de discrets chevrons : vert clair et jaune-orange, bleu roi et violet, marron foncé et bleu ciel.

« Qu'attends-tu pour l'essayer ? dit madame Jacob.

— C'est pour moi ?

— Non, pour le chien de la voisine ! »

Les joues écarlates, Naïg prit le vêtement. Il était doublé d'une étoffe moirée, provenant du rayon des tissus chers, une doublure réservée aux vestes de tailleur des belles dames, de la soie peut-être ? La jeune fille enfila le manteau.

« Pas de critique, s'il te plaît, madame Jacob ! dit monsieur Jacob.

— Ah pardon ! Permets-moi de te dire que tu es un grand tailleur, monsieur Jacob !

— Et un bon tisserand, non ?

— Si tu veux.

— Je suis belle avec ? balbutia Naïg.

— Si tu en doutes, dit madame Jacob, regarde-toi dans la glace ! »

Le miroir avait bien le temps de réfléchir. Les yeux des Jacob suffisaient à Naïg. Elle leur sauta au cou.

« Merci, merci, oh merci.

— Ne nous remercie pas trop vite, ma fille, dit madame Jacob, il va falloir travailler dur pour le payer, ce manteau.

— Mais...

— Très dur ! renchérit monsieur Jacob en gloussant. Tu seras le mannequin vedette de la maison. Tu porteras ton manteau tous les jours !

— Tous les jours ? Mais il est trop beau ! C'est un manteau du dimanche !

— Taratata ! Tous les jours ! dit madame Jacob. Et quand on te demandera qui te l'a fait, tu répondras fièrement : c'est mon patron, monsieur Jacob, et il peut vous en faire autant.

— Tu te promèneras partout dans le bourg et tu prieras gentiment les commerçants de mettre sur leur vitrine une affichette, dit monsieur Jacob.

— Ah bon, une affichette ?

— Qu'il nous reste à écrire. Quelque chose comme : "Apportez-nous vos vieux pull-overs, gilets, chandails, écharpes, cache-col, chaussettes usées à détricoter. La maison Jacob vous les tissera et vous en fera vestes et manteaux." Cela vous convient-il, madame Jacob ?

— Nous verrons si nous ne pouvons pas trouver mieux, monsieur Jacob.

— A votre guise, madame Jacob.

— C'est vous qui déciderez, monsieur Jacob.

— Je n'en ferai rien, madame Jacob. »

La partie de ping-pong verbal aurait duré jusqu'à midi si Naïg ne l'avait interrompue d'une question :

« Quand est-ce que je commence ? »

Comme l'avaient prévu ses patrons, Naïg attira l'attention des dames. La crémière la toisa de haut en bas, deux clientes palpèrent l'étoffe de son manteau et, rougissante, elle répondit à leurs questions, raconta en quelques mots comment son manteau avait été fabriqué et dit que monsieur Jacob se proposait d'en faire d'autres.

Les premiers jours, son rôle fut passif, mais elle prit de l'assurance et se montra convaincante au cours de ses tournées de dépôt d'affichettes. Le bouche-à-oreille fit le reste. Mi-novembre, dans un coin de la boutique, s'entassaient des sacs remplis de lainages et sur lesquels étaient épinglées des feuilles de papier où étaient inscrits le nom de la cliente et le type de la commande, avec les mensurations du destinataire.

Monsieur Jacob tissait une semaine entière, cousait l'autre, recommençait à tisser, et ainsi de suite. Naïg avait les doigts, les poignets et les bras endoloris à force de détricoter et de confectionner des pelotes. Madame Jacob chantonnait comme un rossignol ou caquetait comme une vieille poule quand elle s'enquérait de l'avancement de telle ou telle pièce, de là-haut où elle aussi détricotait, mais à son rythme. L'idée de monsieur Jacob avait eu raison de la pénurie de tissu et de la disette qu'elle avait annoncée. Il ne restait plus qu'à attendre la fin de la guerre.

Début décembre, aux environs de midi, un camion allemand pila devant la boutique. A l'avant, il y avait le chauffeur et un sergent. Derrière, une demi-douzaine d'hommes, avec leur paquetage. Le sergent descendit du véhicule et poussa violemment la porte de la boutique. La clochette tinta comme une folle. La vitrine vibra dans son cadre. Dans l'angle intérieur, contre le chambranle, un bout de mastic sauta. Naïg se leva de sa chaise pour le ramasser. Le sergent le poussa vers elle du bout de sa botte, inspecta du regard le cadre de la vitrine, fit la moue, tira un papier de sa poche de poitrine et interpella monsieur Jacob :

« Jacob, c'est vous ? »

Dans la cuisine au-dessus, on entendit quelque chose tomber, et se casser.

3

Quimper, lundi 5 mai 1969

Naïg ne souriait pas et pourtant Corentin voyait pétiller sur son visage tout le bonheur de leur jeunesse passée. Il se revit âgé de dix-neuf ans, elle de cinq, toujours à lui demander de fabriquer des lits de poupée avec des bouts de voliges ou des douelles de barriques démantibulées. Il se sentit plein d'allant, comme si Mamm était encore en vie, que les patates à cochons cuisaient doucement sur le feu de bois dans la *chidhouarn* [1] à l'intérieur de la crèche et que le Tad allait rameuter la fratrie pour de nouvelles corvées qu'il avait inventées.

Malgré ses quarante ans et les malheurs de la Libération, Naïg avait gardé cette fraîcheur des femmes de la terre, petites et rondelettes, pas grosses mais bien potelées là où les hommes aiment qu'elles le soient. Le travail physique, aussi bien que l'amour auquel elles ne rechignent pas plus, les empêche de se rider, gonfle leurs joues et le reste de plaisir et les fait rougir de partout.

1. Littéralement : marmite en fer.

En prévision de l'arrivée de son frère, Naïg avait passé son début de matinée à briquer sa maison. Elle tendit deux fois ses deux joues écarlates à Corentin et répéta :

— Alors, te voilà, te voilà, toi.

— Ils m'ont laissé sortir à l'heure prévue.

— Tu es très élégant, je suis contente de mes achats.

— Tu peux. Malgré que tu m'aies habillé comme pour aller à la noce, je n'ai pas eu froid.

— Il n'y avait pas de raison, on est au mois de mai. Entre, je vais te faire visiter la maison tout de suite, comme ça on sera débarrassés.

— Tu n'aurais pas d'abord un bout de pain ? J'ai eu le tort de boire un verre de rouge dans un café et il a du mal à descendre.

— Je t'ai préparé un en-cas. On va manger assez tard. Robert est de repos le lundi. Il est parti à la pêche. Enfin, promener son chien de chasse.

— Ah ? Il chasse ? Tu ne me l'avais pas dit.

Corentin entrevit une solution au problème qui le turlupinait. Déterrer son fusil, c'était une chose, aller acheter des cartouches en était une autre. Si le fusil du beau-frère était du même calibre, il n'aurait qu'à en faucher deux dans sa cartouchière.

— La plupart du temps il revient bredouille. Pas comme toi. Tu te rappelles ? Mamm et moi on en avait marre d'éplucher les lièvres et de plumer les perdrix et les bécasses.

— Il a un fusil comment ?

— Bah ! Un fusil à deux coups. Pourquoi ?

— Pour rien. J'ai toujours aimé les fusils de chasse, tu sais bien.

— Donne-moi ta veste. Tant qu'on y est, tu visites le bas ?

Le couloir divisait le rez-de-chaussée en deux. Salon et salle à manger à gauche, cuisine, chaufferie et salle d'eau à droite. Le salon comprenait une banquette et deux fauteuils autour d'une table basse. Une longue table, six chaises et un buffet occupaient la partie salle à manger. La pièce était agrémentée de reproductions, de photos des enfants, de napperons brodés. Meubles et objets provenaient d'hypermarchés, mais pour Corentin qui avait vécu ses trente années d'homme libre sur la terre battue et les vingt-cinq suivantes sur le ciment, tout cela représentait le luxe citadin. Naïg, les mains dans la poche de devant de son tablier, se tenait en retrait de son frère. Elle avait disposé un grand bouquet de genêts d'Espagne sur la table de la salle à manger.

— Ho ! Vous avez même une cheminée ? Vous faites du feu ?

— Une fois le temps. A la No... pendant les fêtes, quoi.

Naïg avait buté sur le mot « Noël ». C'était aussi le prénom d'un de leurs frères et le prononcer eût été renfoncer le couteau dans la plaie.

— Tu vis dans un palais !

— Robert est contremaître.

Ils avaient choisi ce lotissement parce qu'il n'était pas loin de l'usine où travaillait Robert, la Galvanisation quimpéroise, une véritable institution que le progrès sapait petit à petit.

— Remarque, ajouta Naïg, je ne sais pas pour combien de temps encore il est à la Galva. Le plastique prend le dessus. Robert est en train de passer son permis poids lourds, au cas où. Il dit que dans le transport il n'y aura jamais de chômage.

— On peut lui faire confiance. Pour être arrivé là où

vous êtes, propriétaires de cette belle maison et de ce qu'il y a dedans, il n'est sûrement pas resté les deux pieds dans le même sabot.

— J'ai eu de la chance avec lui.

— Et réciproquement ! Des femmes comme toi, Naïg, ça ne court pas les rues.

Comme au parloir de Mesgloaguen, la peur de ressusciter le passé d'un mot de trop suspendait leurs dialogues. Ils bouclaient les paroles dans la penderie du non-dit mais cela n'empêchait pas les mites des pensées de s'échapper par-dessous la porte et de voleter entre eux, au milieu de leur silence. Ce que venait de dire Corentin, par exemple, était d'une grande maladresse. Cette expression ordinaire, compliment des plus sincères adressé par son frère à une femme exceptionnelle, troubla le miroir d'un passé peint en noir, qui ne réfléchissait plus. Comme un caillou dans l'eau, il provoqua des ondes concentriques, en noir et blanc, les couleurs du drapeau breton, le *gwenn ha du*. Une femme qui ne court pas les rues suscita dans leur esprit des images terribles de pauvresse qui, justement, court les rues, nue, fouettée de lazzis, livrée aux chiens de la vengeance abjecte, avinée, aveugle.

Ils patientèrent le temps que le miroir redevienne parfaitement lisse et ne reflète que le présent. Ils meublèrent cette attente d'actes de réconciliation. Naïg fit du café frais, disposa sur une assiette du lard rôti encore tiède, ouvrit un pot de cornichons et sortit d'un sac en toile pendu à un crochet sur le côté du buffet une boule de pain de seigle qu'elle posa sur une planche à découper. Elle prit un couteau à scie. La lame dérapa sur la croûte dure et brune comme un galet.

— Donne, dit Corentin.

Il s'empara du couteau et ressentit dans son corps et

dans son cœur ce travail de la lame sur la croûte et à l'intérieur du pain noir, comme si vingt-cinq années ne s'étaient pas écoulées : attaquer la miche en douceur, scier d'une main légère, opérer une sorte de rainure d'où la lame ne dérapera pas, et puis ensuite peser, couper et voir la tranche se détacher de la boule, se coucher sur le côté et exhaler tout son parfum de mie humide et finement grenue comme le *farz* de sarrasin, cette boule de farine que Mamm pétrissait et mettait à cuire dans un torchon avec le pot-au-feu, à la mode du pays léonard.

Corentin saliva et secoua la tête, l'air de dire : « Sacrée Naïg, tu sais comment faire plaisir à ton frère », et c'est ce qu'elle entendit, bien qu'il ne prononçât pas un mot. Elle farfouilla dans un tiroir et posa un couteau à droite de l'assiette. Corentin écarquilla les yeux. Son couteau ! Son couteau de jeune homme, un gros Pradel à deux lames plus tire-bouchon et ouvre-boîte, dont la grande lame avait été réduite de moitié, en forme de croissant, à force de connaître la meule.

— Tu ne l'as pas laissé partir avec les autres ?

« Les autres » : non pas les autres couteaux mais les autres malotrus, les malhonnêtes, les trous du cul qui les avaient dépouillés.

Naïg secoua la tête.

— Sacrée Naïg, tu es vraiment une bonne sœur.

Ils rirent.

— Mange au lieu de dire des bêtises !

Corentin s'assit, tailla des carrés de pain noir et des dés de lard et mangea un dé sur un carré, sans se presser, en croquant un cornichon de temps en temps et en arrosant le tout de gorgées de café noir. Les mains dans la poche de devant de son tablier, Naïg le regardait faire. Il voulut se couper une autre tranche de pain. Elle le débarrassa de son assiette.

— Faut pas abuser du pain noir, tes intestins ne sont plus habitués. Et puis si tu te gaves tu ne toucheras pas à mon repas de midi et tu regretteras.

Il essuya son couteau sur l'entame du pain, le ferma et l'empocha.

— Viens que je te montre ta chambre, maintenant.

— Ma chambre ? *Gast!* T'en as donc tant que ça ?

— Quatre.

— Mais les enfants ?

— J'attendais que tu me demandes de leurs nouvelles.

— Excuse-moi, en prison on devient égoïste.

— Egoïste ? Je ne crois pas. Pas toi.

— Alors, disons je-m'en-foutiste.

— Quand on ne peut pas oublier, il faut s'arranger pour que ça vous glisse dessus comme sur des plumes de canard.

Sauf la salle de bains et les WC, tout l'étage était moquetté, un confort suprême aux yeux de Corentin. La plus grande chambre était celle des parents, meublée classiquement : un lit, une armoire à glace, deux tables de chevet.

— Un cadeau des parents de Robert.

Une chambre de fille, avec des peluches et des poupées.

— La chambre de Sophie. Tu la verras fin juin. Elle est en fac à Brest.

— A l'université ? Qu'est-ce qu'elle étudie ?

— L'anglais.

— C'est bien.

Une chambre de garçon, avec des posters de groupes de rock.

— La chambre de Pierre-Yves. Lui, il est à Tours.

Il fait un BTS d'électronique. Pareil, il rentrera pour les grandes vacances.

— La roue tourne. Tes enfants sont les premiers de la famille à faire des hautes études.

— C'est courant aujourd'hui, tu sais.

Jusque-là ils étaient restés sur le seuil des pièces. Naïg entra dans la quatrième chambre et ferma la fenêtre.

— J'ai aéré depuis hier. Ça sentait un peu le renfermé. Elle n'a pas été occupée depuis un bout de temps.

La pièce était nue, sans aucun objet pour la décorer. Elle avait été désertée, nettoyée, rangée, retapissée sans doute, dans l'attente d'un nouveau locataire.

— La chambre du grand ?

— Tu as raison de dire « du grand ». En taille, il fait au moins le double de moi, et en poids, une fois et demie le poids de Robert.

S'il n'y avait pas eu ce fameux placard aux paroles, Kermanac'h aurait dû répondre d'un air entendu : « Il tient de son père, le gaillard ! » et Naïg aurait baissé les yeux de confusion ravie. Les mites des pensées, aux ailes translucides, revinrent voler entre eux.

— Où il est ?

Naïg effaça un pli sur le dessus-de-lit en cretonne. La porte du placard à paroles s'entrouvrit.

— Là où il fallait qu'il aille, fatalement. En Allemagne.

— A cause de ton mari ?

— Oh non, au contraire ! Ils s'arrangeaient bien. Pas comme père et fils, forcément. Comme des copains. Robert l'avait fait embaucher à la Galva dès l'âge de l'apprentissage. Ils allaient à la pêche et à la chasse ensemble.

— Pourquoi il est parti alors ?

— Le mois après ses vingt et un ans. Il a dit que c'était son pays. Il écrit une fois le temps.

— Il est marié ?

— Depuis six mois.

— Il te donnera des petits-enfants et vous irez les voir.

— C'est loin. Et puis ils seront allemands. Si encore il s'était marié à une Bretonne. Enfin, personne n'y peut rien. C'est la vie. En tout cas, son départ a libéré de la place pour toi. On ajoutera des meubles au fur et à mesure, si tu estimes que c'est nécessaire. Je t'ai mis un traversin et deux oreillers. On n'a jamais parlé de comment tu dormais là-bas.

— Sur un polochon.

— Tu feras à ton goût.

— Aucune importance, pour une nuit.

La bouche de Naïg se crispa. Ses lèvres pâlirent. Elle sembla plus petite, moins ronde, plus fragile, tout à coup.

— Qu'est-ce que ça veut dire ? Tu ne veux pas rester ? La chambre ne te plaît pas ?

— Ta maison est un palais, Naïg, je te le répète, et tu as toujours été ma petite princesse. Mais j'ai un travail à faire.

— Un travail ? L'aide sociale te suffira. On ne te demandera pas de loyer. Juste une participation pour la nourriture.

— Le travail que j'ai à faire est un peu spécial. Il ne rapporte rien. Appelons ça un travail de mémoire.

— Tu ne vas pas aller là-bas, tout de même ? Moi je n'y ai jamais remis les pieds. Pourtant, avec la voiture, le chemin ne serait pas bien long. Moins d'une heure.

— Il faut que j'y aille.

— Tu vas te faire du mal.
— Il faut traiter le mal par le mal.
— Et après ?
— Je reviendrai chez toi.
Il fit semblant de se moucher, de peur qu'elle ne lise sur ses traits qu'il mentait. Mais non. Elle respira et retrouva ses couleurs.
— Ah bon ! Juste une sorte de pèlerinage, quoi.
— Exactement.
— Où tu dormiras ?
— A l'hôtel. Deux ou trois nuits.
— Ça coûte cher.
— En vingt-cinq ans, j'en ai rempaillé, des chaises, tu sais !
— Très bien. Tu rempailleras les quatre qui sont dans le garage.
— Compte sur moi !
— Tu seras de retour à la fin de la semaine, alors ?
— Ben oui.
Naïg tapa dans ses mains et appela :
— Marie ! Marie !
— Qui est Marie ?
— La bonne ! Ah, j'ai l'impression qu'elle s'est mise en grève.
Corentin rit de bon cœur. Sa sœur le poussa sur le palier.
— Allez, allez ! Tu vas visiter le jardin tout seul pendant que je remplace Marie à la cuisine. Oh là là, tu as vu l'heure ?
En descendant l'escalier ils refermèrent le placard aux paroles, chassèrent les mites des pensées et laissèrent de nouveau la place aux gestes qui ne portent pas à conséquence.
Corentin chaussa des bottes trouvées dans le garage,

enfila un bleu de chauffe et désherba à la binette les allées du jardin. Il passa un moment à contempler les poules. Il y en avait de deux sortes, séparées par un grillage : des normales et des naines. Parmi les naines, un coq et une poule ressemblaient à des oiseaux exotiques, tandis que les autres étaient aussi jolies que des perdrix et volaient tout comme. Effrayées par l'étranger, elles se perchèrent d'un coup d'ailes. Le coq normal, un gros coq français rouge et blanc, plus le nain lui chantèrent en pleine figure, comme des chiens de garde.

— C'est parce que je sors de taule que vous me gueulez dessus ? Bande de matons ! Méfiez-vous qu'on vous torde le kiki, espèces de coqs au vin !

De la cuisine qui donnait sur le jardin, Naïg l'entendit s'esclaffer. Elle avait entrouvert la fenêtre parce que le four de la gazinière, qu'elle n'avait pas nettoyé depuis l'hiver, fumait un peu. Dame, quand elle cuisait un gros poulet elle ne lésinait pas sur le beurre, et avec le four à 200, et puis sur gril en fin de cuisson pour que la peau soit bien dorée et craquante, la graisse giclait en dehors du plat. Elle se pencha par-dessus l'évier : son frère était planté devant le poulailler, les mains dans les poches, le dos voûté, l'air un peu cloche dans sa veste de bleu de chauffe, vu de dos. Sûr que ça devait l'écraser, le ciel au-dessus de sa tête après vingt-cinq ans entre quatre murs. Enfin, il allait être content : Naïg lui préparait un repas de fête, un vrai repas du dimanche, bien qu'on fût un lundi.

A midi et demi Robert gara son break R18 devant le garage et libéra son épagneul breton. Le chien fonça vers l'arrière de la maison en aboyant. Son maître le suivit. Les deux hommes se serrèrent la main longuement. Ils s'étaient vus un bon nombre de fois, au parloir.

Robert était le genre de gars qui plaisait à Corentin : petit, sec, musclé, vif, aux gestes rapides.

Corentin essaya de caresser le chien, plutôt fiérot comme tous les épagneuls bretons.

— Il s'appelle comment ?

— Mimoun. C'est le champion du dix mille mètres.

— Il n'arrête pas la bécasse ?

— Si, mais à l'autre bout de la commune.

— Tu as pris des truites ?

— Quatre ou cinq, mais elles ne faisaient pas la maille.

— Naïg m'a dit que tu chassais, aussi. Ton fusil, c'est un douze ou un seize ?

— Un douze. Je ne crois pas qu'il reste beaucoup de seize en circulation.

— De mon temps c'était l'inverse. Tout le monde ou à peu près chassait au seize. Bien suffisant, si tu mets dedans.

— Qu'est-ce que tu avais, comme fusil ?

— Mes frères avaient des Darne. Le mien c'était le fusil de Tad. Un Idéal, canons chromés, crosse anglaise, un fusil qui se transmet de père en fils. Je l'ai déposé à la Kommandantur en 40, mentit Corentin, si c'est pas malheureux.

— Il a dû faire le bonheur de quelqu'un.

— Ouais, sans doute qu'il tire encore le perdreau ou le faisan, quelque part en Allemagne.

« Allemagne », voilà un mot qu'il fallait vite remettre au placard. Robert invita Corentin à prendre l'apéro. Ils passèrent par le garage et la chaufferie, où l'épagneul se coucha sur sa paillasse.

A peine entré dans la cuisine, Corentin, comme autrefois à Kermabeuzen, déclama des « Hapala ! Hapala ! Popopo-popo ! », onomatopées de joie, d'entrain, de surprise qu'il adressait aux gens aussi bien qu'aux animaux. Aux journaliers qui venaient de nettoyer un talus en deux fois moins de temps que prévu ; au chien qui rapportait d'une lande une bécasse qu'on croyait perdue ; au poulain tout frais sorti du ventre de la jument et qui chancelait sur ses pattes de sauterelle en secouant la tête comme si la lumière du jour lui piquait les yeux.

La bonne humeur de Corentin n'était pas simulée. Elle avait deux raisons : l'une qu'il pouvait montrer et l'autre qu'il fallait cacher. Dire que ça sentait bon dans la cuisine appartenait aux règles de politesse. Ne pas dire qu'il estimait avoir fait le plus dur, chez sa sœur, à savoir la prévenir qu'il ne resterait pas et qu'au contraire il allait retourner là-bas, en enfer, en plein chaos, sans susciter pleurs et gémissements, le réjouissait tout autant.

— Hapala ! dit Naïg, tu as senti l'odeur du *merenn vras* !

Merenn vras, le grand repas du dimanche de Pâques et du jour de Noël, au menu invariable, que Naïg avait repris.

— Le menu de Mamm, dit Corentin.

Aucune femme, aucun chef cuistot au monde n'aurait pu reconstituer devant ses fourneaux ce mélange d'odeurs, de parfums, de fragrances qui vous transportait quarante, cinquante ans en arrière, du temps où Mamm n'était pas encore ratatinée par les corvées et qu'elle chantait l'*Ave Maria* le dimanche matin, pour faire jurer son homme, Tad, ce père qui leur avait tout appris du travail de la terre.

Naïg avait préparé des rouleaux de jambon remplis de macédoine, des coquilles Saint-Jacques recouvertes de chapelure, du rôti de veau piqué à l'ail accompagné de frites et de salade verte, du fromage, et pour dessert un diplomate aux abricots et à la crème anglaise.

Robert servit un pastis aux hommes et un Saint-Raphaël à Naïg. Ils prirent l'apéritif au salon. La tête de Corentin lui tourna au bout de trois gorgées. Il rajouta de l'eau dans son verre.

— Je n'ai plus l'habitude.

— Remarque, tu n'as jamais abusé non plus, dit Naïg.

— T'inquiète, dit Robert, je te laisserai te servir toi-même en vin ou en eau. Ce n'est pas le genre de la maison de saouler la gueule aux invités.

— Hapala ! On ne va pas rester en cale seche non plus ! Popopo !

— Ça fait vraiment plaisir de te voir comme ça, dit Naïg. J'avais peur...

— Moi aussi j'avais peur. De crever à peine le pied posé dehors, ou bien d'avoir envie de me fourrer la tête dans un sac. Je suis soulagé. Je ne sais pas très bien de quoi, mais je suis soulagé.

Il le savait très bien. Soulagé d'avoir survécu à ces premières heures de liberté, d'avoir marché la tête haute dans les rues, d'avoir parlé à Naïg comme si de rien n'était – comme s'il n'avait pas ce chancre de la vengeance logé dans la cervelle –, de n'avoir pas renoncé à son projet et de ressentir qu'à partir de maintenant tout allait glisser comme sur des roulettes, comme deux cartouches dans la culasse du fusil et comme deux doses de plomb dans les canons de son Idéal. A condition de le retrouver et qu'il ne soit pas bouffé par la rouille. Il se détendit complètement et se laissa porter par le défilé des minutes et des heures, dans une brume de béatitude.

Le lendemain, Naïg l'emmena voir la mer à Concarneau, Bénodet, Douarnenez, Audierne et la pointe du

Raz. Il partit le mercredi, en promettant d'être de retour le samedi.

— Contente-toi de te promener, lui recommanda-t-elle, ne parle à personne. Il y a encore là-bas certaines gens qui pourraient te mettre hors de toi.

Dans le car de Quimper-Morlaix, il se dit que la date n'aurait pas pu mieux tomber. A quelques semaines près, sa sortie de prison coïncidait avec le vingt-cinquième anniversaire de la libération d'Huelgoat. Il y avait gros à parier que le 8 mai, c'est-à-dire le lendemain, cet anniversaire allait être célébré de manière exceptionnelle. Au pied du monument aux morts, toute la clique serait réunie, gaullistes, communistes, socialistes, enfoirés de toutes les couleurs, jaunes y compris. Aucun ne manquerait à l'appel. Il n'aurait pas besoin de courir après son bonhomme. Il serait au premier rang, la poitrine bardée de médailles comme un conscrit le jour du conseil de révision. Il avait hâte de voir la trombine qu'il ferait en le reconnaissant. Lui qui le croyait à l'ombre jusqu'au jugement dernier. Une bouffée de chaleur lui remonta jusqu'aux oreilles. C'est qu'il faisait chaud, dans le car. Peut-être n'aurait-il pas dû s'habiller comme ça? Ce n'était pas à proprement parler une tenue pour se rendre à des festivités. Mais il n'avait pas pu résister.

Suspendu à un clou sur le côté de l'armoire à outils de Robert, le vêtement avait immédiatement attiré son regard : une canadienne en toile bistre, avec un col en vraie fourrure, de la martre ou du castor.

«Elle est belle, hein? avait dit Robert. Elle appartenait à mon père. Vise un peu ça, ma mère lui avait cousu un carnier dans le dos.»

Kermanac'h avait tâté le carnier. Malgré le tissu imperméabilisé, du sang avait transpiré à l'extérieur. La canadienne avait fait de l'usage, sûr, à la pêche et à la chasse. Les épines de ronces et de lande avaient griffé les manches et le devant. Elle sentait encore la fougère chauffée au soleil de septembre et la berge de rivière un jour d'ouverture en février.

« Je peux l'essayer ?

— Vas-y. »

Sur un pull-over, elle était un peu trop grande pour lui, mais sur une veste ce serait parfait.

« Tu la veux ?

— Ma foi...

— Elle est à toi ! D'après Naïg, même au printemps on peut se les geler à Huelgoat. Puisque tu es devenu frileux, avec ça tu n'auras pas froid. »

A l'intérieur du car il faisait vraiment très chaud. Il enleva la canadienne à regret et eut hâte d'arriver pour la remettre. A chaque vêtement sa fonction et son utilité. De la même manière qu'une veste de chasse et des bottes vous bercent de la certitude de viser juste, cette canadienne de résistant le préparait au coup d'éclat. Pour compléter sa panoplie, il lui aurait fallu une Sten ou une carabine américaine et non pas un fusil de chasse à deux coups. Mais bon, on fait avec ce qu'on a.

Le car traversa Briec, Pont-Coblant, Pleyben et aborda la première grande montée en direction de Brasparts. Hormis quelques immeubles supplémentaires portant des enseignes de cabinets d'assurances et des plaques de médecins ou de vétérinaires associés, le cœur des bourgs avait peu changé. Bien sûr, les maisons avaient embelli sur leurs vieux os en schiste ou en granit : nouvelles croisées à petits carreaux, portes vernies, rideaux de dentelle, ardoises neuves et crochets en inox, peintures pimpantes, autrement plus gaies que le gris des années noires.

L'argent avait dû couler à flots, depuis ce jour d'été 1944 où Corentin avait effectué le même trajet, dans le sens contraire, à l'intérieur du fourgon cellulaire de la gendarmerie. Entravé comme un taureau qu'on mène aux vaches. Lui, c'était en principe pour se marier avec la veuve Guillotin, celle qui ne vous passe pas la bague au doigt mais le collier autour du cou, et tchak ! Ce jour-là, ça ne semblait pas faire un pli que les noces seraient consommées. Mais le mariage n'avait pas eu lieu et le voyage allait durer un quart de siècle.

Vingt-cinq ans, nom de Dieu ! éructa Kermanac'h à l'intérieur de lui-même, l'âme remplie de cette bile verdâtre qu'il avait réussi à contenir chez Naïg et Robert. Vingt-cinq ans, ce n'est pas rien. Un bail pendant lequel un gosse pousse son premier cri, tète sa première goutte, apprend à marcher, à pisser et à chier tout seul, à garder le bétail, à tirer l'eau du puits, à dénicher les oiseaux, à se raser, à danser, à embrasser les filles, à les trousser, à les enfiler, à marcher au pas, à se choisir une compagne, à s'installer sur une ferme et à fabriquer ses premiers héritiers.

Corentin se calma. Excepté qu'il ne s'était pas marié comme prévu avec Suzanne et qu'il n'avait pas fabriqué d'héritiers, il avait eu cette première moitié de sa vie. On lui avait volé la seconde, celle où la fièvre de la jeunesse vous quitte, où l'on apprend à jouir de chaque minute qui s'écoule, où l'on vous reconnaît un beau jour la sagesse des grands-pères. La meilleure ? Il ne le saurait jamais.

En 1944, lors de son transfert de Huelgoat à Quimper, l'été finissait de flamboyer. On aurait dit un âtre bourré de braises palpitantes. La lumière rasante de fin d'après-midi gonflait les volumes, épaississait le bocage, cernait ses limites de rimmel et rétrécissait les champs cultivés, si bien que la surface de la terre se boursouflait de chenilles géantes – les talus – et de chapeaux bouffants – les bosquets et les bois. En 1944, un soir d'été, la campagne avait la luxuriance d'une canopée de forêt vierge vue du ciel.

Corentin aurait-il refait ce chemin au mois d'août et à la même heure qu'il n'aurait rien revu de cette magnificence. Le remembrement avait sévi ici plus qu'ailleurs. Le paysage était méconnaissable. De mornes étendues s'étendaient sous ses yeux, brisées çà et là, aux endroits où par bonheur les replis du relief l'avaient préservé des bulldozers, de touffes de saules, de moignons de talus, d'étroites coulées vertes. Il avait beaucoup plu la semaine précédente. A la surface des plaines récemment ensemencées de maïs, des étangs miroitaient dans lesquels se reflétaient des mouettes mutantes, émigrées des côtes vers les décharges urbaines.

Corentin avait parlé avec Robert de cette nouvelle culture : le maïs, gourmand en eau, en engrais et pesticides, et en énormes et coûteuses machines. Un copain de Robert était mécano chez Massey-Ferguson, aussi le beau-frère avait-il pu décrire à Corentin la taille, la puissance et le prix des nouvelles machines agricoles. La plus impressionnante était celle qui servait à la récolte du maïs grain. Ses quatre ciseaux géants claquaient comme des pinces de monstre préhistorique. Le cancrelat caparaçonné de métal orange et hérissé d'antennes rampait sur la terre nourricière et la creusait probablement, comme le sarcopte de la gale creuse ses galeries sous la peau des malpropres.

« Il y a de quoi en tomber sur le cul », avait dit Corentin.

Il n'appartiendrait jamais à ce monde-là. Au fond, il était un peu comme ces mammouths qu'on découvre pris dans les glaces de Sibérie : un pur paysan enlevé à sa terre, mis au congélateur et ressorti vingt-cinq ans plus tard, tel quel, avec ses pensées et son savoir de l'époque. Il pensa qu'on devrait l'empailler et l'exposer dans un musée.

A mi-chemin de Brasparts, en bas d'une descente, près d'un ancien moulin flanqué d'un étang décoratif, le car tourna à droite vers Loqueffret. Il n'y avait que deux cars par semaine à faire un crochet par Huelgoat, et bientôt, d'après le chauffeur, plus aucun. Huelgoat deviendrait le pays où l'on n'arrive jamais. Corentin y serait allé à pied, s'il avait fallu. D'ailleurs, tout de suite après Loqueffret, il demanda au chauffeur de le laisser au carrefour de Kroaz-an-Turk.

Le car redémarra en crachotant des fumées de gazole. A l'arrière, des têtes se retournèrent pour regarder Corentin. Il releva le col de sa canadienne et s'assit sur le calvaire. Il avait bien l'air de ce qu'il était : un revenant.

Il se plongea dans la contemplation de la vallée où il était né, avait vécu, travaillé, aimé.

Où il avait été trahi.

Les anciens racontaient que la vallée de Saint-Herbot, profonde comme une gorge, avait été tranchée dans les monts d'Arrée par un titan ivre, à la houe, d'un coup. Alors le mythique géant Gawr avait-il dû manier un outil ébréché, car du sommet de la montagne jusqu'au lit de la rivière qui en surlignait le socle de cascades d'étincelles, le sillon n'était que zigzags et éclats de roche, estafilades et saillies, blessures millénaires à présent cicatrisées sous une croûte de mousse et la masse crépue des taillis et des bois.

Plus que les autres vallées de la région, celle-ci évoquait le chaos qui avait chiffonné, plissé, trituré ces terres pour les rendre impénétrables aux engins agricoles. Champs en pente, pâtures tarabiscotées, landes décousues, énormes pierres levées non par l'homme mais par le tremblement de terre originel : rien que des endroits interdits aux machines.

Seuls des bras maniant la houe, cet outil universel, seuls des chevaux ayant la sûreté de pas du mulet permettaient de tirer de cette sauvagerie un peu de blé noir, de lin et d'orge à cochons.

Seules les vaches pie-noir, qui se nourrissaient de tout – feuilles d'aubépines, ronces des talus –, pouvaient donner du lait en paissant dans les basses terres du bord de la rivière, ces maigres prairies dont on avait préalablement arraché les souches de ciguë, dont il fallait surveiller les éventuels regains.

Hormis les ruines d'un moulin, il n'y avait aucune trace d'activité humaine, passée ou présente, dans ce bas-fond que l'ombre gagnait dès quatre heures de l'après-midi, au plus fort de l'été. Personne ne s'y rendait de gaieté de cœur. Quand il fallait y descendre chercher les bêtes, les jeunes commis prenaient un solide bâton de *spern du* – de prunellier, l'arbuste aux épines noires –, non pour piquer le cul des vaches mais pour se défendre contre les sorcières qui devaient rôder par là.

Une fois dans leur vie ils connaissaient l'épouvantable : lorsque, à l'époque de la Toussaint, leurs aînés creusaient un potiron, y découpaient des yeux et une bouche, posaient dedans une bougie qu'ils allumaient avant que le néophyte ne passe. Le gamin hurlait de peur et se mettait à courir comme un dératé, devant ses vaches, qui heureusement connaissaient le chemin, à dire vrai tout tracé entre les talus et duquel il leur était impossible de s'écarter. Initié, le *paotr saout*[1] attendait avec impatience la Toussaint suivante, pour jouer le vilain tour du potiron et de la bougie à plus jeune que lui.

Cependant que le bas-fond ne cessait de lui inspirer de la crainte, l'homme au fil des siècles peupla en partie des semblants de plateaux, terrasses naturelles, nichoirs, perchoirs, refuges, qu'au hasard de leurs doigts divins ou démoniaques les sculpteurs du relief avaient disséminés vers le milieu de la pente, en prenant bien soin de n'en modeler aucun dans le tiers supérieur, comme s'il avait fallu protéger la pureté de la ligne de crête afin que nulle construction de la brise. Le flanc de la montagne de Saint-Herbot ne laissait rien apercevoir de ses habitations.

La surprise se situait à mi-route des lacets. Sur la droite en descendant vers Huelgoat apparaissait une ouverture dans la forêt et s'inscrivait soudain dans ce portique géant une église gothique flanquée de son presbytère. D'un gris plus sombre que les troncs des hêtres qui s'étageaient derrière en demi-cercle ainsi que des spectateurs figés sur les gradins d'un cirque, le monument heurtait la raison et oppressait le cœur.

C'était une tour carrée, une place forte dédiée à la protection des âmes qui s'y réfugiaient au Moyen Age quand les mercenaires des barons du Pont, de l'Aulne ou de Plouguer rançonnaient les serfs. Tout autour de

1. Garçon vacher.

sa couronne crénelée, l'imagination faisait apparaître des archers. De la gueule des gargouilles qui la hérissaient on imaginait couler non pas l'eau des déluges bretons mais l'huile bouillante d'assiégés en soutane. Aux origines de son temps, l'église – la cathédrale ! – avait été un palais épiscopal.

Sur quelles squelettiques troupes de laïcs et de clercs régnaient les prélats ? Evêques miséreux en charge d'ouailles misérables, ils marchaient pendant des semaines ou cahotaient sur des chaises à porteurs pour gagner cette mission où ils savaient qu'il leur faudrait renoncer à la pompe des évêchés de Cornouaille et du Léon. Quel but poursuivait Rome en exilant ses officiers supérieurs dans cet avant-poste perdu chez les gueux ? Sûrement pas celui d'accumuler des richesses : un boisseau de farine de sarrasin, un lapin braconné ou un panier d'œufs ne constituent pas un denier du culte digne de ce nom, même s'ils sont les bienvenus à la cuisine.

Non, l'apostolat des abbés crossés et mitrés consistait à remplacer ici les superstitions celtes par des superstitions chrétiennes ; à encourager, dans le respect du Fils de Dieu, l'adoration des saints locaux ; enfin, à souffler sur les charbons ardents des peurs innées de façon à entretenir l'effroi majeur, celui qu'inspire l'enfer.

L'enfer, le dernier recteur de Saint-Herbot l'avait recréé sur terre, avec l'aide des nazis. C'était un être hybride, saint homme pour les uns, démon aux yeux des autres.

Corentin, condamné pour des crimes qu'il n'avait pas commis, n'avait aucune envie de juger à son tour. Il s'ébroua. Que faisait-il à l'intérieur de l'église ? Guidé par ses souvenirs ou par le diable en personne, il était entré sans savoir ni pourquoi, ni comment.

Et maintenant il voyait partout, en filigrane sur les vitraux, sur les murs, par terre, comme les stigmates du Christ sur le saint suaire, le visage en lame de couteau de ce curé.

L'abbé Castric, par qui beaucoup de malheurs étaient arrivés.

4

Kroaz-an-Turk, automne 1937

Depuis plusieurs jours il faisait un temps sec et dur comme la ligature d'un bûcheron chevronné sur un fagot de hêtre. Le vent du nord poussait la fumée des brûlis d'automne vers la vallée de l'Aulne.

Par une de ces belles matinées d'abattage de bois, une Traction 15 CV se gara près du calvaire. Le chauffeur n'était autre qu'un abbé frais émoulu du grand séminaire de Quimper. S'il avait choisi une autre voie que la cléricature – Polytechnique, l'Ecole des mines, Centrale, l'Ecole normale supérieure –, on aurait dit de lui qu'il était sorti major de sa promotion. Au séminaire, ce vocabulaire n'avait pas cours. Afin de préserver le jeune homme du péché de vanité, il suffisait donc de dire qu'il avait été remarqué par ses maîtres pour l'étendue de sa culture qui touchait autant à l'univers des clercs qu'à celui des laïcs.

Brillant en histoire des civilisations aussi bien qu'en ontologie, à l'aise avec les théories d'Adam Smith tout autant qu'avec les élucubrations des nouveaux philosophes, assuré dans le tangible et en parfaite communion avec la transcendance, c'était le parangon de la recrue précieuse. Il ne restait plus qu'à l'affiner, l'affûter, le dresser aux subtilités des relations immanentes entre le clergé et la République. En outre, vertu éminemment cardinale, il affichait en toutes circonstances la modestie première des ambitieux patients. Il irait loin, très loin, peut-être jusqu'à Rome. Pour guider ses premiers pas vers les sommets apostoliques, à savoir lui apprendre à oindre l'ennemi et à circonvenir l'allié, on l'avait affecté d'emblée, en dépit de son jeune âge, à un poste de confiance.

Il descendit de voiture, ouvrit la portière arrière gauche et s'inclina légèrement devant l'évêque de Quimper et de Léon, monseigneur Dupré, dont il était le secrétaire particulier.

Bien que sa carrosserie fût noire, l'âme de la voiture épiscopale était doublement immaculée : à cause de la nature même, en principe sans souillure, des esprits qu'elle transportait, et de par la couleur de la banquette sur laquelle leurs enveloppes charnelles avaient reposé pendant le trajet : un cuir d'une blancheur patinée comme le calice des fleurs d'autel, les délicats arums.

Le jeune abbé laissa le second passager s'extraire tout seul du véhicule. Cela allait de soi : par intuition ou recommandation, le mimétisme moral, tacite ou enseigné, est une autre vertu d'un secrétaire particulier. Il n'avait nul besoin, bien au contraire, de gratifier d'estime un homme que l'évêque ne tenait pas en amitié.

Le futur prince de l'Eglise fit une génuflexion devant le calvaire, se signa et se retira à l'écart, les mains croisées, dans l'attitude de la méditation. Il n'ignorait pas de quoi il allait retourner entre l'évêque et son passager. Et pour cause, c'était lui qui avait suggéré ce *déplacement*, en d'autres termes la mutation, sinon l'exil, du trublion, de cet abbé Castric à la soutane mitée et aux convictions gênantes.

Appréciant la discrétion de son secrétaire, monseigneur Dupré sourit de tant de qualités innées. Une perle, ce jeune abbé. Pourvu que l'archiépiscopat ne le lui enlève pas trop tôt. La France vivait des temps troublés et ils le seraient plus encore avec la guerre qui s'annonçait. Ce Machiavel en herbe lui serait sûrement d'un grand secours si par malheur le bien et le mal venaient à échanger leurs masques pour mieux se dissimuler dans des demeures inhabituelles et tournebouler l'Eglise. Ainsi, déjà en Allemagne l'ordre ne semblait plus l'ami du bien ni le désordre social l'incarnation du mal. Un vrai chrétien ne pouvait que se défier d'un Adolf Hitler et, par conséquent, reconnaître une part de légitimité à ses opposants, fussent-ils socialistes ou communistes. Entre l'ordre néfaste et un juste désordre, il allait falloir louvoyer. Un bien vilain verbe, songea l'évêque. Il rectifia sa pensée : il allait falloir peser le pour et le contre et faire en sorte que l'Eglise sorte intacte de cette lutte à présent obscure contre des démons masqués.

L'abbé Castric priait devant le calvaire. L'évêque le prit par le bras et le conduisit au bord du terre-plein d'où la vue plongeait sur la vallée de Saint-Herbot et, au-delà de la ligne boisée, sur le chaos de Huelgoat. La soutane de l'abbé claquait comme une voile.

— Au sommet du mont Sinaï, le vent devait souffler ainsi, badina l'évêque.

— Ainsi, voilà mon lieu d'exil, murmura Castric.

— Allons, allons. Votre terre de mission, l'abbé. Et d'oubli.

— Mais pourquoi, monseigneur ?

— Nous ne reviendrons pas là-dessus.

— N'ai-je pas œuvré pour l'Eglise, dans le Léon?

— En toutes choses il faut mesure garder, et vous avez dépassé les bornes. Même en terre des prêtres, puisque c'est ainsi qu'on nomme ce bon pays du Léon, il y a des idées qu'on ne peut professer en chaire.

— Mais, monseigneur, Léon Blum! Un Juif président du Conseil!

— N'a-t-il pas démissionné en juin?

— Les Juifs tiennent l'industrie, le commerce, les finances!

— Tss! Tss! Tss! Je vous croyais sinon guéri, du moins sur le chemin de la repentance.

— Je le suis, monseigneur.

— Vraiment? Parce qu'il n'est pas trop tard pour vous changer d'affectation. J'avais songé à une aumônerie dans un asile de vieillards. La plupart sourds et muets, afin que vous prêchiez dans le désert. En français, en latin ou... en breton.

— Monseigneur!

— Je plaisantais. A vrai dire, pas tout à fait. Regardez-moi, l'abbé.

Castric plongea son regard dans celui de son supérieur. L'évêque ne put réprimer un léger frisson. Ces yeux bleu acier : des dards! Ces cheveux clairsemés, mais encore bien noirs, peignés en arrière, plaqués au savon, raides comme des traits : un casque! Ces pommettes hautes, ces joues creuses, ce corps longiligne, maltraité, insuffisamment nourri, et jusqu'à cette soutane lustrée, reprisée aux coudes : l'Ankou, le charretier de la mort! Oui, Castric était une sorte de spécimen en chair et en os de la statuaire celte, de ces êtres noueux comme des bâtons d'aubépine, maîtres des landes et des marais déserts. Pas étonnant qu'il se prît pour un missionnaire de la celtitude et de l'identité bretonne. Il avait le physique de l'emploi. L'évêque, lui, en imposait par son corps bien bâti, ses cheveux en brosse et cette limpidité du regard qui prévenait que chez lui la réflexion précédait toujours la parole.

L'abbé Castric baissa enfin les yeux.

— Ma contrition est sincère, monseigneur.

— Soit ! Néanmoins, je voudrais que vous renouveliez votre promesse. A force d'excès, vous avez réussi ce tour de force de scandaliser et de liguer contre vous nos bonnes ouailles du Léon. D'excellents chrétiens ont fini par juger que vous étiez dangereux pour la paix de la paroisse. Notre rôle est d'amener à Jésus de nouvelles brebis et non pas d'écarter du troupeau celles qui nous suivent. Notre mission est d'apaiser les consciences, pas de jeter l'huile de la haine sur le feu politique. Vos engagements sont contraires à l'encyclique du 14 mars du Saint Père. Dois-je vous rappeler son titre ?

— *Dans ma poignante inquiétude*, monseigneur.

— Dois-je vous rappeler son contenu ?

L'abbé Castric releva la tête, mais ce fut pour la tourner vers l'horizon, en soi une démonstration de désobéissance. La voix de monseigneur Dupré se fit tranchante.

— Pie XI condamne sans aucune équivoque l'idéologie nazie. Il compare les concepts de race à des idoles païennes qui contredisent l'ordre divin. Alors, je vous prie, plus de sermons en breton, plus de diatribes contre les Juifs, plus d'odes à la gloire d'une Bretagne indépendante, plus de libelles contre l'Etat français, plus un mot de vous, sous quelque nom d'emprunt, dans *L'Heure bretonne*, cette méprisable feuille de chou de dangereux nationalistes. Vous vous y engagez ?

— Je m'y engage, monseigneur.

— C'est bon, remontons en voiture.

— Si vous n'y voyez pas d'inconvénient, monseigneur, je voudrais faire le reste du chemin à pied.

L'évêque eut un haut-le-corps.

— A pied ? N'y a-t-il pas une bonne dizaine de kilomètres d'ici à Huelgoat ?

— Je m'arrêterai à mi-chemin, voir si le presbytère de Saint-Herbot est habitable en l'état.

— A votre aise. Cela vous éclaircira les idées.

L'abbé Castric se laissa tomber à genoux.

— Bénissez-moi, monseigneur.

Comment refuser ? Les doigts de l'évêque ne firent qu'effleurer la tête de l'abbé. Le prélat eut une espèce de vision et sa main se souleva comme par répulsion : les longs cheveux raides alignés sur le crâne figuraient des barreaux derrière lesquels se tenait tapie cette cervelle réfractaire. Il avait cru sentir qu'une poussée magnétique avait soulevé sa main – un pouvoir occulte, n'osait-il penser.

— Allez en paix, hurla-t-il presque, comme si tonner ces paroles était la meilleure manière de chasser l'odeur du soufre.

L'abbé Castric se releva, se signa, prit sa valise sur la banquette arrière de la Traction et s'évanouit par un sentier de chèvre qui coupait la route de Huelgoat une cinquantaine de mètres plus bas.

Le secrétaire regarda la mince silhouette s'éloigner et rejoignit son évêque. En ouvrant la portière de la Traction, le jeune abbé se permit de lever un sourcil interrogateur.

— Il a promis de renoncer à ses travers, dit l'évêque en s'asseyant sur la banquette en cuir blanc.

Le jeune abbé claqua la portière et s'installa au volant.

— Serment d'ivrogne, dit-il.

— Vous avez la dent dure. Et à quelle boisson s'adonne-t-il ? A l'hydromel, le nectar des dieux celtes ?

Le jeune abbé sourit à l'évêque dans le rétroviseur.

— C'est amusant. Je n'y avais pas pensé.

— A quoi pensiez-vous ?

— L'abbé Castric est ivre d'idées. J'ai lu et relu ses billets dans *L'Heure bretonne.* Il est totalement imprégné d'un mélange détonant de nationalisme breton et de national-socialisme. Pour le guérir de ses démons, il faudrait l'exorciser. Et encore !

— Désespérez-vous de Dieu ?

— Certes non, monseigneur. Mais d'un prêtre habité par les démons du racisme, oui.

— Roulez, mon jeune ami, votre lucidité me déprime.

Les six cylindres de la Traction grondèrent. Pour faire son demi-tour le jeune abbé laissa la voiture descendre en roue libre le terre-plein.

— Il va être livré à lui-même.

— J'ai suivi vos conseils, mon jeune ami.

— Je me demande si j'ai eu raison de vous le suggérer. Un poste de vicaire à Saint-Corentin eût été plus approprié. Nous l'aurions tenu sous haute surveillance.

— Attendez donc de vieillir pour vous torturer comme un évêque.

Le jeune abbé enclencha la première vitesse.

— Les évêques se torturent parfois l'esprit ?

— Ne soyez pas iconoclaste, je vous prie.

La Traction prit la direction de Morlaix.

— Où allez-vous ?

— J'ai réservé une table dans un restaurant de Saint-Thégonnec, monseigneur.

— A l'auberge du Cheval blanc, je suppose ? Je vous en félicite.

— Merci, monseigneur.

— Au retour nous ferons halte à l'oratoire de la montagne Saint-Michel. Cela fait très longtemps que je n'y ai pas prié.

— Nous prierons, monseigneur. Nous prierons pour notre berger égaré.

— Et pour le roi de France, mon ami !

— C'est donc vrai que vous êtes royaliste, monseigneur ?

— Comme si vous l'ignoriez ! Roulons, le grand air m'a ouvert l'appétit !

Ce fut dans ces circonstances que l'abbé Castric devint en 1937 recteur de Huelgoat et curé affectataire de l'église de Saint-Herbot, qu'il préféra d'emblée à celle du gros bourg. De l'annexe il fit sa résidence principale. L'endroit était austère, il l'agrémenta de sa propre sévérité. A juste titre réputé terre des Rouges, son lieu d'exil valait le déplacement, pour un missionnaire. Les âmes n'y étaient pas simples, or l'abbé Castric, être torturé, n'aimait rien tant que la complexité dans l'adversité.

Dans les hautes terres on bouffait du curé mais on craignait Dieu et ses saints. Les pires mécréants ne passaient pas devant le calvaire de Kroaz-an-Turk sans au moins esquisser un signe de croix roublard. Pas une maison où il n'y eût un crucifix et sa branche de buis au-dessus du lit. Excepté une poignée de staliniens, impies voués à la géhenne, la plupart des hommes fréquentaient l'église, parce que c'était l'usage et que dans leurs gènes subsistait la crainte moyenâgeuse du châtiment éternel. La plupart n'étaient pas de mauvais croyants. Encore que le curé se méfiât de leurs paupières soudain plissées quand il réclamait en chaire un peu plus de générosité lors des quêtes.

Les femmes étaient beaucoup plus malléables. A cette époque aucune fille de ferme n'aurait manqué la grand-messe, aucune fillette ne se serait permise de franchir nu-tête le seuil de l'église, aucune paroissienne ne s'exonérait d'une visite au confessionnal pendant la semaine des Rameaux. Toutes faisaient leurs pâques et en déposant sur leur langue le sang et le corps de Jésus l'abbé Castric pinçait les lèvres, comme si elles ne méritaient la communion que de justesse, au regard des péchés qu'elles n'avaient probablement pas avoués. Les fidèles sentaient qu'il aurait aimé que l'eucharistie pût se diviser en morceaux, ainsi aurait-il donné à déglutir des quarts, des huitièmes voire des seizièmes d'hostie, selon son intime conviction quant à l'exhaustivité de l'inventaire des fautes et la sincérité des actes de contrition.

C'est que les gens de Saint-Herbot, en la personne de Castric, avaient hérité d'un drôle d'oiseau, à la fois frère de misère et légionnaire de la Sainte Inquisition. Moitié-moitié, comme dans le pâté d'alouette, ricanaient ses contempteurs : une alouette pour la fraternité, un cheval pour l'Eglise. Castric, cela sonnait comme un coup de trique ! Juge du Saint-Office, c'est d'eau bénite que l'abbé aurait rempli le ventre des suppliciés, pour l'ordalie par étouffement. En cela, il était le digne descendant des évêques des temps de l'obscurantisme.

En 1937, Castric succéda à une crème d'homme, le recteur Corniguel, chez qui l'ironique recette du pâté d'alouette était inversée : un cheval pour la fraternité, une mauviette pour la rigueur. Son physique était à l'avenant. Autant Castric était émacié, autant Corniguel était replet. Peu éloquent en chaire, au confessionnal avare de pénitences, à table il maniait la fourchette avec encore plus d'entrain que le goupillon des bénédictions clémentes et des absolutions hâtives. De son Anjou natal il avait reproduit dans ces monts rudes la douceur de vivre. Ou plutôt il avait su la retrouver, la recréer. Chasseur, il participait aux battues, et puisqu'il répugnait à posséder un fusil, c'était bien volontiers qu'il prenait en charge l'élevage des furets, séparés des lapins par un mur en briques dans le clapier derrière la sacristie. Pêcheur, il était souvent le premier à descendre à l'aube dans la vallée et à laisser dériver une sauterelle dans les tourbillons de la rivière. Il remontait le panier plein, à temps pour la messe du matin que suivaient deux ou trois bigotes en coiffe du pays d'Arrée. Il ne rechignait jamais à donner la main, il était de pas mal de corvées : foins, moissons, pressage des pommes, coupe du bois. Pour tout cela, il était apprécié. Grâce à lui les Rouges avaient revu leur opinion sur l'Eglise. Hélas le brave homme avait été rappelé à Dieu avant l'heure, puni par où il avait péché, mort d'une rupture d'anévrisme au beau milieu d'un repas trop arrosé.

Dès les premières semaines de son ministère, Castric n'eut de cesse qu'il ne remît les choses à leur place : finie la familiarité, retour à la discipline, reprise des prêches vigoureux dans le droit fil des aveux arrachés en confession. Corniguel se contentait d'entendre les péchés mignons et les excusait d'emblée.

« J'ai coupé d'eau le *lambig*[1] de mon Yann.

— Tu as eu raison, ça lui fera le plus grand bien. »

« Je n'ai pas fait ma lessive depuis un mois, mon Loeiz n'était pas propre sur lui dimanche dernier à la messe.

1. Eau-de-vie de cidre.

— Tu étais sûrement fatiguée, Soizig. Repose-toi encore un peu. A chaque jour suffit sa peine. »

« J'ai triché sur le poids de la farine que je vends à la crêperie du bourg.

— Bourg rime avec bourgeois. Ces gens-là sont plus riches que toi. Ceci dit, ne recommence pas. Dieu te pardonnerait, mais pas l'administration des Fraudes. »

Formé par un chanoine à traquer la turpitude, Castric tourmentait les âmes qui balançaient d'embarras, d'un genou sur l'autre, dans l'ombre du confessionnal qu'éclairait du côté du péché la blancheur d'une coiffe et de celui de la sanction la pâleur de son visage d'inquisiteur. Il les déshabillait de questions, cherchait l'abcès qu'on dissimulait dans les replis de la pudeur, l'incisait à vif et se délectait d'obliger les filles et les femmes à lécher les humeurs ô combien malsaines de leurs offenses à Dieu et à la morale.

— Dis-moi, ma fille, quand vous ne faites qu'une chair, ton mari ne te demande jamais de te retourner pour te prendre comme le bouc prend la chèvre, j'espère ?

— Des fois, mon père.

— Comment cela ? Souvent ? Chaque semaine ?

— Oh non ! Juste de temps en temps, quand il a plus bu que d'habitude.

— Pauvre fille ! Tu es damnée ! Dieu a détruit Sodome sous un déluge de feu, tu brûleras en enfer ! A moins que tu ne me promettes de renoncer à tout jamais à ces pratiques anticonceptionnelles.

— Je le jure, mon père.

— Ne jure pas, malheureuse ! Promets, simplement.

— Je le promets, mais s'il insiste ?

— Reste sur le dos, comme une honnête femme.

— Peut-être que ça ne l'empêchera pas de réclamer

son extra, comme il dit. Une anguille, ça se faufile partout.

— Ah ? s'étonnait l'abbé en fronçant les sourcils.

C'était à son tour d'être troublé. Le démon faisait surgir devant ses yeux d'abominables visions de luxure. Il frissonnait, se signait et avec l'aide de Dieu recouvrait son sang-froid.

— Eh bien, voilà ce que tu vas faire. Au plafond du lit clos tu planteras un clou solide. A ce clou tu attacheras un anneau. Dans cet anneau, tu passeras une corde. A un bout de cette corde tu feras un nœud coulant que tu mettras autour du cou de ton mari. L'autre bout, tu le tiendras à deux mains et lorsque le coquin semblera vouloir se tromper de chemin tu tireras dessus et tu l'étrangleras jusqu'à ce qu'il emprunte la bonne route. Qu'est-ce que j'entends ? Cela te fait rire ?

— Ben, on dit que les pendus ont une grosse bosse ailleurs que sur le dos.

— Assez ! Pour ta pénitence, tu seras de service au presbytère dix jours de rang.

L'abbé Castric n'avait pas les moyens de se payer une bonne attitrée. Certes, une vieille bigote, cacochyme et boiteuse, fleurissait l'autel, donnait un coup de balai par-ci par-là et tenait le rôle de chaisière le dimanche, mais c'était loin d'être suffisant. Aussi l'abbé trouvait-il bien pratique de donner la corvée pour pénitence. Se succédaient à son service les plus grandes pécheresses de la paroisse. Elles vidaient son pot de chambre, fendaient les bûches, allumaient le poêle dans sa chambre, entretenaient le feu dans la cuisinière, lui préparaient ses repas, lavaient et repassaient son linge, lessivaient les dalles de pierre de l'église, encaustiquaient l'autel et les chaises, tout cela gratuitement.

Les Rouges le traitaient d'exploiteur et de capitaliste ensoutané. Les Blancs ne voyaient que justice dans ces services rendus par les paroissiennes à un apôtre du Christ. Les plaisantins doutaient de sa chasteté, puisque aussi bien il commandait à une équipe tournante de femmes réputées les plus chaudes de la commune et que la corvée dénonçait comme telles. Les questions qu'il posait sur les secrets d'alcôve avaient fini par transpirer du confessionnal, par la voix d'une épouse légèrement demeurée, la seule à avoir mis à exécution le conseil d'étranglement coïtal et qui avait dû en expliquer le pourquoi à un mari ébahi.

Chaste, l'abbé Castric l'était et le resterait, malgré les tentations qu'il s'infligeait en s'entourant de toutes ces prétendues repenties. Ces jupes troussées pour grimper à l'escabeau, ces postérieurs de lavandières à genoux, ces perles de transpiration sur des poitrines décolletées n'étaient rien d'autre, dans le fond, qu'un cilice cérébral. Cela le démangeait mais il ne se grattait pas. Parfois l'idée lui traversait l'esprit que si toutes les pécheresses devaient s'amender, le petit personnel viendrait à lui manquer. Vaine appréhension ! se rassurait-il de façon assez paradoxale. D'une part le combat contre le démon ne cesserait qu'au jugement dernier et, d'autre part, ainsi que le lui avait fait observer un hérétique, l'absolution valait quitus pour recommencer à pécher. L'essentiel était d'avoir rétabli un semblant de discipline autour de l'étrange clocher et des gargouilles de Saint-Herbot.

L'église était-elle sinistre au point d'avoir repoussé toute envie de s'abriter sous son aile ? Peut-être. Mais, surtout, il y avait deux raisons à sa quasi-solitude : l'exiguïté du plateau, sorte de carrière naturelle où elle avait été bâtie ; et la maigreur, hiver comme été, du filet d'eau que dispensait l'unique source de l'endroit. L'essentiel des effectifs de l'abbé Castric provenait des fermes des hautes terres et non pas du village. En dehors des dimanches et fêtes, il n'y avait guère de vie à Saint-Herbot.

Autour de l'église et de son placître s'était constitué un hameau de quelques feux : la maison à un étage du forgeron, flanquée de son atelier ; celle de l'ardoisier, avec ses deux hangars de chaque côté ; éparpillés de façon aléatoire, deux douzaines de pentys habités par des journaliers, des couples de paysans retraités ou des veuves, la plupart confites en dévotion ; les bâtiments lilliputiens du bureau de poste, de la mairie annexe et de l'école à classe unique ; enfin, la grande maison à trois étages, dont la hauteur semblait vouloir concurrencer celle de l'église, du café-tabac Ty Stang. C'était la plus ancienne. A cause de son deuxième chiffre à demi effacé, la date gravée dans le linteau de granit de la porte hésitait entre deux siècles : le XVIe ou le XVIIe.

Du temps de la gloire de Saint-Herbot, cette belle auberge en pierre de taille, outre sa fonction de relais de poste, avait été une dépendance du presbytère. Les prélats y logeaient leurs visiteurs. A présent les étages servaient de remise à fagots et de grenier à grain. Des journaliers de passage, ainsi que des chemineaux, ramoneurs ou affûteurs d'outils, y dormaient parfois sur des galetas. Le rez-de-chaussée regroupait un cellier à cidre, le commerce proprement dit et le logement du propriétaire, Louis Guermeur. Il devait sa charge de débitant de tabac à son statut de grand blessé de guerre. Il avait respiré une bouffée d'ypérite et perdu une jambe dans les tranchées d'Argonne.

Au cours de l'été 1940, juste après l'arrivée des Allemands, l'infirme prendrait femme. Et quelle femme !

Jeune et jolie. On parlerait dans les hautes terres de coup de *bazhvalan* [1], et personne ne s'étonnerait vraiment qu'elle prenne un amant, en l'occurrence Corentin Kermanac'h, l'un des cinq frères de Kermabeuzen.

Lorsqu'il ferait connaissance de cet homme en décembre 1940, Castric conviendrait que Suzanne Guermeur n'avait pas fait un mauvais choix. Bien qu'il n'en eût pas le titre et qu'il ne fût pas l'aîné, ce n'était pas pour rien que Corentin Kermanac'h était le patron de Kermabeuzen. Il le méritait, cela se voyait comme la girouette au sommet du clocher. L'abbé Castric se dirait que ce mécréant et lui avaient beaucoup de choses en commun. Une sorte d'esprit de corps – la ferme de la fratrie n'était-elle pas surnommée « le monastère » de Kermabeuzen ? La rigueur qui allait de pair avec cette confraternité, certainement. L'amour de la terre bretonne, indubitablement. Une forme de pacifisme ? Le goût de l'ordre, à coup sûr.

Partisan de l'ordre, sur la terre comme au ciel et aussi bien dans la récompense que dans les châtiments, l'abbé Castric ne pourrait qu'accueillir avec sympathie, en 1940, les beaux uniformes vert-de-gris de l'armée d'occupation et avec chaleur, en 1944, le général SS Eduard Klapper, délicieux lettré épris de vieilles pierres, et catholique bavarois, de surcroît.

---

1. Mariage arrangé par un entremetteur.

5

Mercredi 7 mai 1969

Bien que le ciel de mai fût assez chiche en lumière, Corentin Kermanac'h cilla en sortant de l'église de Saint-Herbot. En prison, il ne lui avait pas fallu longtemps pour comprendre le sens de l'expression « mettre à l'ombre ». Même l'éclairage cru des néons semblait une variante du crépuscule. En prison, les pupilles se dilatent au lieu de se rétracter, les yeux réclament de l'azur et des prairies étincelantes de soleil, et dans le bagage des élargis les greffiers devraient ajouter des lunettes noires. La liberté est éblouissante.

Corentin n'était pas homme à songer à la Grâce. Il ne croyait en rien, sauf à la terre, et c'était cela qui l'avait condamné. Il avait la certitude que s'il s'était trouvé d'un côté du manche, peu importe lequel, le bon ou le mauvais, gaulliste ou collabo, son sort aurait été meilleur. La société ne pardonne pas l'indifférence et moins encore sa variante des années noires, le pacifisme.

La grâce que lui accorda saint Herbot fut de retrouver sa lucidité d'assassin en puissance. Il était entré dans l'église comme un somnambule, victime d'un relâchement de la conscience nuisible à l'exécution de la mission qu'il s'était fixée. Il en perçut tout le danger. Aussi demeura-t-il un instant aux aguets sur le placître, soucieux de l'image qu'il pouvait donner à des yeux qu'il imaginait posés comme une paire de billes sur la fente d'une persienne.

C'est en se bardant d'insensibilité, crut-il, qu'il dirigea son regard vers la façade de Ty Stang. L'immeuble avait été rénové, les fils électriques dissimulés, et le café ne vendait plus de tabac puisque la carotte avait disparu du pignon. A sa place se balançaient doucement, la seconde suspendue à la première, deux enseignes : le panneau publicitaire d'un éditeur de cartes postales et la découpe d'une bouteille de cidre peinte en trompe-l'œil sur du métal.

On a beau jouer les hommes de granit, on ne commande pas à son cœur. Ni la cervelle dopée à la haine, ni la mémoire occultée en vain – rideau d'une défense passive qui ne protège pas des bombardements du souvenir – n'ont la licence d'ordonner à la pompe d'arrêter de pomper ou de cesser de battre le tambour des émotions. Kermanac'h n'était pas de taille à lutter contre les fantômes.

Suzanne Guermeur, la femme du cul-de-jatte, comme les vilains l'appelaient dans le temps, vint se montrer sur le seuil, jeune et belle comme en août 44, les cheveux sombres relevés au-dessus du front telle une déferlante figée en plein enroulement, la jupe courte, le tablier coquet, les bras et les jambes nus, s'appuyant de ses mains sur son balai comme un terrassier sur le manche de sa pelle, et l'œil noir, et l'œil brillant, yeux de Gitane, physique de *termagi* – sang de romanichelle ? Pourquoi cette créature de rêve avait-elle choisi l'infirme pour mari ? Par intérêt ? Cette femme incompréhensible, on l'aurait mieux vue au bras d'un prince des Balkans mener la grande vie sur la Côte d'Azur, plutôt qu'au service d'un infirme pétainiste. De quel ailleurs improbable était-elle venue se placer comme fille de salle à l'hôtel d'Angleterre de Huelgoat ? Qui était allé la chercher à l'hôtel pour la marier au cul-de-jatte ? Suzanne était une femme à qui on ne posait pas de questions et qui n'aurait pas répondu aux questions si on lui en avait posé.

Une ou deux fois par semaine, selon le temps que lui laissaient les travaux de saison, Corentin la rejoignait à la nuit tombée, par l'escalier extérieur, dans le grenier à grain au-dessus du café. Il descendait des hautes terres avec la hâte d'un chien en chasse. Leurs étreintes étaient brèves. Brutales, presque. Suzanne relevait sa robe, ôtait sa petite culotte, se couchait sur un tas de sacs en jute et ouvrait grand ses jambes, genoux pliés. Corentin frémissait comme un étalon, s'agenouillait entre ses cuisses et demeurait un instant médusé par ce spectacle auquel il pensait sans cesse, entre deux rendez-vous : au bas du ventre, sur toute cette blancheur ivoirine, le triangle noir, fourni, bouclé comme la laine des moutons d'Ouessant.

« Qu'est-ce que tu attends ? Viens ! » disait-elle.

Et il la pénétrait d'un coup, et elle se mordait les lèvres en jouissant, pour ne pas crier.

— *Echu an abadenn*[1], murmura Corentin.

Il tourna le dos au fantôme comme l'original avait tourné le sien après le procès. Non, ce n'était pas vrai. C'était lui qui lui avait dit, à sa Suzanne des beaux jours, de refaire sa vie, la dernière fois qu'ils s'étaient

1. « Fini ce temps-là. »

vus au parloir de Mesgloaguen, avant son transfert en centrale. Malgré cela, elle lui avait écrit en prison, plusieurs fois, de Paris. Il n'avait pas répondu, d'abord parce qu'il détestait les écritures et que la feuille blanche lessivait sa cervelle de tous ses mots, aussi bien français que bretons ; ensuite parce que au début de sa détention l'injustice l'avait éteint, anesthésié, trépané, réduit à un tuyau digestif qui se contentait d'avaler la soupe du pénitencier, de ruminer le passé et de déféquer sa haine en prenant soin de ne pas se torcher, de peur de ne plus la sentir.

Voilà comment il était depuis vingt-cinq ans : un wagonnet de montagnes russes, un coup à moitié en rade dans les creux de la déprime et le coup d'après, son élan retrouvé, surexcité, prêt à égorger un codétenu pour un brin de tabac ou une miette de biscotte. Le psychiatre, à la Santé, avait qualifié ça d'un mot savant, cyclo quelque chose, cyclothymie peut-être, en tout cas pas cyclotouriste, ha ! ha ! ha ! Pouvait toujours pédaler, le docteur des fous, un Corentin Kermanac'h ça n'ouvre pas sa boîte à outils. Les cachets du psy, Corentin les balançait recta dans les goguenots puants.

Là, maintenant, sur le placître de Saint-Herbot, il regrettait de n'avoir pas répondu à Suzanne. Avait-elle perdu sa trace au cours de ses transferts de centrale en maison d'arrêt et vice-versa ? Avait-elle, comme il l'en avait priée, refait sa vie et tiré un trait sur leurs amours ? Etait-elle morte ? Elle en avait eu marre de lui écrire sans obtenir de réponse, tout simplement, se dit-il. Souffler sur des amours de loin, c'est bâtir des châteaux en Espagne. N'importe comment, Suzanne l'aurait-elle attendu à la porte de Mesgloaguen et conduit par la main jusqu'au grenier à grain de leurs amours qu'il ne lui aurait fait ni grand mal ni grand bien. Ils avaient à peu près le même âge, mais si elle était encore en vie elle devait être jeune et belle, tandis que lui se sentait vieux. Une paie que ça ne le travaillait plus du côté de la braguette. Le fléau se fatigue plus vite que l'aire. Et rouille, quand on ne s'en sert pas.

Sur le placître de Saint-Herbot Corentin ne fut pas tourmenté par les autres pièces du puzzle de l'histoire ancienne. Aucun autre fantôme n'apparut aux portes et aux fenêtres, ni l'abbé Castric, ni Marianne Lautridou, la postière, ni Louis Coz, l'ardoisier, ni qui que ce soit, ni chien, ni chat. Tranquille de nouveau, il se mit en chemin. Au bout de la route, il creuserait un trou – il avait fauché une houe à manche court dans l'abri de jardin de Naïg – et au fond du trou il trouverait son fusil. Dans quel état ? Il se rappelait comment il avait bourré les canons de graisse, huilé les torchons et la toile caoutchoutée, serré du fil de cuivre autour.

Rasséréné par ces images, il s'éloigna de l'église et rabattit ses œillères de façon à se cacher les changements et à ne voir le paysage qu'avec ses yeux d'avant-guerre.

A partir du bourg de Saint-Herbot, un chemin vicinal empierré grimpait tout droit vers le sommet de la montagne puis s'incurvait, sinuait à flanc de coteau, descendait vers la forêt, remontait vers les pâtures et distribuait sur son tracé, avec parcimonie, des chemins encaissés entre deux talus ici et là coupés d'un *toull karr*[1]. Ces garennes menaient à des fermes isolées, véritables bastions érigés aux confins du désert, des châteaux forts pas vraiment ennemis mais pas amis non plus, alliés contre les périls communs, les intempéries, le mildiou, les doryphores, les chiens errants, les

1. Trou pour le passage des charrettes et des charrues.

négociants en grain, les maquignons, les Gitans et les percepteurs de la République.

Ces fermes étaient défendues par des murs en pierre d'un demi-mètre d'épaisseur qui prolongeaient les bâtiments pour former des enceintes elles-mêmes closes, mais pas toujours, de portails pleins sciés en long dans des chênes centenaires. Du côté extérieur, certains de ces murs n'avaient même pas une meurtrière. A l'intérieur de la cour, les façades des habitations donnaient sur les écuries, les étables, les soues, les hangars et les remises, et ce n'était que de l'étage de la maison, quand il y avait un étage, qu'on apercevait les champs au-delà de l'enclos.

Pour aller toquer aux portes de ces forteresses, il fallait longer les murs aveugles et oser entrer dans la cour malgré les attaques des chiens ou les morsures des jars. S'il y avait un portail, et s'il était fermé, il fallait attendre que les aboiements alertent la maisonnée et que quelqu'un vienne vous ouvrir. Tout ce flanc de la montagne avait été surnommé la Russie, ce qui évoquait le nord et le froid. Le béotien s'étonnait : n'est-il pas exposé au sud ? L'initié lui répondait : d'abord, que signifie le sud sous ces cieux gris, dans ces monts où, portés par les vents dominants, s'accrochent et se débondent les nuages atlantiques ? Ensuite, la géographie n'a rien à voir dans cette histoire. Si ce coin-là est appelé la Russie, c'est parce qu'il est éloigné de la civilisation, peuplé de sauvages et de suppôts de Karl Marx.

La ferme des frères Kermanac'h, alias les moines de Kermabeuzen, était la plus isolée et la mieux tenue de toutes les exploitations des hautes terres. Il faut dire qu'ils étaient cinq frères convers, cinq religieux sans religion, sinon un mélange de panthéisme et de paganisme, antithèse de tout ce qu'avaient professé les « évêques » de Saint-Herbot au cours du Moyen Age. Cinq, c'est une fortune en force de travail, car nul n'ignore que dix bras de copropriétaires valent mieux que vingt de journaliers. Quand on travaille pour soi, on travaille le double. Leurs champs étaient soignés comme un jardin de curé. Les patates étaient buttées à la binette dès qu'elles montraient leurs feuilles, les lames des outils huilées après usage, la litière des vaches changée quatre fois l'an, les deux chevaux traités mieux que des humains, les talus nettoyés avec des attentions de barbier. Rien qu'à l'aspect des talus on savait qu'on entrait dans le domaine de Kermabeuzen, et plus encore depuis l'hiver 1938-1939. Sentant la paix de Munich tourner à l'aigre, Corentin avait anticipé de deux ans la coupe des rejets de châtaigniers et des repousses de chênes têtardisés. Au moment de la déclaration de la guerre, un des hangars était rempli jusqu'au toit de petit bois et d'une montagne de fagots.

Les parents Kermanac'h descendaient en ligne directe d'ouvriers qui, à la fin du XVIIIe et au début du XIXe, avaient peiné dans la mine de plomb argentifère de Locmaria-Berrien. La société minière avait employé jusqu'à mille personnes – terrassiers, menuisiers, charrons – et contribué au développement du bourg de Huelgoat. Quelques décennies plus tard, une fois le filon épuisé et la mine fermée, les ouvriers avaient essaimé alentour, dans des emplois de journaliers. Mais de leurs pères, grands-pères ou bisaïeuls exploités par le grand capital, les descendants gardèrent, incrustés en eux, un état de révolte, un esprit de classe qui ne se nommait pas encore prolétariat rural.

Journaliers, les frères Kermanac'h ne le furent pas. Avant leur naissance leurs parents étaient déjà propriétaires. Peu après les épousailles, leur mère, Mamm, parvint à convaincre son mari, Tad, d'acheter les bâtiments austères et les terres ingrates de Kermabeuzen en empruntant des sous au négociant en grain pour compléter leurs économies d'ouvriers agricoles. Ils mirent quinze ans à rembourser le prêt mais pendant ce temps, s'ils se privèrent de tout le superflu, ni les enfants ni les animaux ne souffrirent de la faim.

De 1911 à 1928, les parents Kermanac'h eurent sept fils et deux filles. Comme ils étaient à peu près illettrés et que l'unique ouvrage imprimé qu'ils possédassent était une encyclopédie bon marché où se trouvait au début une liste de prénoms masculins et féminins, à la naissance du premier, Tad, en habits du dimanche pour se rendre au bourg déclarer le petit, n'alla pas très loin sur la liste : un Alexis inaugura les pages « Enfants » du livret de famille. Par la suite il employa la même méthode, si bien que les neuf enfants furent classés sur le livret à la fois dans l'ordre naturel des naissances et dans celui, moins commun, de l'ordre alphabétique. Aussi à la suite d'Alexis y eut-il Angèle, Blaise, Corentin, les jumeaux François et Louis, Mathias, Noël et Naïg. Angèle et les jumeaux moururent en bas âge. Les six survivants poussèrent normalement.

Ainsi que les saumons périssent après avoir frayé, Tad et Mamm quittèrent ce monde après avoir bâti le nid et élevé leur marmaille. Tad partit d'une crise cardiaque, en plein effort, dans l'étable où il crochetait le fumier dehors. Depuis longtemps sa mèche charbonnait : la bougie de Mamm s'éteignit quinze mois plus tard, en 1936. Alexis avait vingt-cinq ans, Blaise vingt-trois, Corentin vingt-deux, Mathias seize, Noël douze et Naïg huit. Partager la ferme était inimaginable.

Kermabeuzen demeura en indivision, le bien de tous, comme un kolkhoze.

La fratrie était donc constituée de cinq garçons et d'une fille. En 1940, Corentin prit seul la décision de placer Naïg comme bonne chez des commerçants de Carhaix. Il estima qu'une fille ne s'épanouirait pas normalement parmi tant de garçons, en un lieu aussi isolé. De plus, nubile à douze ans, elle courait avec Noël – Noul, en breton, et avec l'accent du canton – un danger permanent. Car le pauvre Noul était encore une autre raison de détester la curaille : le frère directeur de l'école du bourg avait rendu le cadet maboule. Ou du moins aimait-on lui en attribuer la faute, ne fût-ce que pour surenchérir dans la critique atavique de la collusion entre l'Eglise et les riches.

Anticléricaux, les parents Kermanac'h n'avaient pas eu le choix concernant la scolarité des garçons. Seule Naïg apprit à lire et à écrire à l'école publique, ouverte en 1935, l'année de ses sept ans, au carrefour de la route de Loqueffret et de Saint-Herbot. Mais les garçons durent fréquenter l'école libre, unique établissement à des lieues à la ronde. Au prix de privations, Tad et Mamm avaient accordé à chacun des gars deux ans d'études, à tour de rôle, et en pension, à cause des seize kilomètres aller-retour entre Kermabeuzen et le bourg. Les gosses apportaient le prix de la pension en produits de la ferme, lard et farine, essentiellement. Et certains garçons, disait-on, payaient en nature.

Cela se murmurait, mais personne n'en avait la preuve car, parvenus à l'âge adulte, les hommes niaient en avoir été : le frère directeur, tous les soirs, venait dans le dortoir choisir l'élève qui aurait le privilège de dormir avec lui. Le lendemain, l'élu se taisait. Alexis,

Blaise, Corentin et Mathias furent-ils un soir choisis ? Sans doute que non, car cette tribu sauvage devait inspirer de la méfiance au prêtre pédophile. Son index désignait plus facilement les faibles, les angelots aux cheveux fins, aux lèvres ourlées, aux longs cils qui battraient timidement et se fermeraient dès la première caresse.

Corentin, au retour du service militaire, se douta de quelque chose quand, au bout de quelques mois de pension, Noul commença à se tripoter sans pudeur les samedis et dimanches, en regardant de près le cul des vaches et des juments. Il avait toujours bavé un peu, tout petit, et on ne comprenait pas toujours ce qu'il racontait. Mais l'école semblait l'avoir fait basculer carrément du côté des demeurés. Corentin l'interrogea :

« Dans quel lit tu as le plus chaud ? Dans le tien ou dans celui du curé ? »

Un filet de salive s'écoula du coin de la bouche hilare de Noul.

« Hi-hi-hi, lit du curé », répondit-il en ouvrant sa braguette.

Que faire ? Aller porter plainte à la gendarmerie de Carhaix ? Personne ne les croirait. Noul continua donc de servir de giton au frère directeur et, libéré de son obligation scolaire de deux années, revint chez lui avec une tête et des bras presque perdus pour le travail, comme un poids mort. Mamm vivait alors ses derniers jours. Elle n'eut pas la force d'engager des démarches pour confier l'idiot à l'asile de Morlaix. N'importe comment, Corentin ne l'aurait pas permis. Il n'était pas homme à abattre un cheval boiteux ou un chien pelé.

Noul devint la mascotte du kolkhoze. L'idiot n'était pas méchant et sa manie avait un côté pratique : elle repoussait les importuns. A peine entendait-il quelqu'un venir à pied ou à cheval qu'il se précipitait de sa démarche de grand singe, les bras ballants et la tête rentrée dans les épaules, en haut du talus le plus proche, retroussait les lèvres, ouvrait sa braguette et montrait au visiteur une grosse et molle flamberge que l'onanisme ne parvenait jamais à ériger. Les habitués rigolaient : « Ho ! Noul ! Je sais bien qu'on ne ferme pas la fenêtre sur un mort, mais n'empêche que tu ferais mieux de boutonner ta boutique ! » Les étrangers, déjà anxieux à l'idée de ce qu'ils allaient rencontrer dans ce désert, reculaient devant ce symbole venu à la rencontre de ce qu'ils attendaient inconsciemment, au bout de ce chemin : une secte d'arriérés, assassins peut-être, détrousseurs sûrement.

Les Allemands ne reculèrent pas, eux.

A partir de septembre 1940, après qu'ils eurent installé les services de la Kommandantur à l'hôtel d'Angleterre, de petits détachements commencèrent à se baguenauder dans les campagnes, histoire de nourrir à la fois les dossiers et la troupe, en identifiant l'autochtone et en prélevant leur part des produits de la terre. Et, accessoirement, de rappeler l'obligation de déposer toutes les armes à feu à la Kommandantur.

Six hommes se présentèrent à bord d'un camion. Noul les accueillit pantalon baissé et outil à la main. Des hurlements teutons répondirent à cette provocation. Des culasses de fusils claquèrent. Noul fut mis en joue. Accouru d'un champ voisin, Corentin s'interposa et vrilla sa tempe de son index. Les Allemands éclatèrent de rire et secouèrent la tête. Corentin eut alors l'idée d'ordonner en breton à Alexis, Blaise et Mathias de jouer les innocents à leur tour : point trop demeurés, mais légèrement simplets tout de même, et généreux comme des primitifs qui déposent aux pieds des explorateurs poissons séchés et paniers de fruits, en l'occurrence mottes de beurre et andouilles fumées.

Pour les Allemands, Kermabeuzen devint la ferme des doux dingos, tendance collabos, selon les apparences, puisque aussitôt après cette première visite des habitudes commerciales s'instaurèrent entre Corentin et l'occupant. Le jeune Mathias renâclait, Corentin le calmait.

« Il faut qu'ils nous prennent pour des cons. On y gagnera notre tranquillité. »

En septembre 1939, Alexis, Blaise et Corentin furent rappelés et Mathias mobilisé. L'armée relâcha l'aîné. Dame, il fallait bien laisser quelques bras à la campagne si on voulait continuer de nourrir les Français. Blaise fut incorporé au 118e RI de Quimper et Mathias et Corentin au Mans, dans la cavalerie. Expédiés dans les Ardennes, le 20 mai 1940, ils furent tous les deux « ramassés » par les Boches, comme des veaux dans un champ clos. Profitant de la confusion qui régnait dans une gare où des milliers de prisonniers attendaient la formation de trains pour l'Allemagne, ils s'évadèrent et regagnèrent Kermabeuzen. Quelque temps plus tard, le secrétaire de mairie de Huelgoat vint leur apporter des papiers de démobilisation et leur donner des nouvelles de Blaise : « ramassé » lui aussi, il se trouvait sain et sauf dans un stalag.

Corentin se montra partiellement respectueux des lois édictées par l'occupant au sujet des armes à feu. Il alla déposer au bourg un vieux Lebel de la guerre de 14 alésé en calibre 24, un fusil avec lequel Tad avait initié les aînés à la chasse, bon pour tuer les grives, les merles et les étourneaux. Quant aux trois calibres 16, deux Darne et un Idéal, on bourra leurs canons juxtaposés de graisse, on les enveloppa dans des chiffons huilés et on les enterra l'un sous un tas de bois, l'autre au pied d'un grand frêne et le troisième, ainsi que les munitions en stock et tout le nécessaire pour fabriquer des cartouches – étuis en carton, grenailles numérotées de 2 à 10, poudre, godets, balance de précision –, dans la cour, devant la porte d'entrée, sous l'énorme pierre de seuil qu'il fallut déplacer et remettre à sa place à l'aide de barres à mine.

Les trois fusils avaient été achetés chez l'armurier et horloger-bijoutier du bourg, mais le bonhomme ne risquait plus de dresser l'inventaire de ses clients et de vendre la mèche : il avait laissé sa peau à Dunkerque et sa veuve faisait courir le bruit qu'elle avait brûlé ses facturiers, au cas où les Boches voudraient fourrer leur nez dans ses papiers.

C'est en essayant de se rappeler le nom de l'armurier – et de le retrouver : François Plusquellec – que Corentin s'aperçut soudain qu'il marchait sur le chemin de Kermabeuzen, malgré l'avertissement d'une pancarte « Propriété privée – Accès interdit ». Il s'arrêta. Il était arrivé trop près, beaucoup trop près de la ferme. Une fois de plus il s'était égaré dans ses pensées. Décidément, à quoi bon le nier, les souvenirs étaient plus forts que sa volonté.

Naïg lui avait dit qu'elle n'était jamais retournée dans les hautes terres depuis le mois d'août 1944. Et il la comprenait, ô combien ! Ça faisait mal, très mal, et il fallait avoir la rage rivetée au corps pour supporter ce raz-de-marée d'images, de sons, d'odeurs qui lui emplirent la gorge comme une bolée de vomi. Il serra les dents et rebroussa chemin en longeant un talus. Le danger, c'était que des chiens détectent sa présence et donnent l'alerte. Oh, pas des chiens de chasse qu'on calme de la voix, mais des bergers allemands ou des dobermans, des chiens de garde, des clebs de citadins. Coincé, que dirait-il ? Qu'il se promenait, pas qu'il venait déterrer un fusil, évidemment.

Naïg s'était tenue au courant du devenir de Kermabeuzen. Les terres avaient été divisées et attribuées à de jeunes éleveurs de porcs hors sol. Les bâtiments de la ferme, plus deux hectares autour, avaient été achetés par des Parisiens, des originaux au portefeuille bien garni, qui avaient fait faire pour des centaines de millions de travaux. Pendant des mois une noria de camionnettes d'artisans et de décorateurs venus de partout et souvent de très loin avaient défilé sur le chemin de crête des hautes terres et transporté avec elles l'habituelle légende de baignoires en onyx et de robinets en or. La vente à des étrangers et la rénovation à coups de millions des bâtiments, c'était bel et bien l'enterrement définitif de ce que Corentin avait été : le maître des lieux, écorché vif par le salaud et ses complices.

Enterrement, enterrement, s'agit de déterrer, maintenant, Corentin Kermanac'h, DE Kermabeuzen, s'il vous plaît ! se tança-t-il plutôt gaiement. Déterrer le fusil, et après déterrer le blaireau qui l'avait cloué au pilori. Déterrage de blaireau ? se reprit-il. Mais non. Celui-là allait sortir de son trou tout seul, pour se pavaner avec ses médailles sur la place de la mairie le lendemain matin. Et pan ! se réjouit-il. Et même pan-pan ! Deux coups plutôt qu'un !

Deux, c'était aussi le nombre des raisons supplémentaires qu'il avait de se réjouir. Tout d'abord, le paysage vers la vallée du lavoir n'avait pas changé, excepté les arbres. Des chênes, des bouleaux et des hêtres, à peine gros comme un poignet de demoiselle le jour où les gendarmes avaient claqué les menottes autour des siens, étaient maintenant de beaux sujets majestueux. Mais à part cela, rien de flagrant. Aucun bulldozer n'avait chamboulé le relief, qui aurait balancé son fusil dans une carrière avec un tas de têtards d'essouchement. La deuxième raison était un corollaire de la première, en forme de lapalissade : s'il n'avait pas changé de place son fusil, il ne serait pas là en train de le chercher. Il aurait pu faire tintin. Dire adieu à la chasse au blaireau médaillé.

Quand le Mathias avait commencé à écouter Radio Londres, le nez de Corentin s'était mis à le chatouiller. Rien de précis comme méfiance, juste la crainte, au tout début, que le jeune péteux n'aille récupérer les fusils pour les refiler aux résistants. Ça lui aurait fait mal au ventre, à Corentin, parce que son Idéal à crosse anglaise, il ne l'aurait jamais revu, sûr. Après, sa méfiance s'était renforcée. Dans une ambiance où il y a du gaz dans l'air, on ne laisse pas les gosses jouer avec les allumettes.

Un matin que ses frères étaient partis pour la journée fabriquer des fagots, casse-croûte et kil de cidre dans la gibecière, il avait déterré les Darne sous le tas de bois et au pied du grand frêne, puis attelé le cheval à la pierre du seuil et récupéré son Idéal. Il avait remis de l'huile sur les trois fusils, ficelé le tout en botte et creusé un trou près de la fontaine, à un kilomètre de la ferme, en amont du lavoir.

Fin 1943, Mathias avait glapi :

« Où t'as foutu les fusils ? Les Darne sont plus à leur place !

— Les Allemands ont rouvert la chasse ?

— J'en ai besoin !

— Tu n'as qu'à prendre mon Idéal, avait badiné Corentin. Tu attelles Baptiste au caillou du seuil, et hop !

— C'est ce que tu as fait ?

— Qui sait ?

— Dis-moi où t'as planqué les Darne !

— A l'abri de certains.

— T'es de quel côté, espèce de fumier ?

— De la tranquillité. »

Corentin secoua la tête, comme incrédule, en tirant la houe de son sac. Et dire que les gendarmes avaient remis la gomme, pendant la garde à vue !

« Et ousse que t'as déménagé ton fusil, hein ? Un Idéal calibre 16, nous a dit ton frère.

— J'en sais rien, j'ai oublié », leur avait-il répondu du tac au tac.

Il avait eu le nez creux, nom de Dieu !, de récupérer les Darne avant Mathias et de laisser son Idéal dans le trou. Sans les Darne, il serait allé tout droit bouffer les pissenlits par la racine, sans jugement. Ceci dit, il n'aurait pas pris vingt-cinq ans de taule. Mais à tout prendre, maintenant qu'il en était sorti, il n'était pas mécontent d'être resté en vie. Il commença à creuser en pensant au carton qu'il ferait le lendemain.

La terre était meuble et sentait comme avant, une odeur qui vous donnait envie de rouler une cigarette et d'écouter les oiseaux chanter.

L'Idéal avait tenu le coup. La crosse en noyer était presque comme un bloc d'ébène, noircie à cause de l'huile sur les chiffons, mais bon, il n'y avait pas un point de rouille sur les fûts. Au moyen d'une branche de noisetier il dégraissa les canons, essuya le bois et le métal, assembla les canons, la crosse et le sabot de fût, appuya sur les deux détentes. Les percuteurs percutèrent, *mat tre*. Il démonta l'arme, la fourra dans son sac et coupa à travers champs pour rejoindre Huelgoat par le haut du bourg.

Il y arriva à la tombée de la nuit et poussa la porte de l'hôtel des Ajoncs d'or, place de l'église. Il avait réfléchi aux hôtels pendant le trajet : à l'hôtel d'Angleterre il ne se sentirait pas à son aise, si l'établissement était resté chic comme avant la guerre ; à l'hôtel du Lac, il n'était pas exclu qu'il rencontre du monde de sa connaissance, puisque l'entrée se faisait par le bistrot, si ça n'avait pas été modifié depuis ; il ne restait donc que les Ajoncs d'or, où il n'avait jamais mis les pieds. Néanmoins, comme sa trombine s'était étalée à la une du *Télégramme*, de *Ouest-France* et de *Détective* pendant le procès, rien ne lui garantissait un anonymat total. Peu lui importait, dans le fond, que quelqu'un veuille tailler une bavette avec lui – il serait vite découragé. Le seul vrai risque à être reconnu, c'était que de fil en aiguille le blaireau soit prévenu de son retour et renonce à fanfaronner devant le monument aux morts. Aux morts, ce serait vraiment le cas de le dire, demain matin.

Avec la nuit la température avait fraîchi. Il se frotta les mains en saluant la dame de la réception. Pas de chance, c'était une vieille dame en coiffe, une détentrice de la mémoire du patelin.

— On se croirait au mois de novembre, hein ! dit-elle.

— En mai on n'est jamais sûr de rien.

— Vous êtes du coin ?

— Non, de Quimper.

La vieille détailla son visage.

— Vous êtes déjà venu ?

— Un couple de fois. A la pêche.

— Je me disais, aussi... Il y a longtemps ?

— Je voudrais une chambre, coupa-t-il.

— Vous avez réservé ?

— Il fallait ?

— Ah, d'habitude il n'y a pas grand monde avant l'été. Mais cette année, avec le vingt-cinquième anniversaire de la Libération... Faut que je demande à ma belle-fille. Christiane ! Christiane ! On n'est pas complet ?

Une jeune femme sortit de l'office et salua Corentin.

— C'est complet, mais bon... dit-elle en réfléchissant et en feuilletant un agenda couvert de gribouillis. Il y a une dame de Paris qui... Tu n'as pas eu de coup de téléphone ? La dame qui doit venir avec une amie et qui n'était pas sûre qu'elle vienne. C'est comment son nom, déjà ? Ah ! J'ai trouvé. Madame Boïkowski. Elle n'a pas appelé ?

— Non.

— De toute façon, il y a deux lits. Si son amie vient, elles partageront la même chambre.

— A la guerre comme à la guerre ! plaisanta Kermanac'h, pour le regretter aussitôt.

— Vous venez pour le 8 Mai ? demanda la vieille.

— Excusez ma mère, elle est trop curieuse.

— Oui, je viens pour les cérémonies, dit Corentin.

— Je l'aurais juré, triompha la vieille, vous avez une tête à avoir été dans le maquis.

— Vous êtes physionomiste, dit Corentin en écrivant sur sa fiche le nom et l'adresse de son beau-frère. Robert Cornec, c'était plus simple à se rappeler qu'un nom et une adresse inventés.

Il prit sa clé. La chambre était au deuxième étage et donnait sur la place. En face, un lampadaire éclairait la façade du café du Menhir. L'éclairait comme la lumière jaune du soleil rasant au mois d'août, en fin d'après-midi.

Pour remonter au charivari d'août 44, il ne manquait qu'une Traction badigeonnée FFI devant l'hôtel, les fauteuils et les tables en rotin sur le trottoir et, assis à la terrasse du café du Menhir, le bras en écharpe, le Parigot, Momo des Batignolles, Momo le complice du blaireau.

Que manquait-il encore ? Près de la fontaine, une estrade et sur l'estrade une chaise, autour de l'estrade une foule de trous du cul et sur la chaise...

Non, pas ça !

Corentin referma brutalement le rideau du souvenir.

6

Carhaix, hiver 1943-1944

— Jacob, c'est vous ? répéta le sergent de la Wehrmacht.

— C'est moi, répondit monsieur Jacob en actionnant son métier.

— Réquisition de logement ! Montrez-moi l'étage !

— Bien sûr. Naïg, fais visiter la maison à monsieur.

— Jusqu'en haut ?

— Oui. Dépêche-toi.

— *Schnell !* dit le sergent.

Naïg le précéda dans l'escalier. Elle sentit son regard sur ses jambes et trébucha. Le sergent l'aida à se relever.

— Tu es la fille Jacob ?

— Non, la bonne.

— Ha ! Ha ! La petite bonne. C'est bien.

Agenouillée près de l'évier, madame Jacob ramassait les débris d'une tasse. Sa lèvre supérieure tremblait légèrement.

— Monsieur Jacob m'a dit de faire visiter.

— Oui, j'ai entendu.

— Vous, faire visiter ! dit le sergent.

— Madame Jacob a le cœur malade. Elle ne peut pas monter et descendre les escaliers.

— Bon, bon. Continue, toi, alors.

L'Allemand hocha la tête en considérant la chambre des Jacob. Naïg le conduisit au deuxième, lui montra sa chambre et la lingerie. Il monta lui-même à l'échelle de meunier, souleva la trappe, passa la tête et les épaules à l'intérieur du grenier et se contenta d'un coup d'œil. Il réfléchit un instant sur le palier du deuxième, au pied de l'échelle.

— Bon, ta chambre, toi, réquisitionnée. Tu n'auras qu'à dormir là.

— Dans le débarras ? Mais il n'y a pas de lit.

— Pas discuter. C'est bien comme ça.

Naïg sur ses pas, le sergent redescendit les deux escaliers, ouvrit la porte de la boutique – un peu moins brutalement, sembla-t-il à Naïg – et appela un soldat.

— Erwin, *schnell* !

Tandis que le soldat rassemblait son paquetage et sautait du véhicule, le sergent prononça une longue phrase qui fit rire tous les autres aux éclats. Monsieur Jacob blêmit.

— Vous avez compris ce qu'il a dit ? chuchota Naïg.

— Tais-toi, souffla monsieur Jacob.

— Qu'est-ce qu'il a dit ?

— Rien. Tais-toi !

Comment aurait-il pu répéter les paroles du sergent ? « Amène-toi, le communiant ! Y a une pucelle dans ton palace ! Si tu sais t'y prendre tu vas pouvoir tremper ton biscuit. J'ai l'impression que tu dois avoir encore ta pastille. Tu la perdras en lui perçant la sienne, veinard ! »

Un jeune soldat entra, empêtré de son casque, d'un sac à dos, d'une musette et de tout son barda. Il avait l'air doux, tendre et un peu ahuri. Le cœur de Naïg battit plus fort et elle rougit. Le sergent assena une claque dans le dos du soldat et lui dit :

— La voilà ta dulcinée ! Et t'avise pas de t'endormir sur l'ouvrage : appel à sept heures, oublie pas ! Alors, on ne dit pas merci à son sergent ?

— *Danke*, balbutia le soldat.

— T'es un sacré veinard, Erwin ! Allez, bonne bourre, soldat !

La vitrine trembla et de nouveaux morceaux de mastic dégringolèrent. Le camion démarra. Naïg se précipita pour balayer.

— Excusez, dit le soldat, la guerre.

— Quelle chambre a réquisitionné l'autre ? demanda monsieur Jacob.

— La mienne, dit Naïg.

— On s'arrangera, ma fille. Montons voir comment.

Monsieur Jacob fit signe au soldat de s'engager dans l'escalier à sa suite. Naïg resta derrière. Les mains croisées sur son tablier, madame Jacob les accueillit sur le palier du premier.

— Notre locataire, dit monsieur Jacob. Erwin.

— *Ya*, Erwin. Bonjour madame. Excusez.

— Ah la guerre, *gross* malheur ! ironisa monsieur Jacob. Encore un étage, je vous prie. Sans moi, je suis à bout de souffle.

— Là-haut, dit Naïg.

Elle précéda le soldat mais ne sentit aucun regard déplaisant sur ses jambes. Erwin avait le regard des jeunes gens qui fréquentaient les filles, au pardon de Saint-Herbot, pas celui des vieux qui louchaient sur le derrière des femmes pendant les moissons. Parvenue sur le palier, Naïg ouvrit en grand la porte de sa chambre.

— C'est là.

Erwin posa son barda, ouvrit la porte du débarras, entra, explora, repéra le vieux matelas maintenu roulé à l'aide de ficelle.

— Très bien, ici, dit-il.

— Non, c'est là votre chambre, votre chef l'a dit.

Erwin secoua la tête, prit Naïg par les épaules et la poussa à l'intérieur de sa chambre.

— *Nein, nein, nein*, vous ici, moi là. Moi soldat.

Il transporta son paquetage dans le débarras, déplaça la table à repasser, d'un coup de couteau coupa la ficelle et étala le matelas sur le plancher.

— Vous allez avoir froid, dit Naïg. Brr ! Brr ! Froid.

— *Nein*.

D'un de ses sacs Erwin tira un sac de couchage et une couverture, puis un bonnet en laine qu'il s'enfonça sur le crâne. Il se tapota la tête en souriant, fit mine de s'éponger le front.

— *Warm*.

Naïg dégringola l'escalier.

— Il veut dormir dans le débarras. Qu'est-ce que je fais ?

— Tu laisses faire ce jeune gentleman, dit monsieur Jacob.

— Ça prouve qu'ils ne sont pas tous mauvais, dit madame Jacob. Remonte l'inviter à prendre une tasse de chicorée.

— Comment veux-tu qu'elle lui dise ça ?

— Pourquoi il vient habiter chez nous ? demanda Naïg.

— Un nouveau contingent a dû arriver, dit madame Jacob. Plus de place à la mairie et autre part.

— Et c'est pratique pour surveiller la population, ajouta monsieur Jacob.

— Peuh ! Celui-ci n'a pas l'air d'un espion nazi, répliqua madame Jacob.

Elle glissa sur ses chaussons jusqu'au palier et dit le plus fort qu'elle put, en allemand :

— Jeune homme ! Quand vous aurez fini de déballer vos affaires, venez donc dans la cuisine prendre une tasse de café.

Naïg fut sidérée.

— Vous parlez allemand ?

— Monsieur Jacob aussi, Naïg.

— Tu n'aurais pas dû, dit monsieur Jacob.

— Il s'en serait bien aperçu. Un jour ou l'autre on lui aurait répondu en allemand sans même faire attention.

Monsieur Jacob haussa les épaules avec fatalisme.

— Espérons qu'on n'aura pas à le regretter.

Le visage d'Erwin démentit ses craintes. Ses yeux brillaient de bonheur.

— Vous parlez allemand, madame ? Vous aussi, monsieur ? Fantastique ! Vous allez pouvoir m'apprendre le français !

— Si le travail nous en laisse le temps, dit monsieur Jacob.

Erwin se rembrunit.

— Quelqu'un d'autre sait que vous parlez allemand ?

— Vous êtes le seul, dit madame Jacob.

— Ah ! C'est bien. Ne vous inquiétez pas, je le garderai pour moi.

— Pourquoi dites-vous cela ?

— Vous le savez bien, l'accent de madame.

— Elle n'a jamais pu s'en débarrasser.

S'ensuivit un long dialogue dont les Jacob traduisirent l'essentiel à Naïg. Erwin venait tout juste de fêter son vingtième anniversaire et de prendre son premier poste de maître d'école quand il avait été appelé dans la Wehrmacht. A l'heure qu'il était, il aurait dû se trouver sur un des nombreux fronts, ou bien réduit à l'état de souche gelée, mélangée à la terre russe par les chars de l'Armée rouge. A quoi devait-il sa chance d'avoir été affecté dans les bureaux de l'intendance ? Au dossier que les nazis avaient sur chaque homme, probablement. Le père d'Erwin avait affiché des convictions socialistes qui lui avaient valu beaucoup d'ennuis. Son fils était par conséquent un suspect potentiel. Le nom d'Erwin avait-il été marqué d'une croix sur la liste des effectifs, en tant qu'élément risquant de contaminer la troupe et à tenir éloigné du combat ? Il le supposait. L'araignée nazie avait tissé une incroyable toile de renseignements. Ceci dit, toutes les armées ont besoin de bureaucrates et c'était peut-être à la chance, tout simplement, qu'il devait sa fonction de gratte-papier.

— Vous aussi, vous avez de la chance, dit-il aux Jacob. Il y a des endroits beaucoup plus dangereux que la Bretagne, pour des gens comme vous. Vous y êtes depuis longtemps ?

— Mon arrière-grand-père s'est installé à Carhaix il y a près d'un siècle, dit monsieur Jacob.

— Ah ! tant mieux.

Erwin était originaire de Dachau, une petite ville au nord-ouest de Munich. Là-bas, on parlait à voix basse d'un camp et de pauvres gens qui y arrivaient dans des trains à bestiaux et ne repartaient pas.

— L'Allemagne est fichue, monsieur Jacob. La guerre est presque finie. Il faut tenir jusque-là. Je vous aiderai, faites-moi confiance.

— N'importe comment, nous n'avons pas le choix, dit madame Jacob.

— Je ne suis pas nazi, croyez-moi.
— Je vous crois, dit monsieur Jacob.
— Merci, monsieur. Merci, madame.

La première nuit, Erwin s'installa à la va-vite et campa dans le débarras parmi toutes les affaires qui traînaient. Le lendemain matin, après son départ, Naïg prit l'initiative de ranger et d'agrémenter la soupente. Elle empila les vieilles choses et les dissimula derrière un rideau tendu sur un fil à linge. D'une caisse elle fit une table de nuit où elle posa une lampe de chevet branchée sur la prise de sa chambre, dont la porte ne fermait plus complètement, du coup, à cause du fil électrique, mais tant pis, elle n'allait quand même pas percer un trou dans la cloison.

En assemblant deux autres caisses et une planche par-dessus, elle confectionna un meuble de toilette à peu près décent qu'elle compléta d'une bassine, d'un broc d'eau, de gants, de serviettes et d'un bout de savon qu'elle coupa dans le sien et déposa dans une coquille Saint-Jacques. Il manquait un pot de chambre. Madame Jacob lui dit d'aller acheter un seau hygiénique chez le quincaillier, ce qu'elle fit aussitôt, sans songer un instant à la trivialité de cet achat. Elle choisit un seau en émail blanc et le mit à gauche du meuble de toilette. Elle n'aurait pas à le vider : le soir, Erwin demanda où se trouvaient les cabinets extérieurs et dit à monsieur et madame Jacob de lui dire qu'il s'occuperait lui-même de son seau.

— Vous êtes un jeune homme bien élevé, dit madame Jacob.

Bien élevé ? releva Naïg. Ses frères étaient-ils donc mal élevés qui, dès qu'elle avait eu l'âge de porter un pot de chambre, l'avaient chargée de vider et de torcher leurs seaux à la paille ?

— Ça ne m'aurait pas dérangée, dit-elle.

Nettoyer, c'était le travail des filles. Sur ce chapitre, dès son plus jeune âge elle avait été à bonne école avec Mamm, puis avec Corentin, quand il avait remplacé le père et la mère. A Kermabeuzen, la grande lessive avait lieu une fois par mois. Les habits de dessous et les draps de cinq hommes et une fille, ça en représentait du linge à décrasser. On allumait trois feux au bord du ruisseau – du bois de saule, surtout, qui brûlait bien en chauffant vite et fort – et sur trois trépieds on mettait trois lessiveuses à bouillir avec du savon fabriqué à la ferme, un mélange de cendre, de graisse et de soude caustique.

Dans le temps, c'était la mère qui rinçait tout ça, agenouillée sur la pierre au bord du ruisseau. Après sa mort, ce furent Alexis, Blaise et Corentin, et Naïg, dans la mesure de ses moyens. Mathias ne mettait jamais la main à la pâte. A l'aller comme au retour, c'était Alexis, surnommé *Marc'hden*[1], qui transportait les trois lessiveuses sur une brouette longue comme une charrette à bras, rallongée par le forgeron d'après des plans dessinés par Corentin. Au retour, le linge mouillé pesant le quintuple, Alexis attachait une sangle en cuir aux bras de la brouette et la passait autour de son cou. Il disait en riant qu'il mettait son collier et Corentin lui répondait qu'il ne perdait rien pour attendre, que bientôt on l'attellerait à la charrue, pour voir s'il était capable de labourer aussi bien que les chevaux.

La roue cerclée de fer de la brouette faisait de la musique sur les pierres du sentier et c'était un peu comme un signal qui résonnait dans toute la vallée, un cri qu'aurait poussé Mamm et plus tard Corentin : à

1. L'homme-cheval.

Kermabeuzen on est des gens propres, la grande lessive du mois est en cours !

Des journaliers racontaient que dans certaines fermes la patronne ne changeait les draps qu'à la Saint-Jean ou à la Saint-Glinglin. L'un d'eux, un matin de décembre – ses draps avaient six mois d'usage –, jeta toute sa literie dans la cour par la porte du grenier à grain où il dormait.

« Où-ce qu'on se croit ? gueula la patronne. A l'hôtel peut-être ? Si Monsieur n'est pas content, qu'il fasse une réclamation à la direction ! »

Les draps et les couvertures restèrent toute la journée dehors sous la bruine et le journalier dut se recoucher dedans et attendre la Saint-Jean.

Naïg se souvenait aussi d'un autre journalier, un plaisantin, et sans doute exagérait-il, qui lui avait conté cette histoire digne des livres fantastiques.

« Après ma première journée de travail dans ma nouvelle place, j'avais bien gagné mon repos. J'ai voulu m'allonger dans le lit qu'on m'avait assigné, au-dessus de l'étable. Impossible. Tu devines pas pourquoi, petite fille ?

— Tu avais les jambes raides et le dos bloqué ?

— Oh que non, *merc'h vihan*[1] ! C'était le lit qui se laissait pas approcher. Il glissait sur le plancher en sautant comme ça, comme un grillon dans l'herbe, oh pire que ça je dois dire, comme une génisse piquée par une escadrille de taons, que t'as beau faire t'arrives pas à lui mettre la main dessus. *Gast* ! je me suis dit, qu'est-ce qu'elle a dans le derrière cette paillasse ? Hé ben figure-toi qu'y avait plus de puces que de balle d'avoine dans le matelas ! Et tout ça sautait en même temps ! J'ai

1. Petite fille.

balancé la literie par la lucarne et je suis redescendu avec ma lampe à pétrole foutre le feu dedans. “T’es pas fou ? m’a dit la patronne.” “Sûr que non, fou je suis pas, je lui ai répondu, d’après ce que je sais un bonhomme n’a que cinq ou six litres de sang dans le corps et j’ai pas envie que vos puces me le sucent jusqu’à la dernière goutte. Demain je mets les bouts de votre crèche à cochons !” »

Les pensées de Naïg tournaient beaucoup autour de la toilette et de la lessive depuis l’arrivée d’Erwin. Elle lui avait proposé de laver son petit linge et il y avait consenti. Avec les caleçons du soldat, elle lavait plus souvent que nécessaire, dans le lavabo de sa chambre, son plus beau chemisier et ses bas de sortie, qu’elle enfilait en fin d’après-midi. Au besoin, elle les séchait au fer à repasser. Juste avant le retour d’Erwin – il était très ponctuel –, elle troquait ses chaussons avachis contre des babouches en cuir que lui avait données madame Jacob. Au cas où son voisin viendrait lui demander quelque chose le soir après coucher, elle portait sa chemise de nuit brodée par-dessus sa chemise de corps.

Elle passait du temps à se regarder dans la glace, scrutait son visage plus qu’elle ne détaillait son corps. Son corps ne la préoccupait pas vraiment. Ronde, mais moins rondelette de partout qu’elle ne l’avait été à douze et treize ans – les privations avaient au moins l’avantage d’affiner les formes là où il y en avait un peu trop –, elle n’enviait pas les belles dames longilignes dessinées d’un coup de crayon magique dans les magazines de mode. Ces femmes-là appartenaient à un univers auquel elle n’aurait jamais accès. Existaient-elles vraiment, d’ailleurs ? Dans les rues de Carhaix, elle n’en avait jamais remarqué aucune. En revanche, elle ne voyait que des femmes et des filles dans son genre, plutôt petites, costaudes, fortes de hanches, bâties pour les tâches ménagères et les travaux des champs. Elle se souvenait d'avoir entendu sa mère plaisanter à ce sujet : « Nous autres, Bretonnes de l'Argoat, on est de la race des pie-noir, dures au travail et faciles à nourrir. »

Concernant ses traits, Naïg avait dépassé l'âge du pur narcissisme pour entrer dans celui de l'observation objective, où l'on se satisfait des défauts aussi bien que des qualités, où l'on triche avec soi-même en offrant son meilleur profil aux miroirs. Son visage était au diapason de son corps, ce qui valait mieux, du reste : rond, mais pas une face de lune, cependant. Elle avait le nez fin, un front haut, des sourcils joliment arqués et naturellement étirés vers les tempes, des yeux noisette un rien bridés, des pommettes légèrement saillantes et une bouche charnue. La lèvre supérieure l'était plus encore que la lèvre inférieure et c'était cette dernière qui se desséchait au moment de ses menstrues. Les petites peaux qu'elle mordillait et ôtait pendant cette période-là faisaient que sa bouche paraissait écarlate, dans les jours suivants, quand elle avait cessé de saigner.

Le sujet n'est pas le meilleur juge en son miroir : Naïg, bien qu'elle se trouvât jolie – « pas si moche que ça », pensait-elle –, ne pouvait appréhender tout ce que son visage avait d'avenant et de modestie affable, aux yeux des autres. Pour un garçon un brin intelligent, elle avait une douceur dans le regard qui appelait l'image d'un enfant dans ses bras. Lorsque Naïg rêvassait, les yeux dans le vague et le sourire joliment boudeur, il y avait en elle quelque chose d'une madone.

La vie de la maison s'organisa autour du locataire. Au bout d'une quinzaine, monsieur et madame Jacob convinrent qu'ils pouvaient faire confiance à Erwin et réciproquement. Outre qu'il était un hôte exquis, il ne mâchait pas ses mots à l'égard du IIIe Reich et renseignait utilement la maisonnée sur le recul allemand en Afrique et en Europe. Des habitudes se prirent très vite. Prié une première fois à la table des Jacob, Erwin déclina parce qu'il avait déjà dîné à la cantine de la Kommandantur. Aussi le soir suivant apporta-t-il son dîner, qu'il partagea, et par la suite il rapporta chaque jour dans sa gamelle de soldat des victuailles inouïes pour des estomacs rationnés de l'ordinaire et privés du superflu depuis plus de trois ans : lard, saucisses, jarret de bœuf, topinambours, farine, biscuits et café, du vrai café.

— Si un jour vous recevez du thé... dit madame Jacob.

— J'essaierai de vous en trouver, promit Erwin.

Avant le repas du soir, Erwin prenait sa leçon de français auprès de monsieur Jacob, aux dires de qui il était très doué. Après dîner, on jouait aux cartes, aux dominos, aux dames, et c'était une façon de continuer la leçon de français.

Selon le gonflement du carnet de commandes, Erwin aidait à l'ouvrage, détricotait les pièces les plus faciles à défaire, lovait joliment la laine à ses pieds et confectionnait des pelotes denses que monsieur Jacob n'avait aucun mal à travailler sur son métier à tisser.

— Erwin a des mains de fille, observait souvent madame Jacob, sans se rendre compte qu'elle se répétait.

— Des mains d'étudiant, madame, répondait invariablement Erwin, très indulgent à l'égard de la mémoire défaillante, ou du radotage, de sa logeuse.

Naïg regardait ses propres mains. Celles d'Erwin étaient plus fines que les siennes. Elle le nota dans son cahier. Le trouble suscité par l'irruption du jeune

Allemand dans sa vie et l'impossibilité de s'épancher auprès de qui que ce fût l'avaient entraînée vers la papeterie du bout de la rue, en face de la place des Lices, où elle avait acheté un cahier de cent pages à gros carreaux. Sa couverture était glacée et de couleur grenat, et au milieu il y avait un archer grec ou romain agenouillé, torse nu, coiffé d'un casque ailé et de sandales à lanières. Le cahier était tellement beau que Naïg sentit qu'elle y écrirait de belles choses.

Une fois couchée, emmitouflée dans une liseuse et une écharpe autour du cou, elle s'appliquait à narrer sa journée et ses émois au beau cahier grenat, sous l'égide du guerrier antique, évocateur d'images oniriques où se dressaient des temples à colonnes, des aqueducs gigantesques et des combats de gladiateurs.

A mesure qu'elle poursuivait cette odyssée à l'intérieur d'elle-même, Naïg changea plusieurs fois le nom de son héros. Ce fut « l'Allemand », puis « Erwin », puis « mon fiancé », puis « mon amour ». Les soirs où il était de garde dans sa guérite devant la Kommandantur, Naïg écrivait : « J'ai dit trois *Ave* et trois *Pater*. J'ai prié de tout mon cœur pour qu'il ne soit pas attaqué par la Résistance. »

Monsieur et madame Jacob n'en espéraient pas moins. Le paradoxe de la situation faisait que l'uniforme vert-de-gris de leur locataire les sécurisait, voire leur assurait une protection presque idéale contre la Gestapo. Aussi priaient-ils le Ciel qu'il ne lui arrive pas malheur ou qu'il ne soit pas transféré dans une autre unité. Aussi fermèrent-ils les yeux sur l'idylle en cours, quoiqu'ils se sentissent responsables de Naïg et fussent conscients des dangers que présentaient, sur tous les plans, et pour chacun des jeunes gens, des amours antipatriotiques. Néanmoins, ils auraient peiné à s'avouer que ces amours immorales, sous leur toit, amélioraient encore leur situation en renforçant la responsabilité du soldat allemand à l'égard de Naïg, et d'eux-mêmes, par conséquent. Le chemin aurait été fort long et sinueux du cerveau à la langue, aussi ces pensées-là restaient-elles logées à l'arrière du crâne. Ils s'accordaient une sorte de blanc-seing en secret, à l'heure de se coucher.

— L'amour n'a pas de frontières, disait monsieur Jacob.

— Ce jeune homme me paraît tout à fait honnête, disait madame Jacob.

— Même si… ?

— Même si quoi ? piquait madame Jacob.

— Même s'ils vont… euh… au bout de leurs désirs ?

— C'est la guerre.

— Oui, mais quand les Allemands s'en iront ?

— Il partira avec ses camarades et elle l'oubliera.

— Tu crois ça ?

Cela crevait les yeux que Naïg était amoureuse et Erwin n'était pas aveugle, ni différent des autres hommes, bien qu'il gardât une certaine réserve quand Naïg riait un peu trop fort à l'une de ses reparties en français cahotant, ou rougissait en lui tendant son linge de corps lavé et repassé. Les Jacob supputèrent qu'il hésitait à sauter le pas, à cause de la jeunesse de Naïg, peut-être, ou à cause des conséquences, ou d'une fiancée au pays, allez savoir.

Le parcours du Tendre des jeunes gens fut des plus classiques, hormis qu'ils s'attardèrent bien moins que si Naïg eût été courtisée par un garçon de Huelgoat, une fois par semaine, quelques heures – les choses prennent du temps quand les amoureux travaillent dans des fermes distantes de plusieurs kilomètres et que les rendez-vous sont espacés. Chez les Jacob, seule une mince cloison séparait Naïg de son fiancé. Ils commencèrent à s'embrasser sur la joue avant de se séparer pour la nuit, puis sur la bouche, puis les mains d'Erwin finirent par s'égarer. Ecarlate, sur le point de céder, Naïg le repoussait, s'enfermait dans sa chambre et livrait à son cahier des confidences enflammées.

Le soir de Noël, Erwin fut de garde. Ils échangèrent des cadeaux le lendemain. Erwin offrit un foulard à Naïg et une boîte de thé entamée à madame Jacob. Les Jacob décrochèrent la veste en velours de la vitrine et l'offrirent à Erwin, au nom de Naïg.

Le 31 décembre, ils réveillonnèrent tous ensemble, aux frais d'Adolf Hitler. Erwin apporta du pâté de foie, des cornichons et du pain blanc, un poulet déjà cuit et des nouilles, ainsi qu'une brioche aux fruits confits en guise de dessert. Pour arroser ce repas de fête, le soldat allemand mit à rafraîchir dans la cour deux bouteilles de vin blanc du Rhin. Madame Jacob en but jusqu'à en être pompette.

Sitôt terminées les embrassades de minuit, le tailleur et sa femme, à moitié endormis sur leur chaise, se retirèrent. Naïg n'avait jamais bu de vin. Dès le premier verre la tête lui tourna. Restés seuls pour déguster la brioche, les deux jeunes gens demeurèrent un peu gênés. Erwin ouvrit la seconde bouteille, remplit le verre de Naïg et ils burent trois verres coup sur coup. Il porta des toasts en allemand, l'air grave, les yeux brillants. Puis il éclata de rire, prit Naïg sur ses genoux, remonta sa jupe et lui caressa les cuisses. Elle nicha sa tête au creux de son épaule. Enlacés, étouffant de petits rires, ils montèrent au second et s'écroulèrent sur le lit de Naïg. Elle ne sut pas raconter à son cahier comment elle s'était retrouvée en petite chemise sous l'édredon avec Erwin tout nu à côté d'elle, contre elle, sur elle, entre ses jambes.

— Naïg, Naïg, tu es ma première femme, dit-il à son oreille, un aveu qui sonnait presque comme une plainte.

Le souffle court, elle le serra fort dans ses bras et ouvrit plus largement ses jambes. Craignait-il de lui faire mal ? Il peinait à trouver la voie et n'usait pas de la force de ses reins. Fille de la campagne, Naïg avait vu comment on aide le taureau. Elle vint au secours d'Erwin et le guida de sa main. Il brisa l'obstacle, elle eut l'impression d'une brûlure, il s'activa trop vite, elle cogna son bassin contre le sien, il éjacula par saccades, elle tressaillit là en bas, sourit d'être inondée loin à l'intérieur et frissonna longuement à l'idée du péché consommé. Ils s'endormirent, jambes emmêlées. Au petit matin, le désir les reprit et ils s'unirent de nouveau.

— Je t'aime, dit Naïg.

— *Ich liebe dich.*

— *Ich liebe dich*, Erwin, répéta Naïg.

— Je t'aime, Naïg, dit Erwin.

Pendant une courte période ils firent semblant de croire qu'ils s'aimaient dans la clandestinité, alors que, bien sûr, les Jacob n'étaient pas dupes – il suffisait de lire le bonheur dans les yeux de Naïg. De petits gestes affectueux en témoignages d'amour plus affirmés – mains serrées, baisers complices, enlacements furtifs –, leur liaison s'officialisa, dans le silence, sans que les Jacob fissent le moindre commentaire, et qui ne dit mot consent.

La liaison des amants se transforma en véritable vie conjugale et les langues se délièrent à table et dans l'atelier. Erwin parlait de rester en France après la guerre, madame Jacob disait, les yeux dans le vague :

« Soyez prudents, les enfants », Naïg suivait le fil de ses pensées, parlait présentation d'Erwin à ses frères, mariage et départ pour la ville – Quimper, Rennes, Nantes, Paris pourquoi pas ? –, où ils gagneraient mieux leur vie qu'à la campagne, Erwin fronçait les sourcils et s'interrogeait :

— Tu es sûre que tes frères voudront de moi ?

— Corentin je suis sûre que oui, les autres s'ils ne veulent pas de toi on se passera de leur bénédiction ! répondait Naïg.

Monsieur Jacob opinait du bonnet et marmonnait :

— Ce ne sera pas facile, les enfants.

— On s'aime, c'est le principal ! rétorquait Naïg.

Madame Jacob soupirait et conseillait d'attendre la fin de la guerre avant de tirer des plans sur la comète.

A en croire les nouvelles qu'Erwin récoltait via des rumeurs circulant à la Kommandantur, la fin de la guerre s'annonçait et s'éloignait tour à tour. Sur le front de l'Est, les Russes, forts de l'expérience de Stalingrad et de la vulnérabilité de la Wehrmacht pendant les grands froids, avaient lancé une offensive d'hiver et enfonçaient les lignes allemandes partout en Ukraine. En revanche, devant Monte Cassino les Américains subissaient de lourdes pertes. En dépit de la libération de la Corse et malgré le débarquement de deux divisions américaines à Anzio, ayant pour mission de dégager la route vers Rome, l'avance alliée semblait stoppée dans le sud de l'Europe. Ce n'était pas la seule nouvelle favorable au IIIe Reich : au mois de mars 1944, par un tour de passe-passe politique, Hitler s'était rendu maître de la Hongrie et avait expédié ses anciens amis, le dictateur Horthy et compagnie, en camp de concentration. Livrée à Adolf Eichmann, la Hongrie connaissait la terreur. Jusqu'alors la communauté juive avait seulement subi la dialectique haineuse de Horthy. Mais nommé commandant en chef des déportations, Eichmann avait fixé pour objectif aux SS, à la Gestapo et aux Croix-Fléchées du fasciste Szalasi d'éliminer tous les Juifs de Hongrie, « y compris leurs petits ». Le soir où il annonça cette nouvelle, Erwin conclut d'une voix sombre, en allemand :

— Plusieurs centaines de milliers de Juifs ont déjà rejoint les camps. Tu devrais monter chauffer le lit, continua-t-il gaiement à l'adresse de Naïg.

— Je préfère t'attendre.

— Non, monte, j'ai envie de parler un peu allemand avec monsieur et madame Jacob.

— Oh ben...

— Monte. Je te rejoins.

— Tu voudras une bouillotte ?

— Oui, une bouillotte. Tu es gentille, Naïg.

Naïg remplit une bonbonne en terre cuite, l'emmaillota dans une chaussette et monta en faisant mine d'être un peu fâchée. Les marches grincèrent sous ses pas, la porte de sa chambre couina, Erwin reprit la parole, à voix basse. Inquiète, madame Jacob faisait glisser son alliance sur son doigt, l'ôtait, la remettait. La respiration de monsieur Jacob sifflait. Le vieux couple savait qu'un jour le jeune Allemand aurait quelque chose de grave à leur dire. Ce moment-là était venu.

— C'est de pire en pire, dit Erwin. Les SS sont plus que jamais assoiffés de sang. Dans les Alpes, douze mille hommes, avec l'appui de la Luftwaffe et de miliciens français, sont montés à l'assaut d'un maquis de cinq cents hommes. Ils les ont tous tués. Ils ont torturé et massacré au poignard ceux qui avaient échappé aux balles. A Rome, ils ont fusillé plus de trois cents otages. Partout la Gestapo traque les Juifs, avec l'aide de la police française, il faut bien le dire. Deux hommes en manteau de cuir noir sont venus ce matin à la Kommandantur consulter les registres d'état civil. Ils cherchaient des noms avec certaines consonances, vous voyez lesquelles. Ils en ont trouvé beaucoup à leur goût. Beaucoup trop. Un tas de noms qui se terminent par «*en*» et se prononcent comme Cohen, par exemple. Un de ces miliciens à la botte de la Gestapo les a détrompés assez facilement, à propos de ces noms-là, qui sont bien bretons. Lorsqu'ils ont pointé le vôtre, il a eu un peu plus de mal à les convaincre.

— Il y a des Jacob en Bretagne depuis des siècles, dit monsieur Jacob d'une voix douce.

— C'est ce qu'il leur a fait observer. Mais demain ils arriveront à la lettre «l». J'ai regardé le nom de jeune fille de madame Jacob. Liberman, ce nom ne leur échappera pas. Vous devriez partir le plus tôt possible.

— Partir, souffla madame Jacob, mais pour aller où?

— Vous n'avez pas de famille dans la campagne? Des amis, des relations? Il y a un tas de gens qui dorment dans les granges, un peu partout.

— Nous ne connaissons personne, dit monsieur Jacob.

— Du côté de chez Naïg? Là où elle est née? La personne qui l'a placée chez vous?

— D'abord, elle est... commença madame Jacob.

— Elle vit dans un minuscule village, coupa monsieur Jacob, on nous verrait comme une mouche sur le lait.

— Et le mari est pétainiste, ajouta madame Jacob.

— Vous avez bien de l'argent de côté? Oui? Alors, partez n'importe où et cachez-vous.

— Et la maison, et la boutique?

— La vie n'a pas de prix, dit Erwin.

— Nous sommes trop vieux pour partir à l'aventure, dit monsieur Jacob.

— Croyez-moi, il faut quitter votre maison, insista Erwin.

— Nous prierons, dit madame Jacob.

— Dieu n'a pas choisi son camp, madame.

— Merci de nous avoir prévenus, dit monsieur Jacob.

Erwin monta se coucher. Naïg se lova contre lui.

— Tu as l'air triste, s'étonna-t-elle. Ils t'ont reproché quelque chose ?

— Non, rien.

— Qu'est-ce qu'il y a, alors ?

— Oh, maman Jacob connaît un peu Munich, tu sais. On a parlé de la région où je suis né. Ça m'a rappelé mon village, mes parents, mon frère, mes cousins et cousines...

— On ira les voir, après la guerre.

— Tu goûteras à la bière !

— C'est bon ?

— Meilleur que tout le reste !

— Meilleur que ça ?

Elle lui prit la main et la posa sur son pubis, tandis que du bout des doigts elle se mettait à caresser son sexe à lui, qui gonfla aussitôt.

— Il y a des choses qui ne se comparent pas, dit-il en riant, et il se laissa faire.

Le lendemain matin, monsieur Jacob s'habilla en dimanche et clopina jusqu'à la Caisse d'Epargne. Il retira une somme rondelette, demanda une enveloppe et la glissa dans la poche intérieure de son veston. Puis il vira le reste de ses avoirs, une autre somme rondelette, sur le livret de Naïg, qu'il fit mettre à jour.

Madame Jacob occupa sa matinée à préparer deux valises.

— Qu'est-ce qui se passe ? s'inquiéta Naïg. Vous partez en voyage ?

— C'est juste au cas où.

— Au cas où quoi ?

— Au cas où il faudrait fuir devant les bombardements.

— Les bombardements ? Pourquoi on bombarderait Carhaix ?

— Tout est possible, ma fille.

— Et moi alors ?

— Tu devrais te préparer une valise, aussi, éluda maman Jacob.

— Qu'est-ce que je mettrais dedans ?

— Des vêtements chauds, puisque c'est l'hiver. Et des affaires plus légères, pour le printemps et l'été.

Monsieur Jacob revint vers onze heures.

— J'ai fait comme on a prévu de faire hier soir, dit-il à madame Jacob.

La journée fut bizarre. Naïg tournait comme un oiseau en cage. Comme ces merles à bec jaune que son frère Mathias prenait juste quand ils allaient quitter le nid et enfermait dans la cage en osier qu'il suspendait à une branche du noyer, au bout de la cour. Les oiseaux entendaient des bruits imperceptibles aux hommes – le cri des buses loin dans la vallée ? – et s'agitaient et se jetaient contre les barreaux en battant des ailes et des paupières. Un jour Naïg avait ouvert la cage. Mathias l'avait secouée comme un prunier et lui avait tiré les cheveux.

Dans l'après-midi, à une heure d'intervalle, trois clientes vinrent chercher des vestes et des jupes tissées. Au lieu de mettre l'argent dans la caissette en métal, monsieur Jacob rangea les billets dans une enveloppe tirée de la poche de sa veste, qu'il n'avait pas ôtée. Il ne travailla pas de toute la journée.

Tout en confectionnant des pelotes de laine, Naïg l'observait à la dérobée. Il restait planté devant la vitrine, les mains dans le dos. Il allait tâter une pièce de tissu. Il s'asseyait devant son métier, les yeux dans le vague. Il revenait près de la vitrine. Une drôle de journée, vraiment. Oppressée, Naïg se changea les idées en préparant le dîner longtemps à l'avance, fit une soupe et un far, passa la soupe au moulin à légumes, la garda à tiédir sur un coin de la cuisinière et le far dans le four du bas et se tint prête à servir le bouillon de légumes dès le retour d'Erwin. Maman et papa Jacob s'assirent à leur place.

— Une journée de gagnée, dit maman Jacob.

— Peut-être qu'il n'arrivera rien, dit papa Jacob.

— Qu'est-ce qui devrait arriver ? demanda Naïg d'une voix un peu tremblante.

— Ne t'inquiète pas, dit papa Jacob.

Il pressa la main de maman Jacob. Naïg sentit les larmes lui monter aux yeux.

— Pourquoi on ne me dit rien à moi ?

Papa et maman Jacob eurent ce bon sourire qui adoucissait et rajeunissait merveilleusement leurs traits à l'heure du coucher. Naïg songea que ce sourire du soir était molletonné comme une chemise de nuit d'hiver, doux à regarder, tendre à recevoir et ô combien soyeux, ce joli sourire papillon de nuit, à vous donner envie de vous glisser sous ses ailes et de vous endormir en rêvant déjà.

— Pourquoi ? répéta-t-elle d'une voix étouffée, que le buvard du silence absorba.

Enfin, la clochette de la boutique tinta. Naïg dégringola l'escalier et se blottit dans les bras d'Erwin.

— Papa et maman Jacob sont là ?

— Pourquoi ils n'y seraient pas ?

Erwin crispa les mâchoires.

— Il se pourrait qu'ils partent en voyage.

— Je sais, ils ont préparé leurs valises.

— Ils ne t'ont rien dit ?

— Dis-moi, toi, ce qui se passe !

— Tout à l'heure, après dîner. D'accord ?

Elle hocha la tête et ils montèrent à l'étage, bras dessus, bras dessous. Erwin s'assit à sa place, Naïg posa la soupière sur la table et commença à servir.

— Quelles sont les nouvelles du jour ? demanda papa Jacob.

— Vous auriez dû filer ce matin, répondit Erwin en allemand.

— Qu'est-ce que tu leur as dit ? Erwin ! Je veux savoir !

— Que la guerre se rapproche.

— Comment ça, se rapproche ?

Erwin haussa les épaules.

— Ne t'inquiète pas.

— Tout le monde me dit ça, de pas m'inquiéter. J'y comprends rien.

— Je n'ai pas fermé la porte de la boutique à clé, dit Erwin en allemand. Ils la défonceraient.

Le dîner débuta dans la même étrangeté, le même silence ouaté au sein duquel la journée avait enroulé ses heures comme un serpent enroule ses anneaux et aplatit sa tête dessus. Non, décidément, Naïg n'y comprenait plus rien. Maman Jacob, papa Jacob et Erwin semblaient prendre soin de n'émettre aucun son, ni avec leur cuiller, ni avec leur bouche. Par réaction, elle fit exprès de faire du bruit en changeant les assiettes pour le far. Elle sortait le plat du four quand le ciel lui tomba sur la tête.

Elle vit Erwin tendre l'oreille et plisser les yeux : grondement de moteurs.

Elle vit maman Jacob prendre la main de papa Jacob dans les siennes : crissement de freins, claquement de portières, volée de tintements de la clochette, martèlement de godillots dans l'escalier. Une armée entière ! Naïg lâcha le far de travers sur le dessous-de-plat.

— Qu'est-ce que c'est ? Mais qu'est-ce que c'est ? cria-t-elle. Vous allez me le dire, merde à la fin ?

Et elle éclata en sanglots, le torchon à vaisselle sur sa figure.

Deux gendarmes français entrèrent dans la cuisine, suivis de deux hommes en manteau de cuir noir. Erwin se leva d'un bond, faisant chuter sa chaise, et se tint bien droit, presque au garde-à-vous. Les gendarmes n'avaient pas l'air de méchants bonshommes. L'un d'eux dit d'une voix plutôt douce :

— Monsieur et madame Jacob ? Il va falloir, euh... accompagner ces messieurs. Prenez quelques affaires. Des vêtements de rechange, un nécessaire de toilette.

— Nos valises sont prêtes, dit maman Jacob.

— Ah ? Bon, allez les chercher, dans ce cas, et mettez un manteau.

— Viens m'aider, dit papa Jacob à Naïg.

Elle secoua la tête.

— Qui c'est celle-là ? Elle est de la famille ? demanda l'un des gestapistes en allemand.

— Non, leur bonne, répondit Erwin. Elle est bretonne, pas juive.

— On t'a demandé l'heure ? répliqua l'autre gestapiste.

— Comment elle s'appelle ? Ton nom, toi, dis-nous ton nom !

Naïg demeura bouche close. Le gestapiste ôta ses mains de ses poches et ferma les poings.

— Naïg Kermanac'h, dit Erwin.

— Ta gueule, toi ! Papiers ! Papiers, mademoiselle ! ricana le gestapiste.

— Inutile, messieurs, dit le brigadier, c'est une fille de ferme, originaire de Huelgoat.

— Oui, ça va, ça va, convint le gestapiste, elle n'a pas l'air youpin.

— Elle n'a pas le nez crochu, dit l'autre.

— Allez chercher vos affaires, maintenant, dit le brigadier.

— S'il te plaît, Naïg, dit papa Jacob, j'ai besoin que tu m'aides.

Elle l'accompagna dans la chambre. Papa Jacob glissa dans la poche de son tablier l'enveloppe contenant l'argent et son livret de caisse d'épargne.

— C'est tes sous. Ne les perds pas.

— Où ils vous emmènent ?

— Pas bien loin. Ils veulent nous interroger, sûrement.

— Mais pourquoi ?

— Tu pourras rester ici, Naïg, à moins que tu ne décides de rentrer chez toi. Dans ce cas, tu feras attention de bien fermer les volets et la porte de la boutique derrière toi et tu garderas la clé.

— Vous viendrez la chercher à la ferme ?

— Certainement, Naïg. Mais si on ne revient pas...

— Et pourquoi vous ne reviendriez pas ?

— On ne sait jamais.

— Vous ne me dites pas tout.

— Laisse-moi parler. Si on ne revient pas, tu iras

voir maître Brisson, le notaire. Maman Jacob et moi on t'a légué la maison. Elle sera à toi.

— Je n'en veux pas !

— Tu la vendras.

— Non ! cria Naïg.

Un gendarme entra dans la chambre.

— Dépêchez-vous, ces messieurs s'impatientent.

— Gros salaud ! rugit Naïg.

Le gendarme reçut l'injure comme un crachat, mais garda son calme.

— Si j'ai un conseil à te donner, petite, c'est de te taire. La situation est déjà assez délicate comme ça. Allez, venez, monsieur Jacob.

Maman Jacob était debout. Papa Jacob lui tendit son manteau, son cache-nez et son chapeau. Puis il s'habilla lui aussi. Ils empoignèrent chacun leur valise.

— Laissez, dit un gendarme.

— *Nein !* dit un des hommes en manteau noir. Ils portent leur valise !

— On leur donne juste un coup de main pour descendre l'escalier, dit l'autre gendarme.

Le gestapiste leva les yeux au ciel et comme maman et papa Jacob passaient devant lui il les poussa dans le dos.

— *Raus ! Schnell !*

Naïg bondit sur lui, toutes griffes dehors. Il l'évita d'un pas de côté et la cueillit d'une gifle. Elle vit trente-six chandelles et s'affala par terre, jupe retroussée.

— Joli petit cul !

Erwin serra les dents et les poings. Les deux agents de la Gestapo le toisèrent et tout à coup le bombardèrent de quolibets.

— Tu as trempé ton biscuit là-dedans ?

— Elle était bonne la soupe chez les Juifs ?

— Tu as mangé de la carpe farcie ?
— Tu savais qu'ils étaient juifs, hein ?
— Et tu n'as rien dit !
— Ce n'est pas bien.
— Pas bien du tout.
— Il faut qu'on se parle.
— Tu as sûrement plein de choses à nous raconter sur les coutumes juives.
— Tu vas venir avec nous.

Erwin rectifia la position, menton levé.

— Je ne dépends pas de la Gestapo !

La naïveté de sa réplique amusa beaucoup les deux agents.

— Tout le monde dépend de la Gestapo !

Erwin enfila sa veste et empoigna le couteau à découper que Naïg avait disposé près du dessous-de-plat. Un Luger apparut dans la main d'un des gestapistes. Erwin soutint son regard et, tranquillement, découpa une tranche de far.

— Vous en voulez un bout ? C'est une recette bretonne.

— *Danke,* dit le gestapiste sans pour autant rengainer son pistolet.

Erwin coupa deux autres tranches et posa le couteau. Le gestapiste rangea son arme dans la poche de son manteau. Ils avalèrent leur morceau de far.

— Pas mauvais. Maintenant boutonne ta veste, connard, et on y va ! dit l'autre en donnant une bourrade à Erwin.

Le jeune Allemand s'agenouilla auprès de Naïg. Elle n'avait pas recouvré ses esprits. Elle gémissait, les yeux entrouverts. Il l'embrassa sur la tempe, rabattit sa jupe sur ses cuisses et précéda les deux agents de la Gestapo dans l'escalier. Dans son dos, ils chantonnèrent et sifflotèrent une chanson d'amour.

— Ah l'amour ! L'amour ! *L'amour !* s'extasièrent-ils en français.

Le moteur de la Juvaquatre des gendarmes tournait au ralenti. Erwin estima ses chances de s'enfuir : nulles. Eviterait-il les balles des Luger en courant en zigzags jusqu'à la plus proche venelle qu'il n'échapperait pas, dès le milieu de la nuit ou un jour prochain, dans la campagne, aux chiens policiers lancés sur sa piste, aux collabos, aux miliciens. Il monta à l'arrière de la Traction des gestapistes et jeta un coup d'œil, qu'il savait être le dernier, sur la boutique des Jacob.

Naïg entendit les deux voitures démarrer. Elle se releva, descendit les marches quatre à quatre et se précipita dans la rue. Les voitures avaient disparu et avec elles papa et maman Jacob et son bel amour allemand. En face, à gauche, à droite, derrière elle, des rideaux se refermèrent discrètement sur cette période de sa vie. Elle eut l'impression qu'à travers les tissus épais des millions d'yeux la scrutaient. Elle se réfugia à l'intérieur et tourna la clé à double tour.

Elle débarrassa la table, fit la vaisselle, l'essuya, la rangea, alimenta la cuisinière, régla la clé de tirage sur le manchon, ferma la porte de la chambre des Jacob et monta se coucher tout habillée dans son lit froid. Un tas d'idées se bousculèrent dans sa tête, des pensées de cauchemar éveillé, d'espérances si soudaines, si tangibles, si évidentes qu'elles lui coupaient la respiration, et puis de désespoir profond où tout se noyait en définitive. Et l'alternance recommençait à tournoyer, espoir, désespoir, et elle se sentait comme une feuille morte soulevée puis plaquée au sol par des vents contraires.

Elle finit par s'endormir et se réveilla au chant du coq des voisins, un méchant coq qu'ils gardaient enfermé dans un clapier. Elle eut la vision d'Erwin enfermé derrière des barreaux. Pourquoi l'aurait-on jeté en prison ? Il n'avait rien fait de mal. Il n'était pas le seul Allemand à fréquenter une Française. Et puis il allait revenir : la preuve, il n'avait pas emporté son rasoir, son blaireau et son savon à barbe.

Elle écrivit dans son cahier : « Sainte Anne, ô bonne mère, faites qu'Erwin revienne. S'il revient, je vous promets d'aller à genoux de Kroaz-an-Turk à Kermabeuzen. »

7

Kroaz-an-Turk, décembre 1940

Le grand costaud qui descendit du car portait un manteau de ville trop petit pour lui et un sac à dos kaki, vide et flasque, pendu à l'épaule gauche. Il tira une casquette de la poche de son manteau et se l'enfonça sur le crâne comme pour se remettre les idées en place.

Des cinq frères Kermanac'h, Blaise pourrait se vanter d'être celui qui avait voyagé le plus loin. Très loin, jusqu'à voir la Baltique et ses bords pris par les glaces.

Même en bêchant droit et profond le terrain caillouteux de sa mémoire, il n'aurait pas été capable de raconter dans le détail, ni dans l'ordre des jours, les quatorze mois qu'il venait de vivre loin de chez lui.

Entre sa mobilisation et son retour de Prusse orientale se dressait une palissade déglinguée de souvenirs, avec des parties encore debout, des poteaux fauchés par les obus, des trous, des morceaux de barbelés, des cris, des silences angoissants, des odeurs de viande carbonisée, des marches forcées, du soleil cuisant, des camions, des trains, de la neige, des baraques en planches, un poêle, des dizaines de mains tendues vers sa chaleur et la rumeur du stalag qui disait que certains d'entre eux seraient libérés.

Le plus extraordinaire était d'en être revenu et d'apercevoir là-haut, au-dessus de Saint-Herbot, les hêtres de la combe qu'il traverserait pour regagner Kermabeuzen. Ces hêtres-là, fidèles à leurs habitudes, étaient les derniers à perdre leurs feuilles, toujours bien rousses comme des écureuils. Pendant qu'il faisait tout ce chemin, les hêtres avaient continué de pousser. Il y avait là quelque chose qui troublait sa notion du temps.

Il lui semblait pourtant que la guerre avait interrompu le cycle des saisons, puisque aussi bien il n'avait pas fait son travail : labouré, semé, moissonné, et tout le reste. Ces milliers de kilomètres parcourus, à travers tant de paysages différents, certains ordonnés, d'autres bouleversés, avaient sapé ses certitudes temporelles, comme la pluie torrentielle sape une tombe mal étayée. La pierre s'effondre, la croix penche de guingois. De retour au pays, le soldat démobilisé se sentait aller de travers. Blaise Kermanac'h branlait sur son socle.

Deuxième de la lignée, il avait la corpulence de Marc'hden, bien qu'il lui rendît en taille la hauteur d'un brodequin, ce qui ne sautait pas aux yeux de prime abord. Plus râblé qu'Alexis, il n'en avait pas moins la bonhomie. Cependant, ce caractère débonnaire flirtait chez lui avec cette simplicité d'esprit qui, en sautant par-dessus ses cadets Corentin et Mathias, terminerait la fratrie par un vrai débile, Noul, le benjamin.

Au conseil de révision on mesurait, on pesait et on palpait les muscles et les parties des conscrits, mais on n'ouvrait pas la tête des gens pour aller leur examiner la cervelle. De la race des bœufs castrés qui font les morts les plus dociles, au 118ᵉ régiment d'infanterie de Quimper Blaise n'eut aucune difficulté à apprendre à défiler puisqu'il aimait déjà marcher au pas. A la fin des classes on l'affecta à la cordonnerie, un poste hautement stratégique, comme aimait à le répéter l'adjudant.

« Mettez-vous bien ça dans le crâne, Kermanac'h, les pieds sont la première arme du biffin ! Quand vous ressemellerez des godasses, vous avisez pas de laisser dépasser une pointe. »

La victoire ou la défaite dépendait de lui.

Placide de nature, il appréciait d'obéir aux ordres de quelqu'un. A Kermabeuzen, dans ses fonctions de frère ménager, il exécutait ceux de Corentin, le chef reconnu, et même ceux de Mathias, ce coq nain qui avait commencé de chanter à peine le lait s'était-il arrêté de couler de son nez.

« Y a plus d'eau dans le seau ! Comment je vais me laver les pieds ? jappait le gamin. Blaise, va le remplir au puits ! Tout de suite ! »

Du pouce et de l'index, Blaise aurait pu le lui pincer, son nez pointu, et le soulever par ce bout-là d'une seule main à hauteur de poutre, et lui plumer sa queue de coquelet et tailler en pointe ses oreilles de ratier.

Au régiment, Blaise aurait pu en aligner, des cocos de son acabit, deuxièmes pompes, caporaux, juteux à grande gueule, et les démolir à coups de masse – ses poings valaient bien les dix livres d'un merlin –, mais bah ! les quolibets lui glissaient sur la couenne et de toute façon il préférait occuper ses bras plutôt que perdre son temps à dégoiser sur la connerie des chefs et des sous-chefs.

Jamais il ne rechignait à la corvée. S'il détestait se battre contre les gens, il adorait se mesurer aux choses. A Kermabeuzen, par exemple, rien ne lui plaisait tant que de toiser une souche noueuse à souhait et de grogner, en lui enfonçant un coin dans les tripes : « Si tu crois que je t'aurai pas, tu te trompes, saleté ! » A la ferme, on disait « hucher » pour qualifier les boulots qui vous donnaient des suées, sans doute parce que le travail difficile c'était une façon de se percher au-dessus des fainéants.

Cantonné dans l'Aisne pendant la drôle de guerre, Blaise avait réparé un tas de godillots, ressemelé des bottes d'officiers, fabriqué des sacoches en cuir pour les copains – ça leur ferait un souvenir, qu'ils disaient. Après le 10 mai 1940, il avait marché de jour dans un sens, de nuit dans le sens contraire et le lendemain bivouaqué toute la sainte journée dans une grange tandis que ça grondait dans le lointain. Les collègues répondaient pour lui, et probablement à côté, aux questions qu'il ne se posait pas. Si les grosses légumes de l'état-major se foutaient le doigt dans l'œil, qu'est-ce qu'on y pouvait ? C'était comme pour les nuées de Stuka et de Messerschmitt : à quoi bon leur tirer dessus à coups de fusil ?

Par moments le feu se rapprochait. Des gars sortaient des bois en traînant des morts et des blessés. La compagnie de Blaise demeurait en réserve. De quoi ? Mystère. Elle s'éloignait du front, bifurquait, marchait plein nord, et des gars disaient que c'était pour aller renforcer tel bataillon, et les lieutenants secouaient leurs boussoles, froissaient leurs cartes et fumaient cigarette sur cigarette, et bientôt on parla de poches, et Blaise se fit expliquer que ça voulait dire encerclement, et le colonel noua son mouchoir à une branche de noisetier et revint d'un vallon accompagné d'officiers allemands et c'est comme ça qu'ils furent tous ramassés, d'un seul coup d'un seul, par dizaines de milliers, sans avoir tiré un coup de fusil ni compris quoi que ce soit à la stratégie.

« Au moins maintenant on sait pourquoi on use nos godasses », plaisanta un voisin de Blaise. La colonne s'étirait sur des kilomètres et marchait vers l'est. Eternel résigné, Blaise n'essaya pas de comprendre les haltes, les regroupements, les sélections, les dégroupements, de nouveaux appels à n'en plus finir, de nouveaux regroupements sur les quais de gares de plus en plus éloignées de la ligne Maginot.

Le train traversa des villes industrielles, des bourgs, des villages et puis des forêts à perte de vue. Blaise remarqua que les arbres étaient immenses, avec des fûts bien droits, dans lesquels scier au passe des planches magnifiques.

D'après le soleil, le train s'était dirigé vers le nord. A l'endroit où ils arrivèrent, on devait être très haut sur la carte. On était en juin, la nuit durait à peine quatre heures. Ils emménagèrent dans des baraques toutes neuves. C'était à croire que les Allemands avaient programmé la victoire. En tout cas, ce n'était pas en quinze jours qu'ils avaient bâti ces camps de prisonniers.

« Au rab d'hôtels, dans le patelin, remarqua un plaisantin. Les vaches, ils avaient prévu d'en faire un paquet, de KG !

— Kagé ?

— Les deux lettres qu'ils vont te peindre dans le dos. *Krieg Gefang*, prisonnier de guerre, mon pote. »

Blaise resta à peine trois semaines dans ce stalag. Nouvel appel, nouvelle sélection, marche vers un camp situé à proximité du premier, où ils se retrouvèrent entre gars du pays. Les plus malins devinèrent tout de suite : les Boches avaient séparé les Bretons du reste de la troupe. Et pas n'importe lesquels, comme ils s'en aperçurent en s'installant dans les dortoirs : à part quelques maçons, mécanos et cheminots qui avaient menti sur leur profession pour éviter d'aller trimer en usine, c'étaient tous des gars de la campagne, qui savaient manier la faux et conduire des chevaux. Comme il fallait bien élucider cette ségrégation, les ruraux supputèrent qu'on les avait expédiés en pleine nature pour faire les moissons à la place des Fridolins combattants. Oui mais alors, pourquoi n'y avait-il pas de paysans auvergnats, limousins, beaucerons? Toujours est-il que les gardes-chiourme aboyaient moins fort et que la soupe était plus consistante. Régime de faveur?

L'explication prit une autre tournure avec l'arrivée au camp d'un professeur de lettres originaire de Morlaix. Il devait parler le boche parce que le commandant du stalag l'invita à dîner. Les agapes se prolongèrent jusque bien après que les KG furent couchés. Le lendemain matin le professeur tint conférence devant les hommes assis sur les marches de la baraque. Son speech fut à la fois clair et brumeux.

Claire et nette, la bonne nouvelle qu'il était autorisé à leur transmettre : le IIIe Reich envisageait de renvoyer les Bretons dans leurs foyers. Les gars poussèrent des hurrahs et s'envoyèrent des claques dans le dos. Le Morlaisien fit taire les clameurs et posa la question de confiance : avait-on idée du pourquoi de cette libération annoncée? Ben non, pas trop... pas très... peut-être vaguement... et encore... Fallait pas s'inquiéter, il allait éclairer de sa lanterne le chœur interrogatif des KG.

Il essuya soigneusement ses lunettes rondes tout en cherchant ses mots et alluma sa lampe à souder les Bretons entre eux. Bancal, son exposé oscilla tout d'abord d'un verbe sur l'autre. S'il déplorait la déculottée prise par l'armée française, c'était pour accorder aux Allemands une victoire bien méritée. S'il compatissait au sort des mères de famille et de leurs enfants jetés sur les routes de l'exode, c'était pour en rejeter la faute sur une République française déliquescente, pourrie à cœur par des forces obscures. S'il glorifiait le courage de ses compatriotes d'Armor et d'Argoat au combat, c'était pour stigmatiser l'effroyable gâchis de chair à canon bretonne pendant la Grande Guerre. Des sourires goguenards s'affichèrent sur plusieurs visages. Quelques-uns avaient deviné la suite et l'attendaient avec ironie.

Les Bretons n'en avaient-ils pas assez d'être pillés par la France ? s'interrogea le professeur. La Bretagne, hospitalière mais ingénue, avait ouvert sa porte à la France et la France lui avait pris ses fils, ses terres, sa langue, ses coutumes, son âme. N'était-il pas temps de rendre aux Bretons leur fierté ?

« Ho ! Tu serais pas un peu *breizh atao* sur les bords ? » gueula un contradicteur.

Breizh atao [1] *!* Cri de guerre nationaliste, devenu nom commun : un *breizh atao*, un membre ou un sympathisant du Parti national breton.

Bien sûr que oui qu'il l'était, breizh atao, le professeur amoureux de sa patrie, la vraie, la Bretagne. Contrairement à ce qui était gravé sur les monuments aux morts, les poilus de 14-18 n'avaient pas donné leur vie pour la patrie, mais pour l'intruse, la République française. Et quelqu'un l'avait si bien compris qu'il allait mettre à profit la défaite de la République pour accorder à la Bretagne son indépendance !

« Qui ça ? lança le rigolo.

— Notre vainqueur ! Adolf Hitler en personne !

1. Bretagne toujours !

— Tu vends des cartes du parti nazi ? »

Le professeur botta en touche. Indépendance ne signifiait pas allégeance. Des discussions étaient en cours. Il n'était mandaté par aucun parti, avait certes ses propres convictions mais se défendait de vouloir faire du prosélytisme.

« Mon œil !

— En vous causant à cœur ouvert, les gars, j'ai cru de mon devoir de Breton de vous amener à réfléchir sur ce que vous ferez le jour où il faudra choisir entre la France et notre pays. On ne forcera personne. Chacun verra midi à sa porte. »

Le défricheur n'alla pas plus loin. Sa mission était de préparer le terrain et de faire en sorte que le bon grain se sépare de lui-même de l'ivraie. La séparation fut quasi immédiate : d'un côté une petite minorité de Rouges, de l'autre une large majorité de candidats au retour, quelque serment opportuniste qu'ils dussent prêter à la cause bretonne. Ce n'était pas la plus déshonorante, n'est-ce pas ? A la faveur de nombreux apartés, le professeur enfonça ce clou dans des convictions républicaines amollies par l'idée de revoir une fiancée, une épouse, une mère, une jument bien-aimée, un chien fidèle, un paysage familier.

Les prêcheurs suivirent de près les semis du professeur. De même que les redoutées Missions au mois de Marie conduisaient en chaire des tribuns d'une trempe supérieure, dans l'admonestation, au brave recteur de la paroisse, la cause d'une Bretagne indépendante au sein du IIIe Reich fut plaidée dans les stalags par ses thuriféraires, Sébastien Delachaud, président du Parti national breton, rédacteur en chef de *L'Heure bretonne*, ambassadeur provisoire de Bretagne à Berlin, et son âme damnée, Youenn Troucmet, fondateur des Bagadou Stourm, les futures troupes de combat du PNB.

Ils franchirent en grand cortège la porte du stalag : trois limousines noires, fanions rouge et noir claquant au vent sur les ailes ; officiers supérieurs chaussés de bottes de cuir dans le miroir desquelles on aurait pu se raser ; camions de ravitaillement transportant des travers de porc, des patates nouvelles, du vin du Rhin, du schnaps et des cigarettes. On accrocha aux bâches des camions des drapeaux portant le triskell jaune sur fond noir. On dressa des tables en fer à cheval sur l'aire de rassemblement, les cuisines ronronnèrent, on prit place, les officiels mangèrent dans des assiettes, les grivetons dans leurs gamelles.

C'est en fin de banquet, quand les ventres sont pleins et les esprits déboutonnés, qu'on pousse la ritournelle. Delachaud et Troucmet assenèrent plusieurs couplets sur les thèmes ébauchés par leur éclaireur, puis reprirent en duo le refrain de la libération conditionnelle : retour au bercail en contrepartie d'une manifestation de sympathie fort sommaire à la cause indépendantiste, à savoir une simple déclaration orale de nationalité bretonne. Adolf Hitler avait donné son accord, un premier contingent de volontaires serait rapatrié pour constituer, selon les mots de Sébastien Delachaud, « le fer de lance d'une alliance nouvelle entre l'ordre du IIIe Reich et une Bretagne débarrassée de ses chaînes républicaines ».

« Démobilisés de l'armée française, conclut Troucmet, il ne tiendra qu'à vous de vous mobiliser à nouveau autour du drapeau breton pour rebâtir une Bretagne éternelle ! Breizh atao ! »

Les Allemands applaudirent et se retirèrent à l'intérieur du bureau du commandant pour prendre le café et le schnaps en compagnie des pontes du PNB. Sur l'aire d'appel, un brouhaha enfla comme une houle, portant trois vagues d'opinion : les vaguelettes de deux discours extrêmes, l'un probreton d'une poignée de nationalistes de naissance, l'autre résolument profrançais des quelques cheminots et ouvriers qui s'étaient prétendus paysans ou goémoniers. Le reste, huit sur dix, pour ne pas dire quatre-vingt-dix pour cent, surfa sur la déferlante du « On verra bien ». Elle se résumait à cette phrase consensuelle qui faisait hocher les têtes comme la pièce glissée dans la fente fait hocher la tête à l'ange de la crèche de Noël : « Qu'est-ce qu'on risque ? Le principal c'est de foutre le camp. Une fois à la maison, on retournera notre veste. »

Au camp, dont on parlerait plus tard comme du « stalag des breizh atao », ou « stalag B.A. », on chanta avec des accents de naïve espérance et de ferveur hypocrite l'hymne national breton, le *Bro gozh ma zadou*[1].

D'après un *feldwebel*, dès le mois d'août les Boches avaient relâché des Bretons d'autres camps. Mais au stalag B.A. l'ordre de départ se fit appeler Désiré. Comme les gars l'avaient supputé, dans les fermes alentour les Fridolins avaient besoin de bras pour moissonner et abattre, scier, fendre et rentrer le bois avant l'hiver. La température descendait à moins trente, à en croire les vieux qui avaient remplacé leurs fils ou leurs gendres à la direction des travaux agricoles.

Blaise Kermanac'h fit merveille dans son élément. Son coup de faux fit sensation. Un dimanche, tout un village vint au spectacle, voir comment il maniait l'outil. Sous sa lame le blé ou l'orge chutait en ligne, que c'en était un jeu d'enfant de lier les bottes derrière lui.

1. « Vieux pays de mes pères. »

« Méfie-toi, t'es trop bon, ils vont te garder, le prévint un camarade. »

Blaise ne ralentit pas pour autant la cadence.

« Bretons, meilleurs que *französen* », dit un grand-père à rouflaquettes.

Enfin, une fois la Prusse prête à hiberner, et alors que les Bretons commençaient à se les geler, des camions amenèrent de nouveaux pensionnaires destinés à bûcheronner tout l'hiver et emportèrent les supposés breizh atao.

Blaise suivit le mouvement général, retraversa l'Allemagne sous les auspices de la Croix-Rouge et avec une centaine de rapatriés descendit du train en gare de Pontivy, début décembre 1940.

Boullc'hurun[1] *!* Quelle réception ! Eux qui pensaient décarrer en loucedé et se disperser dans les halliers ! Bernique ! Un bagad d'au moins dix douzaines de binious et bombardes, plus tambours et grosse caisse, leur fit péter les tympans, plus fort que les cuivres et les buccins de vingt légions romaines, un vrai déluge de shrapnells suraigus à vous déchiqueter les nerfs de la cervelle, et des drapeaux *gwenn ha du* en veux-tu en voilà, pire que s'ils avaient gagné la guerre contre les François.

Saouls de fatigue et de vacarme, ils furent entourés de gars en chemise noire, cravate blanche et triskell jaune d'or sur fond noir en brassard. Ils furent alignés place de la gare, mis au garde-à-vous et *hag un all*, encore une fois la clique celtique joua le *Bro gozh ma zadou*, après quoi en rang par quatre ils marchèrent de la gare au château de Rohan, traînant le brodequin, besace brinquebalant à l'épaule, le calot de guingois,

1. Boule de tonnerre !

encadrés par les Bagadou Stourm sanglés à la taille et en travers du torse de ceinturons en cuir comme tous les bons fachos, franquistes, mussoliniens ou nazis.

Une de leurs récentes connaissances avait revêtu l'uniforme de son organisation pour les accueillir dans la cour du château : Troucmet, leur messie libérateur. Du haut des marches de l'escalier d'honneur, il leur gueula en bombant du ceinturon et du triskell en argent de sa boucle :

« Bienvenue au pays de nos pères, glorieuse armée bretonne ! »

Les gars en avaient ras la casquette. N'eussent été les « Breizh atao ! » gueulés par les chemises noires, son salut aux soldats n'aurait pas trouvé plus d'écho que le bruit d'une plume détachée du cul d'un ramier. Delachaud, en costume civil, apparut au côté de Troucmet.

« Et voilà le deuxième pour faire la paire », murmura un gars du coin de la bouche à Blaise Kermanac'h.

Le grand chef germanophile leur fit une harangue de la même teneur qu'au stalag. Sauf la fin, imprévue au programme : en accord avec les bienveillantes autorités allemandes, ils allaient profiter pendant une semaine du cadre superbe du berceau des Rohan. Qu'était-ce à dire ? Le Conseil national breton, présentement hébergé au château, leur offrait de partager son logis, afin de recevoir le minimum d'instruction nécessaire à l'exercice de leur apostolat, une fois de retour chez eux.

« J'ai rien compris, dit Blaise.

— C'est moins simple qu'on se l'était figuré en Prusse, lui traduisit son voisin, ils veulent nous embrigader.

— Très peu pour moi, commenta un gars, à la première occasion je me tire. »

Ils furent une bonne trentaine à déserter, au fil des

nuits. Blaise Kermanac'h estima que les fugueurs étaient bien ingrats. On mangeait à sa faim, on buvait à sa soif, on dormait au chaud et on n'était pas surveillés. Quant à l'instruction dispensée par les Bagadou Stourm – des cours d'histoire revisitée par la pensée antifrançaise –, elle vous passait au-dessus de la pâture à poux, par ailleurs débarrassée de ses parasites tout comme les vêtements de corps avaient été traités contre les puces avant la distribution des couvertures.

A la fin de la période, binious et bombardes revinrent donner l'aubade au dernier carré des impétrants, une petite soixantaine en tout. Leur démobilisation proprement dite put avoir lieu dans les formes prescrites. On leur rendit leurs livrets militaires tamponnés par la Kommandantur de Pontivy, ils restituèrent leurs uniformes et reçurent des vêtements civils, ainsi qu'un pécule de cent francs et une provision de prospectus à distribuer autour d'eux dans les campagnes, où les démobilisés se dispersèrent, à charge pour eux de semer et de faire lever la graine breizh atao. La plupart se gardèrent bien de l'arroser.

Blaise arriva à Kermabeuzen juste à la tombée de la nuit. De loin, les chiens le prirent pour un épouvantail à deux pattes. Ils se mirent à grogner et à montrer les crocs et demeurèrent à distance le temps de reconnaître sa voix et son odeur. Puis ils l'accompagnèrent dans la cour et rentrèrent se coucher dans leur barrique du côté de l'étable. Le fer à cheval des bâtiments éclipsa le bleu nuit du ciel. La cour était comme une boîte noire et les deux fenêtres de la salle, éclairées par la lueur jaune des lampes à pétrole, comme les deux yeux d'un potiron à sorcière de la Toussaint.

Mathias se tenait sur le seuil de la maison et sondait l'obscurité, un tisonnier à la main, prêt à en découdre. Alexis le rejoignit, un torchon sur l'épaule, et Blaise se dit avec plaisir que le Marc'hden l'avait remplacé aux fourneaux et à la plonge. Le visage de Noul s'insinua entre eux, pas plus éveillé qu'avant – on ne guérit pas d'avoir été timbré à la naissance.

— Qui c'est? aboya Mathias le roquet.

— Un pauvre chemineau, répondit Blaise en contrefaisant sa voix.

— Qu'est-ce que tu veux? demanda Alexis.

— A manger, siouplaît, dit Blaise en rigolant.

— Fous le camp! *Maez*[1]*!* lui intima Mathias. Y a rien à bouffer pour toi ici!

— C'est bizarre, pourquoi les chiens n'aboient plus? s'étonna Alexis.

— Parce qu'ils sont moins mauvais que les hommes. Ils refuseraient pas de partager leur gamelle avec leur maître.

— Blai-blai-blai... Blaise! marmotta Noul.

— Merde, c'est toi? dit Mathias.

— Y a pas idée de jouer au con comme ça, commenta Alexis.

— J'ai une faim de loup, je vais me fabriquer une omelette à six œufs.

Alexis et Mathias s'écartèrent, Noul buta contre eux, et Blaise entra, sans embrasser ses frères ni leur serrer la main.

Corentin était assis sur sa chaise à accoudoirs, en bout de table. Il finissait de saucer avec un bout de pain noir son assiette de civet de lapin. Vu les os autour de son plat, il avait nettoyé la carcasse et la tête de la

1. « Dehors ! »

pointe de son couteau, laissant les cuisses et les pattes de devant aux autres, comme Mamm dans le temps, sans qu'on sache si c'était pour se sacrifier et obliger la tablée, ou bien parce qu'il aimait vraiment ça. Il lécha son couteau, l'essuya sur sa manche, le ferma et leva les yeux vers le rapatrié.

— Alors, te voilà ?

— J'ai été démobilisé.

— C'est quoi, ce costume ?

— Ils me l'ont donné à Pontivy.

— Hein ? T'as signé chez les breizh atao ? éructa Mathias.

— La paix ! dit Corentin. Je cause avec Blaise. J'ai entendu qu'on parlait d'une omelette sur le pas de la porte. Qu'est-ce que t'attends, Alexis, pour casser des œufs ? Les Allemands n'ont pas bouché le cul des poules.

— Je veux bien pour cette fois, mais demain il faudra qu'il reprenne sa place, bougonna Alexis en sortant un bol du buffet et la poêle à frire de sous l'auge à faire la vaisselle.

— Alors, t'es allé loin ? demanda Corentin.

— Jusqu'en Prusse orientale.

— Mathias, va chercher le livre de géographie !

— C'est pas loin de la Suède et de la Finlande, dit Mathias.

— On va vérifier.

— Et vous, demanda Blaise, ils vous ont libérés aussi ?

— Mathias et moi on s'est évadés avant de monter dans le train.

Blaise en demeura ahuri.

— Et ils vous cherchent pas ?

— Ils s'en foutent autant que je me fous d'eux,

répondit Corentin. Y en a autant dans le même cas que nous que d'étourneaux autour des bouses de vache sur la terre gelée. Les fonctionnaires ont foutu le camp, la paperasse n'est plus à jour alors la vie suit son cours.

Alexis fouetta les œufs dans le bol et les versa sur le beurre qui grésillait dans la poêle. Il rajouta deux tranches de lard. Personne ne disait plus rien. Blaise retrouva le poids du silence de Kermabeuzen, aux heures où Corentin régnait sur la cuisine, assis sur sa chaise à accoudoirs – son trône, se moquait Mathias. Alexis et Blaise – Noul ne comptait pas et Mathias s'avérait plus fort de caractère – n'étaient à leur aise qu'hors la présence de Corentin. Ce n'était pas qu'il leur clouait le bec, mais il avait sa façon à lui de tout ramener sur le terrain du raisonnable qui les faisait réfléchir avant de parler.

— Alexis te régale, dit Corentin.

— Ça n'a pas été trop dur de s'évader?

Toujours obnubilé par cette incroyable histoire d'évasion de ses deux frères, Blaise aurait voulu parler des dangers du voyage clandestin, des nuits à la belle étoile au bord de routes sillonnées par des Boches, le doigt sur la détente. Corentin répondit à côté de la question.

— On s'est débrouillés sans toi, dit-il. La moisson a été faite, le grain a été rentré au grenier, les bêtes ont été soignées et l'orge d'hiver a été semée en temps utile. Preuve qu'à trois on peut faire le travail de quatre. Mais je suis content que tu sois revenu, maintenant qu'on allait attaquer le bois. Malgré qu'on se soit débrouillés sans toi, à quatre c'est plus facile qu'à trois.

Alexis fit glisser l'omelette dans l'assiette de Blaise et remplit un verre de cidre.

— Monsieur le breizh atao est servi, dit Mathias.

— Ferme ton clapet ! dit Corentin.

— Du bois, je viens d'en faire mon content, en Prusse, dit Blaise. Là-bas ils abattent des arbres si énormes que les deux hommes se voient pas, à chaque bout du passe.

— Alors tu as eu ton entraînement, dit Corentin.

— Si c'est pas malheureux de travailler pour les Boches, dit Mathias.

— Qu'est-ce que je viens de te dire ? l'admonesta Corentin.

Noul s'assit à table, un filet de salive aux commissures des lèvres.

— Fabriques-en-lui une à deux œufs, dit Corentin à Alexis, ce sera son dessert.

— Je vais pas y passer la nuit, marmonna Alexis.

— T'inquiète, dit Blaise, demain tu me rendras mon tablier.

— Mange, toi, dit Corentin, pendant que je vais avec Mathias autour des bêtes, voir si tout est en ordre.

Corentin se leva, décrocha la lampe-tempête du clou planté dans le chambranle, mit sa veste de chasse et sortit. Mathias enfila un gilet en peau de mouton et le suivit.

— Si tu permets que j'ouvre mon clapet, dit-il une fois dehors, on risque d'avoir la visite du curé.

— Ah bon ?

— Fais pas l'innocent, tu sais bien que Castric est le chef des breizh atao du coin.

— Je m'en fous. Je me fous de lui et de tous les autres.

Blaise les rejoignit sur le seuil, la fourchette à la main.

— Au fait, où est Naïg ?

— Ah ! Je me demandais quand tu t'inquiéterais de prendre des nouvelles de ta sœur ! dit Corentin.

— Elle est partie ?

— J'ai jugé bon de la placer comme bonne chez des commerçants de Carhaix. T'as quelque chose contre ?

— Il a jamais rien contre quoi que ce soit, dit Mathias en ricanant.

8

Carhaix, avril 1944

Le lendemain du départ de ses patrons et d'Erwin, Naïg ouvrit la boutique et s'assit à la place de papa Jacob pour détricoter un pull et en faire des pelotes. Des ombres ralentissaient le pas en passant devant la vitrine. Un manteau trois-quarts et un tailleur étaient prêts. Papa Jacob n'avait pas marqué le prix. Combien devrait-elle en demander ? La question se résolut d'elle-même. Les dames vinrent ensemble chercher les vêtements, refusèrent que Naïg les emballe et les emportèrent comme ça, sur le bras, en lançant : « On paiera plus tard ! »

Le soir venu elle mit le couvert pour deux, prépara une soupe au lait et coupa le reste du far en deux moitiés. Erwin ne rentra pas. Elle mangea, débarrassa la table, fit la vaisselle, l'essuya et la rangea. En ôtant son tablier elle se rappela l'enveloppe. Elle contenait de l'argent, une liasse de billets comme elle n'en avait jamais vu, et son livret de caisse d'épargne, avec beaucoup de zéros. Elle referma l'enveloppe et la mit dans sa valise, sous son journal intime.

Le deuxième jour elle ouvrit de nouveau la boutique mais la clochette ne tinta qu'en fin d'après-midi. Son cœur s'arrêta de battre. Erwin ? La pelote qu'elle confectionnait lui échappa des mains. Elle écarta le rideau de l'atelier où elle travaillait – où elle se cachait, aurait-on dit. Hélas, ce n'était qu'une cliente qui venait récupérer sa laine. La dame chipota sur la quantité.

— Cinq pelotes ? C'est tout ce que tu as tiré d'un pull d'homme ?

— Elles sont serrées.

— Bon, enfin, n'importe comment je n'étais pas là pour vérifier, hein ? Des fois on a tort de faire confiance.

La bonne femme promena ses petits yeux de truie sur les étiquettes épinglées sur les sacs.

— Tant que j'y suis, je vais récupérer aussi ces sacs-là.

Elle prétendait connaître mesdames Unetelle et Unetelle et tiens ! mais oui, encore Unetelle, qui habitait près de chez elle. Naïg se doutait qu'elle mentait, mais comment nier ses affirmations ? La bonne femme se chargea d'une brassée de sacs.

— Je vois bien ce que tu penses. Ne crois pas que je vais les garder pour moi. Je passerai les rendre à leurs propriétaires. Ça t'évitera de garder la boutique ouverte. Combien de temps tu vas rester là ? Tu n'as nulle part où aller ? Tes patrons ne sont pas près de revenir, tu sais.

La bonne femme la détailla des pieds à la tête.

— Et ton Boche ? Il a été ramassé par la Gestapo, paraît-il ?

Naïg sursauta, pinça les lèvres et marcha sur la bonne femme, qui recula d'un pas.

— Hé ! Du calme, espèce de petite morveuse !

— Vous êtes méchante ! hurla Naïg. Tous les gens sont méchants ! Dehors ! *Maez* ! *Maez a ma zi*[1] *!*

Elle poussa la voleuse et ses sacs sur le trottoir, lui claqua la porte dans le dos, tira le verrou et courut au grenier se jeter sur son lit. Elle y resta jusqu'à ce que la nuit tombe, puis elle redescendit dans la cuisine, prépara de la soupe au lait et mit le couvert pour quatre en lançant aux murs, et à travers les murs à la bonne femme, des « Et alors, hein ? » de défi. Un défi que personne ne releva. Quand huit heures sonnèrent, elle se résolut à réchauffer une portion de soupe et à la manger. Elle ne débarrassa pas la table ni ne fit la vaisselle. Elle monta dans son lit confier tous ses malheurs à son journal intime.

Le troisième jour, elle emballa le rasoir, le blaireau et le savon à barbe d'Erwin dans une petite boîte ayant contenu des écheveaux de fil à broder, et entreprit d'écrire quelques mots en suivant bien les fines lignes bleues sur le beau papier à lettres de maman Jacob.

Mon amour,

J'espère qu'on ne t'a pas fait des misères à cause de moi et que tu vas bien. Je suis triste, seule dans la maison. Donne-moi de tes nouvelles. Je t'embrasse très fort.

Ta Naïg qui t'aime plus que tout.

Elle plia la lettre au format de la boîte, referma le couvercle en carton, mit du papier et une ficelle autour, écrivit dessus « Erwin P. » ainsi que sous le mot « Expéditeur » son nom et l'adresse de Kermabeuzen, et se rendit à la Kommandantur.

Elle entra sans que personne ne lui demande quoi que

1. « Hors de chez moi ! »

ce soit. Elle déposa le paquet sur le guichet derrière lequel se tenait un planton.

— C'est pour Erwin.

Le soldat lui répondit en allemand.

— C'est pour Erwin, répéta-t-elle.

Le soldat fit des phrases à n'en plus finir et alla chercher un sous-officier. Ce dernier n'avait pas l'air méchant, plutôt soucieux.

— Beaucoup d'Erwin dans l'armée allemande. Tu ne connais pas son nom ?

Naïg essaya de prononcer le nom d'Erwin.

— Pob ? Posse ?

— Ah *ya*, Probst ! Erwin Probst !

— Oui, c'est ça.

Le sous-officier eut un aparté avec le planton.

— Ah mademoiselle, le soldat Probst parti. Loin. Avec panzers. Dans le Pas-de-Calais.

— Il reviendra ?

— *Nein*. Rentrez chez vous, dit le sous-officier, et attention aux terroristes.

— Aux terroristes ?

— *Ya*, *ya*, vous amie d'un Allemand. Il faut partir.

Le planton prit le paquet et du geste indiqua la sortie à Naïg.

— *Raus !*

— *Bitte*, s'il vous plaît mademoiselle, ajouta le sous-officier.

Dans la rue, elle eut l'impression que tout le monde la regardait.

Le quatrième jour, vers le milieu de la matinée et alors qu'elle n'était pas encore descendue, on frappa à la porte de la boutique. Elle dégringola l'escalier, s'imaginant une multitude de choses : que c'était Erwin, ou bien papa et maman Jacob, ou bien l'Allemand de la

Kommandantur qui venait lui donner des nouvelles. Ou bien la police allemande, lui vint-il à l'idée à la seconde précise où elle tirait le rideau.

Un agent de la Gestapo et trois messieurs en cravate et manteau à col de fourrure la considéraient comme une bête curieuse, à moins que ce ne fût l'inverse, songea-t-elle, car les trois messieurs, engoncés dans leurs manteaux, ressemblaient à des dindons.

— Allez-vous ouvrir, enfin! cria l'un d'eux.

Elle ouvrit, il se présenta.

— Maître Brisson, notaire. Et vous, vous êtes la bonne?

— Les patrons sont morts?

— Pourquoi dites-vous cela?

— Ben, à cause euh... du testament.

— Quel testament? Qui vous a parlé de testament? Il n'y a pas de testament!

L'agent de la Gestapo la repoussa à l'intérieur d'une main ferme posée sur sa poitrine. Tout le monde entra. Le gestapiste, mains dans les poches, balaya la boutique des yeux en émettant des petits bruits avec sa bouche, comme s'il crachotait.

— L'immeuble est saisi, dit le notaire, il faut libérer les lieux.

— On te donne un quart d'heure pour faire ta valise, dit l'un des autres messieurs.

— Je... Qui va...

— Obéissance! crachota l'agent de la Gestapo.

Trop bouleversée pour penser à emporter le linge que lui avait donné maman Jacob, elle ne rangea dans sa valise que ce qu'elle avait en arrivant. La seule chose qu'elle emportait en plus, et qu'elle mit sur elle, c'était le beau manteau tissé, coupé et cousu par papa Jacob.

Et l'enveloppe, avec l'argent et son livret de caisse d'épargne.

Elle descendit du second au premier en sanglotant. Deux messieurs fouinaient dans la chambre des Jacob. La cuisine était en désordre. Elle aurait dû faire la vaisselle, la veille au soir. Mamm l'aurait grondée, si elle avait pu voir ça. On ne laisse pas derrière soi une maison sale.

Elle descendit du premier au rez-de-chaussée, le cœur gros, avec dans la tête une image du catéchisme, Adam et Eve chassés du paradis par le courroux de Dieu. La porte de la boutique était restée ouverte. Le gestapiste montait la garde tandis que le notaire notait des mesures sur un calepin.

— Tu n'as rien oublié, ma fille ? demanda-t-il.

— Non.

— Parce que après il sera trop tard.

— *Raus !* lui intima l'agent de la Gestapo.

Elle sortit et s'en alla vers la place des Lices. Il y avait un car pour Huelgoat à midi. Elle s'acheta un bout de pain et entra dans un café boire un verre de limonade.

Il y avait un bon moment que le chauffeur du car ne voyait plus le calvaire de Kroaz-an-Turk dans son rétroviseur quand Naïg eut fini de prier et se releva, les genoux douloureux mais le cœur plus léger. Sainte Anne l'avait aidée à décider ce qu'elle ferait en premier.

Au lieu de rejoindre directement la ferme par les garennes, elle prit donc par le raccourci et descendit la côte de Saint-Herbot. Il ne lui restait plus qu'à espérer que le curé serait là, sinon elle aurait fait le détour pour rien.

De son bureau de poste, Marianne Lautridou, agent

de liaison de la Résistance, la vit pénétrer dans l'église. Il lui fallut creuser sa mémoire pour identifier cette fille qui lui disait vaguement quelque chose. Naïg Kermanac'h ! Avec quatre ans de plus, alors, évidemment. Et une valise à la main. Retour définitif, par conséquent ? L'événement était banal, mais elle le coucha néanmoins dans son agenda. Par acquit de conscience. Avec les Kermanac'h, on ne pouvait pas savoir. Un panier de crabes, cette fratrie.

Marianne Lautridou n'ignorait pas que le Corentin prenait son plaisir avec sa voisine de Ty Stang, la Suzanne Guermeur. Qui se ressemble s'assemble. Ces deux-là paraissaient se ficher de tout sauf de leurs rendez-vous. L'une au bistrot, l'autre à la ferme, ils traitaient les Boches comme des gens ordinaires.

Avec son cul-de-jatte pétainiste et le curé collabo comme visiteur habituel du bureau de tabac, la Suzanne inspirait la méfiance. De son côté, elle ne semblait pas se formaliser qu'on se défiât de son mari. Cette fille-là, trop jeune et trop belle pour sacrifier sa vie à un infirme, devait avoir un secret qui l'obligeait à filer doux et à se mettre bien avec Pierre, Paul et Jacques. Quel secret ? Marianne Lautridou aurait volontiers répondu : « Un gosse en nourrice quelque part. » Eh ben alors le Corentin serait papa d'un gosse tout décrotté lorsque le pétainiste casserait sa pipe et qu'il se mettrait pour de bon à la colle avec la veuve.

Pour le moment, le Corentin était plus à plaindre qu'à envier, avec son jeune frère idiot, une petite sœur sur le dos de nouveau et le Blaise dans les Bagadou Stourm. Mais il était vrai aussi, et heureusement, que le Mathias refaisait pencher la balance du bon côté. Il prenait de l'envergure dans le maquis. Le jour venu, on pourrait compter sur lui.

Marianne Lautridou referma son agenda.

Naïg fit une génuflexion devant l'autel, se signa et se retourna. La statue de la Vierge n'était plus sur son socle. Elle ressentit cette disparition comme un mauvais présage. Une bougie brûlait aux pieds de saint Herbot. Le curé était donc là. Elle frappa timidement à la porte du presbytère. Elle entendit un raclement de chaise, une toux, des bruits de socques. Le noir regard de l'abbé Castric se fronça à la vue de la jeune fille, puis il aperçut la valise et son regard se radoucit.

— Naïg ! Te voilà donc de retour ? Tu as été renvoyée ?

— Non, mes patrons ont été arrêtés par la Gestapo.

— Comment s'appellent-ils ?

— Jacob.

— Ah !

— Je veux me confesser.

— Depuis combien de temps ne t'es-tu pas confessée ?

— Depuis... quatre ans.

— Oh là là ! Ils doivent peser bien lourd dans ta poitrine, tous ces péchés accumulés. Plus lourd que ta valise, certainement. Le Seigneur va te débarrasser de ton fardeau, n'aie crainte. Une minute. Va toujours te préparer.

Le curé prit son étole dans une bonnetière, entra dans le confessionnal et fit glisser l'huis dans sa rainure. Naïg récita son acte de contrition.

Après la confession, ils s'agenouillèrent tous deux devant l'autel et prièrent longuement. Puis l'abbé se signa, dit amen, et releva Naïg qui demeurait prostrée.

— La faute que tu as commise est grave, mais moins grave cependant que si tu l'avais commise avec un journalier. L'Allemagne et la Bretagne sont unies, tu n'as fait que resserrer leurs liens. Dieu te pardonne, mais qu'en sera-t-il des hommes ? Pour l'instant, ne dis rien à tes frères, surtout à Mathias. Tu me le promets ?

Naïg hocha la tête.

— Va en paix, ma fille, et n'hésite pas à revenir chercher du secours auprès de moi. Quoi qu'on raconte, je suis ton ami. Je suis l'ami de mes paroissiens et de mes paroissiennes.

Naïg s'éclipsa par la porte latérale et, apercevant l'enseigne de Ty Stang, se rappela que c'était par l'intermédiaire de la patronne du café que Corentin l'avait placée à Carhaix. Elle poussa la porte et demeura sur le seuil.

Assis derrière son comptoir, Louis Guermeur était occupé à couper des morceaux de tabac à chiquer dans une carotte noirâtre. Ensuite il les emballait dans du papier journal, les pesait, multipliait le poids par le prix à la livre et inscrivait le prix sur le papier. Il respirait difficilement et semblait bien mal en point.

Suzanne était en train de lessiver la salle. Naïg la prit pour la bonne.

— Madame Guermeur est là ? demanda-t-elle.

Sourd comme un pot, Louis Guermeur ne réagit pas. Suzanne leva les yeux.

— C'est moi, dit-elle, je suis Suzanne Guermeur. Et toi, tu es Naïg Kermanac'h, n'est-ce pas ?

— Vous me connaissez ?

— Non, tu étais partie quand je suis venue à Saint-Herbot. Mais tu ressembles à Corentin. Il est arrivé quelque chose aux Jacob ?

— Ils ont été ramassés par la Gestapo.

— Mon Dieu !

— Personne ne sait pourquoi. Vous savez, vous ?

— Les Allemands arrêtent tellement de gens, éluda Suzanne. Ils ont été pris en otage, sans doute.

Elle aurait souhaité interroger Naïg, l'avertir de changements, la prévenir contre les opinions fratricides qui pourrissaient l'ambiance à Kermabeuzen, mais cela l'aurait entraînée à des confidences qu'elle ne voulait ni ne pouvait faire. En outre, Naïg avait l'air d'une si petite fille qu'elle préféra lui laisser sa candeur, le plus précieux des biens pour une enfant, un trésor de jeunesse qu'elle aurait aimé n'avoir jamais perdu, elle. Les paupières baissées de Naïg, sa bouche lippue de gros bébé prêt à pleurer et son allure gauche faisaient qu'on pouvait se demander si elle n'était pas légèrement retardée, au moins sur le plan affectif. C'était une question que Corentin se posait parfois à regret.

— Tu veux que je t'accompagne jusqu'à la ferme ? Ta valise n'est pas trop lourde ?

Naïg secoua la tête, intimidée. Suzanne Guermeur incarnait à la perfection les créatures de rêve sur les dessins de mode de papa Jacob. Irréelle, intouchable, inaccessible.

— Rentre vite et ne descends plus de là-haut. Une compagnie de SS vient d'arriver à Huelgoat.

Elle embrassa Naïg.

— Donne le bonjour à Corentin.

Le soleil venait de descendre du côté de la montagne Saint-Michel. Les ombres du crépuscule sculptaient en relief sur le ciel des silhouettes familières, à peine modifiées en quatre ans : le chêne du champ triangle, le hêtre de la prairie haute, l'immense châtaignier creux de la lande à lapins – « l'arbre à trou », disait-elle quand elle était petite.

A deux pas de la ferme, une autre silhouette se dressa sur le talus du potager : celle de Noul, la tête rentrée dans les épaules et le pantalon à demi baissé, comme autrefois. A la vue de sa sœur, il se tripota. Naïg rougit. C'est qu'elle savait, maintenant, ce qui le travaillait entre les jambes, et comment ça grossissait, et ce que ça pouvait faire à une femme, une fois enflé. A la réflexion, elle n'avait jamais vu le robinet de Noul dans cet état. Bien qu'il se triturât, il restait mou. Peut-être qu'il n'était pas un vrai homme, après tout.

— Veux-tu fermer ta boutique ! cria-t-elle. Tu n'as pas honte, devant ta sœur ? C'est moi, Naïg !

Noul se reboutonna, glapit des « Naïg ! Naïg ! Naïg ! » comme une pintade enrouée et courut en direction de la maison. Les chiens n'aboyèrent pas. Seul Paotr, le vieux griffon, était toujours en vie, bien que tout pelé et rhumatisant, à présent. Sur le seuil de l'étable, il se leva difficilement de sa vieille couverture, grogna, puis se traîna aux pieds de sa jeune maîtresse pour lui faire des joies. Corentin, Mathias, Blaise et Alexis étaient apparus sur le seuil de la maison.

— Mes patrons ont été ramassés par la Gestapo, dit Naïg.

— Entre, dit Corentin, la soupe est prête. On parlera après.

Ils ne s'embrassèrent pas, exactement comme si Naïg n'était jamais partie et qu'elle revenait d'avoir tiré de l'eau du puits. Elle mit son couvert elle-même et s'assit à son ancienne place, à la droite de Corentin. Ils mangèrent en silence. Corentin referma son Pradel, signal que le repas était terminé.

— Va falloir s'organiser, dit Mathias.

— Organiser quoi ? Naïg aura sa part de travail, comme toute femme à la maison, dit Corentin.

— Et sa part de bénéfices ? demanda Mathias.

— Je m'en voudrais qu'elle n'ait pas la récompense

de son travail, dit Corentin. Elle se mariera un jour, il faut qu'elle ait sa dot. Tu n'es pas d'accord ?

— Une femme ça travaille pas comme un homme, insista Mathias.

— Pour l'instant c'est moi qui tiens les cordons de la bourse. C'est comme ça et pas autrement.

— En attendant le changement, dit Mathias. Je vais me coucher, ça sert à rien de discuter avec toi.

— Tu prendras la chambre de Mamm, dit Corentin à Naïg, elle est plus chaude que la tienne. Et la porte ferme à clé, ajouta-t-il en regardant Noul.

Naïg battit des paupières pour montrer à Corentin qu'elle avait compris l'allusion.

— Alors, dit Blaise, raconte. Pourquoi ils ont été ramassés par la Gestapo, tes patrons ?

— Naïg a dit l'essentiel, répondit Corentin. J'ai déjà répété trente-six fois qu'il y a des sujets qui n'ont pas leur place autour de cette table. Que ceux qui veulent semer du chardon parmi le froment aillent le faire dehors !

Alexis tira le jeu de cartes du tiroir du buffet, Naïg débarrassa la table et fit la vaisselle. Elle avait pris son parti face à une évidence : sauf en aparté, peut-être, Corentin ne la laisserait pas raconter son séjour à Carhaix. Comment, dans ces conditions, pourrait-elle lui dire ce qu'elle avait à lui dire à propos d'Erwin ?

Personne n'eut besoin de lui dicter son emploi du temps. Dès le lendemain, elle se mit à la tâche, dans le rôle qui lui était naturellement dévolu : remplacer Mamm au ménage, à la cuisine, à la lessive, à l'écrémage et au barattage. Libérés de ces corvées-là, Alexis et Blaise, aux ordres de Corentin, étaient libres de prendre de l'avance sur les gros travaux et ne cachaient pas leur contentement.

A Kermabeuzen on n'avait jamais beaucoup parlé. Mais là, vraiment, Naïg avait l'impression de vivre à l'intérieur d'une *chid-houarn* pleine de patates à cochons en train de bouillir sur le feu, avec le couvercle sur la tête.

Le contraste avec le pépiement de maman Jacob et les joyeuses reparties de papa Jacob – et les baisers d'amour d'Erwin – était presque intolérable. Pour un oui ou pour un non Corentin et Mathias se dressaient sur leurs ergots. Blaise s'absentait souvent et quand la porte s'était refermée sur lui Mathias allait cracher dans l'âtre. Alexis, dans le temps le faiseur de paix, qui réconciliait la maisonnée d'une histoire ou d'une réplique rigolote, jouait aux dames tout seul. Que s'était-il passé à Kermabeuzen au cours de ces quatre dernières années ? Les choses étaient à la même place, mais les frères ne s'aimaient plus. A cause de la guerre ? A cause d'elle ? Corentin la protégerait, quoi qu'il arrive. Elle ne croyait pas si bien penser – si bien se dire. L'orage éclata pour de bon une semaine plus tard, à l'heure du dîner.

C'était un vendredi, Naïg avait fait des galettes, comme Mamm autrefois, sur la bilig posée dans l'âtre sur un tapis de braises vives. Les cinq frères avaient eu plein leur ventre de galettes simples comme de galettes au lard et à l'œuf, et bu presque une bouteille de cidre chacun.

Ainsi que le voulait la tradition établie par Mamm, Naïg, les joues en feu, assise sur le tabouret près de la cheminée, mangeait les deux dernières galettes, qu'elle avait gardées à tiédir sur un coin de la bilig. Elle tenait son assiette sur ses genoux et le beurre fondu dégoulinait de ses doigts.

Corentin essuya son Pradel sur sa manche, le referma

et l'empocha. Alexis et Blaise poussèrent leur chaise en arrière.

— Minute ! dit Mathias, j'ai quelque chose à vous dire. Vaut mieux rester assis, ça vous évitera de tomber sur le cul par terre.

De la poche intérieure de sa veste de travail, il tira une enveloppe et jeta son contenu sur la table. Liasse de billets et livret de caisse d'épargne. Naïg se leva d'un bond. Son assiette tomba par terre.

— Tu as fouillé dans ma chambre ?

— C'est quoi ce pognon ? répliqua Mathias. T'as fait le trottoir, à Carhaix ?

— Qu'est-ce que c'est que cette histoire ? grommela Corentin.

— Attends, frérot ! C'est pas tout !

Mathias jeta autre chose au beau milieu de la table. Naïg crut qu'elle allait s'évanouir. Son cahier, son journal intime !

— T'avais pas le droit ! hurla-t-elle. T'es qu'un sale cochon !

Noul s'était assoupi sur sa chaise. Il se réveilla en sursaut, couina et s'enfuit en bavant des gémissements.

— Qui t'a permis d'aller fourrer tes pattes dans sa chambre ? menaça Corentin.

— Heureusement que j'y suis allé ! T'as qu'à lire ! Ta petite sœur chérie est en cloque ! Et d'un Boche, par-dessus le marché.

De façon inattendue, Blaise osa prendre la parole.

— C'est des hommes comme les autres, les Allemands, dit-il.

— Ta gueule, toi, le collabo ! lui lança Mathias.

— Résistant de mes couilles ! répliqua Blaise.

— J'en ai marre de vous tous ! rugit Corentin. Dehors ! *Maez !* Allez vous tremper la tête dans l'abreuvoir, ça vous rafraîchira les idées. Naïg et moi, on a besoin de se parler en tête à tête.

— C'est ça, prends sa défense, à notre putain de sœur ! insista Mathias en se levant. Je suis sûr qu'elle te demandera d'être le parrain du bâtard ! Et tant que tu y es, pourquoi tu t'engages pas dans les Bagadou Stourm, toi aussi ? Tu sais ce que je regrette le plus ? En décembre 40, le jour où le curé est venu faire les yeux doux à ce fumier de breizh atao...

— On est plus bretons que toi ! se défendit Blaise.

— Ta gueule ! Le jour où Castric est venu t'embrigader, j'aurais dû lui crever le bide à coups de fourche !

9

Kermabeuzen, décembre 1940

En montant à Kermabeuzen, l'abbé Castric apporta la discorde dans son aumônière et la mort dans les plis de sa soutane.

La chasse ayant été interdite et les fusils enterrés dès le mois de juillet – sauf le vieux calibre 24 rendu à la Kommandantur pour contenter les Boches –, les chiens, privés d'ouverture, n'avaient pas pu se dérouiller la gorge dans les landiers. Les lapins allaient pulluler. A l'inverse, le passant se faisait rare. Les voyageurs de commerce et les chemineaux, s'il en restait, ne se risquaient plus guère dans les hautes terres. Depuis le début de l'Occupation, les chiens n'avaient pas eu beaucoup d'occasions d'aboyer.

Aussi se déchaînèrent-ils lorsqu'ils aperçurent, à l'heure de midi, une semaine environ après le retour de Blaise, une mince silhouette noire progresser contre la bise sur la ligne de crête.

Dans la cour, ils l'entourèrent, babines retroussées, et Paotr, le griffon qui n'avait jamais mordu personne, planta ses crocs cariés dans le jarret du visiteur.

Mathias dirait plus tard au cours du dîner que c'était à cause de l'odeur, de ce mélange d'encens, de cire à bougie et de jus de branlette ranci, une odeur à laquelle, d'après lui, un aveugle peut reconnaître un curé et un chien un ennemi du peuple.

« T'es dégueulasse ! lui reprocherait Blaise. T'as pas le droit de dire ça de l'abbé Castric !

— T'as qu'à entrer au séminaire si t'aimes tant que ça les curetons ! répliquerait Mathias.

— La paix dans la maison ! » crierait Corentin, et les choses en resteraient là, provisoirement.

Les cinq frères venaient de s'attabler. Dehors, les chiens aboyaient et grognaient comme s'ils étaient après un rat, ou bien en train de déloger un lapin d'un tas de souches, en essayant de débarder avec leurs dents le bois et les racines qui les gênaient. Corentin donna un coup de menton. Mathias se leva pour aller voir entre les barreaux de la fenêtre.

— C'est le corbeau de Saint-Herbot, dit-il.

— Il a du mal avec les chiens ?

— Paotr veut pas lâcher le morceau.

— Va leur commander d'arrêter.

— Vas-y toi-même.

Mathias se rassit. De sa place Corentin siffla et hurla :

— La paix ! A la niche, nom de Dieu !

Les chiens se turent. Le curé frappa à la porte. Corentin dit :

— Entrez !

Si l'abbé Castric avait choisi l'heure de midi, c'était parce qu'il savait trouver les frères Kermanac'h à table et non pas dispersés aux quatre coins de la ferme, à ébrancher les châtaigniers sur les talus ou à fendre du gros bois sur les berges de la rivière. Il ignorait que leurs chiens de chasse étaient méchants. Le griffon lui avait écorché le mollet, ça devait saigner un peu.

Cela se disait dans le bourg que Corentin était le dominant de la fratrie. Le curé, dont c'était la première visite à Kermabeuzen, put vérifier l'assertion dans l'organisation de la tablée. Le chef en bout de table, assis sur une chaise à accoudoirs, les quatre autres sur des bancs, Alexis et Blaise à la droite du chef, Noul et Mathias à sa gauche. La cuisinière ronronnait. Une grosse souche brûlait doucement dans la cheminée monumentale. Une marmite de *yod kerc'h* [1] fumait au milieu de la table. Un couteau était planté dans une motte de beurre. L'abbé Castric sentit son estomac se creuser.

Les cinq frères le considéraient, ni cordiaux, ni hostiles. Ils lui faisaient *face koat* [2] dans l'attente qu'il « se déclare », qu'il explique le pourquoi de sa visite inattendue, ne serait-ce qu'en usant de l'excuse convenue, à laquelle on feindrait de croire, du passage par hasard dans les environs : « Alors je me suis dit, tiens, allons dire un petit bonjour... » Mais dans les hautes terres cette entrée en matière était impossible. Ce serait prendre les visités pour des imbéciles. On ne passe pas devant Kermabeuzen par hasard.

Castric engagea le dialogue avec Corentin sur un autre registre convenu : le temps, une façon de biaiser et de faire patienter les visités.

— Il fait meilleur chez vous que dehors, dit-il en soufflant dans ses mains. J'ai l'onglée. Un temps de neige, je crois.

— On aura de la neige si le vent passe à l'ouest, dit

1. Bouillie d'avoine.
2. Figure de bois.

Corentin. Pour le moment il est au nord, et le vent du nord énerve les chiens.

— Ils défendent leur territoire, dit Castric.

— Homme ou bête, chacun défend le sien, dit Mathias.

— Et personne ne peut le leur reprocher, concéda Castric.

— Personne ! dit Corentin.

— Je suis venu à l'heure de midi pour être sûr de vous trouver. Vous avez dû commencer la coupe du bois. Le temps sec est favorable.

— Il l'est. Mais la yod kerc'h va refroidir. Asseyez-vous si vous en voulez une part.

— Quand il y en a pour cinq, il y en a pour six, dit Alexis.

— Ou pour sept, dit Castric. Votre jeune sœur n'est pas là ?

— Je l'ai placée à Carhaix, dit Corentin.

— Chez des particuliers ?

— Des commerçants.

— Vous avez bien fait, dit Castric.

Blaise avait repris ses fonctions de frère ménager. Il mit le couvert de l'abbé et déplaça une des deux chaises – celles de Tad et de Mamm – disposées de chaque côté de l'âtre vers le bout de la table opposé à Corentin.

— Je ne voudrais pas avoir l'air de m'imposer, s'excusa Castric.

— Oh, avoir l'air ou pas, dit Corentin, est-ce que ça a de l'importance ? Il y en a qui ont l'air et qui ne sont pas, et d'autres qui n'ont pas l'air et qui pourtant sont ce qu'ils sont.

Par expérience rurale, Castric savait qu'il ne fallait jamais chercher à clarifier de tels aphorismes sibyllins.

— Alors c'est de bon cœur.

— Vous n'êtes pas le premier curé à vous asseoir à la table des Rouges de Kermabeuzen, dit Corentin. En son temps, Corniguel venait chasser ici.

— Un brave homme et un bon recteur, dit Castric.

Il ôta son écharpe et le blouson de drap qu'il portait par-dessus sa soutane et prit place. Blaise servit trois louchées de bouillie d'avoine à chacun et chacun l'étala sur son assiette, creusa un trou au milieu et y mit du beurre à fondre. Alexis remplit les verres de cidre pétillant.

— Bon appétit, dit Corentin.

— En fait, dit Castric, je suis venu parler à Blaise.

— On s'en doutait, dit Corentin.

— Vous venez de la part de vos copains les breizh atao ? lâcha Mathias.

— Hapala ! dit Corentin. Personne ne me coupera l'appétit avec ses mots de travers. Pour l'instant on mange, et celui qui veut a droit de parler en mangeant, à condition que ce ne soit pas de religion, de guerre, des Allemands, du maréchal Pétain, bref de tout ce qui pourrait rester en travers de la gorge du voisin. Après le repas, l'abbé Castric et Blaise régleront leurs affaires dehors, ou à l'intérieur quand on sera repartis s'occuper du bois.

Castric hocha la tête et souffla sur sa cuillerée de bouillie. Mathias souffla très fort sur la sienne. Dans la cheminée, la souche de châtaignier péta. Des braises volèrent sur les dalles de pierre, jusque sur la table, presque. Mathias rentra sa tête dans ses épaules et renvoya au feu cette repartie destinée à faire rire des bruits nocturnes qui bouclent les femmes dans leurs lits clos – la charpente qui craque, deux ardoises qui jouent des castagnettes, une galopade de rats sur le plancher du grenier, un hibou qui bat des ailes dans le cornet acoustique du carré de cheminée :

— Le diable est dans la maison, ricana-t-il en regardant l'abbé droit dans les yeux.

En janvier 1941, le diable entra vraiment dans la maison, à vélo, en compagnie de Jean-Louis Herry, le facteur chargé des tournées lointaines.

A l'instar de l'abbé Castric, le diable et le facteur se pointèrent sur le coup de midi, une heure où les gens des hautes terres ne vous laissent pas redescendre sans manger. Herry se délesta tout de suite du Malin qui lui brûlait les doigts : entouré d'une bande au nom de Blaise, le dernier numéro de *L'Heure bretonne*, nouvel hebdomadaire du Parti national breton, né des cendres de *Breizh Atao*, interdit de parution en 1939, en même temps que *L'Humanité*, à la suite du pacte germano-soviétique du 23 août.

Comme prévu, le facteur se vit offrir une assiettée de soupe, une tranche de pain noir beurrée à volonté, plusieurs verres de cidre et un bol de chicorée parfumée de quelques grains de café.

— Tu t'es abonné, Blaise ? demanda Herry.

— C'est son copain curé qui a dû l'abonner, ironisa Mathias.

— C'est pas à toi qu'on parle ! dit Corentin.

— Ecoute Tin', dit Herry, moi je demandais comme ça à ton frère, sans penser à mal. Chacun est libre de ses opinions. Mais bon, s'il est abonné, monter jusqu'ici toutes les semaines, rien que pour un journal... Peut-être que je pourrais attendre qu'il y ait une lettre de Carhaix à porter avec.

— Naïg n'écrit pas beaucoup, dit Blaise.

— Tu es sûr que ce journal t'intéresse ? demanda Corentin.

Blaise haussa les épaules.

— J'ai été libéré avec les breizh atao, alors...

— Alors quoi ?

— Castric m'a dit qu'il fallait que je participe. Ou je donne du mien, ou je repars en Prusse orientale.

— Et t'as marché dans sa combine, comme le pauvre con que tu es ? s'exclama Mathias. T'aurais mieux fait de rester prisonnier.

— Tais-toi ! dit Corentin. On a besoin de tous les bras à la ferme, et maintenant peut-être plus qu'avant.

— Ça dépend de quels bras, insista Mathias. Avec un brassard jaune et noir autour, je crois pas qu'ils valent grand-chose.

— Sûrement plus que les petites pattes d'un roquet ! répliqua Blaise.

— Remarque, continua Mathias en jetant un coup d'œil en coin à Corentin pour voir jusqu'où il pouvait tirer sur la ficelle, avec un collabo dans la maison on sera tranquilles.

— Ouais, un breizh atao ça peut présenter des avantages, dit Alexis.

— Ah toi aussi tu le penses, hein ? se moqua Mathias.

Corentin tapa du poing sur la table.

— Assez ! Arrête de te foutre de la gueule du monde !

— Si j'avais su je serais pas monté, dit Herry.

— Voilà ce qu'on va faire. Le journal de Blaise, tu le déposeras à Ty Stang quand t'auras rien d'autre à monter. Je le prendrai au passage en achetant mon tabac.

— Tabac à roucouler, dit Mathias.

— Mêle-toi de tes affaires, lui dit Alexis.

— Ben quoi, qu'est-ce que j'ai dit de mal? Si on peut plus rigoler.

Corentin ouvrit le tiroir de la table contre son ventre, prit la pierre à aiguiser et se mit à frotter la lame de son Pradel. Puis il fixa Mathias.

— A part Noul, tu es le plus jeune, Mathias, mais n'abuse pas de ta jeunesse. Il y a des limites à ne pas dépasser.

— Forcément, puisque c'est toi qui les fixes, les limites !

— Un jour on les révisera.

— Quand tu voudras !

— Quand le temps sera venu pour. En attendant, essayons de voir comment les choses peuvent s'arranger d'elles-mêmes. Au boulot, maintenant. S'agit de faire le double ou le triple de bois que d'habitude. Avec la pénurie de charbon, les gens d'en bas vont vouloir en acheter.

— Et c'est toi qui décideras à quel prix? rétorqua Mathias.

— Et c'est moi qui fixerai le prix. Comme pour les limites.

Mathias sortit en claquant la porte. D'un coup de reins, Herry expédia sa sacoche sur son dos et demanda à Corentin :

— Le journal, je le donne à Louis Guermeur ou à la Suzanne ?

— A Suzanne. Au fait, Herry, est-ce que tu peux me dire si le curé a abonné d'autres gens à son journal ?

— Quelques-uns.

— Crois pas que je cherche à savoir qui.

— Je sais bien, Tin'. Quelques-uns, c'est tout ce que j'ai le droit de te dire. Surtout des gens du bourg. Mais pas tellement.

— Qu'est-ce que tu en penses ?

— Sans doute comme toi. Que c'est trop tôt pour se faire une idée.

Ils étaient sur la pierre du seuil, sous laquelle l'Idéal était enterré. Ce fut à cet instant précis que Corentin songea à changer les fusils de place. Il donna un coup de menton en direction de l'horizon.

— Regarde-moi ça, dit-il, même dans le ciel il y a un cheval de chaque côté de la charrue.

Des nuages bas filaient à toute allure, poussés par un vent de sud-est. Au-dessus, très haut, une masse plus épaisse dérivait lentement vers le nord. Corentin s'adressa à ces nuées antagonistes :

— C'est pareil pour tout. Pendant longtemps c'est trop tôt, et du jour au lendemain c'est trop tard.

— Excuse, Tin', mais faut que je continue ma tournée.

— Alors je ne te retarde pas. *Kenavo*, Herry.

— *Hag ur wech-all*[1], répondit le facteur.

Corentin prit sa masse, sa hache, sa lime et sa pierre à aiguiser et partit rejoindre les autres dans le bois où Mathias, en dépit des ordres d'Alexis, avait abattu plusieurs bouleaux avec fougue et sans raisonnement. Les arbres étaient restés accrochés au faîte de leurs voisins, des chênes qu'on n'avait pas prévu de couper. Mettre à terre des arbres de travers était le travail le plus délicat qui soit. Le fût pouvait vous tomber dessus à tout moment, ou rebondir sur place comme une génisse dingo sur le ressort de ses quatre pattes et vous prendre sous le menton et vous arracher du sol en vous fracassant la mâchoire.

Pour éviter l'accident, voire mort d'homme, il fallait

1. « Et à la prochaine. »

faire plusieurs entailles par en dessous, ensuite y aller par-dessus avec le passe, et l'enlever au premier craquement si on ne voulait pas qu'il reste coincé dedans avec les conséquences qui s'ensuivraient, y aller à la hache autour de la lame du passe, risquer d'ébrécher le fil de la hache sur l'acier de la scie, bref... De la merde en bâton ! se dit Corentin. A cause du branleur, ils allaient perdre au minimum une journée de boulot. Il poussa son juron des pires circonstances, celui à rallonge, où il est question, en breton, de crotte de chien noir chiée par un chien blanc.

Tout au long de l'année 1941 et d'une grande partie de 1942, Corentin ne cesserait de s'interroger sur sa propre jeunesse pour la comparer à celle de Mathias. Il ne se rappelait pas avoir enquiquiné le monde comme son jeune frère et d'ailleurs ni Alexis, ni Blaise, ses aînés, ne lui avaient jamais dit qu'ils avaient été obligés de lui remonter ses propres bretelles.

Comme un garçon normal Corentin avait poussé, grandi, forci, pollué ses draps, s'était tripoté, avait emballé des filles de ferme le 15 août à la fête des Cieux, au bord du lac avait culbuté les plus faciles – celles dont la tête tournait en descendant des manèges – en prenant bien soin de décharger la semence à l'entrée du champ. Après son service militaire, il avait cherché chaussure à son pied pour se marier, et ce qui menaçait depuis le temps s'était produit : tacitement, il était devenu le chef de la tribu. Ramener une belle à Kermabeuzen aurait mis la maison sens dessus dessous, alors il avait décidé de se passer de femme, et puis Suzanne était arrivée à Saint-Herbot, en tant qu'épouse de Louis Guermeur, malgré la différence d'âge, et, aussi bizarre que ç'avait pu paraître à plus d'un, Corentin et elle s'étaient tapé dans l'œil, et dans le grenier de Ty Stang ils ne faisaient de mal à personne, même pas au cul-de-jatte qui depuis la Grande Guerre ne pouvait plus arquer.

Corentin ruminait, se disait que Mathias n'avait pourtant pas été difficile à élever. Jusque-là ! Parce que maintenant... C'était à croire qu'il faisait sa crise d'adolescence avec cinq ans de retard. La mobilisation, la défaite, l'évasion et le retour à Kermabeuzen l'avaient culbuté à l'envers. Qu'il ne puisse pas blairer les curés ni les breizh atao, c'était somme toute normal. Les Kermanac'h avaient ça dans le sang, du fait qu'ils descendaient des Rouges de la mine de Locmaria-Berrien. Mais bon, à un âge on se calme, on compose avec la société, on parle d'égale façon à tout le monde, ce qui n'empêche personne d'avoir des idées bien arrêtées.

Mathias, lui, était devenu carrément enragé. Il critiquait tout : les façons ancestrales de cultiver, l'heure des repas, le goût de la soupe, les plumes de son oreiller, et, bien sûr, les Boches, les curés et les collabos. Dès que Blaise se mettait à lire *L'Heure bretonne*, il lui arrachait le journal et allait le planter au clou des feuillées.

— Ton journal de merde, t'as qu'à aller le lire dans les chiottes !

Corentin avait ordonné à Blaise de ronger son frein, et il le rongeait. Mais à cause de l'attitude de Mathias personne n'avait plus de plaisir à travailler, et encore moins à se retrouver autour de la table. Même Noul, un peu médium comme souvent les innocents, ressentait la tension et faisait les cent pas dans la cuisine en gémissant.

La goutte qui fit déborder le vase, ce fut, après la

moisson de l'été 43, l'exigence de Mathias de mettre le nez dans les comptes de la ferme. Corentin décida de crever l'abcès. C'était un vendredi, Blaise avait fait des crêpes.

— D'accord, dit Corentin, demain soir on mangera de bonne heure et après on videra notre sac, une bonne fois pour toutes !

— Pourquoi pas tout de suite ? demanda Mathias.

— Ça fait deux ans que ça dure, on n'est plus à un jour près.

— Et puis il faut te laisser le temps de préparer ta liste de revendications, ajouta Alexis.

— Ça va être ma fête, alors ?

— Ou bien la mienne, dit Corentin. C'est rare qu'un grand déballage ne réserve pas de surprises, bonnes et mauvaises.

D'habitude, puisqu'ils prenaient un solide goûter, les frères se contentaient d'un dîner non pas frugal mais simple : une soupe, du pain, un bout de lard ou de far, un ou plusieurs fruits de saison.

Afin de faire de cette soirée de *taol balaenn vras*[1] un événement exceptionnel, le soir même, sur instructions de Corentin, Blaise tua un poulet qui pesait ses trois kilos de viande nette. Le samedi, il le mit à cuire dès quatorze heures dans le four du bas, à cuisson lente, de la cuisinière à bois. Dans l'après-midi, il bouillit d'avance une marmitée de patates.

Les autres revinrent des champs vers dix-huit heures et récupérèrent au passage Noul à son poste de veille, sur le talus du potager. Ils se lavèrent les mains, le visage, le cou et le torse et se mirent propres au lieu d'attendre le dimanche matin pour changer de slip, de

1. Grand coup de balai, grand déballage.

tricot de corps et de chemise. Mathias se montra aimable. Il mit le couvert et proposa de découper le poulet pendant que Blaise ferait rissoler les patates dans du saindoux, juste avant de servir. Corentin se demanda si c'était du lard ou du cochon, ces bonnes dispositions. Peut-être que Mathias regrettait d'avoir pris le mors aux dents et que le grand déballage n'aurait pas lieu. Mais peut-être aussi était-ce la façon qu'il avait trouvée d'assouplir l'aire de battage avant de leur damer le pion en maniant plus fort qu'eux le fléau de ses récriminations.

Corentin alla chercher dans le cellier trois des huit bouteilles de mascara qu'il leur restait du temps où le représentant du grossiste de Morlaix en vin d'Algérie venait deux fois par an prendre les commandes. Il aligna les bouteilles le long du mur entre la cuisinière et l'escalier. Alexis et Blaise aimaient le vin bien chambré.

Mathias découpa le poulet, l'arrosa de sauce et mit le plat à l'étage supérieur, dans le four à dorer. Pendant ce temps, Blaise fit rissoler les patates à feu vif, rondelles de la cuisinière ôtées, et lorsqu'il estima les pommes de terre coupées en dés croquantes à souhait, reposa les rondelles sur le feu et la poêle par-dessus. Ensuite il creusa cinq grosses reinettes d'Armorique, remplit l'intérieur de mélasse arrosée d'une goutte de rhum et les disposa à cuire dans le four du bas. Le repas resterait au chaud le temps qu'ils vident le restant d'une bouteille de Saint-Raphaël en guise d'apéritif. Noul n'en serait pas privé, de même qu'il aurait sa part de mascara : Corentin ne voulant pas qu'il assiste au débat, plus vite il s'endormirait mieux ce serait.

Ils sirotèrent leur apéritif comme on boit le café des après-enterrements, en papotant de sujets futiles et sans se manger la parole, rancœurs tassées sous les mouchoirs au fond des poches où tinteront bientôt les picaillons du mort, le regard franc pour une fois, parce que tourné vers le bonheur passé et l'époque bénie où on était trop jeune pour hériter des vindictes familiales et pas encore assez madré pour en inventer de nouvelles.

Le poulet à la peau *kraz* comme une crêpe de blé noir, la sauce marbrée dans laquelle il baignait, les patates sautées firent l'unanimité : c'était un plat digne de Mamm, et le vin noir et épais aurait fait le régal de Tad. Noul en redemandait. Ses quatre frères convinrent que leurs parents avaient été des gens exceptionnels.

— Et c'est à nous de respecter leur mémoire, dit Corentin. De ne pas mettre par terre ce qu'ils ont construit à force de privations.

Mathias ne releva pas son propos. Ils mangèrent leur pomme cuite. Noul eut du mal à finir la sienne : il piquait du nez dans son assiette. Alexis le prit sur son dos et alla le coucher.

La table fut débarrassée, la toile cirée essuyée, la vaisselle lavée. Blaise sortit quatre verres à fond épais du buffet, mit quatre petites cuillers dedans, un morceau de sucre dans chaque cuiller, versa deux doigts de *lambig* dessus, autant d'eau chaude, et posa la bouilloire au milieu de la table, à la disposition de ceux qui voudraient allonger leur grog. Corentin s'assit sur sa chaise à accoudoirs, Alexis et Blaise à leur place sur le banc de chaque côté. Mathias parut hésiter pendant une poignée de secondes. Puis il fit glisser son verre sur la table, alla prendre la chaise de Tad près de l'âtre et s'installa en bout de table, en vis-à-vis de Corentin.

— Ah, dit ce dernier, il va donc y avoir grand déballage !

— Tu croyais que non ? Par quoi on commence ?

Alexis et Blaise tournèrent leur cuiller dans leur verre et burent une gorgée. Il avait été convenu avec Corentin qu'ils se tairaient et n'interviendraient que si Mathias devenait violent.

— C'est ton sac qu'on vide, pas le mien, dit Corentin.

— Bon ! Pourquoi t'es le chef, d'abord ? Quelqu'un t'a nommé ? Y a eu des élections ? S'il y en a eu je me rappelle pas avoir été convoqué.

— Ça s'est fait au fil du temps.

— Parce que tu te crois plus intelligent ?

Corentin tira sa blague à tabac de sa poche et entreprit de rouler une cigarette.

— C'est pour pas trembler que tu fumes ? piqua Mathias.

— Je ne me crois pas plus intelligent que toi et je pense pouvoir dire que je n'ai jamais eu peur de quoi ou de qui que ce soit. Tu peux y aller franco.

— Qu'est-ce que tu fous de l'argent de la ferme ?

Corentin alluma sa cigarette, souffla une bouffée de fumée et poussa sa blague vers Mathias, bien qu'il ne fumât pas.

— Tu devrais essayer, ça te calmerait les nerfs.

Alexis et Blaise sourirent.

— Réponds !

— Tu sais très bien ce que je vais te répondre. Les bénéfices sont partagés et placés à la Caisse Mutuelle au nom de chacun.

— Qu'est-ce qui t'empêche d'en mettre plus à ton nom ?

— C'est une possibilité, en effet. Mais pour que tu dormes tranquille, je suis à ta disposition pour descendre à la Caisse avec toi. Tu vérifieras qu'il y a bien la même somme sur les six livrets.

— Six livrets ? releva Mathias. Comment ça, *six* livrets ?

— Parce qu'on est cinq gars et une fille.

— Tu as placé Naïg à Carhaix !

— Naïg est copropriétaire au même titre que nous autres.

— Elle est bien bonne, celle-là !

— Et permets-moi de te rappeler qu'elle aura besoin d'une dot pour se marier.

— Merde alors ! éructa Mathias. Pendant qu'on se crève le cul, y en a deux qui font des économies sur notre dos. Tu crois qu'il a besoin de sous, l'innocent ?

— Si un jour on ne peut pas faire autrement que d'interner Noul, des sous amélioreront son ordinaire.

— Un jour ? Ça fait longtemps qu'on aurait dû l'enfermer à l'asile de Morlaix !

— Tu manques de charité ainsi que de lucidité, répondit Corentin de cette voix égale, au ton un peu traînant et légèrement pontifiant qu'il réservait à l'énoncé de paroles d'évangile destinées à enfermer son interlocuteur dans le carré de ses quatre vérités. D'abord, continua-t-il, Noul est heureux ici, avec nous. Ensuite, s'il était placé, ce n'est pas toi qui demanderais des comptes, mais l'Etat. On aurait affaire à l'Assistance sociale et il faudrait banquer, tu peux me croire. Tu pourrais laisser pas mal de plumes sur ta part de bénéfices. Tu n'avais jamais pensé à ça ?

— Admettons ! Mais comment on fera après la guerre ?

— Qu'est-ce que la fin de la guerre changera à la situation ?

— J'ai pas l'intention de rester célibataire et toi non plus, je suppose.

— Qu'est-ce que tu en sais ?

— Louis Guermeur a été gazé. Quand la Suzanne sera veuve, tu la ramèneras à la maison, non ?

Corentin ne répondit pas. Il avait laissé s'éteindre sa cigarette, il la ralluma. Mathias s'enfonça dans la brèche.

— T'aimes pas qu'on parle d'elle, hein ? Evidemment, ça t'isole de nous autres, d'être le seul à avoir une femme à ta disposition. Bien pratique, de tirer son coup régulièrement. On dort mieux. Et Louis Guermeur, qu'est-ce qu'il en dit ? Il est sûrement pas sans savoir que tu baises sa femme. Il tient la chandelle ou quoi ?

Blaise versa un doigt de lambig dans les verres et rajouta une goutte d'eau chaude. Corentin but une gorgée, soupira et croisa les mains sur la table.

— Quand le renard file devant les chiens, il fait moins de zigzags que toi. Ou tu laisses Suzanne en dehors de la discussion, ou la conversation s'arrêtera là. On en était à l'après-guerre, si après-guerre il y a.

Mathias tendit son verre vers Blaise, refusa qu'il ajoute de l'eau et avala cul sec une nouvelle ration de lambig.

— Tu parles que les Fridolins vont pas s'éterniser en France. Les Américains progressent en Italie.

— Bon, et après ?

— Je mettrai les bouts ! Y a pas assez de place ici pour des femmes et des gosses.

— Celui qui voudra partir partira. Avec ses sous.

— Et ma part sur les bâtiments et les terres ?

— Le notaire estimera leur valeur et ceux qui resteront dédommageront celui ou ceux qui partiront.

— Ça t'arrangerait bien de rester tout seul, hein ?

— Tu te trompes. La situation actuelle me convient.

— Mon cul !

— Je croyais t'avoir appris à le torcher ! dit Alexis qui n'en pouvait plus de se taire.

L'intervention de l'aîné indiquait que le déballage risquait de tourner au vinaigre. Corentin baissa sa garde :

— Puisque c'est tout ce que Mathias trouve à dire, ça suffira pour aujourd'hui.

— Mon sac n'est pas vide ! Deux choses, encore. D'abord, je suis pas d'accord qu'on trafique avec les Boches !

— Si on ne leur vendait pas un cochon de temps en temps, ils le prendraient gratuitement, répondit Corentin en roulant une deuxième cigarette.

— Je préférerais !

— Je ne te comprends pas, Mathias.

— Moi non plus, je te comprends pas. Comment tu peux laisser Blaise fricoter avec les breizh atao ?

— Blaise ne nous porte pas préjudice.

— Tu rigoles ? Tu l'as vu enfiler sa chemise noire à la porte du presbytère ? Quand Castric les réunit, tu crois que c'est pour leur apprendre le catéchisme ?

— S'il fait du mal à quelqu'un, ce n'est qu'à lui.

— Hein ? Et nous ? On va tous passer pour des collabos ! Demande-lui donc comment Castric lui bourre le crâne de propagande nazie !

— Que Blaise te réponde, s'il en a envie. Moi j'ai fini.

Blaise balança d'une fesse sur l'autre.

— On parle breton, dit-il.

— Breton, pauvre con ! Bientôt c'est le teuton que tu parleras !

— C'est la langue de nos parents, quand même ! protesta Blaise.

— T'as jamais remarqué que Mamm et Tad nous

parlaient qu'en français ? T'as jamais écouté ce que le père disait sur la fin de sa vie ? Que le plus grand cadeau que l'Etat nous ait fait ça a été de rendre le français obligatoire ? Les autres, les maîtres, les commerçants, les docteurs, les curés, tous les gros le parlaient, eux ! Et ça les aurait bien arrangés que le menu fretin continue de baragouiner le breton, de façon à tenir les pauvres types comme toi en esclavage !

— Si on s'arrange avec les Allemands, le Breton sera maître chez lui ! lança Blaise sur le ton d'un slogan.

— Le Breton maître chez lui, ricana Mathias, je vois que tu as bien appris ta leçon. Je préfère me taire plutôt que discuter avec un abruti.

— Tu refermes ton sac ? demanda Corentin.

— Finalement, y avait pas grand-chose dedans, dit Alexis.

— Tu le refermes ou non ? insista Corentin.

— Je le referme, et pour de bon !

Il tint parole et devint secret comme un chat. Alors qu'il venait de s'engager dans les Francs-tireurs et Partisans, ce soir-là il entra à Kermabeuzen dans une autre clandestinité, celle du silence.

L'heure de la Libération et des bilans fratricides approchait.

Pour aider le jeune résistant dans son inventaire du contentieux familial, le sort allait lui envoyer de Paris un agent double de la comptabilité successorale, mouche du coche et jeteur de poudre aux yeux.

10

Kroaz-an-Turk, avril 1944

Ses bougies encrassées par du carburant trafiqué acheté à prix d'or sur la route de Lorient, la Onze légère immatriculée dans la Seine peinait à monter la côte de Loqueffret. Son conducteur maltraitait la boîte de vitesses et faisait brouter l'embrayage en traitant la bagnole de tous les noms de femelle rétive, une engeance qu'il détestait, et qu'il finissait par domestiquer, par-devant ou par-derrière, nom d'un petit bonhomme !

— Ho ! Pouffiasse ! Tu vas pas m'entôler, dis ? Pas le moment de jouer les dérobeuses, salope ! Tu vas la monter c'teu côte, ho ! hé ! la marmotte ? Sinon, méfie-toi que j'appelle les tirailleurs sénégalais ! Avec leurs calibres 75, ils vont te l'élargir, ton pot d'échappement, marmite à gaz ! Va donc, salope, si tu veux pas qu'ils te dérouillent !

Maurice Dumontel, alias Momo des Batignolles, avait le parler éminemment grossier. Rigolant tout seul de son florilège, il secoua le volant, tapota du popotin sur son siège comme un gamin capricieux et la tire se cabra. D'un dernier élan, dans un ultime rugissement, la bête s'aplatit au pied du calvaire.

— Hé ben voilà, c'était pas plus dur que ça, pétasse !

Momo coupa le moteur, se remit les vertèbres en place d'un roulement d'épaules, s'étira et se pencha vers le pare-brise, le regard en l'air.

— C'est quoi, c't'arbre de Noël de momies vérolées ?

Il descendit de voiture et urina longuement contre la pierre, la tête et le jet bien droits, l'outil tenu d'une main gauche à demi fermée en conque et la main droite à la hanche. Cette posture de fierté mictionnelle, digne de l'attitude altière d'un général face au champ de bataille, à elle seule dénonçait l'apache des boulevards, maquereau à la petite semaine et faiseur d'embrouilles à toute heure.

Au-dessous du calvaire, la vallée moutonnait à perte de vue. Rien que de la forêt avec ici et là des tonsures de bruyère rase, partout de la chlorophylle à s'en goudronner les poumons et à vous démolir le moral.

— Ben mon pote, si c'est pas ça se mettre au vert tu t'appelles plus Momo.

Momo des Batignolles rangea son chibre d'une ruade du postérieur, remonta dans sa Onze légère et, puisque maintenant ça descendait, mit en roue libre pour économiser l'essence. Il remit la gomme avant le pont sur l'Ellez de façon à prendre de l'élan pour gravir la longue pente qu'il apercevait et en haut de laquelle, enfin, il fut en vue de Huelgoat, en bas d'une nouvelle descente.

— Pire que la grande roue de la foire du Trône, dis donc.

Pas né de la dernière pluie champêtre, Momo supputa que s'il y avait de la vie dans ce bled, ça se situait autour de l'église. Gagné. La Citroën se gara sur la place, pile devant l'hôtel des Ajoncs d'or et à deux pas de trois trocsons.

— Qu'est-ce que je t'avais dit, mon Momo ?

Mon Momo resserra son nœud de cravate, vérifia dans son rétroviseur la netteté du col de sa chemise blanche, se lissa la tignasse, boutonna son veston croisé, descendit de voiture, prit ses deux valises en cuir et se présenta impec à la réception, où il frappa sur le timbre à sonner le personnel d'une paume décidée de juge des flagrants délits annonçant la couleur d'une fin d'audience. Pas jouasse, la couleur : grise comme dix-huit mois ferme. C'est ce que Momo avait chopé pour proxénétisme en 39 – et il se glorifiait de n'avoir pas été alpagué depuis par la Mondaine.

Il y eut des bruits de couverts et de chaise du côté de la cuisine et une bonne dame pointa le bout de son nez. Momo eut envie de se gondoler, mais se retint. Quand on débarque aux antipodes vaut mieux pas vexer le local en tenue de carnaval. L'hôtelière portait coiffe plate, corset à boutons de nacre, jupe en velours et tablier brodé par-dessus. Et dessous ? fantasma le Parisien en rêvant bousculade, partie de trousse-chemise et exploration fébrile d'une envolée de jupons bouffants et craquants comme crêpe dentelle.

Plutôt gironde, la lèvre pulpeuse, la tôlière pouvait avoir entre trente et quarante ans et la fillette qui s'accrochait à ses jupes quatre ou cinq ans. Et le mari ? *Kaputt ?* K.G. ? Ou en train de manger sa soupe dans la pièce d'à côté ? Un chouia lassé par ses gagneuses boulevardières amaigries par la disette, en chemin, pour tromper l'ennui du volant, Momo avait imaginé des scènes bucoliques, du genre carambolage de veuves ou d'esseulées bien en chair, nourries au lard et au lait non écrémé. Il sentit que la Bretonne lisait dans ses pensées.

Il lui fit son sourire de premier communiant et châtia son langage.

— Auriez-vous une chambre de libre, chère madame ?

— Plusieurs. C'est pour une nuit ?

La fillette le regardait comme s'il était le loup-garou.

— Comment tu t'appelles, mignonne ?

Elle se cacha dans les jupes de sa mère.

— C'est pour une nuit ? répéta l'hôtelière.

— Une semaine ou deux. Tout dépendra des affaires.

— Vous êtes voyageur de commerce ?

— Exactement, chère madame, représentant.

— En quoi ?

— Multicarte, chère madame. Par les temps qui courent, il faut vendre de tout.

— A condition d'avoir quelque chose à vendre, par les temps qui courent, comme vous dites. Pension ou demi-pension ?

— Disons demi-pension. Le midi, j'ignore où je pourrai me trouver.

— A la semaine, on paie d'avance.

— Pas de problème.

Momo exhiba sur le comptoir un portefeuille bien gonflé, paya, remplit la fiche de police de son vrai nom – ici, il ne risquait plus rien, et n'importe comment il n'avait pas de faux papiers – et prit sa clé.

— La chambre donne sur la place. A moins que vous n'en préfériez une à l'arrière.

— Ce sera parfait.

— Ce soir il y a du pot-au-feu. On sert à sept heures.

Tout autant que l'habit traditionnel de la patronne l'avait rassuré, la chambre emplit Momo d'un ineffable sentiment de sécurité.

— Peinard, le Momo.

Là où les femmes portaient la coiffe, où les lits étaient

si hauts qu'il fallait un escabeau pour s'y pieuter, où les édredons avaient la panse rebondie d'une accouchée en début de travail, où les Jésus sur les crucifix tenaient une branche de buis bénit sous le bras, où les volets étaient percés d'un cœur, rien ne pouvait arriver de fâcheux à un homme comme lui. Ici il serait peinard, c'était bien le mot. Il préféra cependant doubler l'affirmation :

— Une vraie mise au vert, mon pépère.

A sept heures il descendit honorer le frichti. La gamine le reprit dans son collimateur. Momo n'aimait pas les gosses. Certains vous zieutaient avec des airs pénétrés de juge d'instruction. Le regard inquisiteur de la fillette qui le fixa sans ciller, doigt dans le nez, tout le temps du repas, lui gâcha un peu son pot-au-feu, du point de vue tranquillité d'esprit. Mais côté papilles, il se régala, foi de gazier. Café et pousse-café par là-dessus, il ne lui restait plus qu'à s'en aller fumer une cousue sur la place et d'entre les trois troquets choisir le plus propice à lier des accointances et encore plus, pourquoi pas, si affinités dans la canaillocratie.

En tout cas, lier de très circonspectes accointances. Momo entendait bien fricoter dans le marché noir ou autre chose, mais en serrant de près une fille appelée Sûreté. Il avait payé cher pour la connaître, sa mère, la dénommée Prudence.

Payées cash la Onze légère, les valoches, l'essence et maintenant sa demi-pension pendant allez savoir combien de temps.

Payée par soustraction sa garde-robe de roi des gigolpinces, larguée pour cause de fuite précipitée de sa chambrette sise rue de Provence, au-dessus d'un boxon tenu par une mère maca qui renseignait la Résistance.

Payé de sa personne, par abandon de jouissance de

tous ces lieux boulevardiers où il subsistait dans l'aisance.

Dès le début de l'Occupation, Momo, professionnellement parlant, avait tout de suite penché du côté des vainqueurs. Où se trouvait le micheton, sinon sous l'habit teuton ? Gagner son pain des jules avec les doryphores, était-ce collaborer ou contribuer au maintien du tissu économique ? Et puis, hein, nom d'une turlute, quel commerçant peut se vanter de choisir ses clients ? Surtout quand le chaland déserte le boulevard, croupit par centaines de mille dans les stalags ou bosse en Germanie sous la schlague du STO.

Au fil des mois, de soldaten seulabre en officier supérieur sadomaso, de collabo faiblard en facho franchouillard, Momo fut amené à copiner avec la milice et alla jusqu'à fréquenter la rue Lauriston et de temps à autre à mener une fille au Lutetia où l'on servait du champagne millésimé. Dans ces relations commerciales, il gagnait de menus avantages, essentiellement gastronomiques.

Lors du débarquement des Alliés en Afrique du Nord, il commença à gamberger sérieux. Bouffer le caviar nazi à la louche pourrait bien un jour le coller dans la panade, malgré qu'il le dégustât sans la moindre arrière-pensée hitléro-militante. En berger avisé de son troupeau d'arpenteuses, il entreprit de ménager le loup et l'agneau. Il s'arrangea pour nouer des contacts avec le camp opposé et lui rapporta de-ci, de-là, des conversations de ses filles sur l'oreiller.

Mais ces gars-là étaient tellement cloisonnés qu'une bande de branquignols non informés de sa bienveillance à l'égard des Français de Londres lui expédia une miniature de cercueil en mars 44. Momo était dans la mouscaille. Et comme si ça ne suffisait pas, voilà que des gars en cuir noir se mirent à lui titiller le relationnel.

Les questions des gestapistes lui déplurent. Pourtant, le dialogue ne manqua pas d'urbanité, autour d'une coupe, un soir, dans une brasserie de la place Clichy. Et mon cher Momo, est-ce que vous connaissez Machintruc et Trucmachin ? Pensez s'il les connaissait, c'étaient ses contacts dans l'armée des ombres. Il ne le nia pas. Des clients, qu'il dit, des obsédés du chibre, une mine d'or pour les harengs comme lui. Les gestapistes firent semblant de le croire, mais une Quinze six cylindres lui colla au fion sur le trajet du retour rue de Provence. De la fenêtre de son appartement au sixième il jeta un coup d'œil : la Traction se cramponnait au trottoir. Tricard des deux côtés, la cautèle s'imposait.

Momo ne fit ni une ni deux. Il se lesta de tout son artiche, changea sa tenue de soirée pour une tenue de ville, patienta jusqu'à trois heures du matin et à la fin des réjouissances dans le boxon du premier étage où œuvrait une partie de son cheptel, il emprunta une perruque à une nénette, un manteau à une autre et c'est bras dessus bras dessous entre deux filles qu'il sortit de l'immeuble à la barbe des gestapistes plus ou moins endormis, faut bien dire.

Un boulevard plus loin il rendit la moumoute et le manteau aux filles et marcha d'un bon pas vers Barbès où dès le lever du jour il fit quelques emplettes – les valoches et une garde-robe de voyage –, négocia avec un garagiste marron l'achat de la Onze légère pourrie, et route à l'ouest, par les extérieurs. Ce n'est qu'en traversant Chartres qu'il s'estima à peu près sauvé. Il roula droit devant lui, le plus loin possible de Paname et de ses clubs de croque-morts gaullistes et gestapistes, jusqu'au bout, en pleine forêt vierge où il se referait une virginité opportune, en bon opportuniste qu'il était.

Pas le pied, ce bled, évidemment. La place de l'église n'avait rien à voir avec Clichy et Blanche. On ne se bousculait pas sur les trottoirs. Question gueuses à draguer, brasseries à mousses sans faux col et rades à serveuses montantes, on repasserait. Par contre, aucun risque d'attraper la chtouille, ni pire, une balle de 11.45 dans la tronche. Qu'il soit gravé d'une croix gammée ou d'une croix de Lorraine, du plomb dans la carcasse, ça fait des trous pareil. La solitude et l'ennui valaient bien un casque lourd et un gilet pare-balles. Faut supporter les inconvénients des avantages qu'on est venu chercher.

— Faut savoir ce qu'on veut, mon Momo.

En matière de troquets, Momo jouissait d'un sixième sens maquereautier. Ça exigeait de l'instinct, de repérer un débit de boissons où installer une fille sur un tabouret sans que le bistrotier la foute dehors, ou appelle l'Armée du Salut, ou mande la Mondaine, ou réclame un pourcentage hors de proportion. Ça se jouait à des détails : éclairage indirect pour une lumière intime, décor un peu chargé en n'importe quoi – l'extrême-oriental ou le faux british étaient assez prometteurs –, lueur vicieuse dans l'œil du patron, bribes de tables de multiplication dans celui de la patronne, et au bar un ou deux mâles esseulés, visiblement désireux de se décongestionner la crampée.

Momo s'en alla flairer du dehors les cafés du bourg, leur attribua des notes et finalement revint sur ses pas pour jeter son dévolu sur le rade en face de l'hôtel. Il y avait à l'extérieur un semblant de terrasse, deux tables et huit chaises, mais compte tenu de la fraîcheur de l'air en ces heures tardives, nul consommateur n'y était assis.

L'intérieur du café du Menhir répondait à plusieurs des intuitifs critères du demi-sel. Lumière cramoisie, tabourets hauts, un type à chaque bout du zinc, une vieille blonde peroxydée au comptoir et décor pompier campagnard, avec barriques à bougeoirs, collection de dames-jeannes, foutoir et compagnie.

Et compagnie, justement. Momo dut décider dans la seconde lequel des deux types il allait alpaguer. De son avis, celui du fond, raide et mélancolique, était soit un clerc de notaire alcoolisé, soit un voyageur de commerce désespérant de la commande, et dans ce second cas il en était un supposé confrère, avec lequel il conviendrait de parler métier, s'il ne voulait pas se couper pour éviter des salades. A proscrire, le loquedu, de toute façon.

Momo posa une fesse aux côtés du deuxième client, un aborigène de taille très moyenne, hirsute de barbe et de cheveux, en veste de velours et bottes de charroi. Charroi de fumier : l'homme des bois reniflait un brin la rose d'écurie. Mais le faciès était sympathique. Sous les sourcils en chevrons, ses petits yeux bleu clair semblaient se marrer tout le temps. Son front portait la marque d'une casquette, ses joues étaient couperosées et au coin de ses lèvres humides il y avait la tache brune des travailleurs qui bossent en clopant une roulée. A sa dégaine, à sa façon de se tenir sur son tabouret, Momo devina le mec au corps sec, aux muscles durs, et ça lui rappela ces julots castagneurs, ces teckels à poil dur des barrières toujours prêts à sauter à la gorge des balèzes et à les saigner d'un coup de surin pour peu qu'ils aient manqué de respect à leur gonzesse sur le plancher ciré d'une guinguette à java. Momo rectifia néanmoins son jugement animalier : finalement, le lascar tenait autant du renard que du canidé chasseur de gros. Un sang mélangé. Les meilleurs. T'as tiré le bon numéro, mon Momo, se dit le souteneur en cavale.

— Qu'est-ce que je vous sers ? demanda la radasse oxygénée.

— Vous allez me le dire. Par les temps qui courent et à cette heure, qu'est-ce qu'on peut boire, par ici ?

— Si vous voulez vous réchauffer le cœur et les boyaux, un lambig chaud avec une cuillerée de miel, répondit le mec.

La patronne lui fit les yeux noirs.

— Lambig ? s'étonna Momo.

— Le cognac local. Du calva breton. Distillé sous le manteau.

— Dans ce cas... convint Momo.

— Faudra pas le répéter, dit le gars. T'inquiète pas, Mado, il ira pas te dénoncer aux Boches.

La patronne soupira, tira une bouteille sans étiquette de dessous le comptoir et prépara le grog.

— Alors, de passage dans le coin ? relança le gars.

— Peut-être un peu plus que de passage. Ça dépendra des affaires. Je suis représentant multicarte.

— C'est à vous la Onze légère 75 garée en face ?

— Ouais. Le carbu déconne. Vous ne connaîtriez pas un bon mécano ?

— Y en a qu'un. Le forgeron de la route de Berrien. Il vous démonte et vous remonte un moteur de Citron dans la journée.

— Vous m'expliquerez comment le trouver.

— L'animal a des doigts de fée mais un caractère de cochon. Je vous accompagnerai, ce sera préférable, des fois qu'il vous enverrait chier.

— Demain, vous êtes libre ?

— Je peux me libérer.

— Qu'est-ce que vous faites comme boulot ?

— Ma spécialité, c'est bûcheron. Mais du printemps au début de l'hiver je suis journalier.

— Dans les fermes du coin ?

— Ouais.

L'autre emmanché, au bout du bar, avait l'air hypnotisé par le mur en face de lui, mais on ne savait jamais. Momo baissa la voix.

— Il y a du beurre à se faire avec les fermiers ?

— Si tu veux parler du beurre qu'on tire de la crème, c'est plutôt les paysans qui font le leur en le vendant aux Allemands. Par contre, si tu causes du pognon qu'ils te donnent pour une journée de douze heures, c'est au lance-pierre et sans déclaration aux assurances, tu penses.

Momo apprécia le tutoiement. La relation se nouait. Le gars se rapprochait, comme une gonzesse pendant un langoureux tango. Momo baissa le ton d'un nouveau cran sur l'échelle de la confidence.

— Les Frisés sont comment, par ici ? Virulents ?

Le bûcheron lécha sa cuiller et répondit en regardant le fond de son verre à grog :

— C'est vraiment pour affaires que t'as débarqué de Paris, ou bien en simple touriste, ou encore pour autre chose ?

Momo joua son va-tout. Le bûcheron n'avait vraiment pas la dégaine d'un indic qui prêche le faux pour aller baver le vrai aux Fritz.

— J'avais la Gestapo au cul.

— N'en dis pas plus, tu me raconteras le reste demain, chuchota le bûcheron.

Puis il clama bien haut :

— Allez Mado, remets-nous donc une cabane sur le chien !

— Sur mon compte, précisa Momo.

— C'est pas de refus ! Et pour votre voiture, cher

monsieur, vous faites pas de bile, demain elle sera réparée.

Momo comprit le message. Garder ses distances vis-à-vis des témoins.

— Merci d'avance, monsieur… ?

— Hervé Goasdoué. Tarzan pour les intimes.

— Parce qu'un bûcheron ça grimpe aux arbres ?

— Positif !

— Et vous sautez de branche en branche ?

— Quand même pas. Faut pas confondre l'homme-singe avec un écureuil volant.

Momo émit un rire courtois et la daronne oxygénée gloussa.

— Sacré Tarzan la banane ! dit-elle.

— Ah bon ? dit Momo.

— L'écoutez pas. Je sais pas qui a inventé ça. Et malgré ce qu'on raconte, la banane c'est pas mon fruit préféré. Heureusement, parce que depuis 39 je ferais ceinture.

— Vous seriez au régime !

— Ah elle est bonne, celle-là ! T'as entendu, Mado ? Tarzan la banane au régime, ha ! ha ! ha !

Momo venait de s'attirer la sympathie du guetteur patenté d'un groupe de FTP. Et comme il avait le cul bordé de médailles saintes, d'un groupe de partisans on ne pouvait plus francs-tireurs : autoproclamés, péremptoires dans le jugement et nerveux de la gâchette.

Et, pour quelques-uns, justiciers par intérêt.

Tel Mathias Kermanac'h, leur chef.

Tarzan se pointa à l'hôtel des Ajoncs d'or sur le coup de neuf heures et sirota un ersatz de café pendant que Momo finissait son petit déjeuner et lui narrait le récit embelli de ses mésaventures parisiennes. Il mentit à peine. Il se prétendit barman de nuit dans un claque et de ce fait amené à côtoyer le Fridolin et à glaner des renseignements pour la Résistance. Comment avait-il été logé par la Gestapo ? Mystère. Toujours est-il que, etc. Tarzan buvait ses paroles comme de l'hydromel.

— Putain ! T'étais à deux doigts d'y passer, dis-moi !

— Ouais, fallait pas hésiter à décaniller, je crois, sinon...

La veille au soir, Momo n'aurait pas su dire lequel des deux menait la danse, au Menhir. A la fin du petit déjeuner, le doute ne planait plus : subjugué, le Tarzan se laisserait diriger, que Momo valse à l'endroit ou à l'envers. Afin de poinçonner définitif son ticket d'empathie, le souteneur rajouta quelques histoires graveleuses, dont celle du garçonnet du cirque, du genre à plaire à un journalier célibataire qui ne devait pas dérouiller tous les jours.

— C'est un garçonnet près d'un cirque. Il chiale, il chiale comme c'est pas possible. Une jolie dame s'approche. Mais pourquoi tu pleures mon garçon ? J'ai envie de faire pipi et mes boutons de braguette sont coincés ! Faut pas pleurer pour ça, mon petit, je vais t'aider. La jolie dame met le petit garçon à lancequiner et voilà que le truc dans sa main se met à grossir, grossir... Une vraie matraque de bourricot de Port-Saïd. Ebahie, la jolie dame s'étonne. Hé ben, hé ben, mais quel âge as-tu donc mon garçon ? Et tu sais ce qu'il lui répond ? Moi, j'ai quarante balais. Chuis le petit nain du cirque !

Tarzan s'en tapait encore sur les cuisses quand la Onze légère cala définitif à cinquante mètres de l'atelier de Jakez Lochou, le forgeron de la route de Berrien. Les deux hommes descendirent pour pousser. La Onze vint mourir tout contre les ridelles d'une charrette à laquelle était attelé un cheval bai. Tarzan leva le nez.

— Mais c'est le bourrin de Mathias !

Momo avait toujours l'esprit à galéjer. Et possédait quelque culture biblique.

— Mathias ? Celui qui a fait le douzième après que Judas s'est pendu ?

— Déconne pas. C'est notre chef de groupe.

— Tu m'en diras tant.

— Ça pouvait pas mieux tomber.

Mathias Kermanac'h sortit de l'atelier du forgeron en portant une roue de charrette cerclée à neuf.

— Ho ! Mathias !

Tarzan fit les présentations. S'ensuivit sur le bord de la route un conciliabule de conspirateurs.

— Faut voir, conclut Mathias.

— Pour moi c'est tout vu ! dit Tarzan. Ce gars-là est réglo.

— Remarque, la Onze légère, elle nous rendrait service.

— Et pas qu'un peu !

— Elle est à vous, dit Momo.

— Y a moyen de vérifier ce que t'as raconté à Tarzan ?

— Aucun problème. Je vous donne mon adresse, le nom de mes contacts, celui des filles qui m'ont aidé à décarrer, tout ce que vous voulez.

— C'est bon, dit Mathias avec une mâle assurance. En attendant que ça pète, va falloir...

— Va falloir quoi ? le poussa Tarzan.

— Va falloir lui montrer le coin. Qu'il connaisse tous les chemins, qu'il apprenne par cœur le nom de chaque ferme, s'entraîne à démonter et à remonter une Sten, à manier un Mauser.

— Je m'occupe de lui.

— Tâche de pas le noyer dans le lambig chaud.

— Il tient la distance, rigola Tarzan, je l'ai déjà testé.

— Rendez-vous à l'endroit habituel après-demain. On fera le point.

— Et ma bagnole ? demande Momo.

— Jakez Lochou va nous la régler nickel. S'agirait pas de tomber en rade en pleine bagarre. Maintenant je vous laisse, faut que je remonte là-haut.

— Mathias n'est pas gâté, dit Tarzan. Un de ses frangins est dans les Bagadou Stourm.

— Excuse, mais là j'ai besoin de tes lumières.

— Les chemises noires bretonnes, archi-collabo, quoi, dit Tarzan.

— Ouais, acquiesça Mathias. Un frangin collabo et deux autres entre deux eaux.

— T'oublies le neuneu, dit Tarzan.

— Condoléances, galéja Momo.

— Pas la peine, dit Mathias. Le moment venu, ce sera sans fleurs ni couronnes.

Ils allaient se séparer quand un gamin à vélo déboula du centre-ville, pila devant eux dans un crissement de freins, dit à Mathias :

— Y a des SS qui arrivent !

Et repartit en danseuse à l'attaque de la côte de Kervaux.

— Des SS ? s'étonna Momo, liquéfié.

— Ça va se corser, dit Mathias.

— Mais pourquoi des SS ? C'est un patelin tranquille, non ?

— T'as vu les bois autour ? Y a de quoi en cacher, du gibier à Fridolins.

— T'arrives pile-poil pour la castagne, dit Tarzan.

— J'ai toujours eu du bol, dit Momo.

11

Kroaz-an-Turk, avril 1944

Occupé à gratter un trou de mulot au bas d'un talus, un renard dressa l'oreille : au fur et à mesure que la côte devenait plus pentue, un lointain ronronnement se muait en différents grondements et pétarades de moteurs de puissances inégales. De chaque côté de la montée de Kroaz-an-Turk, les merles et les grives se turent. Des étourneaux s'envolèrent d'un arbre mort et s'égaillèrent au-dessus des labours. Au milieu d'une pâture, une jeune fille garnissait de paille un râtelier. Elle laissa tomber sa fourche, fouilla dans la poche de son tablier, mouilla de sa salive le bout d'un crayon à encre et nota en belles rondes d'écolière la composition de la colonne allemande.

Mitraillette dans le dos, deux motocyclistes ouvraient la marche. Suivait un véhicule blindé armé d'un canon anti-aérien et d'une mitrailleuse lourde. Après le blindé, une Daimler noire d'officier supérieur, avec deux hommes à l'avant et un seul sur la banquette arrière. Un second blindé léger, armé d'une seule mitrailleuse, complétait la protection de la Daimler.

Venaient ensuite trois camions transportant chacun une trentaine de soldats, plus trois autres, bâchés, transportant probablement vivres, armes et munitions. La jeune résistante n'avait jamais vu les uniformes que portaient les soldats : des tenues bariolées de vert, de noir et d'ocre, et des casques recouverts de la même toile de camouflage.

Obéissant à un ordre reçu dès le départ de la gare de Quimper, les motocyclistes mirent pied à terre à l'intersection de Kroaz-an-Turk et les deux blindés légers se garèrent tête-bêche sur le terre-plein, de façon à couvrir de chacun de leurs canons cent quatre-vingts degrés d'horizon. Les camions se rangèrent sur le bas-côté et la Daimler s'arrêta au plus près du calvaire. Seul l'officier supérieur en descendit. Ses bottes n'avaient rien à envier au lustrage de sa limousine. L'homme était impeccable, en digne général du Schutz-Staffel.

Le général Eduard Klapper plissa les yeux. Du strict point de vue de la lutte antiterroriste, le territoire méritait qu'on s'y intéressât. Si à l'ouest et au sud les monts étaient pelés et les terres cultivées, en revanche au nord et à l'est moutonnaient les forêts sur les plis et les replis d'un relief tourmenté qu'il faudrait nettoyer, banalement, trivialement, puisque cela faisait aussi partie de sa mission. Mais au lieu de caches à maquisards, le général préférait humer dans ce paysage qu'il retrouvait avec émotion la présence des mythes celtes et des coutumes druidiques. Eduard Klapper était un fin lettré.

Il esquissa une moue chagrinée en voyant s'élever de la berme des vapeurs nées de la rencontre de l'urine et de la fraîcheur matinale. Certains pisseurs arrosaient le sol depuis le plateau des camions. Le général tordit la bouche de dégoût. S'il n'avait pas eu besoin de ces verrats, il les aurait sur-le-champ renvoyés dans leur soue. Quelle incongruité au sein de ce splendide et mythique paysage ! La troupe ne pouvait-elle donc pas jouir du spectacle de la nature sans se débonder ni s'adonner à ses vices ? La troupe ? La soldatesque ! Un ramassis d'Ukrainiens décervelés tenus en laisse par des brutes prussiennes. Des hybrides de porcs et de chiens de sang, parfaitement entraînés, dressés à égorger et à étriper, y compris leurs compagnons de meute, pour peu qu'on leur en donnât l'ordre.

Il n'était pas commun qu'un général commandât une modeste compagnie. Mais Eduard Klapper n'était pas n'importe quel général et la mission qu'il avait convaincu Himmler de lui confier n'était pas n'importe quelle mission. Avant de recevoir l'insigne des SS, Eduard Klapper avait fait ses classes dans l'Abwehr, le service de renseignements de la Wehrmacht, où il avait mis en œuvre son amour inné de la manipulation sur le terrain très particulier du monde celte, dont il était un des rares spécialistes à l'état-major allemand, sinon le seul.

Il toqua au carreau de la Daimler et, un sourire gourmand sur les lèvres, mima le geste de prendre des photos. Son aide de camp, un lieutenant originaire de Bade, sortit en hâte de la limousine et ôta un Leica de son étui.

— A vos ordres, mon général !

— S'il vous plaît, Andréas, photographiez-moi ce calvaire sous tous les angles. Dans l'ensemble et dans les détails. Il est absolument exceptionnel. Avez-vous déjà vu un tel socle monumental ? A quoi vous fait-il penser ?

— A un tombeau, mon général.

— Bravo ! Convenez qu'il a plutôt la taille d'un mausolée. D'un cénotaphe, en l'occurrence, puisqu'il symbolise le tombeau du Christ.

Le soleil montant creusait d'ombre les niches tout autour du socle. Douze niches, pour douze apôtres. Vides de leurs statues.

— Volées, Andréas. Par des gens du coin, probablement. Les statues ont été vendues à vil prix ou échangées à des antiquaires contre quelques bouteilles de vin et un paquet de tabac. L'homme me désespère. Pas vous, Andréas ?

— Si, bien sûr, mon général.

— Vous avez une pellicule dans votre appareil ? Je l'espère. Sinon, je vous fais muter dans un bunker du mur de l'Atlantique et vous mourrez de bien peu glorieuse façon pour un soldat du Reich.

— De faim et de soif, mon général ?

— Mais non, mais non, Andréas. Que dites-vous là ? Douteriez-vous de la logistique allemande ? Vous mourrez d'ennui, Andréas, *d'ennui*. Au moins en ma compagnie vous ne vous ennuyez pas, n'est-ce pas ?

— Jamais, mon général.

— Merci, Andréas. Admirons maintenant ce que des générations de locaux n'ont pas su regarder.

Au cours de l'été 1937, Eduard Klapper et une charmante Berlinoise avaient visité le Finistère sous la fausse identité de monsieur et madame Trautman. La prétendue Frau Trautman, fausse épouse mais véritable agent expérimenté de l'Abwehr, avait été une compagne fort coopérative, particulièrement au lit.

Sous sa couverture d'épouse de chercheur de l'Humboldt Universität zu Berlin, Abteilung Keltologie, elle s'était montrée moins brillante, mais cependant désireuse de se cultiver au contact du faux chercheur mais véritable espion et parfait érudit. Eût-il été interrogé par les services de contre-espionnage français et sommé de prouver ses connaissances qu'Eduard Klapper n'aurait eu aucun mal à éblouir ses interlocuteurs. Il était vraiment féru de « Keltologie » et avait profité du voyage pour compléter son inventaire des enclos paroissiaux. Quant à sa mission d'espionnage, elle avait rimé avec enfantillage ; bien que réalisée dans un total respect des désirs du Führer, elle n'en avait pas moins été très vite expédiée.

En vue d'affaiblir la France avant son invasion par les armées du IIIe Reich, le Führer avait eu l'excellente idée d'encourager les nationalismes flamand, basque, corse et breton. Eduard Klapper avait rencontré les deux têtes pensantes du Parti national breton, Sébastien Delachaud et Youenn Troucmet. Il les avait assurés du soutien du Reich et leur avait promis, au nom du Führer, l'indépendance de la Bretagne dans une France prochainement occupée par l'Allemagne. En contrepartie, les deux hommes avaient fait acte d'allégeance au national-socialisme, sans réserve aucune.

Leur naïveté avait beaucoup amusé Eduard Klapper. Pour les flatter, il les avait invités à Berlin en grande pompe. De luxueux bureaux, avec tout ce qui s'ensuivait – voiture avec chauffeur, personnel administratif et de maison –, leur avaient été aménagés dans les beaux quartiers. Dans le protocole du Reich, on leur avait concédé le rang d'ambassadeurs. Eduard Klapper s'était néanmoins permis de prévenir le Führer qu'à son avis ce ver ne parviendrait jamais à pourrir le fruit. Au cours de son périple finistérien, le keltologue de l'Abwehr s'était rendu compte que les thèses nationalistes n'étaient partagées que par une très faible partie de la population. Accorder l'autonomie à une Bretagne dirigée par le PNB serait plus nuisible que favorable à la politique du Reich. Utiliser les nationalistes, oui. Leur laisser la bride sur le cou, non.

Le Führer avait chaleureusement remercié Klapper, ce qui laissait présager sa promotion fulgurante dans la hiérarchie SS, mais s'était accordé le temps de la réflexion. Les événements, ou plutôt leur niveau de difficulté, lui dicteraient son attitude à l'égard du PNB. On pouvait rêver d'envahir la France, mais du rêve à la réalité il y avait la ligne Maginot à franchir.

« Peut-être passerons-nous par l'Angleterre pour la contourner ! avait plaisanté le Führer en lui accordant le plus grand des honneurs, celui de lui prendre le bras pour faire deux ou trois pas. Qu'en pensez-vous, Klapper ?

— Par la Belgique ce serait plus aisé », mein Führer.

Le Führer avait éclaté de rire.

« Vous êtes un grand stratège, Klapper ! Parlez-vous breton ?

— Quelques mots, mein Führer.

— Vous devriez l'apprendre. Imaginez que la Bretagne devienne indépendante. Vous y seriez l'ambassadeur du IIIe Reich.

— *Mein Führer* ! »

Eduard Klapper s'inclina devant le calvaire comme il s'était incliné devant Adolf Hitler dans le belvédère du nid d'aigle, en feignant d'être confus. Eva Braun lui avait tendu une coupe de champagne.

— Eh bien, Andréas, que vous raconte ce calvaire ? Rien ? Cela ne m'étonne pas. Avant la guerre, dans des endroits semblables, je me suis livré à un petit jeu. J'ai interrogé les gens du pays, leur ai demandé de me décrire un calvaire devant lequel ils étaient passés mille fois. Aucune idée. A peine un vague aperçu de l'ensemble. Ici, quelque chose saute aux yeux. La construction en chandelier. En haut des deux branches supérieures, deux saintes, Anne et Marie. En haut des deux piliers extérieurs, les larrons, encadrant le Christ en croix, cinquième branche du chandelier. Mais si l'on compte deux autres éléments rarissimes, ces deux personnages qui étayent la croix de chaque côté de Jésus, on obtient sept branches. Comme le chandelier à sept branches de la religion juive. N'est-ce pas troublant? Après le verso, voyons le recto.

A l'envers du calvaire, l'aide de camp photographia successivement : adossée à la croix du Christ, une sainte couronnée; sculptés dans le poteau de la crucifixion, une Vierge à l'enfant ainsi qu'un saint, Hervé ou Herbot, tenant son bâton de pèlerin; enfin, pièce probablement rapportée, tout comme une descente de croix sculptée dans un seul bloc de granit, un Christ assis sur un billot, les mains entravées.

— La statuaire nous réserve d'étranges surprises, en Basse-Bretagne, mon cher Andréas. Vous verrez, je vous initierai, si cela vous intéresse.

— Volontiers, mon général. J'ai terminé ma pellicule, souhaitez-vous que je double les clichés?

— Nous reviendrons. Nous sommes ici pour quelque temps. Du moins je l'espère. Le Finistère n'est pas Stalingrad, n'est-ce pas, Andréas?

— Certainement, mon général, répondit l'aide de camp en affichant cet air niais qui lui servait d'esquive quand il ne savait pas comment interpréter certaines réflexions de son chef.

Ironiste? Défaitiste? Nihiliste? Provocateur? Comment savoir qui était exactement le général Eduard Klapper? Or, en avril 1944, sauf à être complètement stupide, même un lieutenant SS devait se montrer circonspect. Leningrad était tombée, la Wehrmacht était en déroute en Crimée, les Américains bombardaient Monte Cassino, Rommel osait contredire le Führer : il fallait envisager la défaite tout en feignant de croire à l'immortalité du IIIe Reich, si l'on ne voulait pas finir accroché vif, embroché par la gorge, à un crochet de boucher dans une cave de la Selbstschutspolizei, la police SS dite d'autoprotection, renforcée de collabos qui n'auraient pas plus de scrupules à exécuter de mauvais Allemands qu'ils n'en avaient à décapiter à la hache les mauvais Français. Ceci dit, l'ambiguïté du dialogue du général Klapper pouvait ressortir tout simplement de la complexité de pensées d'un lettré hypercultivé. Les intellectuels ont ceci en commun avec les débiles profonds qu'ils sont tout aussi impénétrables.

Les sous-officiers glapirent, les parachutistes remontèrent dans les camions, les moteurs grondèrent de nouveau, la colonne fit demi-tour et s'engagea dans la descente vers Huelgoat. Deux kilomètres plus loin, le général Klapper désigna à son aide de camp les gargouilles d'un clocher qui dépassait des arbres.

— Saint-Herbot, Andréas. Un bijou extraordinaire. Nous irons visiter cette église dès demain. Et faire la connaissance de l'un de nos amis.

Au fond de la vallée la colonne franchit l'Ellez et s'attaqua à l'interminable montée qui menait à la butte de Huelgoat, d'où la route descendait de nouveau jusqu'au centre du bourg.

— On dirait des montagnes russes, ne trouvez-vous pas, Andréas ?

— Oui, mon général.

— Une question, Andréas. L'erreur est humaine, vous savez cela, n'est-ce pas ? Le jour où je commettrai une erreur, acquiescerez-vous encore ou me le direz-vous ?

— Je vous le dirai... si vous m'en donnez l'ordre, mon général.

— Ha ! Ha ! Ha ! Bien joué ! Je sens qu'à mon contact vous vous dégrossirez. Pour peu que les dieux de la guerre nous en accordent le temps, je ferai de vous un éminent dialecticien, ou un parfait jésuite.

Passé le cimetière, la colonne s'engouffra dans l'entonnoir de la rue des Cieux, la plus longue rue de Huelgoat, bordée de nombreuses petites boutiques – café, alimentation, boucherie, crêperie, mercerie, commerce de charbon et de bois de chauffage. Sitôt que le premier blindé léger s'engagea dans la rue à la suite des estafettes, le grondement de son moteur se répercuta contre les façades, fermant fenêtres, portes et volets comme un coup de vent sauvage.

La colonne traversa la place de l'église à vive allure et franchit le pont sur le déversoir du lac.

— A notre droite, le chaos et la rivière d'Argent, dit Klapper. Un formidable symbole de notre monde en perdition, ne trouvez-vous pas ? Partout le chaos et au milieu la rivière d'argent du national-socialisme, ha ! ha ! ha !

Les estafettes tournèrent à gauche. Le bâtiment réquisitionné de la gendarmerie française, où les paras allaient s'installer, se trouvait au bord du lac.

La troupe sauta à terre, Eduard Klapper considéra le paysage, et ce ne fut qu'après avoir tenté de se remémorer deux ou trois vers du *Lac* de Lamartine qu'il consentit à mettre au repos le capitaine de la Wehrmacht commandant la garnison de Huelgoat.

— Bienvenue à Huelgoat, mon général.

— Quelles nouvelles, capitaine ?

— Hier nous avons arrêté deux hommes, mon général. L'un d'entre eux était armé d'un pistolet. Des agents de liaison, probablement.

— Ah ! Ah ? Et où sont-ils ?

— Dans les écuries, mon général. J'ai pensé que vous aimeriez les avoir à votre disposition.

— Louable initiative. Montrez-moi le chemin, capitaine.

— Par ici, mon général.

Ils traversèrent la cour. Devant une stalle dont le panneau supérieur avait été cloué, une sentinelle se mit au garde-à-vous. Le capitaine ouvrit la porte. La lumière du jour éclaira la pièce. L'endroit sentait la paille et le crottin. Dans un angle, pieds et mains liés, deux hommes étaient assis contre le mur. Ils clignèrent des yeux. Klapper prit le temps d'accommoder avant de détailler les deux hommes. Un jeune et un vieux, en tenue de travail de paysan : chemise sans col, pantalon et veste râpés, brodequins usés.

Klapper se caressa le menton, légèrement et agréablement déconcerté. D'ordinaire, à la vue de l'uniforme SS, les terroristes affichaient deux attitudes : les traits des uns se décomposaient de frayeur tandis que les yeux des autres, plus nombreux à vrai dire avait-il constaté, brillaient de haine. Ceux-là, parfois, allaient même chercher au fond de leur gorge un crachat et essayaient d'atteindre ses bottes, pour son plus grand plaisir. Les deux paysans de Huelgoat le déconcertaient parce qu'ils n'entraient dans aucune des deux catégories, ni ne se situaient entre les deux. Leurs yeux clairs le fixaient avec un curieux mélange de fierté et d'indifférence. Des Celtes. De mauvais Celtes en regard du national-socialisme, mais des vrais, que l'Ankou n'effrayait pas. Qui n'avaient pas peur de la mort, oui, mais de la souffrance ?

— Un père et son fils, mon général, dit le capitaine.

— Ah ? Excellent ! Mais je n'aperçois sur leur personne aucun stigmate. J'en déduis qu'ils n'ont pas été très prolixes, n'est-ce pas, capitaine ?

— C'est que, mon général, je me suis contenté de...

— De les prier de parler. Vous avez eu raison, capitaine. Les interrogatoires sont un travail de professionnel. Ha ! Ha ! Des anneaux aux murs, des crochets au plafond, de la paille, une citerne d'eau, un lieu idéal, capitaine. Andréas !

— Mon général ?

— Priez la section spéciale de se mettre au travail !

Une minute plus tard cinq parachutistes ukrainiens — un sergent et quatre hommes de troupe – firent irruption au pas de gymnastique avec leur équipement de tortionnaires. Sans un mot, avec le sérieux d'artisans consciencieux, les tortionnaires arrachèrent les vêtements des résistants et les accrochèrent, complètement nus, par les pieds, tête en bas, aux crochets du plafond. Les soldats empoignèrent des manches de pioche et commencèrent de frapper le père et le fils au corps, de plus en plus fort. Le sergent déposa une brassée de paille sous la tête du fils, l'arrosa d'un peu d'essence et alluma son briquet. La paille s'enflamma et mit le feu aux cheveux du jeune homme. Une odeur de corne brûlée emplit la pièce. L'aide de camp du général verdit.

— Dites-moi, Andréas, comment êtes-vous entré dans les SS ?

— J'étais dans les jeunesses hitlériennes, mon général, peina à répondre l'aide de camp.

— Ah ! Par pure idéologie, alors ? Voilà pourquoi il

vous manque, comment dire ? une dimension. Celle de la bestialité. Notre éducation nous a appris à la refouler. Pour faire un bon SS il faut au contraire l'aspirer de la poche où elle se niche et la régurgiter, comme un pigeon régurgite pour nourrir ses petits. Ne vomissez surtout pas, ce serait indigne de votre grade. Il faut vous aguerrir.

Le corps du jeune résistant gigota, puis il lâcha un épouvantable hurlement.

— Enfin ! dit Klapper. C'est un bon commencement. Les hurlements précèdent toujours la parole, Andréas. N'avons-nous pas vagi, en sortant du ventre de notre mère ?

Le caporal visa l'entrejambe du torturé et lui écrasa les parties d'un coup de manche de pioche. Le père se mit à crier en breton :

— Ne parle pas ! Montre-leur qui on est !

Le général plia un genou et se pencha sur son visage, sur cette bouche à l'envers, semblable à celle d'un poisson plat.

— A part moi, personne ici ne parle breton. Mon aide de camp comprend le français. Confessez-vous à lui et votre fils cessera de souffrir.

Klapper se redressa et épousseta son genou.

— Vous laisserez la porte de l'écurie ouverte, Andréas. Sur l'eau, le son porte très loin. On entendra les cris de l'autre côté du lac. Retrouvons-nous à l'hôtel. Nous déjeunerons à treize heures. D'ici là vous aurez sûrement recueilli de quoi me faire un rapport.

Sous la protection d'une section de paras, Eduard Klapper effectua à pied les quelque trois cents mètres qui séparaient la gendarmerie de l'hôtel d'Angleterre, un établissement d'une trentaine de chambres sur trois niveaux, où logeaient les officiers et sous-officiers de la

Wehrmacht. Le troisième étage avait été évacué et mis à la disposition de Klapper et de son aide de camp.

Le général s'attarda un bon quart d'heure sur le perron, à savourer une sorte de félicité lyrique. Parvenu au cœur de cette civilisation celtique qu'il avait étudiée avec une passion et un acharnement sans bornes, il aspirait à lui tous les symboles qui l'entouraient, et s'y noyait. C'était à croire qu'une puissance ésotérique l'avait attiré ici. Que Dahut ressuscitée lui avait accordé la faveur de hanter en sa compagnie le lit de ses amours — mais, *Mein Gott* ! il ne se laisserait pas jeter dans le gouffre comme ses amants.

L'hôtel, ô divine surprise, surplombait le noyau du chaos, et du troisième étage, Klapper n'en doutait pas, il apercevrait son sillon aléatoire et ces lieux mythiques qu'avaient arpentés le roi Arthur et ses chevaliers de la Table Ronde.

Que cet hôtel se nommât d'Angleterre oignait son âme d'ironie. Il y entra avec le doux sentiment d'envahir et de fouler au pied, contre la volonté de Winston Churchill, une portion du territoire d'Albion. Il fut comblé : la réception et le salon attenant ne pouvaient être plus anglais. Lourdes tentures, papiers peints chargés de motifs floraux, gravures, fauteuils clubs, meubles en acajou, luminaires en laiton, bibliothèque remplie de vieux volumes. Aux murs étaient également accrochés des truites et des saumons naturalisés. Ces trophées témoignaient de l'époque révolue où la gentry venait pêcher le saumon dans l'Aulne. Sans doute un certain nombre de ces gentlemen pilotaient-ils à présent des Spitfire ou des Lancaster et tapissaient-ils de bombes l'Allemagne éternelle.

Son aide de camp avait tort de se méfier de lui : le général Eduard Klapper se fichait de la victoire aussi bien que de la défaite. Ce qu'il voulait, c'était être en harmonie avec la paranoïa du Führer : à défaut de l'ordre national-socialiste, déclencher l'apocalypse, le chaos universel.

Il commença à gravir les trois volées de marches qui menaient à son donjon. Les escaliers étaient poussiéreux. Intolérable négligence. Il ordonnerait aux planqués de la garnison de Huelgoat de les encaustiquer. La Wehrmacht n'était bonne qu'à cirer les parquets. Et les bottes des généraux SS. Il alla ouvrir la fenêtre. Comme il l'avait prévu, elle dominait la coulée du gigantesque éboulis de rochers que le géant Gawr avait soulevés et jetés à la volée dans une crise de folie furieuse. Il était vraiment sur les terres du Surhomme.

Klapper s'assit à la table qui lui servirait de bureau. Le siège n'était pas trop inconfortable. Il ne s'y attarderait guère. Son travail serait de pure routine : bâtir rapidement un cheval de Troie, autrement dit équiper et armer un des groupes de combat du PNB. Entraînés par les SS, les Bagadou Stourm de Huelgoat se feraient un plaisir d'identifier les résistants et de les traquer avec l'appui des parachutistes. S'ils savaient marcher au pas et portaient la chemise noire et le triskell, ces nationalistes bretons n'étaient pas des guerriers. Pas encore. A la rigueur, des rabatteurs. Des pisteurs. Des éclaireurs. Eduard Klapper cessa sa recherche de comparaisons et conclut : des apprentis bouchers, voilà tout.

Pour réunir cette formation au plus vite, Klapper avait un ami dans la place. Un ami qui ne savait pas encore qu'il avait pour ami un général SS mais qui serait ravi de l'apprendre : l'abbé Castric.

12

Le lendemain, juste avant l'aube, lorsque le boulanger de Huelgoat sortit sur le seuil de son fournil pour prendre le frais, il ne distingua tout d'abord que des ombres assises ou allongées sur le muret de la fontaine de la place de l'église. Quelques cigarettes grésillaient à proximité des braises d'un foyer. Des bribes de phrases parvenaient jusqu'à la boulangerie, moins gutturales que l'allemand, énoncées sur le ton calme de confidences que se font des hommes devant un verre ; de fait, on entendait tinter des quarts en métal.

La lumière du jour éclaira peu à peu la scène. Une dizaine de parachutistes allemands étaient réunis autour d'une marmite de café posée sur un trépied planté au milieu des braises. En se hissant sur la pointe de ses socques, le boulanger aperçut deux taches claires. Deux hommes nus, le visage et les membres fracassés, sanguinolents, démantibulés. Il rentra précipitamment dans sa boutique, monta à l'étage et secoua sa femme dans son lit.

— Les paras boches qui sont arrivés hier n'ont pas traîné. Ils ont bousillé deux pauvres gars. Les corps sont exposés au pied de la fontaine. Va prévenir le maire.

A neuf heures, encadrée par sa garde rapprochée – le couple d'estafettes à moto et les deux blindés légers transportant six hommes chacun –, la Daimler du général Klapper buta sur un attroupement. Deux groupes se faisaient face, dans un silence hostile : d'un côté les Ukrainiens, mitraillette à la hanche, prêts à tirer ; de l'autre une bonne partie des gens du *kreisker*[1], et parmi eux le maire ceint de son écharpe tricolore. Entre les deux groupes se trouvait une charrette à bras où reposaient deux cercueils en pin.

Les mitrailleuses des blindés légers pivotèrent et prirent la foule dans leur ligne de mire. Les gens s'écartèrent. Le maire s'avança vers la Daimler. Klapper baissa sa vitre.

— Ah ! Monsieur le maire ! Général Klapper. Très heureux de faire votre connaissance.

La sueur perlait au front de l'édile et ses yeux furetaient à l'aventure comme s'il était en présence d'un nid de cobras.

— Vous pourriez répondre « Moi de même », badina Klapper.

— Euh, mon général… Nous voudrions récupérer les corps. Pour les obsèques. Vous comprenez ?

— Je comprends parfaitement, mais il faut que vous compreniez aussi que les choses ont changé, ici. Quelle meilleure façon d'en avertir la population que d'exposer les dépouilles de deux terroristes sur l'agora ?

— Pardon ?

— L'agora, la place publique, monsieur le maire.

— Mon général, euh… Quand pourrons-nous…

1. Centre-ville.

— Mettre les corps en bière ? Voyons. Disons quand sonnera l'angélus du soir. A sept heures.

Klapper s'adressa en allemand à Andréas :

— Allez dire au caporal d'organiser la relève et de monter la garde jusqu'à dix-neuf heures.

— A vos ordres, mon général !

— Voilà, monsieur le maire. Sept heures, affaire conclue. Ah ! J'oubliais. Transmettez mes sincères condoléances à la famille. Ces malheureux n'ont pas voulu collaborer, or ils auraient dû. C'est contraints et forcés que nous avons dû... Enfin, voilà, à chacun ses devoirs.

— Justement le mien, mon général, vis-à-vis de la population...

— Je sais, je sais. Bonne journée et à très bientôt, monsieur le maire.

Andréas remonta en voiture et la colonne quitta la place.

— Savez-vous pourquoi ces hommes n'ont pas parlé, Andréas ?

— Comme je vous l'ai dit, mon général...

— Ah ! Assez ! Je ne veux pas parler des maladresses de ces chiens d'Ukrainiens.

Le fils avait été tué net d'un mauvais coup de manche de pioche sur les vertèbres cervicales, à la suite de quoi le père n'avait plus ouvert la bouche, même pas pour crier.

— Ils n'ont pas parlé, Andréas, parce que les Celtes sont des Aryens quintessenciés. Nous devons leur rendre cet hommage.

L'aide de camp resta coi. Mieux valait se taire plutôt que de subir une énième fois le discours du général sur le panceltisme, la puissante et fière nation que les Celtes auraient pu constituer s'ils n'avaient pas été si divisés, et désorganisés, ce qui leur avait valu d'être soit réduits en esclavage, soit repoussés vers les confins les moins fertiles sinon les plus inhospitaliers : les tourbières du nord et de l'ouest irlandais, les landes d'Ecosse, les monts du pays de Galles, les roches nues de Cornouailles et ces coins reculés de Bretagne. Invariablement, le discours de Klapper se terminait par une phrase que l'aide de camp hésitait à interpréter. Apologie ou regrets ironiques ? Andréas récita mentalement l'éloge celtique de son général : « Les Celtes auraient pu constituer le IIIe Reich il y a deux mille ans. Avec les deux mille ans promis par le Führer, cela nous aurait procuré quatre mille ans de bonheur. Un sacré bout d'éternité, n'est-ce pas, Andréas ? »

Le lieutenant Andréas opina. Cela était devenu un tic, chez lui. Il opinait même lorsque Klapper taisait ses pensées.

Mademoiselle Marianne Lautridou, célibataire de cinquante-deux printemps, gaulliste du 18 juin 1940 et postière à Saint-Herbot depuis vingt-sept ans, entendit la colonne franchir le pont sur l'Ellez. Elle crut sa dernière heure arrivée. A présent que les FTP sortaient des bois et commettaient des coups de main contre les garnisons allemandes isolées, elle s'était préparée à son arrestation.

Elle ferma le loquet de son bureau et s'approcha de l'âtre où depuis le mois de janvier une flambée était prête. Des pages de *Ouest-Eclair* froissées en boule, du bois de fagot, quelques minces billettes ramassées dans l'atelier du couvreur d'à côté : une allumette et ça flamberait d'un coup, le temps de faire poireauter les Boches. Le dialogue était écrit dans sa tête, crescendo :

« La poste est fermée !

— Ouvrez, *schnell* !

— Mais puisque je vous dis que c'est fermé !

— Ouvrez, Gestapo, *schnell, schnell* !

— J'arrive, j'arrive, une minute. »

Avant qu'ils se décident à défoncer la porte, son cahier d'observation, véritable agenda de l'emploi du temps de l'abbé Castric et autres suspects, serait réduit en cendres.

Agenouillée devant l'âtre, elle tendit l'oreille, en attendant de craquer l'allumette. Des motos, une voiture, un char ou quelque chose comme ça.

Passent, ont passé, s'arrêtent plus haut. Pas de bruit de bottes ni de *« Schnell ! Schnell ! »* gueulés par un sous-off. Des éclats de conversation normale. Le silence.

Bon. Pas encore aujourd'hui qu'elle serait obligée d'expliquer au Créateur qu'elle croyait en lui mais qu'elle ne pouvait pas blairer – euphémisme charitable, ou ébauche d'acte de contrition – le soldat du Christ en poste à Saint-Herbot. Un aumônier de chemises noires, le salaud. Si Dieu reconnaissait vraiment les siens, il l'enverrait directement en enfer, dans la chaudière à fascistes.

— *Chom trenkill*[1], ordonna Marianne Lautridou à son petit cœur qui battait la breloque, s'énerver n'a jamais aidé personne à faire son travail.

Elle ouvrit son cahier camouflé sous la couverture d'un vieux registre des plis recommandés, trempa sa plume dans l'encrier et posa son ouvrage sur le rebord de la fenêtre devant laquelle elle se tint un peu en

1. « Reste tranquille, du calme. »

retrait, dissimulée à l'intérieur du reflet de l'église dans la vitre.

Elle écarquilla les yeux et son cœur se remit à galoper. C'était la première fois qu'elle voyait ces uniformes de Boches autrement qu'en photo dans le journal : la tenue noire des SS et les treillis bariolés des parachutistes. Elle frissonna. Ces déguisements étaient de mauvais augure. La Libération n'allait pas se passer comme une lettre à la poste, c'était le cas de le dire. Elle nota la date et l'heure en haut de page et commença à écrire : « Des parachutistes et deux SS, un général et un lieutenant. Deux motos, une grosse voiture noire, deux automitrailleuses. Des parachutistes restent dessus, d'autres vont monter la garde à la porte de la sacristie et à la porte du presbytère, en face de Ty Stang. Louis Guermeur et sa Suzanne viennent voir. Comme il fait beau ils ont installé deux tables dehors. Les paras boches s'assoient et la Suzanne les sert. Le lieutenant SS et les deux motocyclistes les rejoignent. Castric vient au-devant du général SS. »

Klapper s'adressa à l'abbé Castric en breton.

— *Mont a ra, aotrou person*[1] ?

— *Mat tre, trugarez*, répondit Castric en affichant un large sourire. Vous parlez donc breton ?

— Un peu de breton, un peu de gallois, un peu d'irlandais, un tout petit peu d'écossais. Pour avoir beaucoup fréquenté le département de keltologie de l'université de Berlin, je crois être imprégné de celtitude. A vrai dire, je me sens plus keltologue que général SS.

— Vos deux personnalités sont les bienvenues à Saint-Herbot, plaisanta Castric.

1. « Comment allez-vous, monsieur le curé ? »

Klapper claqua des talons.

— Eduard Klapper. Ravi de faire votre connaissance, monsieur Castric.

— Le plaisir est partagé, mon général. Mais comment me connaissez-vous ?

— Je lis vos articles dans *L'Heure bretonne.*

— Ah ! Alors vous ne douterez pas que c'est une immense satisfaction pour moi que de voir votre uniforme. L'anarchie commence à régner dans le centre Bretagne.

— Je suis ici pour y remédier. Mais savez-vous que je suis venu dans la région en 1937 ?

— En 1937 ? Je suis devenu curé de la paroisse au mois d'octobre.

— Nous nous sommes ratés de peu. J'ai effectué ma visite en juin. Une sorte de voyage d'étude. Saint-Herbot m'a beaucoup impressionné. J'ai une furieuse envie de refaire le tour des extérieurs. Vous voulez bien ?

Klapper entraîna Castric.

— Quelle église extraordinaire ! Il s'en dégage je ne sais quel magnétisme et quel mystère. Regardez-moi ce croissant islamique au sommet de ce clocheton. Vous avez une explication à sa présence ?

— Hélas non. Pas plus qu'au nom que porte le calvaire, là-haut. Kroaz-an-Turk. Pourquoi la croix du Turc ?

— En tout cas, votre église suscite à la fois l'admiration et un respect teinté d'effroi. En 1937, quand je suis passé, elle était fermée, malheureusement.

— Le prêtre de l'époque préférait résider à Huelgoat. Il ne disait la messe à Saint-Herbot qu'une fois par mois.

— Ah ! Comme il avait tort, n'est-ce pas ?

— Je le pense aussi.

— Vous êtes d'une autre trempe que lui ! Je le sais ! Et pas seulement en tant que lecteur de vos articles.

Castric fronça les sourcils en se remémorant des conversations et des courriers échangés avec Sébastien Delachaud et Youenn Troucmet. Un Allemand féru de civilisation celte, Berlin, l'ambassade de Bretagne...

— J'ai l'impression que nous avons des relations communes, mon général.

— Plus que ça, l'abbé. Nous sommes de vieilles connaissances. Et nous allons devenir de grands amis. Je vais vous expliquer comment. Mais entrons, tout d'abord. Je brûle de découvrir les trésors de Saint-Herbot.

Bien qu'il brûlât, lui, d'une autre impatience – celle d'apprendre comment ils étaient de « vieilles connaissances » et, subséquemment, de savoir comment un général SS entendait venir à bout de la chienlit communiste et républicaine –, l'abbé Castric joua son rôle de guide sans hâter la visite. Trésors, joyaux ? Aux yeux de l'amateur éclairé qu'était Klapper, de tels mots semblaient bien galvaudés pour traduire la richesse de l'iconographie et de la statuaire de Saint-Herbot, véritable basilique en miniature comme en témoignait le chancel, cet espace clos d'une grille qui sépare les clercs des fidèles.

Flatté de la qualité de son auditoire, l'abbé Castric commenta en long et en large les splendeurs dont il était le gardien. Habituellement, en présence d'un public moins avisé, il éludait la description d'éléments qui lui posaient problème, du strict point de vue du dogme chrétien. Outre l'influence de la civilisation méditerranéenne, Saint-Herbot avait subi celle du paganisme des landes. Aussi le lieu sacré abritait-il des bas-reliefs, des tableaux et des statues à caractère hérétique en face desquels, cette fois, Castric ne se défaussa pas.

Il y avait des grotesques : une tête de vache encadrée de deux visages humains ; deux joueurs de flûte, nus, à l'intérieur de feuillages surmontés par des masques.

Il y avait les sibylles. Sur Saint-Herbot veillaient les douze prophétesses d'Apollon. La sibylle d'Egypte, tenant le fouet de la flagellation du Christ. La sibylle de Delphes, couronnée d'épines. La sibylle phrygienne, avec étendard. La sibylle Europa, avec glaive. La sibylle des Dardanelles, portant la croix du Golgotha. La sibylle cimmérienne, tenant une corne.

— Corne d'abondance ? demanda Klapper.

— Le biberon avec lequel elle aurait allaité le Christ, d'après la légende.

La sibylle de Cumes portait un coquillage. Celle de Samos posait la main sur un berceau. Celle de Tibur montrait un gant : celui du soufflet donné au Christ par un soldat romain. Celle d'Erythrée brandissait une tige fleurie. La sibylle libyque portait haut le cierge allumé de la lumière du monde. Enfin, la sibylle de Perse tenait d'une main une lanterne et de l'autre un serpent.

— Ah ! commenta Klapper, la lumière chassant les ténèbres !

— Ou le Bien chassant le Mal, dit Castric.

— Nous le chasserons, l'abbé, n'ayez crainte.

Castric opina. La visite s'achevait. Ils étaient de retour près de la porte du presbytère. Contre le mur étaient posés ces grands et curieux étuis plats en forme de bêche qui renferment les bannières processionnelles brodées de fils d'or et d'argent.

Klapper se planta devant une statue de la Vierge Marie devant laquelle Castric ne comptait pas s'arrêter.

C'était une statue ordinaire en bois polychrome, d'environ un mètre de hauteur. Qu'en dire ? Quelles questions se poser à son sujet ? Pourquoi était-elle enchâssée dans un coffre en bois ouvert seulement sur le devant ? Tout bonnement parce que le coffre servait à la fixer sur des brancards, ce qui permettait de la promener tout autour du placître, lors de la procession du 15 août. C'était une œuvre très banale, à part le fait, peut-être, qu'à ses pieds reposait un animal de nature indéterminée et de forme allongée. Chien étalé de tout son long ? Congre, murène ? A cause de quelques écailles, on pouvait imaginer une sirène. Cependant, les traits esquissés de la face n'avaient rien de féminin – ou bien alors c'était une femme bien laide – et le sculpteur ne lui avait pas donné de seins. Un homme-poisson ? Un serpent doté d'un torse et d'un ventre ? La queue de l'animal disparaissait derrière les chevilles de la Vierge.

— L'avez-vous déjà retournée ? demanda Klapper.

— Jamais. Elle est fixée. Et pour quoi faire ?

— Vous permettez ? Voyons voir.

La statue était fixée à sa châsse par quatre chevilles à clé, grossières, en chêne, et d'époque, à coup sûr.

Klapper pesa avec délicatesse sur la clé d'une première cheville. Elle tourna en grinçant. Il la dévissa à fond. Les trois autres chevilles tournèrent aussi facilement. Klapper fit pivoter la statue jusqu'à la présenter de dos.

— C'est bien elle ! La Vierge de Vienne !

Il fut secoué d'un rire de gorge. Le regard de l'abbé Castric brillait d'une stupeur haineuse.

— Excusez-moi, l'abbé. Quand je pense que depuis des siècles cette statue est adorée par les ouailles de Saint-Herbot, que le 15 août ils s'agenouillent devant elle, la prient d'exaucer leurs prières...

Dans son dos, la robe de la Vierge était retroussée. La queue de l'animal sinuait entre les jambes et les cuisses et son extrémité se perdait à demi entre les fesses nues de Marie. Le renflement ne laissait aucun doute sur la nature de cette extrémité : un pénis.

— C'est affreux, souffla Castric. Quel épouvantable sacrilège !

— Remettez-vous, l'abbé. Nous serons les seuls à le savoir. Vous avez une bonne vue de près ? Il doit y avoir un nom, près des talons, sur le socle.

Castric se pencha, plissa les yeux et déchiffra :

— Thomas Heinz, Vienna, 1496.

— C'est bien cela ! Thomas Heinz, alias Ismaël Jessula. Un Juif polonais à qui l'évêché de Vienne commanda cette statue. Il leur a joué un bon tour, n'est-ce pas ?

La bouche de Castric se tordit de dégoût.

— Un Juif?

— Vous ne les aimez pas ? Comme c'est étonnant ! Tout à fait entre nous, je ne les aime pas beaucoup non plus, l'abbé.

Une seconde, Castric fut décontenancé par l'humour du général. Puis il se ressaisit.

— Après avoir crucifié le fils, salir ainsi la mère. Quelle engeance !

— Nous sommes en train de la balayer de la surface de l'Europe.

— Je vais brûler cette statue.

— Surtout pas ! Vous allez me l'offrir et je m'en servirai... comme outil pédagogique, en guise d'exemple de la turpitude de la juiverie. Je ne vous ai pas tout dit, concernant cette œuvre.

— Vous ne m'avez rien dit. Comment connaissiez-vous son...

Le mot écorchait la langue de l'abbé.

— Son secret, déglutit-il.

— Elle est décrite dans un manuscrit du XVIe que j'ai trouvé à l'université de Berlin. L'auteur attribue sa disparition à un marchand breton originaire du pays d'Arrée. Quelques recherches, et puis voilà. La routine, l'abbé. Le plus important, c'est le nom sous lequel elle est connue dans l'incunable.

Klapper s'humecta les lèvres et se gargarisa :

— La visite du Saint-Esprit.

L'abbé se signa.

— Dieu tout-puissant ! Quelle abomination ! Mon général, comment pouvez-vous en sourire ?

— Je souris en lisant dans vos yeux les supplices qu'il faudrait infliger au peuple juif tout entier pour laver un tel péché.

— Il faudrait les tuer tous !

— Et ne pas épargner les petits ?

— Nous avons les mêmes lectures, mon général.

— Appellez-moi Eduard, l'abbé, et offrez-moi un café.

— Un café ? Mais je n'en ai pas.

— Un miracle s'est produit pendant que nous parlions. Alléluia ! Alléluia ! Ah ! Ah ! Ah ! La manne est tombée du ciel !

Castric considéra Klapper d'un air ahuri.

— Je ne délire pas, l'abbé. Mon aide de camp en a déposé une livre ou deux sur la table du presbytère. De l'excellent café du Brésil. Allons-y. Vous avez, nous avons du grain à moudre, mon cher ami.

Exposé au nord, le presbytère n'était qu'une sorte d'excroissance de l'église. Le rajout, bi ou tricentenaire, remplissait un angle du monument, côté nord. Il ne comportait qu'une seule pièce divisée en chambre et coin cuisine par un bout de cloison en bois ciré. Un œil-de-bœuf clos de barreaux éclairait chichement ce cachot où l'humidité suintait, malgré les deux cheminées aux manteaux noircis par la suie. Dans l'une l'abbé Castric faisait du feu, dans l'âtre de la seconde trônait une cuisinière en fonte émaillée. Castric ôta les rondelles, rajouta du bois, remplit d'eau une bouilloire et la mit à chauffer.

— Je comprends pourquoi votre prédécesseur préférait vivre à Huelgoat.

— C'était une chiffe molle, dit Castric.

L'œil-de-bœuf était situé à deux bons mètres de hauteur. Klapper monta sur un banc pour regarder à l'extérieur. Des parachutistes et Andréas étaient attablés au soleil devant Ty Stang et buvaient du cidre. Louis et Suzanne Guermeur se tenaient debout près d'eux et bavardaient avec l'aide de camp.

— Ces cafetiers sont des gens sûrs ? demanda Klapper.

— L'homme a été gazé et a perdu une jambe pendant la Grande Guerre. C'est un fidèle du maréchal Pétain. Sa femme est beaucoup plus jeune que lui.

— Elle a la peau bien mate et les cheveux bien sombres.

— Elle fréquente l'église tous les dimanches.

— On dirait une Méridionale. D'où vient-elle ?

— Elle était serveuse à l'hôtel d'Angleterre avant d'épouser ce pauvre Louis Guermeur.

— Mais encore ?

— C'est une femme exemplaire, dit Castric brutalement. Je la considère sous ma protection !

— Quelle vigueur dans cette repartie, l'abbé ! Auriez-vous peur pour elle ? Elle n'est pas du pays, n'est-ce pas ?

— C'est une bonne catholique !

— Et sous votre protection, soit.

Klapper descendit du banc et s'assit dessus, jambes croisées.

— Si jeune et si belle, et aucun amant ? Se confesse-t-elle ?

— Mon général !

— Bah ! Entre professionnels de la confession. Mais bon, nous n'allons pas nous disputer là-dessus. Alors, et cette manne, ce miracle ? Andréas a-t-il été généreux ? Combien ? Deux livres ?

— Quatre, au moins.

Castric coinça le moulin à café entre ses genoux et commença de tourner la manivelle. Avec hargne, d'abord. Y avait-il plus haut sommet du stupre que cette chose entre les jambes de la Vierge sculptée par ce Juif polonais ? En moulant le café, c'était Israël que Castric réduisait en poussière. Mais bientôt le parfum des grains moulus, depuis si longtemps oublié, envahit ses narines, suscitant dans son esprit un plaisir profane ainsi que des pensées métaphysiques autour desquelles tournaient des notions presque tangibles de renouveau, d'ordre temporel aussi établi que la paix intemporelle des Cieux éternels.

Le dialogue de Klapper contribuait largement à cette ivresse des sens et de l'intellect. Le général racontait comment en tant qu'officier de l'Abwehr il avait pris contact avec Delachaud et Troucmet, les avait reçus à Berlin et présentés au Führer, comment il s'était renseigné sur leurs lieutenants, avait porté Castric en tête de liste des alliés potentiels et convaincu Himmler de lui confier la mission d'anéantir le maquis du centre Bretagne.

— Avec votre aide, l'abbé.

Comblé de tant de bonheur, Castric ne sut même

pas comment il avait fini de moudre le café, l'avait passé et servi dans deux grands bols ébréchés.

— Voilà ce que nous allons faire, l'abbé. Vous allez réclamer au maire de Huelgoat la liste des réfractaires au STO. La plupart de ces gens ont rejoint la Résistance et se cachent dans les fermes alentour.

— Le voudra-t-il ?

— Vous viendrez de ma part.

— Et ensuite ?

— Ensuite, sur le modèle des *Feiz ha Breizh* – foi et Bretagne, n'est-ce pas ? – que vous organisiez dans le Léon, vous organiserez à Saint-Herbot le grand pardon des animaux d'antan.

— Vous n'ignorez vraiment rien.

— Saint-Herbot n'est-il pas le protecteur des animaux ?

— Si. Mais monseigneur Dupré m'a interdit de perpétuer le pardon.

— L'évêque Dupré est un pétainiste tiède et un royaliste rentré. Vous passerez outre ses instructions. Vous lui direz qu'en terre celte le meilleur moyen de conquérir les âmes est de respecter les traditions païennes.

— J'en ai toujours eu la conviction.

— Comment les paroissiens de Huelgoat et de Saint-Herbot, ceux de Berrien et de La Feuillée, de Locmaria et de Scrignac, et j'en passe, pourront-ils résister à l'attrait de ce pardon dont ils sont privés depuis 1939 ? Les loups sortiront du bois, l'abbé.

— Un piège ? Dont je serais complice ? Je ne sais si...

— Tss ! Tss ! Tss ! L'abbé ! C'est le devoir d'un prêtre que de contribuer à l'élimination des bolcheviks ! Et vous observerez en outre que cette grande fête de la nature sera comme une ode à la gloire de votre cher maréchal Pétain. Ne prône-t-il pas l'amour de la terre ?

L'ironie de Klapper froissa Castric.

— Qu'avez-vous en tête ?

— Le retour à la terre des mauvais paroissiens. *En terre*, à proprement parler. Déterminons tout de suite une date. Que pensez-vous de la Saint-Jean ? Le 24 juin tombe un samedi. Le soir nous pourrions allumer un feu de joie. Et disperser les cendres, ha ! ha ! ha ! D'accord ? Bon, maintenant accordons-nous sur les détails. Il reste du café ?

A onze heures trente, une curieuse troménie quitta le hameau de Saint-Herbot : sur l'un des blindés, tenue à bras-le-corps par un parachutiste, la Vierge de Vienne ouvrait le chemin. Le long de la route des gens se signèrent, en pensant que les Boches ne respectaient vraiment rien, puisqu'ils se mettaient à dépouiller les églises bretonnes de leurs objets sacrés.

De retour à Huelgoat, Klapper fit porter la statue dans sa chambre. Après le déjeuner, il s'affala dans un fauteuil et se perdit dans la contemplation de la Vierge. Il alluma une cigarette anglaise. N'était-ce pas de circonstance, à l'hôtel d'Angleterre ? Au fond des poches d'aviateurs de la RAF, quelques paquets de Players avaient été épargnés par les balles dont ses hommes avaient pourtant criblé, sans sommation, l'équipage d'un Lancaster touché par la DCA au-dessus de Lorient et qui s'était posé en catastrophe sous le nez de l'état général de la Kriegmarine, au château de Trévarez où la compagnie SS attendait de se mettre en route pour Huelgoat.

Eduard Klapper réussit une série de ronds de fumée anglaise au-dessus de la tête de la sainte et sourit à la pensée iconoclaste qui venait de le traverser : rebaptiser ce splendide travail du nom de « Vierge au Pénis ». En tant qu'inventeur de cet objet unique au monde, son nom y serait à jamais associé.

Il se voyait déjà donner une conférence sur l'œuvre de l'artisan juif devant le public docte et aryen de l'Abteilung Keltologie. Se sentant inspiré, il prit sa boîte de godets d'aquarelle, un bloc de papier épais et un crayon. Il ôta sa veste, retroussa ses manches de chemise et enfila une blouse. L'habit fait le moine, l'uniforme le SS et la blouse l'artiste. Il commença de dessiner et de rehausser d'aquarelle des détails de la statue, tout en prenant des notes.

Vers le milieu de l'après-midi il s'assoupit un peu, s'accorda une courte sieste et se réveilla guilleret, l'esprit encore plus vif, encore plus affûté, entièrement voué aux occupations intellectuelles supérieures. Il sonna Andréas, lui donna ses instructions et but une tasse de thé dans une charmante tasse en *China* décorée de roses rouges. A dix-sept heures le cortège du généralissime – estafettes, Daimler et blindés légers – retraversa la place de l'église.

Devant les cadavres, la foule était moins dense. Des femmes en noir étaient agenouillées. Elles avaient jeté vers la fontaine, entre les bottes des parachutistes, des bouquets de primevères et de violettes. Klapper fut empli d'une bouffée de mépris à l'égard non pas de ces femmes, mais de l'humanité en général, si pitoyable face à la mort. Il n'y avait d'hommes véritables que les Surhommes, et parmi les Surhommes il y avait encore une hiérarchie et lui, Eduard Klapper, se situait au pinacle. La preuve, il se rendait sur la tombe d'un illustre écrivain dont quatre-vingt-dix-neuf virgule quatre-vingt-dix-neuf pour cent des Bretons ignoraient l'existence – l'existence de l'écrivain, de son œuvre et de sa sépulture.

Cinq minutes suffirent au général et à son escorte pour atteindre le haut du bourg. A la porte du cimetière,

Klapper pria Andréas de le laisser seul. L'aide de camp ne manquait pas d'intelligence, mais pour l'instant ce n'était qu'un bébé Surhomme, enclin à la dissipation du jeune âge, à une turbulence temporelle nuisible à la paix de la méditation.

Klapper erra entre les monuments. Heureux de voir si peu de marbre, vêture *post mortem* des médiocres et des fats, il se laissa guider par les intersignes qu'il sentit s'établir entre le cerveau du défunt et le sien, et tout à coup il fut devant la tombe ou la tombe fut devant lui, comme d'un seul mouvement transportée du passé sous ses yeux.

C'était une simple dalle en granit brut, mais à ce point épaisse qu'aucun vampire, aucun fantôme de colosse, aucun fils du géant Gawr n'aurait pu la soulever à minuit. Avec un tel poids sur lui, l'écrivain avait la certitude que serait respectée sa volonté gravée dans la pierre : PAX.

Sous son nom on lisait les deux dates de son séjour sur terre : 14 janvier 1878, 21 mai 1919. A quelques jours près, c'était donc le vingt-cinquième anniversaire de sa mort. Un intersigne de plus, songea Eduard Klapper.

Pour symboliser l'arbre sacré des druides au pied duquel on l'avait trouvé sans vie, un chêne avait été planté à gauche de la tombe, à hauteur de la tête. Le chêne, tordu et nanifié, avait pris l'aspect de bois-de-fer, une essence imputrescible des régions subtropicales. Or, ce médecin de marine brestois avait passé l'essentiel de son existence entre l'équateur et le tropique du Capricorne, à étudier les coutumes barbares de l'Océanie.

Klapper n'avait lu de lui que la restitution de ses études, intitulée *Les Immémoriaux*. Parti pour réaliser un travail d'ethnologue, Segalen était revenu de

Polynésie avec un chef-d'œuvre de prose poétique qui l'élevait au rang des génies.

Mais pourquoi ce grand voyageur s'était-il retiré au cœur des monts d'Arrée, sinon pour se suicider ? Ne s'était-il pas empoisonné au moyen de quelque philtre mélanésien ? Il y avait là une énigme à laquelle les esprits de Galataï, le nom sous lequel les Grecs connaissaient la Celtie, n'étaient pas étrangers.

D'ailleurs, ces esprits continuaient de hanter le grand homme. Sur la tombe ils avaient déposé des amulettes : disposées en triangle, trois violettes séchées ; disposés en rond, sept petits cailloux blancs ; sous un galet, une feuille de papier.

Page de grimoire ? Klapper ne la retourna pas. Au comble de l'exaltation, il songea une nouvelle fois qu'il était bien au pays du Surhomme. Son pays.

Afin de ne pas rompre le charme, il commanda à Andréas de se taire sur le chemin du retour, ainsi que sur la grand-place où il fit arrêter son escorte en attendant l'angélus. Sept heures sonnèrent. Les Ukrainiens rompirent les rangs. En présence de la Daimler et des blindés, les gens hésitèrent à s'avancer vers les cadavres.

Quatre hommes et deux femmes osèrent enfin s'approcher de la fontaine. Les corps furent détachés, recouverts d'un drap, mis en bière et les cercueils transportés sur la charrette à bras.

C'était une haine de la plus belle eau qui brillait dans les yeux des croque-morts. Klapper aimait qu'on le haïsse. C'était comme une pluie de pétales qui retombait en doux flocons émollients sur sa couronne de Surhomme.

— Allons dîner, dit-il à Andréas.

13

La visite de Klapper plongea l'abbé Castric dans un état de griserie fébrile qu'il apaisa par l'écriture, son exutoire pour l'épanchement de ses agitations cérébrales. Il ne manquait ni de talent ni de style dans les deux genres auxquels il s'adonnait : la diatribe fulminante et l'échange épistolaire. La qualité de sa plume lui avait valu les compliments de Robert Brasillach – quelques mots sur une carte postale représentant la basilique du Sacré-Cœur à Montmartre –, un romancier qu'il admirait et dont il avait lu toute l'œuvre, y compris et surtout ses articles dans *Je suis partout.*

Ses libelles assassins, l'abbé Castric les rédigeait soit en breton, soit en français, c'était selon le sujet et le public ciblé. Il écrivait en breton simplifié pour les esprits simples, en français bien tourné pour le gratin intellectuel et bourgeois des lecteurs de *L'Heure bretonne.* Interdit de journalisme par monseigneur Dupré, Castric signait ses articles de divers pseudonymes, mais seuls les gens peu curieux ou mal informés ignoraient qui se cachait derrière ces fausses barbes. Du côté de la Résistance, on était très bien informé à ce sujet.

Grâce à Marianne Lautridou, la demoiselle des Postes de Saint-Herbot.

Castric adressait ses papiers par courrier à Delachaud, rédacteur en chef du journal et ami intime. Ces envois d'articles étaient donc l'occasion d'y joindre des lettres personnelles, contenant des réflexions théoriques, des doutes sur la foi bretonne de certaines recrues, des suggestions, des confidences.

Cet après-midi-là, Castric, comme il se serait fait une saignée, ôta tout d'abord la bonde de sa poche à fiel afin de se soulager. C'était à croire qu'il était habité par un poulpe qui tour à tour tendait et rétractait ses tentacules pour pulser l'acide dont ils étaient remplis jusqu'aux plus fines extrémités de ses nerfs et de sa spiritualité.

Intolérable et impardonnable sacrilège commis contre la Vierge, la statue sculptée par le Juif était aussi une offense à la personne et à la mission de l'abbé. Etait-ce un péché d'orgueil que d'avoir le sentiment qu'à travers les siècles la turpitude juive ou franc-maçonnique l'avait guetté pour installer ce scandale dans l'église qu'il chérissait, de façon qu'il s'agenouille devant elle, sans savoir *à quoi* il adressait ses prières ? Eh bien, s'il avait été choisi pour cible finale, il n'en était pas moins prédestiné à laver et le sacrilège et l'offense – nonobstant que la prédestination fût une marotte de Calvin, qu'il ne prisait pas du tout ! Il trempa sa plume dans la langue bretonne, celle de ses sermons et de ses exhortations, de ses imprécations et de ses condamnations.

« Ils ont tué le Fils, ils violent la Mère ! » fut le titre qui lui vint d'emblée à l'esprit. A la description proprement dite de la statue – description en termes choisis : il peina sur les euphémismes pour faire comprendre à demi-mot la nature et la destination de la queue de l'animal –, Castric ajouta des refrains choisis dans son répertoire de façon à n'être pas trop hors sujet. Compte tenu de l'origine de l'œuvre et de la race de son auteur, il célébra l'Anschluss, l'annexion de la Tchécoslovaquie, la création de la Slovaquie et la judicieuse nomination à sa tête d'un évêque, monseigneur Tiso, qui voyait dans le nazisme, et avec raison soulignait Castric, ni plus ni moins que la duplication des théories sociales du christianisme.

En bref, toutes ces bénédictions hitlériennes en Europe de l'Est contribuaient à la condamnation de tels sacrilèges et empêcheraient leur perpétuation. A l'intérieur des camps de travail où ils étaient enfermés, les Juifs n'auraient pas à leur disposition des ciseaux à bois et des maillets. Grâce au Führer, plus aucune statue de ce genre ne viendrait polluer la foi chrétienne. Et c'est ainsi que Castric retomba sur ses pieds.

Allégé de ses renvois antisémites, il changea d'encrier et trempa une plume amicale dans l'encre violette du beau style pour écrire à Sébastien Delachaud une longue lettre d'accompagnement de son article.

Mon très cher ami,

J'ai reçu ce jour une visite qu'il me faut bien qualifier d'un peu étrange, bien que j'attendisse la venue d'un tel envoyé de la Providence avec la ferveur d'un apôtre espérant de tous ses vœux l'onction de l'Esprit Saint sur son front d'évangéliste. Cet homme, vous l'avez connu à Berlin, à l'époque de l'installation de notre mission diplomatique bretonne. Il s'agit d'Eduard Klapper, qui m'a chargé de vous transmettre son plus affectueux souvenir. Autrefois officier de l'Abwehr chargé des questions bretonnes et de l'intégration de notre mouvement au sein d'une nouvelle Europe de paix et de lumière, il s'est engagé plus avant dans la lutte contre le complot judéo-maçonnique et l'hydre stalinienne. C'est sous l'uniforme noir de général du Schutz-Staffel qu'il a franchi le seuil de l'église de Saint-Herbot. J'ai été transporté d'allégresse quand il m'a confié avoir reçu du Fürher en personne la mission de maintenir l'ordre dans notre belle campagne d'Argoat. Un général à la tête d'une compagnie de Waffen SS – des parachutistes équipés de pied en cap et pour la plupart des Ukrainiens ayant fui le joug soviétique –, que pouvions-nous espérer de mieux pour que nos jolis monts d'Arrée ne méritent plus cet odieux sobriquet de « Montagne rouge » ? En ces sombres jours où l'Allemagne subit de toutes parts les coups de boutoir de l'Est et de l'Ouest, où les hordes soviétiques assassinent les populations des confins germaniques et où l'aviation anglaise bombarde lâchement nos civils, une tâche essentielle est de vaincre l'ennemi intérieur. Le général Eduard Klapper va y consacrer son énergie, sans faiblesse. Béni soit donc cet homme providentiel.

Visite étrange, disais-je... Surprenante, troublante, fascinante sont sans doute des épithètes plus appropriées. Avant que vous ne lisiez mon article – ou si vous l'avez lu d'emblée après avoir ouvert ce pli, je vous imagine bien perplexe et pressé de connaître les sources de mon inspiration –, il me faut vous dire que ce général d'élite se double d'un lettré d'exception. Eduard Klapper en connaît plus long que nous sur la civilisation celtique. Pouvez-vous concevoir que c'est lui qui m'a révélé le misérable secret de cette statue ? Il m'a demandé de l'emporter, pour l'étudier dans le détail et rédiger une contribution qui enrichira les archives de l'Atelier de recherches celtiques de l'université de Berlin. C'est bien volontiers que j'ai accepté : que Dieu me pardonne, sitôt l'outrage révélé, cette représentation iconoclaste de la Vierge

Marie m'a rempli de la plus profonde répulsion. Si quelque paroissien s'inquiète de la disparition de ce monstre, je trouverai une excuse, je dirai que je l'ai confiée à un artisan pour restauration, que sais-je... En tout cas, je ne veux plus la revoir à Saint-Herbot. Jamais plus elle ne sera l'objet de l'adoration de fidèles dupés par le Juif de Vienne dont il me semble entendre les ricanements du fond des siècles. Oublions cela et réjouissons-nous que l'Allemagne hitlérienne et la France de notre bon Maréchal conjuguent leurs efforts pour empêcher de nuire les contempteurs du Christ !

Maintenant, mon très cher ami, permettez-moi de solliciter votre conseil. Maintes fois vous avez exprimé votre compassion à l'égard de ma solitude et condamné mon exil au cœur de la Montagne rouge. L'interdiction que m'a signifiée monseigneur Dupré de militer au sein de notre mouvement vous a scandalisé. Vous savez combien je suis abandonné de mon évêché, ici. Vous savez combien j'ai besoin de soutien, dans mon isolement. Soyez aujourd'hui mon directeur de conscience. Le général Klapper m'a demandé mon appui pour identifier les valets de Staline et de De Gaulle, d'une part en requérant que je lui fournisse la liste des réfractaires au STO, d'autre part en organisant un grand pardon destiné à attirer les loups à l'orée de la forêt. Cela m'est facile. Mais nul doute que ceux-là, gaullistes ou communistes, subiront le sort qu'une armée d'occupation réserve aux terroristes. Mon sacerdoce me commande de préparer les hommes, quels qu'ils soient, à se présenter devant Dieu l'âme sinon pure, du moins sans trop de taches, et c'est de bon cœur que je recueillerai la confession des suppliciés à l'heure de leur exécution. Mais puis-je moi-même les désigner pour le poteau ? Que faire ?

Que faire... A l'instant même où je vous pose la question, des voix célestes me soufflent la réponse. Me soufflent votre réponse. Dieu n'a-t-il pas armé ses légions d'anges contre les hordes athées ? Dieu n'a-t-il pas réduit en cendres Sodome et Gomorrhe ? Et je vous entends ajouter : les contempteurs du Christ et les ennemis de la cause bretonne n'auraient pas à notre égard de semblables scrupules. Ni jugement, ni pitié : une rafale dans le dos. Comme vous avez raison ! Voyez, nos esprits correspondent si bien qu'il me suffit de vous écrire pour que vous me répondiez sur-le-champ. Allons, la cause est entendue : j'aiderai ce général Klapper à faire son grand ménage dans les landes d'Arrée. Et plus vite je le ferai, plus vite nous serons débarrassés du chancre. Je ne manquerai pas de vous tenir informé afin que vous puissiez en rendre compte dans L'Heure bretonne.

La nuit tombe, je n'y vois plus très clair et je dois économiser les bougies pour que l'autel soit dignement éclairé. Il faut que je vous laisse, à regret.

Dans la gloire du Seigneur et la foi bretonne,

Breizh atao !

Votre ami,
L'abbé Castric.

La fraîcheur était tombée d'un coup avec le crépuscule. L'abbé Castric recouvrit ses épaules de son blouson molletonné et raviva le feu dans sa cuisinière puis craqua une allumette sous le tas de brindilles sèches préparé dans l'âtre de la seconde cheminée. Il frissonna. Le bois qu'il brûlait ne le réchauffait guère : bois tombé, bois mort, bois ramassé par ses grenouilles de bénitier. Il relut sa lettre et son article, les mit sous pli, ferma l'enveloppe, la timbra et sortit du presbytère. De l'église au bureau de poste, il n'avait qu'une cinquantaine de pas à faire.

Marianne Lautridou logeait sur place, dans des conditions identiques à celles de l'abbé Castric :

contigu au bureau de poste, un réduit lui servait de cuisine et de chambre. Jean-Louis Herry, le facteur, assurait la liaison entre elle et le bureau principal de Huelgoat. Le matin il relevait le courrier de la veille, apportait les circulaires et au besoin de quoi renouveler le stock de timbres, et lorsque le bureau annexe avait reçu des espèces correspondant à des mandats, il emportait l'excédent d'encaisse.

Marianne Lautridou était postière sept jours sur sept. Pour son plaisir. C'était son sacerdoce à elle et sa rigueur lui valait les appréciations flatteuses du receveur de Huelgoat. La seule anicroche connue dans cette rigueur, c'était son dévouement total à sa fonction, attentatoire à la bonne règle administrative. Il n'était pas rare qu'entendant toquer à sa porte elle rouvrît le bureau bien après l'heure de fermeture. Le receveur lui répétait de se méfier : des malandrins pourraient en vouloir à son coffre. Bah ! Pour ce qu'il y avait dedans ! Les mandats que les paysans expédiaient d'ici ne représentaient pas des millions. Alors, quand on habite sur place et qu'on n'a ni homme ni enfants à s'occuper, qu'importent les horaires fixes, du moment que c'est pour rendre service aux gens.

De la table de la cuisine où elle tuait le temps en faisant des mots croisés, Marianne Lautridou aperçut la silhouette d'Ankou de l'abbé Castric. Celui-là, ce breizh atao en tenue de corbeau, il pouvait toujours se brosser pour avoir des timbres après l'heure. L'abbé Castric disparut de l'angle de vision de la postière. Elle releva la tête, tendit l'oreille. Point de coups sur sa porte, juste le bruit mat d'un pli tombant dans la boîte et, presque simultané, le claquement du clapet extérieur.

— *Mat tre !* dit-elle tout haut.

A peine le corbeau avait-il repris le chemin de son perchoir que Marianne Lautridou se leva, souleva sa marmite de topinambours de la cuisinière, ôta la rondelle du milieu, rajouta une bûche et fit glisser la bouilloire pleine d'eau frémissante du coin de la cuisinière jusque sur le foyer ouvert. Le temps qu'elle aille prendre l'enveloppe du curé dans la boîte et la bouilloire crachait déjà sa vapeur par le bec.

L'abbé Castric se méfiait de la postière, mais uniquement sur le chapitre de la foi. Elle assistait à la messe tous les dimanches et se confessait une fois l'an, autour des Rameaux, pour recevoir ses pâques. Les vieilles filles ne sont généralement pas de grandes pécheresses, mais celle-ci ne délivrait que des banalités qui méritaient à peine le dixième d'un *Pater* ou d'un *Ave*, comme si elle expédiait une formalité, voire se moquait du confesseur en avouant d'enfantins péchés de gourmandise.

« J'ai mis quatre sucres dans mon café alors que j'avais promis à la Vierge Marie de n'en mettre que deux. »

Castric enrageait d'entendre de telles sottises. La Marianne Lautridou lui paraissait un peu sournoise, mais de laquelle de ses paroissiennes n'aurait-il pu en dire autant ?

En confiant son courrier à la boîte de Saint-Herbot, l'abbé péchait par naïveté, lui l'inquisiteur, le pourfendeur du mal sous toutes ses formes. L'idée que la postière puisse manquer à son devoir de fonctionnaire ne l'avait jamais effleuré. Par une sorte de fraternité gémellaire, il lui attribuait ses propres qualités de rigueur. Ne partageaient-ils pas celles du célibat et de l'appartenance à un grand corps : pour lui l'Eglise, pour elle l'Etat français ? Fonctionnaire au service de Vichy,

Marianne Lautridou était forcément auréolée de droiture administrative. Aux yeux de Castric, pas plus qu'un recteur ne pouvait être soupçonné de voler dans les troncs, une postière du maréchal Pétain ne pouvait l'être de violer le courrier.

Ouvrir les plis à la vapeur est une tâche délicate. Passée experte dans l'art d'humidifier les bandes gommées, Marianne Lautridou s'y reprenait à plusieurs reprises. L'expérience lui avait appris à ne pas y aller trop fort sur la vapeur, sauf à risquer que l'enveloppe se gondole et garde ensuite, au récollage, des froissures caractéristiques. Des erreurs passées lui avaient appris à se méfier de l'encre, aussi, surtout que l'abbé indiquait son nom et son adresse au dos de l'enveloppe, à l'endroit même qu'il fallait promener au-dessus du bec de la bouilloire. Il lui était arrivé une fois de cochonner le travail : enveloppe plissée, encre ayant bavé, déchirures aux angles, et cette fois-là elle avait dû se résoudre à imiter grossièrement l'écriture de l'abbé sur une enveloppe neuve en priant le Ciel – hé ! qui d'autre ? – que le destinataire ne découvre pas la supercherie. Désormais Marianne Lautridou prenait son temps. Tout son temps.

Une enveloppe de l'abbé Castric à décoller, c'était un peu comme la ficelle d'un paquet cadeau qu'on dénoue patiemment, pour la tourner ensuite autour de ses doigts en une petite pelote à conserver au cas où, dans le tiroir du buffet. Adressé au collabo Delachaud, ce cadeau-ci promettait. Il lui ferait sa soirée. Elle décida de dîner d'abord, s'infligeant la pénitence de l'attente avant la jouissance du bris, très précautionneux, du scellé.

Sur le coin de la cuisinière, les topinambours étaient restés à bonne température. Marianne Lautridou les versa dans la passoire, puis de la passoire dans son assiette, où elle les écrasa à la fourchette en y mélangeant un peu du beurre que Corentin Kermanac'h lui avait livré en venant voir sa Suzanne Guermeur. Ces deux-là étaient sur la mauvaise pente, à jouer leur petit jeu de coquins. Comme on dit, un malheur est vite arrivé, par les temps qui courent où le plus gros du courrier est glissé sous la porte de la Kommandantur, anonyme et nocturne. Tant mieux pour le facteur, sinon les lettres de dénonciation pèseraient lourd dans sa sacoche et lui casseraient le dos.

Enfin bon, l'idylle du Corentin et de la Suzanne c'était leur problème. Que le cul-de-jatte aux poumons mités fût cocu ne la dérangeait pas. Que l'histoire d'amour se terminât tragiquement ne la dérangerait pas plus. A cause de son célibat, Marianne nourrissait en son sein flétri un fond de jalousie à l'égard des histoires d'amour. Si elle était restée vieille fille, ce n'était pas de sa faute, loin de là. La malchance avait voulu qu'elle contracte la tuberculose juste après ses fiançailles officielles avec un quartier-maître de la Royale. La belle-famille du futur avait convaincu l'imbécile de rompre sa promesse.

« Tu ne vas tout de même pas épouser une poitrinaire, et patati et patata... »

Moralité, le mataf avait épousé une bonniche, alors qu'elle, Marianne, au bout d'un an de sana, avait recouvré la santé et était devenue fonctionnaire. Le pompon rouge avait regretté, paraît-il. Trop tard, et tant pis pour Marianne qui depuis n'avait plus fait confiance aux hommes – disons, aux rares prétendants qui s'étaient présentés après le marin.

Ces pensées moroses valaient bien une compensation. En outre, grâce aux travaux d'écriture de l'abbé, la soirée prenait un caractère festif. Marianne Lautridou s'autorisa donc un extra. Elle se rendit dans l'appentis, ouvrit la porte grillagée du garde-manger et se coupa une bonne tranche de lard. Elle mangea le maigre avec ses topinambours et garda la couenne et le gras pour faire revenir des patates dedans le lendemain midi. En guise de dessert elle s'octroya une bolée de gros lait avec deux cuillerées de confiture de myrtilles – par endroits la forêt de Huelgoat en était littéralement tapissée. Elle fit sa vaisselle, l'essuya, poussa le feu, glissa la bouilloire sur le foyer, alluma une deuxième lampe à pétrole et se mit à l'ouvrage en appliquant sa méthode, qui avait fait ses preuves.

Premier passage au-dessus du bec, léger décollage du bout de l'ongle du pouce, qu'elle ne coupait plus à ras. Deuxième passage, en tenant l'enveloppe de façon que la vapeur s'insinue par ce début d'ouverture. Troisième, quatrième passages, cinquième au besoin, et enfin, Marianne Lautridou entrait dans l'intimité de l'abbé. Retroussait sa soutane de breizh atao, allait voir s'il portait un caleçon *gwenn ha du* et l'hermine à l'endroit de ses coucougnettes, comme elle se le disait parfois, les soirs où elle était un peu gaie d'avoir bu un grog au lambig parce qu'elle sentait le rhume venir.

Elle lut d'abord l'article et n'y comprit pas grand-chose. La première partie de la lettre lui expliqua de quoi il en retournait. Quelle histoire ! Elle se promit d'aller vérifier dès le lendemain que le général SS avait bien emporté la statue. La seconde partie de la lettre lui donna la chair de poule. Le salaud de breizh atao ! Dénoncer les réfractaires au STO ! Et remettre sur pied le pardon des animaux pour attirer les résistants dans les filets des Boches ? Là, c'était du sérieux ! Plus rien à voir avec les divagations antisémites et pronazies.

Marianne Lautridou fut prise d'un léger tremblement devant la terrible urgence de sa tâche.

— *Kerzh d'al labour, Maï-yann*[1] *!* dit-elle à voix haute.

Elle alla chercher au guichet de sa poste le matériel nécessaire : des feuilles, des carbones, sa plaque de zinc et le plus dur de ses crayons, et revint au chaud, près de la cuisinière. Pour réduire au maximum tout risque de lenteur dans la transmission, il lui fallait quatre copies destinées à quatre personnes différentes dispersées aux quatre coins du canton dans les repaires du maquis. Ce serait bien le diable si une des missives ne touchait pas l'un des destinataires au bout de deux ou trois jours.

Elle fit un essai en pesant le plus possible de son crayon sur les quatre feuilles et les trois carbones posés sur la plaque de zinc. La quatrième copie demeurait lisible. Parfait. Elle recopia mot à mot l'article et la lettre, mit les copies sous pli, ajouta ses observations de la journée, scella les enveloppes à la gomme arabique et écrivit en majuscules les noms de code des résistants. Il ne lui restait plus qu'à affronter la nuit. Elle s'habilla de noir, ôta ses sabots, enfila de vieux chaussons à semelle en caoutchouc, entrouvrit sa porte, jeta un coup d'œil à droite et à gauche et sortit.

Elle noua son châle sur sa tête et courba les épaules. L'église l'écrasait de sa masse noire. La lune se levait à travers les hêtres qui surplombaient le placître. Les gargouilles se découpaient sur le ciel, éclairées d'une lumière bleutée. Au sommet de son clocheton, le croissant islamique en bronze doré figurait la faucille de la mort. Marianne Lautridou se hâta en silence vers le

1. « Au boulot, Marianne ! »

haut du village et pénétra sous le hangar de Louis Coz, le couvreur-ardoisier. Son chien, un basset artésien, se mit à grogner.

— Tss ! Tss ! Tss ! Tais-toi, Taïaut ! C'est Maïyann !

Le chien se tut et sa queue battit contre le fond de sa niche. Marianne Lautridou alla droit vers une caisse à outils, grande comme une malle, fermée par un cadenas dont la serrure était tournée côté bois. Elle le retourna vers le haut de façon à pouvoir introduire la clé, l'ouvrit, l'ôta, souleva le couvercle de la caisse et déposa ses quatre enveloppes à l'intérieur, dans un vieux pochon de farine. Elle referma le couvercle et remit le cadenas en place, serrure tournée vers l'extérieur. Louis Coz saurait qu'il y avait du courrier à relever.

Sur le chemin du retour elle rasa les murs jusqu'à l'église – il n'y avait pas de lumière à la fenêtre du presbytère, mais sait-on jamais avec cet oiseau-là – et traversa la rue d'un bond, comme pour sauter au-dessus d'une tombe ouverte au fond de laquelle des diablotins essayent de vous attraper les doigts de pied.

Un tour de clé dans la serrure pour ouvrir, deux autres pour refermer : sauvée ! Elle avait mérité un lait chaud à la cannelle, avec une goutte de lambig. Elle le but au lit, adossée à son traversin plié en deux, et s'assoupit, assise, en songeant aux deux cadavres adossés contre la fontaine sur la place de Huelgoat – un fermier qui revenait du bourg le lui avait raconté. C'est comme ça qu'elle finirait, sans doute, si la Gestapo remontait un jour jusqu'à elle. Tant pis. Elle s'endormit, heureuse, sur l'oreiller d'un paradoxe : trouver son bonheur dans les malheurs que sa besogne de copiste allait déclencher.

14

Le premier malheur annonciateur des suivants n'eut rien à voir avec la guerre. Mathias avait quitté Kermabeuzen et rejoint le maquis. Blaise partageait son temps entre la ferme et un camp d'été des Bagadou Stourm où les SS les entraînaient au maniement des armes.

Le drame eut lieu le 4 juin 1944, par une de ces journées chaudes qui autrefois faisaient bouillir le sang de tous les mâles de la fratrie, Noul excepté, car il n'avait jamais chassé – comment aurait-on pu lui confier un fusil ?

Juin est un mois intermédiaire, presque une période de repos. La nature fait son travail toute seule : les épis d'orge, d'avoine et de froment forcissent ; semé beaucoup plus tard, le blé noir commence à lever ; avec un peu de chance, sur les prairies le foin a déjà été fané une fois ; dans les pâtures l'herbe est grasse, les vaches couchent dehors et ce sont des étables bien nettes qu'elles retrouveront à l'automne.

Alors, en juin, quand dès l'aube une brume de chaleur fait s'exhaler tous les parfums de la nature, à quoi pensent les hommes ? A l'ouverture de la chasse, à leur récompense de septembre aux dures corvées de l'été.

Partout les lapins de garenne se sont multipliés, les lièvres se poursuivent d'un gîte à l'autre, les ramiers couvent pour la deuxième fois, les perdrix cacabent sous les betteraves, les faisans piètent sous les choux et les chiens tirent sur leur chaîne en gémissant. Le 4 juin 1944, à Kermabeuzen, Corentin et Alexis se languissaient des ouvertures d'avant-guerre.

Avant-guerre, on ne s'embarrassait pas de cartouchières car on ne tirait qu'à coup sûr. On décrochait les vestes de chasse raides de crasse, on mettait une demi-douzaine de cartouches dans chaque poche et dans le carnier praliné de sang séché on glissait une bouteille de cidre et le casse-croûte de milieu de matinée.

Pour débuter, on prélevait quelques lièvres autour de la ferme. Leurs gîtes avaient été repérés pendant les moissons et les frères avaient vite fait d'en tuer trois ou quatre. Les bestiaux pesant leurs huit livres, il était impensable de les garder dans le dos pendant toute la journée. Alexis se dévouait pour aller les mettre au frais dans le cellier dont il fermait la porte à clé depuis qu'une fois le pauvre Noul, âgé d'une dizaine d'années, avait essayé de les vider et réduit les capucins en une charpie impropre à la confection des terrines.

Alexis rejoignait ses trois frères et commençait alors la vraie chasse : la course à n'en plus finir après les perdreaux. Pendant longtemps les frères avaient chassé avec une chienne bâtarde, fille d'un setter en divagation et de la chienne pointer du médecin du bourg. La Stella avait une belle et longue quête croisée et l'arrêt très sûr. Les frères avaient tout le temps de s'approcher, de s'aligner et d'épauler. A l'envol de la compagnie ils choisissaient chacun leur oiseau et généralement ils n'avaient pas besoin d'appuyer sur la deuxième détente : quatre perdreaux tombaient. Ils laissaient cette compagnie-là tranquille et partaient en chercher une autre, sur un autre sommet. Corentin était le meilleur tireur. Avant d'hériter de l'Idéal de Tad, il chassait avec le calibre 24 à un coup, avec lequel il fallait mettre dans le mille. Prudent, et pas vaniteux pour un sou, Corentin prévoyait la nécessité de doubler. Dans le creux de la main gauche qui tenait le fût, il gardait une deuxième cartouche et s'il ratait son coup il actionnait vivement la culasse, glissait le deuxième étui dans le canon, épaulait de nouveau et tirait. Tout cela en trois, quatre secondes. A l'armée, il aurait dû être tireur d'élite.

En fin d'après-midi d'ouverture, les frères allaient se reposer à la lisière d'un bois de mélèzes et abattaient quelques ramiers pour compléter le tableau. Le dîner était très arrosé.

Le dimanche suivant, histoire de varier les plaisirs, ils chassaient le lapin et lançaient dans les landiers leurs fauves de Bretagne excellemment gorgés. Afin de préparer cette journée, au cours de la semaine précédente ils traçaient des sentiers dans la lande, avec ce double avantage que l'ajonc et la fougère, transportés dans la charrette, fourniraient aux vaches de la litière propre.

Le 4 juin 1944, c'est dans le seul but de récolter de la litière, mais avec au cœur l'espoir qu'en septembre la guerre serait finie et la chasse rouverte, que Corentin et Alexis, pour occuper la journée, s'en allèrent tracer des chemins dans un landier à lapins.

Par cet après-midi maudit, Alexis progressait au milieu d'une fougeraie, drue et serrée comme une ribambelle de fagots debout, aux tiges aussi dures que des cravaches. Du haut de la pente on devinait, très loin dans le bas-fond, les hêtres de Saint-Herbot et un bout de clocher. Alexis tournait le dos à la croix de la montagne Saint-Michel. Il poussait de brefs ahans pour accompagner le sifflement de sa faux tandis qu'à ses côtés, deux pas en retrait, Corentin complétait sa coupe et roulait la fougère en brassées sous sa faucille et une courte fourche d'ajonc. Les yeux mi-clos sous le soleil blanc, ils travaillaient en silence, avec des gestes mécaniques de défricheurs infatigables. L'eau dégoulinait de sous leurs casquettes. Ils clignaient des paupières et s'épongeaient le front seulement quand la sueur finissait par leur brûler les yeux.

Alexis n'y voyait plus. Il redressa la tête, laissa reposer le manche de sa faux contre son épaule et leva le bras pour ôter sa casquette. Son geste demeura en suspens.

— *Boullc'hurun !* murmura-t-il sans presque desserrer les dents.

A cinquante centimètres à peine de son poitrail, sur le nid formé par le parasol de fougères emmêlées, une vipère était lovée. La bête dardait son regard dans le sien en tirant et rentrant sa petite langue fourchue. Alexis avait rarement rencontré une vipère de cette taille. Peut-être pas si longue que ça – comment savoir ? – mais trapue, puissante, ronde et épaisse comme une anguille de bonne taille. A cette distance, il pouvait voir les détails de sa peau marron clair zébrée de noir. Sa tête paraissait minuscule par rapport au corps.

D'une vipère qui se faufilait par terre ou même pavoisait en sifflant, dressée sur sa queue, Alexis n'avait jamais eu peur. On ne se promène jamais nu-jambes dans un landier, à partir des chaleurs de mai, l'époque où elles sont le plus dangereuses, encore engourdies de sommeil au bord de leur trou avant de rejoindre les couverts. Dangereuses pour les chiens, pas pour l'homme : on les tient sous la semelle de sa botte et on les écrase ou on les coupe avec ce qu'on a sous la main, houe, bêche, faucille. Mais à hauteur de visage, presque sous votre nez, c'était autre chose. Le jour de l'ouverture de la chasse il arrivait qu'on en trouve des nœuds, trois, quatre emmêlées, au sommet des talus, et on les dégommait d'un coup de fusil. En haut d'une touffe de fougères, Alexis n'avait jamais entendu personne raconter ça.

Il resta tétanisé, hésitant sur l'attitude à adopter. Doucement, très doucement, reprendre sa faux et trancher les tiges ? La vipère tomberait par terre et ne demanderait pas son reste. Et quand bien même voudrait-elle mordre, qu'elle morde donc les bottes ou la solide toile du pantalon. Mais quelle que soit la prudence du geste, le serpent ne risquait-il pas d'attaquer ? Alexis décida de s'éloigner pour, à deux mètres de distance, abattre sa faux sur le reptile. La poitrine et la tête droites, il leva le pied et commença de faire un pas en arrière.

N'entendant plus la faux, Corentin s'était redressé. Il vit son frère immobile, comme paralysé. Un coup de bambou ?

— Ho ! Alexis ! Ça va ?

Alexis était bien incapable de répondre. La sueur, une sueur froide à présent, lui dégoulinait dans le dos.

— Ho ! Alexis ! Qu'est-ce qui t'arrive ? Tu fais la grève sur le tas ou quoi ?

Sous le nez d'Alexis, la vipère se dressa et siffla. Corentin l'entendit.

— Une vipère ? Où elle est ? Entre tes guibolles ?

Corentin tâtonna ici et là du bout de sa fourche.

— Réponds, merde alors ! dit-il en tapant carrément de la faucille et de la fourche sur l'humus.

Vive comme l'éclair, la vipère se déroula et frappa, de haut en bas, comme un marteau. Elle planta ses crochets dans la lèvre supérieure d'Alexis. Le hurlement qu'il poussa dut s'entendre jusqu'à Carhaix. Il se retourna, les yeux révulsés. Suspendue à sa bouche comme s'il l'avait vomie, la grosse vipère gigotait et lui-même moulinait des bras dans tous les sens, menton levé, épaules en arrière. Corentin réagit promptement.

— Arrête de bouger, nom de Dieu ! hurla-t-il.

Il écarta la vipère de sa fourche et d'un coup de faucille la trancha en deux. Elle ne se décrocha pas pour autant. Corentin en coupa un autre tronçon. Alexis se renversa sur le dos. Corentin arracha la tête de la vipère et la balança le plus loin possible.

— Saloperie !

Ses mains tremblaient. Une voix retentit derrière lui.

— Qu'est-ce qui se passe ici ?

C'était Blaise, en tenue de travail, muni d'une fourche et d'une faucille.

— Ah c'est toi ? Toujours après la soupe, hein ? Mais pour une fois tu tombes bien. Fonce chercher Baptiste !

— Mais qu'est-ce qui se passe ?

— Alexis a été mordu à la figure par une vipère ! Fonce chercher Baptiste, je te dis !

Les deux frères avaient laissé la charrette et le cheval à l'ombre d'un grand châtaignier. Le vieux percheron ne labourait plus mais appréciait qu'on l'attelle une fois le temps entre les brancards de la charrette à foin, pour transporter des charges légères, comme la fougère-litière.

Blaise prit ses jambes à son cou. Corentin s'agenouilla

près de son frère, ouvrit son Pradel et coupa la lèvre tuméfiée. Le sang gicla. Allongé sur le dos, Alexis frissonnait de tout son corps. Le temps que Blaise revienne, manœuvre Baptiste pour faire faire demi-tour à la charrette, et la lèvre d'Alexis noircissait déjà. Ses yeux semblaient avoir rétréci de moitié dans son visage enflé. Le sang avait cessé de couler de sa lèvre. Corentin et Blaise bandèrent tous leurs muscles pour le hisser sur le plateau de la charrette.

— T'en fais pas, va, dit Corentin, c'est pas une vipère qui aura ta peau.

Mais une fois assis sur le banc, rênes en main, il dit à Blaise :

— S'il s'en tire, on aura de la chance.

— Il va y passer, tu crois ?

— Le venin lui est monté directement au cerveau. Il peut en crever, ou rester paralysé et débile.

— Parle pas de malheur, on en a déjà assez avec un.

A la vue de la bouche, du menton et du cou d'Alexis où la bave se mêlait au sang, Noul couina et s'enfuit se cacher dans la crèche. Corentin et Blaise allongèrent Alexis sur une couverture dans la salle, puis Corentin sella la jument et partit au galop téléphoner de Ty Stang au médecin du bourg. Malheureusement il était en tournée et n'arriva qu'à la nuit tombée.

Pour qu'il y voie clair, les deux frères avaient réuni et allumé les sept lampes à pétrole de la maison. Le médecin ne put réprimer un haut-le-corps. La tête d'Alexis était monstrueuse : noire, marbrée de lividités, on aurait dit qu'elle avait doublé de volume. Sa respiration était oppressée et entre deux convulsions ses membres se raidissaient comme des fils à vaches soumis à la tension du tendeur à tourniquet.

— A quelle heure c'est arrivé ?

— Vers trois heures, trois heures et demie.

— Hum ! Trop tard pour un sérum. Et vu son état, il a encaissé une sacrée dose de venin. Il a pissé ?

Corentin regarda l'entrejambe de son frère.

— Non.

— Je vais lui faire une piqûre pour qu'il pisse. S'il pisse des litres, c'est bon, sinon... Enfin, espérons que... Je reviendrai demain matin. Mettez-lui des linges humides sur le visage et la poitrine, ça le soulagera un peu.

En dépit du diurétique, à l'aube Alexis émit un grand râle et trépassa. Le médecin n'eut plus qu'à signer le certificat de décès. Compte tenu de l'aspect du mort, Corentin et Blaise convinrent sans discuter qu'il fallait l'enterrer le plus tôt possible. Pas de visites, pas de veillée. Cependant, pouvaient-ils faire autrement que de le faire passer par l'église ? Personne n'osait encore transgresser cette loi non écrite – il faudrait attendre l'après-guerre pour cela.

C'est à cette occasion que Corentin causa pour la seconde fois à l'abbé Castric. Jusque-là, depuis la visite du curé à Kermabeuzen fin décembre 1940, il s'était contenté de l'apercevoir de loin, à la porte de l'église ou sur le placître, quand il allait le soir câliner Suzanne.

— Mordu par un serpent, dites-vous ? s'étonna le curé de sa voix métallique. Venez donc par ici.

Il conduisit Corentin à l'intérieur de l'église, devant une scène sculptée en relief dans un panneau de bois ciré.

— La sibylle de Perse, avec lanterne et serpent. La lanterne symbolise la lumière divine, le serpent les ténèbres. En refusant l'église, vous avez choisi la nuit et le règne du serpent. Le défunt était-il baptisé ?

— Vous savez bien que oui. On a tous été baptisés et on a fait notre communion à l'école des Frères.

— Ah ? Pas si mécréants que ça, alors, là-haut, dans la Russie soviétique ?

Corentin n'était pas d'humeur à discuter.

— Combien je vous devrai pour la messe ?

— Une messe ou une simple bénédiction ?

— Le grand tralala.

— Si vous le prenez comme ça, j'ignore si...

— Pas la peine de continuer. Je suis un mauvais client question sermons. Dites-moi combien je vous dois pour la messe et après fermez votre clapet. Vous le rouvrirez demain pour chanter.

Les mâchoires de Castric se crispèrent.

— Vous avez de la chance que mon ministère m'oblige à...

— Combien ?

— Dieu vous pardonne.

— A vous aussi, répliqua Corentin.

— Que voulez-vous dire ?

— C'était juste une façon de causer.

— La messe aura lieu demain, à quinze heures. Vous me paierez après. Ou vous ne me paierez pas, ce sera comme vous voudrez.

— Vous serez payé. A Kermabeuzen, on ne laisse pas de dettes après soi, vivant ou mort.

— Soit !

Corentin paya la messe d'avance et Castric lui en donna pour son argent.

L'église était pleine comme aux vêpres les dimanches de pardon à la mode d'avant-guerre. Au premier rang, à toucher le cercueil, se tenaient Corentin en costume du dimanche, Naïg vêtue du manteau foncé de Mamm et, sanglé dans son uniforme noir des Bagadou Stourm, Blaise le collabo. Noul était resté à Kermabeuzen, de crainte qu'il n'éclate de rire ou ne s'exhibe au beau milieu de la cérémonie. L'absence de Mathias fut remarquée et commentée.

Les commères mouillèrent leur langue et passèrent un fil torsadé dans le chas de leur aiguille à ragots. De la belle broderie en perspective sur le canevas des cancans, qui doivent leur part de vérité à l'expérience tout autant qu'au bon sens paysan. Fâcherie au sein de la fratrie ? Quoi d'étonnant, ma chère ? A six – et plus que cinq maintenant que l'aîné est entre quatre planches –, à se nourrir du peu de gras des hautes terres, c'était contre nature. A la mort des parents ils auraient dû s'arranger. On n'a jamais vu un héritage sans partage. On ne garde pas le beurre sur la balance, il perd son eau. Et presque toujours les jeunots sont les plus pressés d'échapper à la tutelle des grands frères. N'était-ce pas la fille la plus jeune ? Oui da, mais les filles dans ces cas-là se font toujours avoir. Là où on divise les terres, pouvez être sûre qu'elles ont plus que leur part de marécages. Non, hormis la fille, et après elle Noul, l'idiot, le plus jeune c'était Mathias. Le cadet aux dents longues avait dû réclamer son dû à Corentin, de tout temps frère directeur du monastère de Kermabeuzen. Mais le Mathias n'avait-il pas pris le maquis ? Peuh ! Un prétexte pour ne pas venir. C'est tout de même bien aux enterrements que les familles se réconcilient. Enfin, c'est la vie. Le Mathias ferait peut-être une apparition au cimetière.

Au contraire des commères, Marianne Lautridou ne s'étonna pas de l'absence de Mathias. Depuis midi elle était au courant du Grand Evénement. Les chefs de groupe avaient été appelés d'urgence à une réunion. Les Alliés avaient débarqué à l'aube en Normandie. Face à l'histoire, un mort, fût-il un frère, pouvait attendre.

Et puis l'heure était d'autant moins propice à prendre des risques pour respecter les conventions que les obsèques d'Alexis avaient tout l'air d'un hommage rendu à un notable pétainiste. Huit porte-drapeaux décorés de la Grande Guerre encadraient l'autel ; les Bagadou Stourm étaient alignés à droite du chancel, *pen* sonneur de biniou et joueur de bombarde en tête ; la moitié de la compagnie de SS ukrainiens cernait l'assemblée d'un rang en forme de fer à cheval, qui condamnait de l'intérieur à la fois la porte principale et les issues latérales ; raison de la présence de ces quelque cinquante sentinelles armées : le général Eduard Klapper s'était invité à l'office, par pure curiosité culturelle, et se tenait assis, le dos droit, menton relevé et jambes croisées, au premier rang également, mais du côté du cercueil opposé à la famille.

Flanqué d'enfants de chœur, l'abbé Castric sortit de la sacristie. Les gamins et le prêtre firent une génuflexion sur les marches de l'autel, l'abbé se retourna, écarta les bras paumes retournées et bénit les fidèles. Klapper croisa son regard. Ils jetèrent tous deux un bref coup d'œil en direction du socle nu de la Vierge de Vienne et l'Allemand esquissa un sourire d'esthète comblé.

Monseigneur Dupré eût-il assisté à cette messe funèbre qu'il aurait tiqué quand auraient résonné à ses délicats tympans fleurdelisés les premiers mots du discours de l'abbé, décidément indécrottable. Irrespectueux de la liturgie, au lieu d'inviter l'assemblée à entonner un chant d'entrée, suivi de la prière pénitentielle avec *Kyrie*, le drôle s'autorisa un court sermon en breton.

— Mes bien chers frères, mes bien chères sœurs, ce jour est deux fois triste et deux fois porteur de gloire et d'espérance ! Tristesse de pleurer Alexis Kermanac'h, frappé à mort par le serpent, cette incarnation du mal qui a poussé le premier homme et la première femme à commettre le péché originel, mais joie immense de l'accompagner vers Dieu et de le recommander à Lui par nos prières. Tristesse insondable, aussi, que d'apprendre qu'une horde sauvage, armée par Satan, composée d'impies, de Juifs et de nègres, souille les côtes de la province voisine de notre Bretagne...

Des fronts se plissèrent, on échangea tête baissée des mimiques interrogatives. Même les grenouilles de bénitier ne comprenaient pas toujours les discours de l'abbé, mais là, que voulait-il dire ?

— ... et pourtant quelle espérance de gloire dans la bataille que nous mènerons jusqu'à la victoire aux côtés de nos amis allemands ! En cette double circonstance, afin d'honorer les racines éternelles d'Alexis Kermanac'h et de nous dresser d'une seule voix contre l'envahisseur, nous puiserons nos mots dans la sève de la langue de nos pères. La présente messe sera dite en breton, sauf le *Sanctus* et l'*Agnus dei* qui seront chantés en latin.

Sans transition, l'abbé Castric annonça :

— Première lettre de saint Paul aux Corinthiens. Frères, c'est une chose mystérieuse que je vous annonce : même si nous ne mourons pas tous, nous serons tous transformés, et cela instantanément, en un clin d'œil, quand retentira le signe au dernier jour. Il retentira, en effet, et les morts ressusciteront, impérissables, et nous serons transformés. Alors se réalisera la parole de l'Ecriture : la mort a été engloutie dans la victoire. Rendons grâce à Dieu qui nous donne la victoire, par Jésus-Christ, notre Seigneur. Amen.

— Amen, répondit l'assemblée.

Le joueur de bombarde lança les premières notes de l'*Euruz an hini* et d'un seul chœur, dominé par la voix vibrante de l'abbé, les fidèles entonnèrent le cantique. Malgré lui, Corentin se sentit transporté de mysticisme, ce cousin germain de la piété. Naïg pleurait. Elle chuchota, entre deux sanglots :

— C'est une belle messe. En breton, c'est tellement plus beau.

Corentin opina. Castric savait s'y prendre pour irriguer les cœurs de fierté armoricaine, éperonner l'identité bretonne et faire que chacun brandisse ses racines comme le Dieu de colère les éclairs de son courroux. Le curé avait-il tort, avait-il raison ? Corentin n'était pas moins fier que les autres d'être breton, mais pourquoi mélanger à cette fierté la religion et la politique ? Drôle de pot-au-feu, qui donnait un bouillon aigre.

Castric savait aussi répandre sur les plaies par lui ouvertes le baume lénifiant de l'élégie. Pour l'anamnèse il choisit l'*Adoromp oll* et en guise de chant d'adieu le *Kantik ar Baradoz*, que les femmes prises de mélancolie balbutient en sourdine aux veillées – Jésus, comme j'aurais plaisir à être auprès de toi... –, qui faisait fondre les âmes les plus endurcies et incrustait dans les yeux de tous, mécréants et croyants, l'image d'un père, d'une mère, d'un époux, d'une épouse, d'un enfant, d'aïeux allongés mains jointes sous le crucifix et sa branche de buis, sur leur lit de mort. Personne ne pouvait résister à la nostalgie incantatoire du *« Jésus pegen pijadur... »*.

Tandis que les fossoyeurs communaux poussaient le

cercueil vers le cimetière sur un brancard équipé de deux roues de vélo, les sonneurs continuèrent de jouer le poignant cantique. Au bord de la fosse ils donnèrent le *Bro gozh ma zadou* devant les Bagadou Stourm au garde-à-vous. Pour s'amuser, sans doute, Klapper fit présenter les armes à ses Ukrainiens.

Corentin en attrapa le tournis. Quel étrange enterrement avait ce pauvre Alexis ! Sous le soleil de juin, avec dans l'arrière-plan les toits étincelants du bourg et plus loin le rideau boursouflé d'air chaud de la forêt, tous ces uniformes à tête de mort, croix gammée et triskell ressemblaient à une cohorte d'anges noirs sués par tous les pores du chaos.

Au côté de Naïg il serra machinalement des mains en répétant des « merci ». Le cercueil fut recouvert de terre jaune et ils s'en allèrent d'un bon pas à travers champs. C'est qu'on approchait de l'heure de la traite.

A mi-chemin de Kermabeuzen, Mathias surgit d'un toull karr, en treillis encore marqué de plis, les poches gonflées de chargeurs et une mitraillette Sten flambant neuve à la bretelle.

— Je vois qu'il y a eu un parachutage, dit Corentin.

— Tu peux garder les fusils de chasse là où tu les as planqués, j'en ai plus besoin.

Mathias toisa sa sœur et cracha par terre.

— Va donc devant, dit Corentin à Naïg, je crois que ton frère veut me causer.

La jeune fille ne se fit pas prier pour filer.

— Alors ? relança Corentin.

— J'ai rien de spécial à te dire.

— Ah bon ? C'est pour rien dire que tu m'attendais derrière un talus ?

Malgré le treillis et la Sten, c'était Corentin qui

paraissait armé. Armé de tout l'ascendant qu'il continuait d'avoir sur son cadet.

— Je suppose que le curé a été bon, dit Mathias.

— Très.

— J'étais là-haut. Impressionnant. Les Bagadou Stourm, les SS, tu peux être content de toi, la famille est marquée au fer rouge.

— Je n'y suis pour rien. J'ai commandé et payé la messe d'enterrement, un point c'est tout. Le reste c'est pas mes affaires.

— T'as réfléchi depuis le grand déballage ?

— Pourquoi j'aurais réfléchi ? Tout a été dit.

Mathias tira un paquet de cigarettes de sa poche et en alluma une.

— Monsieur fume, maintenant ? ironisa Corentin.

— Parachutage, ricana Mathias. Je t'en propose pas, t'aimeras pas. Quand je parlais de réfléchir, je pensais aux éléments nouveaux.

— Lesquels ?

— En fait, nous voilà plus que tous les deux, Corentin.

— Comment ça ? Et Noul ?

— Noul finira à l'asile ou noyé dans le ruisseau un soir qu'il confondra l'est et l'ouest.

— Et Naïg, tu l'oublies ?

— Le Boche qu'elle a dans le tiroir, tu crois tout de même pas qu'elle va le déclarer sous le nom de Kermanac'h ?

— Elle reste une Kermanac'h.

— Elle ne restera pas à la ferme, c'est moi qui te le dis !

— Admettons. Et Blaise ?

— Cette ordure a de gros soucis à se faire.

— Avec qui ?

— Avec qui ? Mais on dirait que t'es pas au courant !
— Au courant de quoi ?
— Les Alliés ont débarqué en Normandie ce matin.
— Tu déconnes ?
— Le curé n'a rien dit à l'église ? Tu m'étonnes.
— Effectivement, il... il a...
— Il a... il a... se moqua Mathias, il a dit sa dernière messe, le con ! Ouais, les Alliés ont débarqué et c'est pas qu'à moi qu'il va falloir rendre des comptes, frérot.

Mathias s'enfonça dans la garenne.

— Ho ! Où tu vas ? cria Corentin.

Mathias lui fit un bras d'honneur. Corentin rejoignit la ferme en courant, aida Naïg à traire les vaches et para ensuite au plus pressé. Il alla déterrer les fusils, prit les deux Darne et laissa son Idéal en place. De retour à la ferme, il posa un fusil sur le dessus de l'armoire dans la chambre de Naïg et le deuxième sous son lit, avec une provision de cartouches prélevées dans la boîte à biscuits cachée sous le plancher de sa chambre. Il se lava les mains et entra dans la salle. Naïg avait servi Noul.

— Blaise n'est pas rentré ?
— J'avais oublié de te dire. Au cimetière, il m'a prévenue qu'il resterait maintenant avec les breizh atao.
— Nous voilà plus que tous les deux, dit Corentin en songeant qu'il venait de répéter les propres mots de Mathias. Pardon, Noul, tous les trois.

L'idiot bava de contentement.

— C'est vrai ce que les gens disaient, que les Américains ont débarqué en Normandie ? demanda Naïg.
— Mathias a l'air d'en être sûr.

Naïg se mordit la jointure des doigts, poing fermé.

— Ton... fiancé est dans les bureaux, non ?

Naïg hocha la tête plusieurs fois.

— Alors tu n'as pas trop de bile à te faire.

Mais, songea Corentin, lorsque le casse-pipe commence, il n'y a plus de bureaucratie qui compte. Tout le monde est bon pour la fabrique de chair à canon.

Après l'Occupation, qui les avait trempés dans la boue, la Libération allait tordre les torchons des destins, comme les lavandières de la Mort essoraient les suaires, dans les tourbières du Yeun Ellez.

15

Le groupe de résistants que commandait Mathias avait établi ses quartiers dans un moulin abandonné de la vallée du Fao. Sous les friches apparaissaient encore, pour un œil exercé à les reconnaître, les divisions de champs en pente pauvrement exploités jusqu'à tant que les noms des métayers, qui y cultivaient le blé noir ou y menaient leurs vaches naines à pâturer les repousses d'ajonc, fussent inscrits sur les monuments aux morts de la Grande Guerre. Sous la ronce, il y avait des murets de pierre sèche ; aux coins d'anciennes parcelles, des auges couvertes de mousse comme des épaves ; à l'orée d'une futaie, l'espace grossièrement empierré d'un délaissé où les charrettes faisaient demi-tour ; au fond de la vallée encaissée, des moulins qui ne devaient pas rendre bien riches leurs meuniers : seuls les clients ayant de l'amitié pour eux acceptaient de descendre le grain par des chemins de chèvre et avaient la patience d'attendre, pour obtenir leur farine, que les biefs se remplissent d'eau et fassent tourner les roues et les meules.

Le Fao est une rivière à crues qui coule sur un lit de schiste, se gorge d'un coup des pluies d'orage et se vide tout aussi vite dans la retenue de Huelgoat dont le trop-plein cascade à travers les roches du chaos pour devenir rivière d'Argent et se glisser dans les lents remous de l'Aulne où le blanc – gardons, chevesnes, brochets – côtoie le poisson noble, la truite encore et autrefois le saumon. En hiver, lors de pluies régulières, le Fao peut demeurer gonflé, parfois à ras bord, et dans certains trous il est alors profond d'une hauteur d'homme, mais comme ses ruisseaux tributaires ne drainent aucune prairie – rien que du sol granitique, qui filtre l'eau – toujours il reste limpide, à peine teinté d'ocre jaune, et c'est comme par magie que l'on voit ondoyer les truites sauvages à l'intérieur de sa loupe mouvante, sur fond d'ardoise marbré de rouille, comme un toit de lichen orange.

Les résistants ouvraient la dérivation du bief du moulin, le barraient un peu plus bas et récoltaient dans des haveneaux de fortune, quand ce n'était pas à la main, de pleines musettes de truites au dos noir. Les voyant faire, et pour comparer d'un point de vue critique le poisson et la situation des francs-tireurs, un stratège aurait qualifié Meil Fao de nasse : il suffirait aux Allemands de remonter le long de la rivière pour les prendre au piège.

L'homme autour duquel les hommes étaient réunis venait justement de le dire quand Mathias rentra après sa conversation avec Corentin, dans les hautes terres au-dessus du cimetière de Saint-Herbot.

Mathias posa sa Sten contre le mur et trouva que ses gars – une vingtaine de garçons de ferme réfractaires au STO et une poignée de communistes ou apparentés, plus Momo et Tarzan – avaient un air de chiens couchés. Cela lui déplut. Il laissa l'homme finir son speech. Une huile, ce type ? Pourtant, il n'avait rien d'un chef de guerre, avec ses courtes pattes de jockey, son bide bien enrobé, son crâne rose et sa gueule de tapir, au nez pendant, si long qu'il devait pouvoir se le lécher. Sans se présenter et sans demander à l'intrus qui il était, Mathias l'attaqua bille en tête.

— C'est pas une nasse, c'est un panier percé. Les Boches pourraient bien se pointer par l'amont et l'aval qu'on se défilerait par les côtés.

Chaque versant de la vallée, abrupt, presque vertical, dit-il, était couvert d'un mélange de lande, d'aubépine et d'épines noires absolument impénétrable.

— Sauf aux sangliers et à ceux qui connaissent leurs percées, conclut-il en décochant au type un clin d'œil goguenard.

Les gars rigolèrent.

— Mais pas aux balles de mitrailleuse, ni aux grenades ni aux obus de mortier, dit le type.

— Vous oubliez les blindés, mon commandant !

— Capitaine, répliqua le type. Capitaine Gradlon. Un nom de code. Gradlon. Pas capitaine.

— Capitaine de quoi ? De pompiers ?

— De mes deux ? ajouta Tarzan.

— Capitaine tout court. C'était mon grade dans l'infanterie coloniale quand j'ai été démobilisé.

— Ça m'en bouche un coin ! s'exclama Mathias en prenant ses gars à témoin. Les Alliés ont à peine débarqué que les naphtalinards sortent leurs galons de leurs tiroirs.

— C'est quoi, un naphtalinard ? demanda Momo en levant le doigt.

— Un gradé qui a collé son uniforme dans la naphtaline après 40 et le ressort après la bataille pour récolter des médailles. Si vous êtes capitaine, qu'est-ce que je suis, moi ? Lieutenant ?

L'homme ne se départit pas de son flegme.

— Si vous voulez. Ces hommes se sont mis sous vos ordres, vous êtes à la tête d'une section, alors pourquoi pas lieutenant Kermanac'h ?

— Comment ça se fait que vous connaissez mon nom ?

— Et votre prénom. Mathias. Allons, vous avez eu des contacts, pour le parachutage. On n'a pas jeté ces armes dans la nature. Pas d'enfantillages, je vous prie. Je ne suis pas un résistant de la vingt-cinquième heure et je vous le prouverai au besoin.

Mathias se sentit morveux. Il mordit.

— Mon groupe ne reçoit d'ordres de personne !

— Ecoutez, l'heure n'est pas à ce genre de débat. Pour l'instant, ma mission est une simple mission d'information. Je suis mandaté par le Conseil national de la Résistance et à mes risques et périls, vous l'admettrez, je fais la tournée des maquis peu ou prou constitués. Notre intention est de fédérer toutes les forces de la Résistance afin d'aider plus efficacement les Alliés. Que vous soyez convaincu ou non de cette nécessité, peu importe. Vous le serez bientôt. Dans cette attente, nous vous recommandons de n'engager aucun combat. Préparez-vous à agir, mais n'agissez que sur instructions. Ou après concertation, si ce terme vous convient mieux, lieutenant.

— Désolé, mais on a un boulot urgent à liquider.

— Lequel ?

— Momo ! Le courrier du curé !

Momo se leva, ouvrit un cartable, et une chemise en carton passa de main en main. Gradlon lut la lettre de Castric à Delachaud, recopiée par Marianne Lautridou. Les hommes avaient allumé des cigarettes. Gradlon toussota et dit :

— Ah ! En effet !

— Ça urge, non ? dit Mathias.

— Hum ! Je ne pensais pas qu'il collaborait aussi... étroitement. Mais rassurez-vous, cet abbé Castric figure depuis longtemps sur nos tablettes, ainsi que tous ses amis du PNB et de ses satellites. Ils seront arrêtés et jugés le moment venu. Et fusillés s'ils sont condamnés à mort. Avec de telles preuves, votre curé aura beaucoup de mal à échapper au poteau.

— Vous voulez dire qu'il faut le laisser courir ? Lui donner le temps de dénoncer tout le monde aux SS ?

Gradlon fixa Mathias droit dans les yeux.

— Allons, Kermanac'h. Vous avez la fougue de la jeunesse, gardez-la pour la bataille. Que propose Castric aux Allemands ? De leur désigner les réfractaires au STO à l'occasion de ce pardon des animaux prévu le 24 juin. D'abord, ce pardon n'aura pas lieu. D'ici au 24, la situation aura bien changé. Les Américains seront sans doute aux portes de la Bretagne. La compagnie de SS de Huelgoat aura reçu l'ordre de rejoindre le front, ou les places fortes de Brest et Lorient, d'un intérêt stratégique autrement plus important que la forêt d'Argoat. Ensuite, ces réfractaires au STO, où sont-ils ? Egaillés dans les fermes d'une bonne partie du département. Les Boches auraient besoin d'une division pour aller les chercher les uns après les autres. Ils vont avoir, ils ont déjà, depuis ce matin, d'autres chats à fouetter.

— Le cureton en sait peut-être plus qu'on croit !

— D'une part, cela m'étonnerait. L'homme est crédule : confier de tels courriers à la poste, vous avouerez... D'autre part, c'est un idéaliste, et les idéalistes détestent le concret. Je ne dis pas que Castric n'est pas coupable, mais il préfère se payer de mots. Sinon, il aurait déjà livré ses renseignements, à supposer qu'il en possède de dangereux pour nous.

— Vous déconnez à bloc ! On ne peut pas prendre le risque de le laisser courir.

— Nous le pouvons et nous le devons, Kermanac'h !

— Elle est bien bonne, celle-là !

Momo, Tarzan, tous les gars en convinrent, qui renâclèrent.

— Permettez-moi d'éclairer votre lanterne à tous, dit Gradlon en élevant la voix. Sommes-nous sûrs d'être considérés comme des héros ? Certains nous traitent de bandits, de fouteurs de merde, de pourvoyeurs d'otages. Bien sûr, ceux-là, les pétainistes, les tièdes, les opportunistes, tous vont retourner leur veste. Mais nous devons penser à l'opinion, éviter de créer de nouvelles fractures. Dans la Bretagne catholique, liquider un prêtre sans procès serait en faire un martyr. Aux yeux d'une majorité de croyants, nous serions des assassins, pas des résistants. Voilà pourquoi il faut attendre que la justice passe. Et elle passera, croyez-moi !

Au grand ébahissement de ses hommes, Mathias acquiesça.

— Vu comme ça... J'y avais pas pensé. C'est vrai qu'un curé, ça ferait un sacré barouf. Bon, d'accord, laissons-le dire encore quelques messes.

— Je suis heureux de vous avoir convaincu, dit Gradlon. Maintenant, que cela ne vous empêche pas de surveiller les fréquentations du bonhomme et de continuer à ouvrir son courrier.

— Comptez sur nous, mon capitaine.

Gradlon cilla, puis consulta sa montre.

— Holà, je suis déjà en retard. J'ai rendez-vous du côté de Berrien. Auriez-vous un homme pour m'escorter par les garennes jusqu'au chemin rural ? De nuit, j'ai peur de ne pas m'y retrouver.

— Pas de problème, mon capitaine. Momo, ramène-toi, on y va ! Prends ma Sten.

— Un homme suffira, dit Gradlon.

Mathias enfila sa veste de treillis et boucla un ceinturon auquel pendait un revolver dans son étui.

— Par une si belle nuit, j'ai envie de vous faire un brin de conduite.

— Dans ce cas... Ah ! Un dernier conseil, Kermanac'h. Ou plutôt deux conseils. La Onze légère, à environ huit cents mètres d'ici, camouflez-la un peu mieux. Et puis songez à poster des guetteurs. Je n'en ai vu aucun, en venant. A moins qu'ils n'aient été si bien planqués que...

— Non. Il n'y en avait pas. Des guetteurs ? Qui viendrait nous chercher dans ce trou ?

— Les Allemands vont devenir nerveux, Kermanac'h. Très nerveux. Nous allons vivre des moments terribles.

Au débouché d'une garenne à l'est du hameau de Trébader, Mathias indiqua la direction de Berrien à Gradlon. Le capitaine lui donna un mot de passe à échanger avec l'agent de liaison, homme ou femme, qu'il enverrait à Meil Fao la veille du jour J – lorsqu'une action concertée des différents maquis d'Arrée serait décidée par le commandement FFI. Ils se serrèrent la main.

— Bonne route, dit Mathias.

— Soyez prudents, dit Gradlon, et n'oubliez pas : nous allons avoir un sale boulot à faire mais il faut que nous le fassions proprement.

— Compris, mon capitaine.

— Alors à bientôt, les amis.

Gradlon s'enfonça dans les ténèbres.

— Tu peux crever, charogne, dit Mathias quand l'homme fut hors de portée de voix.

— Ah ! Je me disais aussi que t'avais cané un peu vite devant cet emmanché, remarqua Momo.

— Qu'est-ce que tu croyais ? J'ai écrasé pour pas qu'il nous tienne le crachoir toute la nuit.

— Au fait, pourquoi tu lui as dit « par une si belle nuit » ?

— J'ai dit ça ? rigola Mathias.

Le ciel était agité. Une bonne brise soufflait du sud-ouest. Les arbres gémissaient. On ne savait pas trop bien s'il bruinait ou si le vent brassait l'humidité exhalée par la terre à la tombée de la nuit. L'air sentait le terreau, la pisse de renard et les champignons.

— « Par une si belle nuit, j'ai envie de vous faire un brin de conduite », déclama Momo.

— T'as joué dans un théâtre ? rigola Mathias.

— Café-théâtre, qui sait ? Nuit de Chine, nuit câline, nuit d'âââmourrr !

— Arrête, merde !

— Mon beau lieutenant, dis-moi pourquoi tu la trouves belle, cette nuit.

— Parce qu'on va se faire un curé !

— Et piller les troncs ?

— Doit pas y avoir bézef dedans.

— On descend chercher la Traction ?

— Ouais, mais pour la planquer chez le forgeron. On fera le reste de la route à pinces.

— Qui va à pinces ne se fait pas pincer !

Les deux hommes s'esclaffèrent. Ils étaient devenus inséparables. Pour Mathias, Momo incarnait la ville, la capitale, la civilisation, l'acquisition d'une langue étrangère – l'argot –, la fréquentation d'un monde de merveilles – toutes ces femmes que le Parisien avait possédées et qu'il décrivait avec moult détails croustillants –, si bien qu'au contact de cette altérité à ses yeux exotique Mathias s'était senti grandir, et en peu de temps supérieur à ses frères et à tous les gars du pays.

C'était comme si Momo l'avait purgé de la rigidité des traditions en vigueur à Kermabeuzen, dont il avait soudain pris conscience comme d'une tare, comme d'une crasse poisseuse de plouquerie qu'il lui fallait désormais frotter en usant de la toile émeri du mépris à l'égard de ses origines. Une espèce de monstre d'arrogance était né, fier en tout premier lieu d'avoir à sa botte un Momo au prestigieux curriculum vitæ. Ce en quoi, bien sûr, il se trompait. Le dominé n'était pas celui qu'il croyait.

Momo possédait la fourberie des demi-sels, une engeance honnie des vrais truands dont il s'était tenu à l'écart dans les quartiers nord de Paris. En revanche, il avait toujours su mesurer à la perfection l'ascendant qu'un maquereau peut exercer sur les graines de voyou par ses signes extérieurs de gloriole – greluches, pognon, fringues, bagnole.

Dès leur première rencontre, Momo avait reconnu en Mathias l'un de ces jeunes apaches qu'on peut pousser au crime d'une traîtresse parole. Ces branques ont la cervelle en ressort à boudin et le coup de surin réactif. Une confidence à demi-mot sur un manquement à leur honneur viril que se serait permis Untel et vous étiez vivement débarrassé dudit Untel dont le cheptel empiétait sur votre portion de boulevard. Une suggestion à propos d'un casse facile et le cambriolage était réalisé fissa, son produit bradé à un fourgue et l'essentiel du bénéfice partagé entre ledit fourgue et vous-même, au détriment de la brêle.

Séance tenante, chez le forgeron de la route de Berrien où ils s'étaient rencontrés, Momo avait diagnostiqué le mal dont souffrait le Mathias : l'orgueil et son pendant, à savoir un terrible complexe d'infériorité. Exactement les mêmes maux qui affectaient l'ego des arsouilles de Clichy et Blanche. Suffisait d'attiser ces braises pour qu'il leur pousse aux mollets des ergots longs comme des échasses et d'un croche-patte, le moment venu, les faire se casser la gueule et ramasser leurs picaillons. Suffisait, en l'occurrence – dans ce trou breton si différent des boulevards –, de doper le canasson à la gouaille revancharde pour qu'il laboure la période s'annonçant ô combien fertile de la Libération et qu'échoie dans la besace de Momo le blé que les fermiers collabos avaient bien dû engranger en commerçant avec le Teuton.

Momo n'avait pas lambiné à aiguiller le bourrin vers le sillon qu'il s'était mentalement tracé. Il s'était à peine écoulé une semaine après son intronisation dans les FTP qu'il suggérait déjà à Mathias de rançonner les amis des Fridolins. En fait, il avait observé qu'au cours de ses circonvolutions cantonales en vue de se ravitailler, le groupe évitait certaines fermes. Il en avait demandé le pourquoi.

« Parce qu'elles sont pas sûres, avait répondu Mathias. Ils nous vendraient peut-être aux breizh atao comme ils vendent leur beurre aux Boches.

— Raison de plus ! s'était écrié Momo. Faut les faire cracher. Ils auront l'impression de se dédouaner pour quand le vent aura tourné.

— J'y avais pas pensé », avait dit Mathias.

Cette antienne, ce refrain, « j'y avais pas pensé », ravissait Momo tout autant qu'une gâterie consentie par une créature à genoux. Du moment que l'apache rural ne pensait pas, il pensait pour lui.

« J'irais même jusqu'à dire que ce serait un service à leur rendre de les soulager de leur bas de laine.

— Tu crois ?

— Ils nous remercieront, plus tard, bien heureux de jurer sur leur lessiveuse de biftons qu'ils ont aidé la Résistance. Et puis merde, tu voudrais pas que ces mecs-là se gobergent de champagne et de caviar après que nous autres on se sera fait trouer la paillasse ! Les enrichis du marché noir, faut qu'ils cotisent ! Et je te signale que le fric, c'est comme les vases communicants. Quand y en a un qui se remplit, y en a un autre qui se vide. Un enrichi, ça veut dire quoi ? Qu'il a plumé un tas de gonzes autour de lui. Là où y a de l'enrichi, y a forcément de l'appauvri.

— Putain ! avait presque gémi Mathias. Je sais pas où tu vas chercher tout ça mais en tout cas tu mets dans le mille ! »

Mathias s'était déboutonné. Il avait raconté à Momo sa saga rurale, décrit à coups de serpe les membres de sa famille : Noul le demeuré, Alexis l'indécis – paix à son âme –, Blaise le breizh atao – on lui présentera la facture –, Naïg la salope, en cloque à seize ans…

« De qui ? avait demandé Momo.

— Elle veut pas le dire, avait grimacé Mathias.

— Et si c'était d'un Fridolin ? avait galéjé Momo.

— Déconne pas avec ça !

— Excuse, je t'ai coupé. »

Et Mathias de terminer l'inventaire par Corentin, qui cumulait les fonctions de frère directeur et de frère économe, et accumulait les bénéfices en loucedé, en faisant suer sang et eau à ses trois journaliers de frangins.

« Gratos ?

— Tu te rends compte, depuis que je suis en âge de travailler j'ai jamais vu la couleur d'un billet de mille !

— Il te doit un sacré paquet, alors ?

— Au minimum dix ans de gages, plus ma part sur la ferme.

— Ça vaut quelque chose ?

— Les terres sont les mieux tenues du canton et les bâtiments, on raconte que c'était un manoir des Templiers.

— Byzance, alors ! »

Mathias avait regardé Momo d'un drôle d'air, comme un clebs qui surveille son os. A moins que ce ne fût « Byzance », dont il n'avait jamais entendu parler, pas plus que d'Istanbul ou de Constantinople. Rien ne vexe plus l'illettré qu'une référence inconnue. Il croit qu'on se paye sa tête. Momo préféra reculer, des fois qu'en plus l'autre ne le suspecte prématurément de vouloir lui soulever son numéraire en puissance et son actif foncier en devenir.

« T'as le temps de voir venir, avait-il tempéré son propos, ton jour viendra. N'importe comment, faut que t'attendes le départ des frisés, avant de secouer ton frangin. Pareil pour les paysans collabos. On les secouera quand on tiendra les rênes.

— Ouais, avait acquiescé Mathias, et on tirera sur les rênes jusqu'à ce que le mors leur déchire la gueule jusqu'au trou du cul !

— Ho ! Ho ! avait gloussé Momo, voilà qu'on se dessale ? J'aime quand t'as la langue boulevardière, camarade. Tu sais ce qu'on fera, après la guerre, quand on s'en sera mis plein les fouilles ? On se mettra en affaires, tous les deux. On achètera un hôtel du côté de la porte Saint-Denis et on regardera les filles pousser le miché vers la caisse au bas de l'escalier. On embauchera une vieille maquerelle pour le maintien de l'ordre et nous on comptera la recette. La nuit on fera la nouba dans les beaux quartiers. Je nous vois du côté de Saint-Germain-des-Prés sympathiser avec la perverse étrangère et la bourge vicelarde. Avec ta belle gueule, je te donne pas un mois pour les avoir toutes à tes pieds, Mathias. T'auras intérêt à graisser ton outil, mon grand, sinon... Aïe ! aïe ! aïe ! bonjour l'échauffement pénien !

— T'es vraiment con ! » avait dit Mathias, transporté aux anges par les paroles de ce missi dominici de la capitale – Paris, Paname ! – qu'il se représentait sous les traits d'une femme nue sous ses voiles, déesse de la Luxure et de tous les plaisirs interdits.

A l'heure présente, ils étaient bien loin de cette félicité promise. Ils marchaient en silence, à l'écoute des bruits nocturnes, mais sans appréhension. Les Allemands n'avaient aucune raison – pas encore – de tendre des pièges ou simplement de se déplacer la nuit, dans la montagne. Des chouettes ululaient, perchées au bord de leur trou dans les arbres morts des talus. Des renards glapissaient à la lisière des landes. Des lapins en rut tambourinaient des pattes arrière et à l'approche des deux hommes les éclairs blancs de leurs queues filaient de la pâture aux terriers.

Pour se rendre de Meil Fao à Saint-Herbot, ils avaient pris la route des sommets. Comme pour lui rappeler que ce n'était pas demain la veille qu'il pourrait lui échapper, la terre collait aux semelles de Mathias, puis la bruyère et la lande rase brossaient ses brodequins, et il se sentait de nouveau pousser des ailes de héros.

A main droite, éloignée d'environ cinq cents mètres, se dressa la silhouette de château fort d'une ferme bâtie sur une crête et défiant tous les vents.

— Dis donc, c'est pas ton manoir natal, là-bas ? demanda Momo.

— Si.

— On pourrait s'arrêter faire une pause. T'as pas la dalle ?

— Non.

— Je commence à avoir les cannes en compote.

— On se reposera au retour.

— T'as l'intention de choper ton curé au pieu ?

— Tu verras bien.

— Ho ! T'as pas digéré ton ragoût de choux ou quoi ?

— Faut qu'on fasse gaffe, maintenant.

— A vos ordres, mon lieutenant.

— Boucle-la !

Mathias entraîna Momo par un sentier aussi pierreux qu'un lit de torrent, qu'ils dégringolèrent en sautant de gros caillou en gros caillou. Le clocher de Saint-Herbot se détacha sur le ciel, disparut quand ils traversèrent la hêtraie en pente. Ils débouchèrent sur le placître au niveau de l'angle que formaient l'église et l'excroissance du presbytère. L'endroit était noir, humide et puant : une pissotière naturelle pour les païens, livreurs de cidre et clients de Ty Stang. Momo y soulagea sa vessie.

Mathias lui confia sa Sten et dégaina son arme de poing. C'était un revolver d'officier de cavalerie de la guerre de 14-18, à canon long, de calibre 9 mm, à six coups. Le surnommé Tarzan l'avait déniché dans le grenier d'un de ses oncles et Mathias se l'était approprié d'une phrase : « C'est une arme de chef ! Donne ! » Il fit basculer le barillet, vérifia une énième fois que les six alvéoles étaient garnies, remit le barillet en place et arma le chien. Une balle se cala face au percuteur. Mathias pressa sur le loquet de la porte latérale et poussa. En vain.

— Merde, il s'est enfermé, le con ! Va voir si le portillon du porche est ouvert. Si c'est le cas, entre et viens m'ouvrir ici.

— Tu crois ?

— T'as la trouille ?

— Non, mais... Peut-être que l'autre capitaine de mes deux n'avait pas tort à cent pour cent. Tuer un cureton, peut-être que...

— Fous le camp ! Je ferai le coup tout seul. Et t'avise pas de revenir au maquis !

— Ça va, t'énerve pas. J'y vais.

A l'instar de beaucoup de citadins, Momo avait peur, la nuit, à la campagne. Il revint au bout d'une minute.

— C'est fermé itou.

— Putain ! Y a pas d'autre moyen d'entrer dans le presbytère que de passer par l'église.

Un feston rose s'élargissait au levant.

— Le jour se lève, faut qu'on se casse, dit Momo.

— T'es pire qu'un chevreuil, ma parole !

Mathias, du pouce, relâcha doucement le chien de son revolver, le prit par le canon et commença de frapper à la porte. Toc-toc-toc ! Toc-toc-toc ! Les coups résonnaient à l'intérieur de l'église. Mathias s'interrompait régulièrement pour tendre l'oreille. Enfin ils entendirent un glissement de pas et Castric demander, tout contre la porte :

— Que voulez-vous ? Qui êtes-vous ?

— Corentin Kermanac'h, chuchota Mathias.

La clé tourna dans la serrure, la porte s'entrouvrit, tandis que Castric s'étonnait :

— Corentin ? Ne me dites pas qu'un nouveau malheur est arrivé à Kerma..

Le canon du revolver le repoussa à l'intérieur. En tricot de corps et caleçon long, l'abbé paraissait encore plus famélique que le Christ sur sa croix.

— Referme à clé ! ordonna Mathias à Momo.

— Mathias ! Qu'est-ce que... ?

— Fais tes prières, salaud de collabo !

— Tu veux me tuer ? Mon Dieu ! Pense aux conséquences ! Les Allemands vont se déchaîner contre la population.

— Et toi, tu y as pensé, aux conséquences, quand t'as fait ta liste de gars à livrer aux Boches ?

— Je n'ai livré personne !

— Non, mais tu allais le faire et tu ne le feras pas.

Mathias releva le chien de son revolver. Momo recula d'un pas. Castric se signa, murmura :

— Mon Dieu, pardonne-leur car ils ne savent pas ce qu'ils font.

Et il commença d'esquisser en direction de Mathias un signe de croix.

— Je te bénis, au nom du Père, du Fils et du...

Mathias eut l'impression de recevoir un glaviot en plein visage. Il tira, à hauteur de hanche. La détonation se répercuta à l'intérieur de l'église en un vacarme assourdissant. Les oreilles de Momo se mirent à siffler, et il aurait juré que la clarine du clocher vibrait aussi.

La balle avait frappé Castric au-dessous du nombril. Avant qu'il ne se plie en deux, Mathias lui logea une autre balle dans l'estomac. Le curé s'écroula, la bouche de travers et les yeux grands ouverts, les mains croisées sur le ventre.

— Achève-le ! chuchota Momo.

— Tu rigoles ? Faut qu'il ait le temps de regretter. Il va mettre au moins une heure à crever.

— T'es dur, petit, t'es dur.

— M'appelle pas petit !

— Excuse, mon grand. Rengaine ton flingue et taillons-nous.

— J'espère qu'il n'a pas une liste quelque part.

Mathias fila un coup de pied dans les reins du moribond.

— T'as pas une liste quelque part, fumier ?

— Il te répondra pas et on n'a pas le temps de chercher. Y a un sacré bout de chemin à se retaper, d'ici à Meil Fao. Et avec le tintamarre, le chaland va pas tarder à rappliquer.

Momo se trompait. L'église avait absorbé les détonations. La clarine avait effectivement vibré, mais seule Marianne Lautridou l'avait entendue. Elle avait consulté son réveil, constaté qu'il n'était que six heures et s'était rendormie, persuadée d'avoir rêvé puisque le curé ne sonnait matines qu'à partir de sept heures.

Les deux hommes s'éclipsèrent par la porte latérale, contournèrent le presbytère et les dieux ou le diable firent qu'au même instant Suzanne Guermeur ouvrait le volet de la porte du café.

Momo eut un coup au cœur : la jeune femme avait des cheveux acajou foncé, longs et ondés comme un herbier nonchalant sur un fleuve d'or sombre, une peau couleur de lait malté et d'étranges yeux noirs de Gitane. Elle s'était penchée en avant pour atteindre l'arrêtoir du volet, si bien que sa chemise de nuit, déboutonnée, exposait au regard de Momo des seins magnifiques, délicatement veinés de bleu comme des globes de faïence, lourds comme des nuages d'orage, pesants de désir aux yeux du Parisien depuis des semaines privé de femme à caresser. Suzanne se redressa et couvrit sa poitrine des deux mains. Mathias dégaina son revolver et entra, Momo à sa suite. Suzanne s'adossa au comptoir.

— T'as entendu quelque chose ? lui demanda Mathias.

Suzanne secoua la tête.

— On a liquidé Castric !

A peine Suzanne plissa-t-elle les paupières, un dixième de seconde. Dans le clair-obscur de la boutique seulement éclairée par l'huis en forme d'as de pique découpé dans le panneau, sa chemise faisait une tache virginale. C'était une petite chemise en coton, courte et légère. Le tissu se creusait au bas de son ventre.

— Elle est drôlement gironde, dit Momo d'une voix enrouée.

— On a liquidé Castric ! répéta Mathias. C'est tout ce que ça te fait ? Qu'est-ce que t'en penses ?

— Rien.

— T'approuves ou t'approuves pas ?

— Quelle importance ? Il n'était pas tout à fait noir, mais il n'était pas blanc non plus.

— Parfait ! Tant que les Boches n'auront pas foutu le camp, tu la boucles. Tu nous as pas vus.

— Evidemment.

— Après, ce sera le contraire. Tu pourras le chanter sur tous les toits que c'est moi qui ai fait le coup.

— Si j'en ai envie.

— Où est le vieux ?

— Dans son lit. Il dort.

— Bon. Tu ouvres la boutique comme si de rien n'était et t'attends que ça se passe.

Mathias regarda l'as de pique.

— Dans un quart d'heure il fera plein jour. On y va.

— Ho ! Minute ! protesta Momo. Je vais avoir du mal à marcher, moi !

— Pourquoi ?

— Parce que j'ai le braquemart qui me pèse aussi lourd que l'obélisque de la Concorde, mon grand. J'ai la trique, si tu préfères, que j'en ai tout le petit bassin congestionné.

Du canon de sa Sten il souleva la chemise de Suzanne.

— Elle est réglo : même couleur en bas qu'en haut. T'es pas contre un petit coup vite fait, ma belle ?

— T'es pas louf ? C'est la poule de mon frère !

— Lequel ? Le biniouseux collabo ?

— L'autre, le chef, Corentin.

— Ben dis donc, il est gâté çui-là ! Il a tout pour lui ! Les terres, la ferme, le pognon, la plus belle fille du patelin ! T'as pas dit qu'il fallait qu'il partage la récolte ? Allez, viens poupoule, c'est l'heure du repos du guerrier !

Médusé que Suzanne n'essaie pas de s'enfuir, Mathias resta coi. Momo poussa sa victime vers l'arrière-boutique, simplement séparée de la pièce principale par un rideau cachant une étroite ouverture pratiquée dans un mur de refend. Ils se baissèrent pour passer sous le linteau et, ce faisant, courbèrent l'échine sous le portrait du maréchal Pétain accroché au-dessus.

Le pouls de Mathias s'accéléra. Il dégaina son revolver, remplaça les deux étuis vides par des balles, rengaina, vérifia sa Sten, alluma une cigarette, se sentit nauséeux, ouvrit la porte et se planta devant l'as de pique, comme pour se persuader qu'il faisait son devoir, c'est-à-dire le guet, tandis qu'il laissait commettre un viol. Il aurait voulu entendre des cris, des bruits de lutte, un fracas de vaisselle brisée. Rien. Rien que des sons odieux. Ahans de Momo, claquements de la chair contre la chair, de plus en plus rapides. Il fit le vide dans sa tête.

Quand il revint à la réalité – à la conscience qu'une forme supérieure d'irréparable avait été commise –, Momo se reboutonnait.

— Elle s'est laissé faire ? demanda Mathias, et il eut la désagréable certitude que sa voix sonnait faux.

— Bof ! Comme un mannequin de vitrine du Bon Marché. Hé ben, qu'est-ce que t'attends ? Vas-y !

— Je...

— Quoi ? T'as pas envie de dérouiller ? Dépêche-toi, mon grand, la place est chaude.

Sauf à déchoir de sa virilité affirmée à coups de gueule et de rodomontades, Mathias ne pouvait pas se défiler.

— T'inquiète, je monte la garde pendant que tu grimpes la gueuse. Peut-être qu'avec toi elle sera plus sportive.

Mathias passa sous le linteau à contrecœur. Il pénétra dans la grotte obscure où Suzanne était étendue à même le ciment, chemise relevée, jambes jointes, le bras gauche plié sur son visage, l'autre le long du corps. C'était la première fois que Mathias voyait un ventre de femme. La toison était abondante, attirante et effrayante à la fois.

Suzanne déplia son bras et l'allongea aussi le long de son corps. Passive ? Indifférente ? Résignée ? Ses yeux noirs captèrent le regard de l'homme et ne le lâchèrent pas, projetant dans le cerveau de Mathias la figure fantomatique de son frère, Corentin le censeur, Corentin le Commandeur, Corentin levant le poing de la vengeance.

L'énormité de la transgression – de la triple transgression : celle du viol qu'il avait laissé perpétrer, celle de son regard sur le corps nu de la *femme* de son frère, celle de l'acte que les conventions viriles l'obligeaient à commettre – paralysait Mathias.

Et les yeux noirs, en plus, instillaient dans ses veines un venin glacé.

Glacé parce que au fond des yeux de Suzanne, et connu d'elle seule, s'étendait un paysage hivernal. C'étaient dans l'Est un fleuve aux berges gelées, un quartier de cabanes et des cheminées de guingois soufflant leur fumée blanche vers le ciel de neige, des hommes et des femmes vêtus de fourrures, manteaux, bottes et toques, des enfants jouant dans la neige boueuse, et soudain des hommes en noir, des coups de feu, des coups de baïonnette, des hurlements d'épouvante, un père égorgé, une mère violée et achevée d'un coup de pistolet, leur fillette de douze ans violée à son tour par un séide des nazis et laissée pour morte, et des bras secourables, demeurés inconnus, et son réveil dans une chambre décorée d'ors et d'acajous blond et rouge, et sur son front la main d'un homme en soutane, qui n'était ni un pope, ni un rabbin. C'était le froid paysage en noir et blanc d'un pogrom dans un village de Hongrie et la chambre de l'aumônier du consulat français.

Mathias voulut échapper aux yeux noirs. Il fixa le triangle, défit son ceinturon et se laissa tomber à genoux sur les cuisses de Suzanne, qui s'ouvrirent sous le choc.

La bête se trémoussa sans succès : le venin avait fait son œuvre, Mathias n'était pas plus viril qu'un bébé.

Il se redressa d'un bond, la bouche crispée sur un rictus de rage, ou de contrition, ou d'impuissance. Les yeux noirs le reprirent dans leur faisceau et il reçut son deuxième crachat en pleine face, en cette aube de déréliction.

— Minable ! lui dit Suzanne.

Il eut une espèce de hoquet et repassa sous le linteau en se courbant sous le portrait de Pétain. Deux minutes à peine s'étaient écoulées, mais pour lui elles avaient duré une éternité.

— T'es un rapide, toi ! plaisanta Momo. Remarque, à ton âge...

— Suzanne ! Suzanne ! Où tu es ? gémit une voix dans la maison.

Les cheveux de Momo se dressèrent sur sa tête.

— Qu'est-ce que c'est ?

— Le vieux cul-de-jatte, répondit Mathias.

Il jeta un coup d'œil par la porte. Rien ne bougeait. L'aurore peignait le village de couleurs chaudes, ocre-rose, rassurantes.

— On y va !

Ils longèrent les murs de l'église, traversèrent la hêtraie au pas de course, remontèrent d'un trait par le sentier caillouteux, coururent le long des talus et une fois parvenus à l'orée d'une lande épaisse s'arrêtèrent pour souffler. Momo alluma une cigarette.

— Tu parles d'une équipée ! Tu veux que je te dise ? Cette gonzesse qu'on s'est tapée, elle colle pas dans ton paysage champêtre. Elle me rappelle les greluches du Sentier.

— Du sentier ? Quel sentier ? grogna Mathias.

— Le Sentier, le quartier des fripiers youpins, quoi.

Bizarre, non ? D'ailleurs, c'est comme ça que je l'ai eue, en lui disant qu'il fallait pas me la faire, à moi, qu'elle était de la famille où les mâles sont circoncis. Je lui ai dit : « Tu coopères ou bien tu prends le risque qu'une bafouille anonyme tombe dans la boîte de la Kommandantur. » La preuve que j'avais raison, c'est qu'elle a pas rué dans les brancards. Et toi, comment t'as fait ? T'as été obligé de l'assommer ?

Mathias haussa les épaules.

— Dis donc, ça t'a pas rendu bavard, de régaler Popaul. C'est quoi le programme ?

— On monte à Kermabeuzen casser la croûte.

— Excellente idée, camarade ! approuva Momo.

Des trilles de grives saluaient le jour. Au-delà de la lande, le soleil inondait déjà la moitié d'un champ de crête. A Saint-Herbot, ses rayons s'infiltraient entre les fûts de la hêtraie, comme pour éclairer les pas d'une petite vieille qui clopinait en direction de la porte latérale de l'église et s'étonnait que le curé tarde à sonner la messe de sept heures.

16

La cloche ne sonna pas sept heures, ni huit, ni neuf, pas plus qu'elle ne sonnerait les douze coups de midi ni l'angélus du soir. L'abbé Castric avait passé de vie à trépas.

Puisque aussi bien son âme n'était pas d'une netteté exemplaire, sur le chemin du paradis elle s'était arrêtée au purgatoire. En guise d'indulgences, ou de salut au héros, vers huit heures et demie des mitraillettes tirèrent des rafales. Mathias et Momo les entendirent, alors qu'ils étaient en vue de Kermabeuzen.

— Putain, ils dégomment déjà ? s'inquiéta Momo.

— On vengera nos morts ! dit Mathias.

Les Allemands ne tuaient pas. Pas encore. Les Ukrainiens arrosaient de balles les façades des maisons dont les habitants ne sortaient pas assez vite à leur gré. Bientôt toute la population du hameau fut parquée sur le placître, sous l'œil d'aiglon germanique du lieutenant Andréas.

La grenouille de bénitier avait découvert l'abbé Castric baignant dans son sang sur les marches de l'autel. Elle avait claqué du dentier et couru toquer à la fenêtre de la postière.

Marianne Lautridou sut cacher à la fois sa joie d'avoir contribué à la liquidation du vendu et son appréhension d'être découverte. Elle téléphona à la Kommandantur. Le feldgendarme de garde alerta le capitaine de la Wehrmacht, lequel se défaussa sur les SS. Le lieutenant Andréas alla claquer des talons devant son commandant.

— Les terroristes ont assassiné le curé de Saint-Herbot, mon général !

— Ah ! Tiens donc ? Aurions-nous sous-estimé la Résistance ?

Eduard Klapper prenait son petit déjeuner dans l'argenterie et la plus fine porcelaine de l'hôtel d'Angleterre. Il était vêtu d'une robe de chambre en soie moirée qui lui donnait une excellente mine et mettait en valeur le col crème de son pyjama ouvert sur quelques poils grisonnants. Il tartina de miel une tranche de pain grillé, en croqua un bout, s'essuya les lèvres, but une gorgée de café et s'adressa à son vis-à-vis, en l'occurrence la Vierge de Vienne encordée au dossier d'une chaise sculptée de personnages bretons.

— Un prêtre, voyez-vous cela ? dit-il à la statue. Est-ce le début de l'Apocalypse, madame ? L'ouverture du cinquième sceau, peut-être ? Essayons de nous le rappeler. « Lorsqu'il eut ouvert le cinquième sceau, je vis sous l'autel les âmes de ceux qui ont été tués à cause de la parole de Dieu. Et ils criaient d'une voix forte : "Jusques à quand, Seigneur, ne ferez-vous point justice et ne vengerez-vous point notre sang de ceux qui habitent la terre ?" »

— Je suis à vos ordres, mon général !

— Ah ! Imbécile ! Mes ordres ! La routine ! Réunir les habitants du village, interroger, fusiller sans doute. Allez régler les préliminaires, je vous rejoindrai. Soyons à la hauteur de l'événement, Andréas ! Tuer un prêtre est le plus symbolique de tous les actes mystiques ! L'homme qui l'a exécuté était certainement baptisé. En lui le Celte s'est réveillé. Il a entendu le mat cliquetis des serpes d'or cueillant le gui ! En tuant l'homme d'Eglise, il a pissé dans le baptistère où on l'avait plongé de force ! Il n'a pas abjuré sa religion, il a recouvré sa liberté de conscience.

Le lieutenant avala sa salive.

— Cet abbé n'était-il pas l'un de nos informateurs, mon général ?

— Ne souillez pas la merveilleuse transcendance d'immondes réalités, je vous prie.

Andréas haussa les sourcils. Son général devenait de plus en plus abscons.

— Tout cela vous dépasse, mon ami. Allez ! Mais ne vous livrez à rien de... disons à rien de *définitif* avant que je vous rejoigne. Au passage, sonnez donc mon barbier.

Eduard Klapper se faisait raser par un soldat de première classe d'origine prussienne. Pour rien au monde il n'aurait laissé un fou d'Ukrainien promener sur sa gorge le tranchant d'un rasoir à main. On ne donne pas sa main à lécher à un chien enragé.

Le général avait la barbe très dure. Il adorait le crissement du rasoir. Le deuxième passage était le plus voluptueux. L'*oberschütze* badigeonnait de mousse une peau attendrie par le premier passage et le crissement de la lame n'était plus perceptible qu'aux oreilles du général, comme un bruissement intérieur qu'il comparait à part soi – qui l'aurait compris ? – au lamento d'une sirène frissonnant de toutes ses écailles en se donnant du plaisir. Le cerveau du général Eduard Klapper recelait des trésors psychanalytiques.

Le visage lisse comme du marbre, il descendit de voiture sur le placître de Saint-Herbot et d'un pas martial passa en revue les villageois hagards, pour la plupart en vêtements de nuit, massés le long de la façade de la poste et tenus en joue par les mitrailleuses des blindés légers. Il s'arrêta net devant Suzanne et le fauteuil roulant où Louis Guermeur était assis, une jambe de son pantalon pliée sur son moignon au moyen de pinces à linge.

L'infirme avait les traits bouffis et la paupière tombante du légume humain gagné par la pourriture. Pourtant il tâchait de se tenir droit, arborant certainement en pensée sa Croix de guerre et sa Légion d'honneur. Le contraste avec la beauté solaire de son épouse était saisissant. Une épouse exemplaire, dévouée au bien-être d'un héros de la Grande Guerre, lui avait dit l'abbé Castric. Et n'avait-il pas ajouté, avec un soupçon d'agressivité, qu'il la considérait, elle, sous sa protection ? Pourtant, Eduard Klapper aurait donné sa main à couper – sa gorge à trancher à un Ukrainien, ha ! ha ! – que la belle brune aux reflets roux était juive. Une Juive des Balkans ou du Moyen-Orient. En baisant sa bouche on devait voir dans ses yeux le Danube ou les jardins d'Eden du Liban.

Qu'un curé collaborateur et nationaliste breton protégeât une fille d'Israël le comblait de joie intellectuelle. Mieux, d'allégresse nietzschéenne : à sa place un homuncule aurait fait vérifier l'identité de cette créature ; à lui, le Surhomme, il plaisait de ne pas sonder le mystère. L'énigme vaut mieux que sa résolution. D'autant qu'il était libre d'en corser l'énoncé, pour plus tard, pour les épurateurs français qui, il n'en doutait pas, séviraient bientôt. Quel casse-tête que d'avoir à juger une Juive à qui un général SS avait témoigné de la sympathie ! Il s'en régalait à l'avance, avec le regret, bien sûr, qu'il n'assisterait pas au débat. Il s'inclina devant Suzanne et Louis Guermeur.

— Madame, monsieur, mes hommes se sont mépris. Regagnez votre maison, je vous prie. Je viendrai prendre le café, tout à l'heure.

N'eût été la mitrailleuse braquée sur elle, Marianne Lautridou aurait poussé du coude son voisin et dit : « Si c'est pas malheureux, collabos jusqu'à la moelle des os. »

La tête haute, Suzanne poussa le fauteuil roulant vers Ty Stang. Son impassibilité confirma Klapper dans son opinion : dans les camps de concentration, il en avait vu de ces Juives aussi fières qu'elle monter à l'échafaud sans un regard pour leur bourreau, et en redescendre parce que graciées par pur cynisme sans non plus un regard pour leur sauveur. Il appela son aide de camp.

— Andréas ! Qu'un homme aide cette dame à reconduire son mari !

Andréas aboya un ordre. Un SS mit sa MP 40 à la bretelle et remplaça Suzanne derrière le fauteuil.

— Bien ! A présent, Andréas, rendons-nous sur la scène du crime. Où est le corps du martyr ?

— Dans l'église, mon général.

— Ils l'ont tué à l'intérieur ? Ah ! Bien ! Bien !

A peine le porche franchi, il aperçut le corps.

— Et sur l'autel, en plus ? Quel magnifique sacrilège !

— Euh, non, mon général... Voyez-vous... D'après les traces de sang...

Le lieutenant expliqua que, frappé de deux balles dans le ventre près de la porte, l'abbé s'était traîné jusqu'à l'autel.

— Vers Dieu, Andréas, vers Dieu !

— Euh, oui, mon général, et avez-vous remarqué,

là… avant de mourir… Il a trempé ses doigts dans son sang et écrit sur la marche.

— Que lisez-vous ?

— *Meil Fao*, mon général.

— Un code ?

— J'ai interrogé la vieille qui a découvert le corps, mon général. Ainsi que la postière. Je suis persuadé qu'elles connaissent le sens de ces deux mots, mais bien évidemment elles affirment que ça ne leur dit rien. Voulez-vous que les Ukrainiens les fassent parler ?

— Plus tard peut-être, Andréas. Pour l'instant, tâchons d'éviter le convenu. Où sont les joueurs de biniou ?

— Les Bagadou Stourm, mon général ? Dans la gare désaffectée de Locmaria-Berrien où ils ont installé leur camp d'été.

— Envoyez un camion les chercher ! Allez-y aussi. Vous me retrouverez à Ty Stang.

Klapper poussa la porte du commerce et pinça le nez. Traînaient dans l'air des relents d'urine ; l'infirme devait être incontinent et la Juive son infirmière et non pas son épouse. Il s'assit à une table, Suzanne posa un bol devant lui.

— Puis-je vous demander une faveur, madame ? Savez-vous préparer le café turc ? Turc ou grec, enfin comme on le prépare dans ces contrées d'Europe centrale, au sud du Danube et jusqu'au Moyen-Orient.

La femme pâlit sous sa peau mate. Elle aurait pu répondre par une question, s'étonner : café turc, qu'est-ce que c'est ? Elle ne déçut pas son interlocuteur :

— Encore faudrait-il avoir de quoi.

Klapper s'inclina, comblé. Elle savait donc qu'il l'avait devinée. O merveilleuse fille d'Israël qui ne craint pas son bourreau !

— Vous l'aurez.

Klapper appela un de ses hommes – un Prussien, pas un abruti d'Ukrainien – et l'envoya chercher dans la cuisine de Castric le café qu'il lui avait offert quelques jours auparavant. Le paquet était à peine entamé. Suzanne moulut le grain et Klapper admira la fermeté de ses cuisses qui tenaient en tenaille le moulin.

— Votre épouse a une beauté biblique, dit-il à l'infirme.

— Il est sourd, dit Suzanne. Choqué par un obus.

— Ah ! *Shellshocked*, comme disent les Anglais. La difficulté, voyez-vous, pendant la Grande Guerre, fut de distinguer les soldats réellement commotionnés des simulateurs. Rien n'est plus aisé que de simuler d'intolérables migraines, la surdité ou la catatonie. Il est probable que nous avons fusillé de vrais invalides et décoré des comédiens.

Klapper se tourna vers Louis Guermeur et lui dit d'une voix forte :

— Puisque vous êtes sourd vous n'avez pas entendu les coups de feu dans l'église !

— Verdun ! répondit l'infirme.

— Boucherie, monsieur ! Infâme boucherie.

Suzanne jeta plusieurs cuillerées de café dans une casserole d'eau chaude, laissa bouillir un instant, puis frémir seulement.

— Sucré ou non sucré ?

— Non sucré, s'il vous plaît. Savez-vous, madame, pourquoi la Grande Guerre a paru si insupportable aux armées en présence ? Parce que les soldats ne voyaient pas l'ennemi. Les artilleries étaient parfois distantes de plusieurs dizaines de kilomètres, les obus que les hommes recevaient sur la tête semblaient venir de l'au-delà. Il n'y a de guerre que celle où les adversaires se regardent les yeux dans les yeux.

Suzanne remplaça le bol par une tasse en faïence et la remplit de café.

— Vos yeux sont d'une noirceur inusitée et pourtant je ne vous fais pas peur. L'abbé Castric vous créditait de beaucoup de mérites.

— Où avez-vous bu du café turc ?

— En Turquie. Et vous, où avez-vous appris à le faire ?

— Par ici. Il y a d'autres femmes qui préparent le café comme ça, quand elles n'ont pas le temps, à cause des travaux de la ferme.

— Vous regrettez la mort de l'abbé ?

— Je n'ai rien entendu, sauf la cloche, qui a vibré peu avant sept heures.

Klapper désigna d'un coup de menton le portrait du maréchal Pétain au-dessus du linteau et trempa les lèvres dans son café.

— Vous ne craignez pas les maquisards ?

— Vous allez tuer des gens ?

— Hélas ! C'est tout aussi certain que votre café est excellent.

Des moteurs de camion grondèrent, des portières claquèrent, il y eut des bruits de bottes, des ordres en allemand et en breton.

— Je n'ai pas peur de la mort, dit Suzanne.

— Vous avez bien raison, c'est souvent le meilleur moyen de rester en vie.

Le lieutenant Andréas fit irruption dans le café.

— Les Bagadou Stourm sont réunis dans l'église, mon général.

— Un moment.

Klapper sirota son café jusqu'à ce que sa lèvre supérieure rencontre le marc.

— Au fond de tous les plaisirs repose la lie. Je vous remercie, madame. Prenez soin de vous et de votre... mari.

Il prit la main de Suzanne, la baisa et claqua des talons. Une fois les deux SS dehors, la jeune femme se frotta le dos de la main.

Tout en marchant, le lieutenant déplia une carte d'état-major.

— Je me suis renseigné auprès des Bagadou Stourm, mon général. Meil Fao est le nom d'un lieudit. Un vieux moulin au bord d'une rivière, au fond d'une vallée. Là, vous voyez ?

— Très bien, Andréas.

Ils passèrent devant les habitants du village, toujours massés devant la poste.

— Combien d'otages dois-je faire fusiller, mon général ? demanda Andréas sous le porche de l'église.

— Vous devriez le savoir, Andréas, j'abhorre le convenu. Non, pas d'otages. Les otages, c'est ennuyeux, répétitif, une source de soucis en tous genres, au premier rang desquels les interventions des édiles. J'ai mieux en tête, beaucoup mieux !

Les Bagadou Stourm étaient alignés au bas de l'autel, face à la dépouille mortelle de l'abbé Castric, que personne n'avait touchée.

— Garde-à-vous ! gueula leur caporal.

Klapper leur répondit d'un nonchalant :

— *Heil Hitler !*

Il les compta et bénit les dieux : décidément, ce berceau de la celtitude, ce pays du Yeun Ellez, le marais des enfers, était fertile en intersignes. Comme les apôtres, les joueurs de biniou étaient douze, douze à rendre les honneurs à un disciple du Messie. Les vrais apôtres étaient une bande de loqueteux, ceux-ci ne valaient guère mieux. Petits et râblés, la plupart n'auraient pas pu poser pour un tableau à la gloire de la race aryenne. Les traîtres à leur peuple sont rarement des apollons. Un seul les dominait de sa tête de gille abruti : Blaise Kermanac'h, déboussolé par la tournure que prenait son engagement dans les Bagadou Stourm.

Klapper gravit les trois marches de l'autel, se planta mains dans le dos face à eux et martela :

— Avez-vous lu ces deux mots écrits en lettres de sang sur les marches où gît votre bon abbé, qui fut mon ami ? Avant de rejoindre le Seigneur, Castric a désigné ses assassins à notre vindicte ! Meil, moulin, Fao, le nom de la rivière ! A Meil Fao se terrent les terroristes. Ce pays est le vôtre, la vengeance vous appartient. Mais nous allons vous aider à venger votre héros ! Nous allons vous fournir des glaives ! Nous allons partager avec vous nos uniformes et nos armes ! Le fumier communiste s'étend vers l'Allemagne, les hordes d'outre-Atlantique souillent le sol de la France ! Le temps est venu de combattre ! Acceptez-vous de rejoindre les rangs du glorieux Schutz-Staffel ?

— *Ya*, mon général ! clama le caporal. Ce sera un honneur pour les Bagadou Stourm.

— Dans ce cas, au nom du Führer, je vous baptise… mais de quel nom ? Voyons, en allemand cela nous donnera *Die Bretonischer Waffenverband der SS*. Compliqué, n'est-ce pas ? Alors, disons en français le groupe Castric, soit en breton la *Bezen Castric*. Cela vous va-t-il ? Oui, alors bienvenue dans l'Ordre noir, camarades ! *Heil Hitler !*

— *Heil Hitler !* répondit le groupe.

Klapper prit Andréas en aparté.

— Je vous confie nos supplétifs autochtones. Tenue de combat et un pistolet chacun.

— Un pistolet, mon général ? Vous ne pensez pas qu'un fusil ou une mitraillette... ?

— Non. Nous allons leur apprendre à tuer les yeux dans les yeux. Exécution, Andréas !

Klapper sortit sur le parvis et respira à pleins poumons avec une volupté un peu exagérée, comme s'il désirait la faire partager aux otages. Il fit signe à un sergent ukrainien, la pire de ses brutes, réputé d'une habileté de boucher dans le maniement du couteau, et lui donna à voix basse ses instructions à propos de Castric. L'autre crut avoir mal compris. Klapper répéta ses instructions de la même voix égale, pleine de patience à l'égard des primates, et ajouta :

— Sur la place de Huelgoat il y a une modiste. Vous la prierez poliment de vous fournir une boîte à chapeau.

Le sergent sourit de tous ses chicots.

— Ah oui, boîte à chapeau, idée bonne, mon général.

— N'est-ce pas ? Rompez, imbécile !

Les otages furent dispersés à coups de crosse dans les côtes non sans – estima Klapper – une certaine bonne humeur de la part des Ukrainiens et un indubitable soulagement du côté des villageois. Que sont une once d'humiliation et quelques bleus par rapport à des balles de mitrailleuse ?

Le foisonnement de la dispersion évoqua dans l'esprit du général une scène rurale de Bruegel l'Ancien, la neige en moins. Il n'était que dix heures. Klapper avait faim. L'air lui semblait palpable, presque huileux, saturé de sève. Un champ proche embaumait le foin humide de rosée que réchauffe le soleil montant.

L'âme agreste et panthéiste, Klapper retourna à Ty Stang se faire servir un deuxième café turc accompagné d'une tranche de pain beurré et d'un bout de lard qu'il pria la Juive de tiédir sur le poêle. Il aurait aimé lui demander si elle avait connu les camps – mais comment se serait-elle échappée ? – ou les pogroms d'Europe centrale. Hélas, c'eût été briser le lien délicat qui les unissait à présent, ce fil invisible qui relie la vie à la mort. Dommage. Qu'il ne tînt qu'à lui de rompre ce fil ne lui procurait dans le cas présent aucune jouissance puisque sa proie, la Juive, s'en fichait éperdument. Quel plaisir pouvaient ressentir les empereurs romains à livrer aux lions des martyrs appelant la mort de tous leurs vœux ? Aucun, sinon celui de se délecter bestialement de la vue du sang et des entrailles répandus dans l'arène. Quelle abjection ! Le raffinement, en l'occurrence, eût été de leur montrer les fauves et de leur refuser le martyre.

Sur le chemin de la ferme, Mathias sonda le terrain à la jumelle : au loin Corentin changeait les poteaux des clôtures à vaches. Il avait attelé Baptiste à la remorque chargée de rejets de châtaignier qu'il taillait en pointe au fur et à mesure avant de les enfoncer dans la terre à coups de masse. Sa musette était accrochée à la ridelle, il ne rentrerait pas manger à midi, le chemin était libre.

Noul était juché sur son talus habituel, la main dans la braguette. Il voulut les suivre. Mathias le mit en fuite d'une bordée d'injures.

— Il est idiot de naissance ? demanda Momo.

— Ouais.

— Tu parles d'une plaie !

— Je te raconte pas, quand il va aux chiottes. Et le pire c'est qu'il compte pour une part.

Par association d'idées, Momo évalua les bâtiments d'un œil affûté de notaire vénal.

— Putain ! Situé à Meudon ou à Saint-Germain-en-Laye, ça vaudrait des milliards !

— Avec Corentin dedans, ça vaut que le blé noir que la terre peut donner. A condition de se crever le cul à le moissonner à la faucille !

En entrant dans la salle, Mathias loucha sur le ventre de Naïg. Elle sut qu'il amenait le malheur avec lui.

— Alors, tu l'as toujours dans le tiroir, ton polichinelle teuton ? Il t'a pas dégouliné entre les cuisses ? T'aurais pas pu t'arranger pour faire une fausse couche ?

— Salaud !

— De quoi ? De quoi ?

Il la gifla.

— Va nous faire à bouffer, salope !

Elle courut aux fourneaux et cria :

— Je le dirai à Corentin !

— Tu lui diras deux choses en plus ! Qu'on a liquidé son copain Castric et que ça va barder dans le coin ! Alors, t'avise pas de dire que c'est un Fridolin qui t'a foutue en cloque, sinon c'est moi qui te ferai la peau !

— Dis donc mon grand, tu m'en apprends une belle ! Alors comme ça tu vas être le tonton d'un Teuton ?

— Hein ?

— C'est ce que tu viens de dire, non ?

— Ma langue a fourché. Mais toi, t'as intérêt à tenir la tienne !

— T'inquiète. Remarque, elle est pas jojo, ta sœurette. Sur les trottoirs de Montparnasse, elle rapporterait pas une thune. Y avait qu'un Boche pour vouloir l'enfiler.

— Non mais, je te permets pas ! Tu traites ma sœur de mocheté ?

— Pas du tout. Je voulais juste dire qu'elle est pas encore arrivée à l'âge où les femmes embellissent.

— Ah ! C'est vrai que Monsieur est un spécialiste !

— Hé ! Hé ! Un peu, quand même. T'as bien vu, avec la brunette du trocson. Cric-crac, le petit Jésus est dans le sac !

Naïg tiqua.

— Vous avez fait quelque chose à Suzanne ?

Sous la table, Mathias fila un coup de brodequin dans la cheville de Momo.

— Suzanne ? Quelle Suzanne ? Je connais pas de Suzanne, dit Momo. Je parlais d'une fille de je sais plus où. Collorec ? La Feuillée ?

— J'en sais rien, j'y étais pas, maugréa Mathias.

N'ayant rien avalé depuis la veille à midi, les deux francs-tireurs bâfraient, le nez dans leur assiette. Ainsi que l'avait fait Mamm tout au long de son existence d'épouse et de mère au service de ses hommes et d'une flopée de journaliers à l'époque des corvées, Naïg se tenait debout près de la table et les regardait manger. Mais ses yeux ne brillaient pas de satisfaction et sur ses lèvres il n'y avait pas ce sourire de Bonne Mère du terroir sûre du bonheur qu'elle répand autour d'elle. Tout comme le regard de Suzanne en présence de Klapper, le sien était voilé d'indifférence, pour mieux dissimuler sa haine. Ses mains étaient crispées sur son ventre.

Les deux hommes saucèrent leur assiette. Gavés jusqu'aux oreilles d'œufs sur le plat et de lard frit, ils se firent servir un café arrosé dehors, s'assirent dans l'herbe, s'adossèrent à la margelle du puits, fumèrent une cigarette et s'assoupirent.

Il était seize heures passées quand ils se réveillèrent.

— Purée, dit Momo, il est temps de mettre les voiles !

Naïg était partie aux champs chercher les vaches. Ils raflèrent le restant de lard et une miche de pain dans le garde-manger et disparurent par une garenne.

Quand Corentin rentra Baptiste à l'écurie, Naïg trayait les vaches.

— Mathias est venu, dit-elle. Avec un drôle de bonhomme qui n'a pas l'accent d'ici. Ils ont dit qu'ils avaient tué l'abbé Castric.

— Le con ! C'était donc ça, les rafales, ce matin. Va-t'en savoir combien d'otages les Allemands ont fusillés. Le bordel est commencé. Pendant un moment il va falloir faire attention à nous, ma Naïg. S'il n'y avait pas les bêtes à soigner, je serais bien parti te mettre à l'abri quelque part.

Ce soir-là, Corentin alla chercher les deux Darne et montra à sa sœur comment introduire les cartouches et refermer la clé de la culasse. Il laissa les fusils chargés et les remit en place, l'un sous son lit et l'autre sur le dessus de l'armoire dans la chambre de Naïg.

17

Le soleil chatoyait dans les vitraux tremblants des plus hautes ramures de la vallée du Fao. Frênes et bouleaux, chênes et hêtres avaient poussé à leur gré au bord de la rivière. Longilignes pour la plupart, ils s'étaient élevés tout droit pour capter, juste avant et juste après le zénith, les quelques heures de lumière que le ciel répandait dans la faille du printemps au début de l'automne. En hiver, l'astre dépasse à peine la ligne de crête, trace une courte tangente sur l'arrondi des landes et découpe en ombres chinoises les têtards dénudés des talus, là-haut, dans le bocage de la pénéplaine. En été, le soleil disparaît derrière le faîte des grands arbres bien avant de se coucher.

Les vitraux s'éteignirent. Au creux de la vallée il se fit une lumière aqueuse, partout égale, légèrement glauque à cause de la verdure environnante : feuilles d'iris plantées comme des couteaux, par le manche, lame en l'air, dans la mousse et les sphaignes ; manchons des lichens sur les troncs toujours à l'ombre ; bouquets de fougères mâles aux multiples tentacules nés de la pourriture du bois mort.

Au fond de l'aquarium, des caméléons juchés sur

leurs pattes de derrière progressaient par bonds. Des antennes feuillues s'agitaient autour de leurs crânes métalliques. Ils s'accroupirent.

Sous les ordres du lieutenant Andréas, fier de mettre en pratique les exercices de *krieg spiel* enseignés à l'école de guerre, les SS avaient achevé leur progression vers Meil Fao. Dans l'ignorance des effectifs des terroristes, le jeune officier avait requis des gradés que la compagnie emporte sa puissance de feu maximale. Les maquisards n'auraient pas le temps de tirer un seul coup de feu.

Un tireur d'élite épaula son Merkel équipé d'une lunette et commença de balayer lentement, de la gauche vers la droite, le haut de la futaie. Aux deux tiers de l'arc de cercle, il interrompit son mouvement, sourit, dit : « Ah ! Un joli écureuil, mon lieutenant », reprit son balayage, l'acheva et revint là où il l'avait arrêté. Il tendit l'arme à son lieutenant et lui chuchota quelques indications. L'officier repéra la cible dans la lunette, dit : « *Ya !* Un gros écureuil ! », rendit l'arme au tireur et opina du menton.

A cheval sur une grosse branche, Tarzan sommeillait, adossé au tronc d'un grand hêtre. Le tireur finassa : plutôt que de viser la poitrine, il fit coïncider la tête du guetteur et le croisement des deux traits du réticule en croix. Il retint sa respiration, rattrapa le jeu de la détente, tira. Avant même que la détonation ne résonne dans la vallée, Tarzan dégringolait de branche en branche.

— Feu ! hurla le lieutenant.

Il y eut une série de brefs chuintements, aussitôt suivis d'explosions sèches. Trois batteries de mortiers avaient été installées. L'une pour réduire le moulin en poussière, la deuxième pour arroser l'amont de la vallée et ôter aux maquisards tout espoir de fuite de ce côté, la troisième pour accompagner leur progression vers la lande de la rive droite, leur seule issue de secours. Et là, une section d'assaut réservait aux survivants une surprise cuisante.

Mathias et Momo allaient franchir le dernier talus du champ d'en haut et pénétrer dans la lande quand ils entendirent le coup de feu.

— Qui joue au con, en bas ? râla Mathias.

Dix secondes plus tard, la grêle d'obus s'abattait sur le moulin. Les deux hommes remontèrent le champ à toutes jambes, coururent parallèlement à la vallée jusqu'à un monticule appelé le rocher du Corbeau qui surplombait la rivière et son feston boisé. Ils escaladèrent la roche et se tapirent à plat ventre au sommet. En bas, c'était la débandade.

Krieg spiel de peu d'intérêt, signifiait la moue sur les lèvres du lieutenant Andréas. Trop facile à résoudre, comme aux échecs ces problèmes de mat en un coup alors que le roi noir est cerné de pièces maîtresses blanches. Enfantin. Il aurait fallu compliquer l'affaire, choisir d'y aller à l'arme blanche, égorger les maquisards un à un. Klapper avait raison : il n'y a de vraie guerre que le corps à corps. Impossible, hélas, en la circonstance : en début d'après-midi la compagnie avait reçu l'ordre de rejoindre Lorient et sa base de sous-marins. Bien que Klapper eût jugé qu'ils n'étaient pas à vingt-quatre heures près, le temps leur était compté, qui n'autorisait pas les subtilités. Au lieu de tendre des pièges, dynamiter la souricière.

Jaillis de leurs trous – portes, fenêtres, soupiraux du moulin –, les souriceaux s'étaient égaillés en tous sens, la plupart sans arme. Les obus en avaient touché plusieurs. Les valides et les blessés s'étaient regroupés. Le tir des mortiers les repoussait vers la rivière, qu'ils traversaient pour rejoindre la lande. Lorsqu'ils s'y furent enfoncés, les fusils-mitrailleurs commencèrent de hacher l'ajonc, le genêt et les épines noires. Puis le lieutenant Andréas tira une fusée éclairante, signal du déclenchement d'un autre genre de feu.

En aval du moulin, Tarzan barbotait, dans l'eau jusqu'aux narines. La balle du Merkel lui avait déchiqueté l'oreille gauche. De saisissement, comme s'il avait été touché en pleine tempe, il avait perdu connaissance et dégringolé de branche en branche. Le tonnerre des mortiers l'avait remis sur pied. Il avait mal aux côtes, aux bras, aux jambes, et peut-être avait-il quelque chose de cassé, mais la peur et l'instinct de survie vous ressoudent les os, au moins pendant la fuite. Il avait rampé jusqu'à la rivière et s'était laissé glisser dedans. La fraîcheur de l'eau avait calmé la douleur et stoppé l'hémorragie.

Il ne bougeait plus, frissonnant de froid et de trouille. Les deux hectares de lande salvatrice se trouvaient à environ cent mètres en amont. Remonter la rivière ? Et si les Boches avaient déjà investi le moulin ? Hormis les berges du Fao à hauteur de ses yeux, il n'y voyait rien. Il ne pouvait qu'essayer de deviner. Entre deux explosions et deux rafales de FM, il entendait des copains gueuler.

La rivière lui apporta un chapeau troué et ensanglanté. Il le saisit, le relâcha. Le feutre noir de Loeiz Moal... Il ne jouerait plus les marlous, en le mettant de travers, façon gangster ou termagi. Que s'était-il passé ? Qui les avait trahis ? Le soi-disant capitaine de l'autre soir ? Ou bien alors... Bien sûr ! Mathias et Momo s'étaient fait choper avant, pendant ou après la liquidation du curé. Torturés, ils avaient craché le morceau.

Tarzan couina. Un pleur, un gémissement d'impuissance. Que faire, nom de Dieu ? L'instinct grégaire l'incitait à rejoindre les copains du côté de la lande, mais avec les mortiers... Il tâcha d'examiner calmement les arbres sur la rive, pour se situer. Quand on descendait du moulin vers l'aval, la lande s'éclaircissait, et puis il y avait cette encoche dans la montagne, une ancienne carrière d'ardoises, et ensuite la montagne s'abaissait, comme la croupe d'un vieux chien faible des reins, jusqu'au lac de Huelgoat.

Tarzan récapitula. Là-bas le chêne centenaire, à vingt pas le bouleau foudroyé, plus bas la chute et le grand méandre avant la gravière : bon, il avait échoué à peu près en face de la carrière. Un à-pic d'une quarantaine de mètres de haut, glissant, friable et casse-gueule, mais il ne s'appelait pas Tarzan pour des prunes. Et c'était le seul moyen d'essayer de se tirer de ce merdier. Les sifflements des obus s'étaient allongés, les Boches devaient arroser le haut de la lande.

Il se hissa sur la berge et ressentit une douleur aiguë dans l'épaule. Quand il pesa sur sa cheville gauche, une douleur plus sournoise lui fit ployer le genou. Mais c'est un grondement qui lui fit dresser les cheveux sur la tête. Une gigantesque langue de feu jaillit du taillis, suivie d'une deuxième, puis d'une troisième. Trois lance-flammes, tenus par trois caméléons, étagés le long de la pente, à moins de cinquante mètres de lui. La lande s'embrasa. Les trois cracheurs de feu lui tournaient le dos : Tarzan boitilla comme un dératé vers la carrière et se mit à grimper, dents serrées pour ne pas gueuler de douleur.

La peur donne des ailes : il parvint là-haut, les mains, les genoux et le menton en sang. Il se mit debout pour se jeter aussitôt à terre, s'attendant à des rafales de mitraillettes. Personne. Les Boches étaient tellement sûrs de l'efficacité de leur tir de barrage et de leurs lance-flammes qu'ils n'avaient pas encerclé la vallée par le haut. Une étroite pâture s'étendait devant Tarzan, bordée par un talus. Au bout s'élevait le rocher du Corbeau. Tarzan longea le talus. Deux formes humaines étaient allongées sur la roche. Il reconnut Mathias et Momo.

— Ho ! Les copains ! gémit-il.

Mathias se retourna vivement, revolver pointé.

— Putain, c'est toi ou c'est pas toi ?

Tout un côté de la tête de Tarzan était poissé de sang.

— Tu vois bien que c'est moi, merde !

Mêlée aux volutes de fumée blanche et ocre-jaune, une odeur de chair brûlée montait de la vallée. Aidé par ses deux potes, Tarzan rampa sur la roche. Ils seraient trois à pouvoir témoigner du carnage final.

— Qui nous a vendus ? demanda Tarzan.

— Va-t'en savoir ! répondit Mathias. Y a tellement de jaunes un peu partout.

— Quand même… Et le cureton ?

— Mathias l'a eu, dit Momo.

Dans le dos des trois hommes le soleil se coucha. En face, le ciel prit l'aspect mat de l'étain. Les lentilles ne risquant plus d'étinceler, Mathias tira ses jumelles de leur étui et les braqua vers le bas. La lande finissait de brûler. Des tisons renaissaient çà et là sous l'effet de la brise et s'éteignaient comme des vers luisants. Des cadavres jonchaient le coteau couleur de mâchefer. Le site de Meil Fao grouillait de SS.

— Y a cinq survivants, dit Mathias.

— Ouais, mais pour combien de temps ? commenta Tarzan.

Cinq gars avaient échappé aux obus, aux balles et au feu. Ils traversèrent la rivière, mains en l'air, et furent collés dos aux ruines fumantes du moulin. Une petite section composée de douze SS tête nue et seulement armés d'un pistolet à la ceinture se présenta au bout du chemin, guidée ou accompagnée, plutôt que commandée, par un général qui avait tout l'air charmé de la balade. Sous l'uniforme des paras SS, Mathias reconnut son frère Blaise.

— Les Bagadou Stourm, souffla-t-il, en uniforme de SS. Ils ont chacun un pétard.

— Ton frangin est avec eux ? demanda Momo.

— Ouais, le fumier.

— Maintenant c'est clair, dit Tarzan. On fera pas de quartier.

— Tu parles ! dit Mathias. Mais je crois bien qu'ils vont pas en faire non plus.

— Qu'est-ce que tu vois ?

— De belles saloperies qui se préparent.

— Raconte !

En phrases courtes et sèches, Mathias raconta ce qu'il voyait.

— Les breizh atao traversent la rivière. Encadrés chacun par deux SS, ils cherchent les morts et les blessés. Ils dégainent leur Luger.

Des coups de pistolet retentirent.

— Ils filent une balle dans la tête des morts.

Une forme calcinée se souleva et tendit un bras suppliant.

— Et dans la tête des blessés. Les SS les félicitent à grands coups de claques dans le dos. Ça rigole. Ils retraversent la rivière. Les SS en désignent cinq. Blaise est dans le tas. Ah putain !

Klapper fit mettre les cinq survivants à genoux et

ordonna aux cinq Bagadou Stourm d'avancer et de pointer leur Luger sur les prisonniers.

— Un condamné, un exécuteur ! Que chacun regarde son homme dans les yeux ! Pendant une minute. Je compte jusqu'à soixante. Et puis une balle dans le front, entre ces yeux que vous aurez sondés et qui vous auront sondés. C'est cela la guerre, messieurs !

Une minute, une éternité.

— Qu'est-ce qu'ils foutent ? souffla Mathias. Je comprends pas. Les breizh atao braquent leur pétard sur les copains et ils se décident pas à tirer.

— Font durer le plaisir, dit Momo.

La première détonation les fit sursauter. Trois autres suivirent.

C'était au tour de Blaise de tirer. Malgré la distance, Mathias aurait juré que la main de son frère tremblait.

— Feu ! ordonna le lieutenant Andréas à Blaise.

— Il a été à l'école avec moi, bafouilla Blaise.

Un Ukrainien l'encouragea d'une bourrade. Un second se planta de côté et tira sur les cheveux du maquisard, comme pour mieux dégager le front. Blaise tira. Sa victime s'écroula à ses pieds.

Les bourreaux furent congratulés. Des flasques de schnaps circulèrent de main en main sentant la poudre et de bouche en bouche torchées sur des avant-bras poilus aux manches retroussées. Klapper abrégea cette communion germano-bretonne.

— Toutes mes félicitations, glorieux soldats de la Bezen Castric ! Vous pouvez vous flatter d'être des guerriers ! Vos fronts sont ceints des lauriers du courage impitoyable ! Désormais, vous appartenez à l'élite ! L'Ordre noir vous salue !

Le général estima dans son tréfonds qu'il n'avait pas démérité de sa qualité de Surhomme. Quel autre esprit que le sien aurait imaginé cette liquidation récréative comme moyen d'aguerrir les impétrants bretons? Comparées à cette initiation brutale, que valaient les épreuves en vogue dans la SS? Tenir un chat vivant d'une main et l'énucléer au poignard de l'autre? Gamine distraction! Lui, Klapper, avait élevé ces bedeaux nationalistes au rang de grands prêtres! Il les avait initiés aux mythes sacrificiels!

Et, ce faisant, ironisa-t-il à part lui, avait accompli son devoir à l'égard du IIIe Reich. Un peu tard, certes, mais ne dit-on pas que mieux vaut tard que jamais? L'idée initiale du Führer n'était-elle pas de diviser pour régner? De dresser les provinces contre l'Etat français pour mieux l'affaiblir? Ces brutes nationalistes, ces assassins de leurs compatriotes, allaient rendre bien difficile – pour un temps, pas pour deux mille ans, bien sûr, car il fallait être réaliste – l'instauration d'une paix des braves en Bretagne. Ils avaient goûté au sang des maquisards, ils n'auraient de cesse qu'ils ne s'en abreuvent encore. Et ce sang formerait un ruisseau où les dieux de la vengeance iraient tremper leurs étendards. Cela s'appelait la guerre civile. En cousant sur le même uniforme la svastika et le triskell, le général Eduard Klapper avait organisé le désordre tribal sous le signe de la tête de mort. Cela s'appelait obéir aux ordres.

— *Heil Hitler!* ricana-t-il en sourdine.

Il lui restait un devoir symbolique à accomplir avant la nuit. Il se dirigea vers le sergent ukrainien.

— Pour le cercueil du curé, vous avez bien suivi mes instructions?

— J'ai soudé les vis, mon général!

— Bien. Vous avez apporté l'objet?

— Oui, mon général.

— Mettez-le dans ma voiture. Vous conduirez.

Puis il s'adressa à son aide de camp :

Andréas, je vous emmène en promenade. Escorte réduite. Désignez une dizaine d'hommes parmi les meilleurs. Qu'ils montent à l'arrière d'une automitrailleuse. Ils nous suivront. Que le reste de la troupe, y compris les Bretons, rentre au cantonnement !

— Euh, mon général, si je puis me permettre, où allons-nous ?

— Au pied de la montagne Saint-Michel, Andréas ! Dans les marais de l'enfer !

— Ah ?

— Vous apprécierez, ce sera très instructif ! Eh bien, qu'est-ce qui vous tracasse ?

— D'après les feldgendarmes, il y a eu des parachutages la nuit dernière du côté de Sizun. Les maquisards...

— Les maquis dorment encore, Andréas.

— Nous devrions déjà marcher sur Lorient, mon général. Plus nous attendrons, plus les terroristes auront les moyens de nous infliger des pertes.

— Des nouvelles du front de Normandie ?

— Les Alliés ont établi une tête de pont, mon général.

— Alors réjouissez-vous, Andréas ! Nous mourrons dans la nasse de Lorient ! A condition d'y parvenir ! Maintenant, laissons de côté ce misérable pragmatisme et venez avec moi au-devant des mythes ! Allons, tant que nous sommes en vie ! Je serai votre Mentor et vous serez mon Télémaque. Quelle chance vous avez, Andréas ! Montez donc avec moi à l'arrière de ma voiture, à moins que vous ne préfériez vous abriter derrière un blindage.

— Pas du tout, mon général.

Le moteur de la Daimler tournait. Une boîte à

chapeau décorée de motifs floraux reposait sur la banquette. L'aide de camp haussa les sourcils en la voyant. Klapper s'assit et prit la boîte sur ses genoux.

— Félicitations, sergent, c'est une très jolie boîte.

— Merci, mon général.

— Je n'ai donné aucun ordre concernant les cadavres, mon général, dit Andréas. Que faisons-nous ?

— Rien. Il va de soi que des cadavres jonchent un champ de bataille, n'est-ce pas ? Les vautours s'en occuperont.

— Les vau... ?

— Une figure de style, Andréas. Démarrez, sergent !

Le blindé léger et la Daimler prirent la tête de la colonne pour sortir de la vallée de Meil Fao. Leurs chemins se séparèrent au croisement de la départementale et du chemin vicinal. Tandis que le gros de la troupe roulait vers Huelgoat, les deux véhicules traversèrent La Feuillée, semant l'angoisse sur leur passage. Le fracas de la mitraille de Meil Fao avait retenti dans toute la vallée. Le grondement des moteurs annonçait-il, comme un écho, des représailles ? A l'intérieur de lits clos des mères serrèrent leurs enfants contre elles. Des partisans coururent se cacher dans les champs. Mais la colonne se contenta de passer et à mi-chemin de Botmeur s'engagea dans un chemin de terre de moins en moins praticable pour la limousine à mesure que le sol devenait humide et spongieux. Le sergent ukrainien stoppa la Daimler.

— Impossible d'aller plus loin, mon général.

— Le lieutenant et moi ferons le reste de la route à pied. Andréas, portez donc la boîte, je porterai notre outil. Sergent, une pelle, je vous prie.

L'Ukrainien décrocha une pelle sur le flanc du blindé. Le général la mit sur son épaule. Ils firent environ cent pas, jusqu'à ce que leurs bottes s'enfoncent dans la tourbe jusqu'aux deux tiers de la tige.

— Alors, de quoi aviez-vous peur, Andréas ? Derrière nous la montagne Saint-Michel, aussi chauve que le crâne de ce pauvre Mussolini. Devant nous, la vaste tourbière de Brennilis où seuls les couleuvres et les batraciens trouvent à se cacher.

Au sommet du mont Saint-Michel, la croix de l'oratoire se découpait sur la base jaunâtre du ciel crépusculaire. Le firmament ne tarderait pas à allumer ses étoiles. L'ombre gagnait sur le marais des enfers.

— Admirez, Andréas. Au couchant, à toucher le ciel, la croix chrétienne. Au levant, dans le bas-fond, la paillasse des croyances païennes. Deux légendes, ou, qui sait, deux vérités contradictoires ? A vous de creuser, mon cher.

Klapper tendit la pelle à son aide de camp.

— Je veux dire creuser vraiment, la tourbe, pas la question des gnoses. Un trou de la taille de la boîte. Donnez-la-moi et attention de ne pas couper la queue du diable en pelletant ! Ha ! Ha ! Ha !

Klapper alluma une Player's et l'aide de camp commença de découper un carré de tourbe du tranchant de la pelle de sape. Des étoiles étaient apparues. Entre elles se faufilaient en grondant des myriades d'oiseaux invisibles, sinon lorsqu'ils cachaient au passage la clarté des constellations. Les escadrilles alliées s'en allaient bombarder Brest, Lorient et Saint-Nazaire.

La couche de terre et d'herbe fossilisée était épaisse d'environ un pied. Andréas répartit les mottes autour du trou. Que contenait la boîte à chapeau ? Quelque chose qui avait à voir avec les divagations ésotériques de Klapper, sûrement. Une statuette ? Un livre ? Depuis son affectation à son service, il avait eu le temps de se faire une opinion sur la santé mentale de son général. Mais il balançait entre deux qualifications : dérangement et génie. Le trou qu'il creusait illustrait assez bien son désarroi. C'était une cavité, toute simple – et quoi de plus trivial que de manier la pelle ? –, mais dont le fond ne cessait de se remplir d'eau noire. Ainsi était son général : un officier avec toutes les caractéristiques extérieures de son humanité, tous les critères de son grade et de sa fonction au sein d'un corps d'élite, mais à l'intérieur des pensées aussi insaisissables qu'une poignée d'eau.

Lorsque le trou fut à la convenance de Klapper, il ôta le couvercle de la boîte et la remit, tel le Saint-Graal, entre les mains d'Andréas. Le lieutenant ne douta plus que son général était fou à lier.

De surprise, de dégoût et d'horreur, il laissa tomber la boîte.

Et avec elle la tête de l'abbé Castric.

— Andréas, ramassez cet objet sacré, je vous prie.

Klapper mit le feu à la boîte à chapeau. Les flammes éclairèrent le trophée par en dessous, sculptant la tête d'ombres et de lumière jaune. Les yeux étaient fermés, les lèvres amincies et soudées, les cheveux collés au crâne.

— Dites-moi, Andréas, avez-vous lu un écrivain français du nom de Drieu la Rochelle ?

— Non, mon général, chevrota le lieutenant.

Il aurait bien bu une gorgée de schnaps.

— Je l'ai rencontré à Paris, dans les bureaux de la Propaganda Staffel. Un homme de qualité et un grand écrivain. Nous avons longuement échangé sur le terrain de la philosophie. Voyez-vous, pour lui comme pour moi, la guerre réveille le sentiment religieux, attise le sens du sacrifice et élève l'homme au rang de demi-dieu. Il a écrit ceci, que je trouve magnifique : « La guerre non moins que la fête apparaît comme le temps du sacré, la période de l'épiphanie du divin. Elle introduit l'homme dans un monde enivrant, la présence de la mort le fait frissonner, confère une valeur supérieure à ses diverses actions. » N'êtes-vous pas d'accord, Andréas ?

— Si, mon général.

— Bien. Alors sachez que cette tête qui vous fait frissonner, ce n'est pas sous l'impulsion de quelque humeur macabre que je l'ai fait trancher, mais bien pour nous élever au niveau du sacré ! Epiphanie, disait Drieu la Rochelle ? Peut-être y a-t-il dans le ciel, parmi les bombardiers alliés, l'étoile qui guida les Rois mages vers le Christ ? En tout cas, à nos pieds, devant nous et à présent baignée de nuit, se situe la matrice du monde ! Un jour, il y a des milliards d'années, un être encore innommé sortit de cette tourbière et le règne végétal devint le règne animal et le règne animal l'humanité. Nous avons été conçus dans la tourbière, Andréas, et c'est dans ce ventre maternel que les Celtes enterraient les têtes des sacrifiés où, vous devez l'ignorer, Andréas, elles se conservaient miraculeusement. Momifiées dans cette boue fertile, elles noircissaient mais gardaient tous leurs traits, ainsi qu'en témoigne une tête d'homme étranglé retrouvée près de Tollund, au Danemark. Ou bien encore celle d'une femme découverte à Juthe Fen, au Jutland. Son visage exprimait la terreur de l'égorgement. Celui de l'abbé me paraît plutôt serein. Normal, me direz-vous, puisqu'il croyait en Dieu. Enterrez cette tête, Andréas, face à l'ouest, yeux dirigés vers le ciel, et gravez cet instant dans votre mémoire. Vous souviendrez-vous que je vous aurai initié au sacré ?

— Oui, mon général.

— Nous sommes les druides de l'Ordre noir, Andréas !

L'aide de camp déposa la tête au fond du trou, la couvrit de pelletées de boue et répartit soigneusement les mottes à la surface de cette sépulture partielle.

— Dans deux mille ans des hommes ou des extraterrestres tenteront d'élucider le mystère de la présence de cette tête en ce lieu. N'y a-t-il pas là de quoi nous réjouir, Andréas ?

Les deux hommes rejoignirent la troupe. Les véhicules quittèrent le Yeun Ellez en marche arrière.

— Demain nous irons de l'avant, Andréas ! Vers la mort !

— Ou la victoire, mon général.

— Quelle différence ? La mort n'est-elle pas l'ultime victoire de l'esprit sur le corps ? Et de l'individu sur la masse, lorsqu'elle est volontaire ? J'en ai beaucoup parlé avec cet écrivain français, Drieu la Rochelle. Voyez-vous, mon cher, le fascisme n'est pas ce culte que l'on croit, voué par la plèbe à un caporal autrichien, mais la force qui nous pousse à détruire une société abhorrée. Quant au suicide, c'est à la fois la transgression des limites dans lesquelles la vie veut nous contenir et la force qui nous pousse à priver le monde de notre présence, autrement dit à le détruire en nous détruisant. Vous êtes d'accord, Andréas ?

— Oui, mon général.

— Menteur ! Mais ça ne fait rien. Roulons vers la destruction ! *Sieg Heil !*

— *Sieg Heil !* roucoula le sergent ukrainien.

Le général lui rappelait les tavernes de son enfance et ces lettrés fous qui tâchaient d'endoctriner les moujiks transpirant la vodka. On était un peu flatté, malgré tout, qu'un intellectuel débarqué de Kiev ou de Moscou prenne la peine de dégoiser devant vous. Personne ne les comprenait, mais on rigolait bien quand même. Avec le général Klapper on s'amusait encore plus. Riveter dans son cercueil le cadavre décapité d'un curé était une idée rigolote. Les fossoyeurs qui l'ouvriraient un jour, dans dix ans ou dans un siècle, feraient une drôle de tête, c'était le cas de le dire.

— Heureux homme ! dit Klapper à Andréas en parlant du sergent ukrainien. Voyez, il rit, lui !

Il tapota l'épaule du chauffeur.

— Sergent, demain, sur la route de Lorient, vous lâcherez vos chiens !

— Ils mordront, mon général !

Klapper et l'Ukrainien aboyèrent de concert.

18

Huelgoat, hôtel des Ajoncs d'or, 8 mai 1969

Corentin se réveilla vers quatre heures. Il se crut toujours en prison et dans l'obligation d'attendre que le plafonnier s'allume. Il se laissa sombrer dans cet état de semi-conscience où les pensées ont la volatilité des rêves et les rêves la profondeur tragique des serments qu'on se fait, mais dont le jour vous déliera.

Un long moment plus tard, il se retourna sur le côté gauche, entrouvrit les yeux et ressentit comme une bouffée d'effroi : à la place de la porte de sa cellule, il y avait une fenêtre et, fixés à des tringles en plastique tenues par des pitons, les deux pans d'un rideau blanc-écru, ajouré de motifs naïfs, exactement comme ceux que Mamm affectionnait – petits oiseaux, pots de fleurs, animaux domestiques. Cette fois, une fraction de seconde, il se crut à Kermabeuzen. Et reprit conscience pour de bon : non, il était à l'hôtel. Des Ajoncs d'or. A Huelgoat.

Au lieu de le rasséréner, cette évidence l'oppressa, car il se rappela brutalement pourquoi il était là. Ce fut comme un coup de poignard en pleine poitrine : la certitude acérée que ce soir il coucherait de nouveau en prison. Sa liberté n'était que provisoire puisqu'il y avait dans son sac un fusil démonté. Il lui manquait des cartouches. Il fallait qu'il achète des cartouches de calibre 16. Et s'il n'en trouvait pas ?

Brutalement, il l'espéra de tout cœur. Sans cartouches, son fusil serait comme une cognée sans manche. Ainsi il serait dispensé de corvée. On ne laboure pas sans cheval, on n'abat pas un bœuf sans merlin, on n'égorge pas un cochon sans couteau, on... Assez ! Il se reprocha ces prétextes. Renoncer ? Tirer un trait sur vingt-cinq ans de taule ? Effacer de sa mémoire l'ordure qui l'avait dépouillé ?

Il se leva pour aller pisser. La cuvette lui fit le même effet que chez Naïg. La porcelaine blanche lui coupait un peu l'envie, à cause de cette sensation de luxe inouï, par rapport au trou puant de sa cellule. Impression de cracher dans de la vaisselle propre. Il parvint néanmoins à uriner et tira la chasse. Le bruit troubla la quiétude de l'hôtel. Il regarda l'affichette punaisée au dos de la porte : « Petit déjeuner servi à partir de sept heures. » Il n'était que six heures vingt. Il se recoucha et reprit son rêve éveillé là où il l'avait laissé.

Pourtant, ce serait si bon d'oublier, se dit-il. Devenir amnésique et vivre en paix. L'accomplissement de sa vengeance le guérirait-il de sa haine ? Il répondit non, ah que non ! La haine est une maladie inguérissable qui vous maintient en vie. On n'en meurt pas, pas plus qu'on ne meurt de la gale. Oui, la haine est comme cette espèce de morpion qui pond ses œufs et creuse des galeries sous votre peau : elle vous gratte et ça fait du bien de la gratter. Jusqu'au sang. Seulement voilà, vous récoltez des bestioles sous vos ongles et vous infectez une autre partie de votre corps. Une fois qu'il aurait descendu quelqu'un, sa haine changerait de côté. Elargirait son territoire. Il en voudrait à la société tout entière, car un nouveau procès équivaudrait à une surinfection.

Forcément, on remonterait vingt-cinq ans en arrière. On touillerait la merde pour expliquer son geste et le procès de sa vengeance ne serait qu'une audience accessoire à la principale : le rejuger pour des meurtres qu'il n'avait pas commis. Une différence : cette fois on prendrait son temps, en allant jusqu'au fond des choses. Fini, la justice expéditive et les condamnés d'avance. Cette fois il ne fermerait pas sa gueule. Il donnerait sa propre version des faits et la soutiendrait mordicus. Peut-être que des gens retrouveraient leur langue.

Et si c'était le contraire qui se passait ? Si on l'enfonçait encore plus ? Il aurait tiré vingt-cinq ans de taule pour rien. Dans ces conditions, liquider le salaud ne servirait à rien. Même pas à se faire plaisir, ni à connaître la paix, puisqu'on reviendrait à la case départ : sali une deuxième fois, il ressortirait du tribunal en dégorgeant sa haine des hommes par tous les pores tandis que le piédestal post mortem de l'autre fumier atteindrait la hauteur d'un gratte-ciel. Misère...

Il reçut un second coup de poignard en pleine poitrine. Si le médecin de Mesgloaguen ne lui avait pas dit, lors de la visite médicale de sortie, qu'il avait un cœur de jeune tourtereau, il aurait cru qu'il était en train de claboter. Mais non, le coup de poignard c'était un autre si. Un re-si. Et si Mathias n'était pas à la cérémonie ? Comment s'était-il persuadé qu'il y serait ? Parce que ça paraissait logique. Commémoration, discours, célébration des héros... Un con pareil ne pouvait pas rater ça. Il serait aux premières loges. A moins que.

Bien que Naïg, pendant ses visites, eût évité de parler du Judas, elle avait lâché des bribes de sa biographie ; lancé, un peu malgré elle, des flèches empoisonnées dans le cul du fumier, du fait que ce n'étaient pas de bonnes nouvelles et que normalement elles devaient faire plaisir à entendre.

« Il n'est pas bien du tout dans ses affaires », avait-elle dit.

Ce que Corentin avait traduit par : « Dans les dettes jusqu'au cou et le Crédit Agricole sur le dos. »

Pas étonnant, pour quelqu'un qui avait toujours voulu péter plus haut que son cul. Un péché véniel, comparé à... Il n'y avait pas de mots pour qualifier ce qu'il avait fait. Il n'empêche, s'il allait maintenant la queue tellement basse, peut-être qu'il ne voudrait pas se montrer avec ses médailles lui pendant aux nichons comme l'anneau aux naseaux du taureau de concours. Pourtant, ces gars-là n'ont honte de rien. Mais allez savoir. Pas de Mathias sur l'estrade, point de vengeance à fuser des deux canons du fusil. Et merde ! Découragé, Corentin ressentit un sentiment de solitude extrême, inégalé, même au cours des pires heures de dénuement moral, en prison.

Dans la chambre voisine on ouvrit des robinets en grand pour se faire couler un bain. Une femme ? Au rez-de-chaussée, une pendule sonna sept heures. Il était temps de prendre une douche et de se raser, mais se lever lui parut une tâche insurmontable. Il enfonça sa tête dans l'oreiller et geignit, comme ils geignaient sourdement, Suzanne et lui, quand venait le plaisir.

Le souvenir de leurs étreintes ne l'avait pas tourmenté outre mesure, du moins physiquement, en prison. Par bonheur son esprit avait refusé d'associer la cellule, le bat-flanc, l'odeur rance de son propre corps – trente secondes de douche froide par quinzaine, dans certains endroits –, et le corps de Suzanne, la bouche de Suzanne, les cheveux de Suzanne, les seins de Suzanne, le ventre de Suzanne et son triangle noir. La prison l'avait émasculé. A cause du bromure que le cuistot mélangeait au pinard, comme on le racontait ? Qu'importe la raison, drogue ou impuissance cérébrale, seul comptait le résultat : ça ne l'avait pas démangé, et c'était tant mieux.

Ce matin-là, il en allait différemment. La chambre mansardée évoquait le grenier de Ty Stang. Le grand lit et ses draps parfumés à la lavande appelaient la présence d'une femme. Suzanne et lui n'avaient jamais partagé un lit. C'était dans leurs intentions, quand elle serait veuve et qu'ils se marieraient. Il aurait été facile d'aider le vieux à casser sa pipe. Pourquoi appeler ce pauvre Louis Guermeur « le vieux », d'ailleurs ? Parce que Corentin, en 44, n'avait que trente ans ? Louis Guermeur était de la classe 14. En 44, il avait juste cinquante ans. Mais sacrément diminué. Les yeux délavés, le visage et les mains parcheminés, et plus impotent que certains centenaires. Avec le souffle d'air que ses poumons de gazé aspiraient en sifflant, l'étouffer sous un oreiller n'aurait pas demandé plus d'efforts que de pincer le cou d'un pigeonneau. Mais ni Suzanne ni lui n'avaient le mal dans la peau. Ç'avait été leur tort, sûrement.

Sur la notion du bien et du mal, Corentin n'avait pas mis vingt-cinq ans à réviser son opinion. Fin octobre 44, à l'issue de son procès, la question était réglée : dans la lutte entre la droiture et le vice, c'est toujours les tordus qui l'emportent. Il se parlait à lui-même, mais fit comme s'il avait eu un interlocuteur. Il ajouta à part lui : remarquez, je n'ai pas dit entre la *vertu* et le vice, car je ne me considère pas vertueux. Droit, c'est autre chose. Respecter les coutumes et la mémoire des aïeux, la hiérarchie dans une fratrie, organiser la part de chacun dans le travail et la répartition de ses fruits ; respecter la nature, la terre et les animaux, aussi. D'ailleurs, Suzanne le lui avait dit : « Toi, tu es droit ! », la dernière fois qu'il l'avait tenue dans ses bras. Après, ils avaient subi la suite des événements.

La suite des événements ! Tout s'était enclenché à son insu ou presque, puisqu'il était là-haut à Kermabeuzen, occupé à travailler.

« Dans votre tour d'ivoire, avait beuglé le procureur, pendant que la Bretagne courageuse boutait l'occupant hors de France ! »

Outre le crime de sang proprement dit, il avait été déclaré coupable d'un crime bien pire : de collaboration passive ; de collaboration par omission de résistance. Ça, c'est de bien belles paroles, monsieur le procureur, avait-il pensé, mais c'est au minimum quatre-vingt-dix-neuf pour cent des Français qu'il faut coller au trou avec moi, dans ce cas-là.

Le procès lui avait permis de relier les bouts les uns aux autres, de reconstituer le puzzle de cette fameuse suite des événements. Il y avait tellement de gens à rassembler que ça vous donnait le tournis : Mathias et consorts, Blaise et les Bagadou Stourm, les SS et les Allemands de la Wehrmacht, Marianne Lautridou la postière et la Résistance, et puis Naïg, et puis Noul, et puis Suzanne. Tous ces personnages tournaient dans sa mémoire comme s'ils étaient accrochés aux chaînes du casse-gueule que les forains montaient sur la place de l'église le jour de la Fête des Cieux. Le manège s'emballait, les balancelles atteignaient l'horizontale et aux flonflons d'une java endiablée se mêlaient des cris de fausse épouvante.

Il ouvrit les yeux en grand. Le manège s'arrêta. Une bonne odeur de café frais montait du rez-de-chaussée. Il y eut des bruits de pas dans l'escalier. On toqua à la porte de la chambre voisine.

— C'est le petit déjeuner, madame Boïkowski ! lança avec entrain la jeune patronne.

La porte grinça en s'ouvrant, puis en se refermant. Les chaussures à talons claquèrent de nouveau dans l'escalier. Corentin eut faim. Il prit une douche, se rasa, s'habilla et descendit dans la salle à manger. Il avait le choix entre plusieurs tables. Il s'installa le plus loin possible du bar et de la porte de la cuisine.

Le téléphone sonna. La jeune patronne répondit :

— Oui, madame Boïkowski est bien arrivée hier soir. Non, seule. L'ambassadrice n'a pas pu venir. Retenue au dernier moment, c'est ce qu'elle m'a dit. Elle prend le petit déjeuner dans sa chambre. Eh non, nous n'avons pas le téléphone dans les chambres. Vous voulez que j'aille la chercher ? Oui, c'est vrai qu'elle a besoin de se reposer. Un bout de chemin, de là-bas jusqu'ici. Le premier adjoint passera la prendre. A dix heures. D'accord, je lui ferai la commission. A vous aussi, monsieur le maire.

La vieille dame en coiffe servit Corentin.

— Y a du beau monde à Huelgoat aujourd'hui, hein ? Dame, un vingt-cinquième anniversaire, ce n'est pas rien ! Pourtant, moi j'ai l'impression que c'était hier. Pas vous ?

Il répondit d'un sourire, les yeux dans le vague. Il voulait continuer de penser *à la suite des événements*. Surtout ne pas sortir de lui-même. La liberté l'effrayait.

Non pas la liberté d'aller et venir et de prendre un petit déjeuner d'homme libre, mais celle de se venger ou de ne pas se venger.

La dernière fois qu'il avait tenu Suzanne dans ses bras, c'était le soir même de l'assassinat de Castric, pendant que les SS faisaient faire leurs classes de tueurs aux abrutis des Bagadou Stourm, à Meil Fao. Sur le coup, en descendant à Saint-Herbot, il n'avait pu que supputer ce qui se passait en apercevant le feu vers le nord et en entendant le crépitement des mitraillettes et des mitrailleuses et les explosions sèches des mortiers. Comment aurait-il pu imaginer que ce con de Blaise était en train de dézinguer son premier homme ?

Après qu'il fut rentré d'arranger les clôtures et que Naïg lui eut dit que les deux zèbres étaient passés et s'étaient vantés d'avoir liquidé Castric, il avait redouté le pire. Il se rappelait avoir montré à Naïg comment se servir des Darne. Le problème c'est qu'il ne lui avait pas dit contre qui. Ou, plus exactement, il avait été sous-entendu que c'était pour se défendre des maraudeurs. Il aurait dû lui dire qu'elle pouvait aussi s'en servir contre Mathias. Il aurait enterré le corps, ni vu ni connu, et rien du reste ne serait arrivé. Il pouvait toujours rêver, vingt-cinq ans après.

Il avait du mal à empêcher le casse-gueule de fête foraine de tourner avec ses pantins accrochés aux chaînes. Voilà qu'il anticipait déjà sur la suite des événements. Il revint à Suzanne.

Il se revit marcher à grands pas, plus vite que le soleil ne se couchait, le long des talus, inquiet du sort de Suzanne. Il avait traversé la hêtraie plongée dans l'ombre et frappé deux fois trois coups – leur signal – au volet du pignon de derrière de Ty Stang, puis était monté dans le grenier par l'escalier extérieur, où Suzanne l'avait rejoint par l'escalier intérieur.

Elle était tombée dans ses bras, mais pas comme d'habitude. D'habitude, sans prononcer un mot ou presque, ils se mangeaient la bouche, se caressaient, se dénudaient, se couchaient sur les sacs et riaient et bientôt gémissaient de plaisir.

La tête nichée au creux de son épaule, Suzanne l'avait serré fort, très fort contre elle, et avait sangloté.

« Ils ont tué l'abbé Castric.

— Je sais. Mathias. Et un autre. »

Il l'avait sentie se raidir.

« Comment tu sais que c'est lui ?

— Et toi ?

— Ils partaient quand j'ouvrais juste le volet de la porte. Ils m'ont forcée à... à leur servir à boire.

— Après ils sont allés chercher à manger à Kermabeuzen et se vanter auprès de Naïg d'avoir fait le coup. Elle était seule, j'ai travaillé toute la journée autour des clôtures. »

Elle avait frotté son front contre son épaule, comme si elle voulait chasser quelque chose de sa tête.

« Ton frère a la méchanceté en lui, Corentin.

— Oh, je le sais depuis qu'il est tout petit.

— J'ai peur pour nous.

— Qu'est-ce qu'il peut contre toi ? Et contre moi ?

— Il est dans la Résistance, toi pas. Et moi... Le général SS m'a sortie du rang des otages et m'a fait raccompagner dans la boutique. Un peu plus tard, il est venu prendre le café. Il en faut moins que ça pour être considéré comme collabo. »

Il avait embrassé ses cheveux.

« On n'est pas des collabos, Suzanne. Même pas ton mari, malgré que Pétain soit son idole.

— Il ne lui reste plus que ça, son maréchal et ses souvenirs de guerre. Il n'a fait de mal à personne. Comment aurait-il pu, dans son état ? »

Partagé entre l'envie de lui faire l'amour et le sentiment que l'heure était trop grave pour prendre du plaisir, Corentin avait voulu la caresser. Elle avait retenu ses mains, ce qui ne l'avait pas surpris.

« Pas ce soir, avait-elle dit, je ne me sens pas bien.

— Tu es malade ?

— Non. C'est comme ça. »

Ils s'étaient couchés côte à côte. Corentin avait passé son bras sous le cou de Suzanne et elle s'était nichée au creux de son épaule.

« Je ne souhaite pas la mort du pauvre vieux, mais il ne tiendra plus longtemps. Tu ne changeras pas d'idée ? Tu voudras toujours être ma femme ?

— Idiot, avait-elle murmuré, lui caressant les lèvres du bout des doigts.

— J'ai de la chance. »

Cette chance lui avait soudain paru inouïe.

« Pourquoi moi, Suzanne ? Tu es si belle. Par rapport à toi, je ne suis rien. Rien qu'une espèce de bête sauvage des monts d'Arrée, juste bon à gratter la terre et à épandre le fumier. »

Elle s'était accoudée, penchant son visage vers le sien, à le toucher. Leurs souffles s'étaient mêlés. Sous la clarté lunaire qui tombait de la lucarne, ses yeux brillaient comme des diamants noirs et ses cheveux luisaient comme les herbiers au crépuscule, sur l'ardoise mouvante de la rivière d'Argent. De cette voix rauque qui faisait renaître dans sa gorge un accent inconnu en Bretagne, elle avait protesté :

« T'es-tu regardé dans une glace, Corentin Kermanac'h ? T'es-tu mesuré sous la toise ? Pourquoi toi ?

Comment aurait-il pu en être autrement ? Tu es grand, tu es fort, tu es puissant, tu es bon, tu es tendre.

— Arrête !

— Et par-dessus tout tu es droit ! Tellement droit que tu fais peur aux gens qui se tiennent et marchent de travers ! »

Elle avait ajouté cette phrase étrange :

« Tu es un rêve de femme ! »

Ils s'étaient embrassés, demeurant enlacés un long moment, puis s'étaient séparés sur la promesse réciproque de prendre garde à eux, chacun de son côté, en attendant la Libération.

Voilà, c'était la dernière fois qu'il l'avait tenue dans ses bras, et la dernière fois qu'il l'avait revue, c'était à travers les barreaux du parloir de Mesgloaguen, avant qu'on ne l'expédie en centrale. Ses cheveux commençaient à repousser. Elle ne portait ni chapeau, ni fichu. Elle arborait sans honte ses cheveux hirsutes comme une éteule.

« Pourquoi tu les as laissés te tondre ? lui avait-il demandé.

— Je te le dirai plus tard.

— Plus tard ? Il n'y a plus de plus tard pour nous. Il faut que tu m'oublies. Ne m'écris pas, n'essaie plus de me voir. Quand Louis Guermeur partira, tu referas ta vie. Sans moi. Je n'existe plus. »

Elle avait secoué la tête, s'était effondrée en pleurs. Il s'était levé. Le gardien l'avait emmené et Corentin avait entendu son collègue, côté visiteurs, prier Suzanne, en la soutenant peut-être :

« Allons, madame, allons. La visite est terminée. Voyons, madame, il faut partir. »

Corentin ne s'était pas retourné. Il s'était déjà enfermé dans la salle d'attente de la vengeance.

A présent il était à pied d'œuvre. Du fond de la salle il avait une vue partielle sur la place de l'église, par la porte à petits carreaux et la vitrine cintrée du bar. Le bourg s'animait. De belles voitures passaient ou se garaient : DS, 404, et même une Versailles fardée de chromes comme une vieille rombière. Des gens en descendaient, bavardaient en petits groupes, marchaient sans se presser vers la mairie. Ils étaient endimanchés. Avec sa canadienne, Corentin se verrait comme le nez au milieu de la figure. Tant pis. Ou tant mieux – changea-t-il d'avis. Tant mieux si quelqu'un le reconnaissait. Pour Mathias, ce serait trop tard. A condition d'avoir des cartouches, se rappela-t-il. Il opina de la tête.

— Je ne sais pas à quoi vous pensez, lui dit la jeune patronne, mais vous y pensez drôlement fort. Pour un peu on vous entendrait… Une autre tasse de café ?

Depuis combien de temps se tenait-elle devant lui ? Le Thermos à bec verseur était bleu, décoré de fleurs jaunes. Des ajoncs d'or.

— Oui, merci, dit-il.

Un homme entra. Costume, chemise blanche, cravate.

— Madame Boïkowski vous attend au salon ! lui cria la jeune femme. Le premier adjoint, dit-elle à Corentin. Vous le connaissez ?

— De vue, mentit-il.

Il regarda le café couler dans sa tasse. Il avait les reflets huileux du café fort. La jeune femme lui parlait – « … Assez de pain ? Un croissant de plus ? Maman m'a dit que vous alliez à la cérémonie, oui vous y allez ? Remarquez, vous avez le temps. Deux minutes à pied… » –, mais il ne l'écoutait pas. Il sut qu'elle avait fini de le servir quand la jeune femme cessa d'intercepter la lumière entre lui et la vitrine. C'est alors qu'il vit l'homme en costume tenir la porte à une dame, et la dame disparaître. Son cœur eut un nouveau raté, qui n'avait pas plus à voir avec une crise cardiaque que les coups de poignard dans la poitrine au réveil. Une vision. Mais pas une vue de l'esprit, cette fois. Un personnage réel.

La dame portait une veste courte et une jupe. La jupe était en tissu souple dont il ignorait le nom, enfin ce genre de tissu qui à chaque pas sculpte les cuisses, met les jambes en valeur et rajeunit la silhouette, surtout quand la femme est grande et se tient droite comme une reine couronnée d'une lourde tiare incrustée de rubis.

La silhouette, le port de reine et les cheveux de Suzanne.

C'est ça, de Suzanne, pauvre con, se dit-il. Et pourquoi pas de la reine d'Angleterre ? Son esprit ricocha là-dessus, comme s'il voulait gommer la silhouette de son paysage. Si c'était la reine d'Angleterre elle coucherait à l'hôtel du même nom. Le prince de Galles, un fameux pêcheur de saumon, y avait séjourné, du moins c'est ce qu'on racontait. Le général SS, ça, c'était sûr qu'il s'y était prélassé, et sans payer, s'il vous plaît.

En prison, dans les semaines précédant son procès, Corentin avait eu le temps de se cultiver et d'apprendre un tas de trucs qu'il ignorait sur le pourquoi et le comment de ce qui s'était tramé en bas, à Huelgoat, pendant qu'il veillait sur sa petite sœur, là-haut dans leur montagne, et que Mathias-Satan Kermanac'h ébauchait leur biographie des jours à venir.

A Mesgloaguen, en plus des journaux, il y avait eu les conversations avec les détenus pour encore mieux éclairer sa lanterne. Dans les cellules des futurs condamnés à mort – enfin, presque à coup sûr, compte tenu qu'en automne 44, ça prenait moins de temps aux jurés de vous envoyer voir saint Pierre qu'à une vache de vêler – les hommes n'avaient pas trente-six attitudes, mais trois : ou, comme lui, ils s'en foutaient de crever tellement ils étaient écœurés ; ou ils étaient stupéfiés ; ou ils se transformaient en moulins à paroles.

Dans les deux genres qui ne furent pas le sien, Corentin avait côtoyé un employé de la préfecture de Quimper et un inspecteur des Renseignements généraux de Carhaix. Le premier, à qui on reprochait d'avoir livré des Juifs, se contentait de se lamenter.

« Je ne suis qu'un petit fonctionnaire », qu'il répétait, qu'il répétait, qu'il répétait.

Mais c'était les seuls mots qu'il répétait, alors autant dire qu'il était muet.

Le second, très actif dans la traque des réfractaires au STO et des résistants, avait eu moins de chance que la plupart de ses collègues. Il n'avait pas pu, à leur instar, du jour au lendemain changer de gibier : la veille, les terroristes ; le lendemain les collabos, avec la même conscience professionnelle. Celui-ci, pourtant, avait eu la prudence de tenir deux fichiers. Déjà très disert de nature et de métier, il trompait son angoisse en étalant ses connaissances de l'histoire immédiate. Grâce à lui, Corentin avait pu relier pas mal de pointillés. Par exemple, concernant les SS, la garnison allemande de Huelgoat, les actions d'éclat de la bande à Mathias, le destin des Bagadou Stourm. Le flic savait raconter. D'ailleurs, il ne manquait pas d'affirmer : « Les RG, c'est un boulot d'hommes de lettres. Et on ne fusille pas les écrivains », se rassurait-il. A tort. Car il passerait en jugement la veille du procès de Corentin et à la casserole le surlendemain.

Cette pensée submergea Corentin d'une bouffée de gaieté. Oui, de gaieté, de joie, d'allégresse et de tout ce qu'on veut dans le genre bonheur de respirer alors que tant d'autres ont trépassé. Le petit déjeuner y était aussi pour quelque chose. Tad disait ça, que la bonne nourriture satisfait aussi bien le corps que l'esprit. Un estomac rassasié – et le sien l'était, *boullc'hurun !*, rempli jusque-là de croissants et de pain et de beurre et de confiture et de café frais – vous contente les pensées et vous fait voir le monde plus gai qu'il n'est.

Sur la place de l'église le soleil brillait. Les gens endimanchés continuaient d'affluer, s'adressaient des signes d'amitié et s'interpellaient. Des cyclistes, équipés comme des coureurs du Tour de France et le visage écarlate, passèrent devant l'hôtel. Corentin crut sentir l'odeur de saine transpiration et la fraîcheur de l'herbe sur laquelle ils s'allongeraient, pour se reposer, tout à l'heure, au bord de la rivière d'Argent.

Il pouvait encore s'incruster dans ce monde-là, vivre chez Naïg, se lever de bonne heure puisqu'il aimait ça, aller acheter le journal et le pain frais, revenir prendre le petit déjeuner avec Naïg en robe de chambre et son mari en pyjama, jardiner dans la matinée, se promener dans l'après-midi, dîner, faire une partie de belote ou se coucher, s'occuper plus tard des petits-neveux et nièces que lui donneraient les gosses de Naïg, accompagner sa sœur en Allemagne voir les petits-enfants qu'elle aurait là-bas, et vieillir.

Si les six frères et sœur avaient vieilli ensemble, qu'est-ce que ça aurait donné ?

Noul n'aurait pas vécu très âgé. A l'approche de la cinquantaine, presque toujours les idiots s'empâtent, bouffissent, et leur cœur s'étouffe sous la couche de lard.

Alexis serait devenu un de ces grands sages à épais cheveux blancs et, poilu comme il était, aussi bien des oreilles que du nez, une sorte de vieux pommier avec des boules de gui de chaque côté.

Blaise aurait rejoint Noul au pays des neuneus ; avec les années sa cervelle se serait encore ralentie.

Mathias aurait tourné chien méchant, comme ces ratiers tordus de rhumatismes qu'on ne détache plus, qu'on n'approche plus et qui se mordent eux-mêmes tellement la connerie les rend dingos.

Naïg aurait épousé un journalier, dans un premier temps ils se seraient installés sur une métairie, dans un deuxième temps à leur compte et dans un troisième temps, sur leurs vieux jours, ils auraient construit une petite maison dans un bourg avant de céder la ferme à un de leurs enfants.

Et toi, Corentin ? Oh moi, se répondit-il, j'aurais bien imité Tad, qui a fini sec comme un coup de trique et rêveur comme une jument plusieurs fois grand-mère. En compagnie d'Alexis, j'aurais continué de soigner quelques bêtes et de nettoyer les talus. On serait morts dans notre lit. J'aurais vieilli tranquillement.

Tranquillement ? Le mot auquel il ne fallait pas penser ! La baudruche de bonheur se dégonfla aussi vite qu'il avait soufflé dedans. Le monde le dégoûta de nouveau.

Il tâta la poche arrière de son pantalon : son portefeuille y était. Il décida de s'en remettre au sort, comme on tire à pile ou face. Pile, la boutique du bijoutier-armurier existe toujours ; face elle n'existe plus.

— Je reviens, dit-il à la jeune patronne, je vais acheter le journal.

— Vous allez être en retard !

— Bah, j'arriverai après les discours.

— Ah ça ! Risque d'y en avoir plus d'un !

En pull, il traversa la place – à peine cinquante pas. En devanture il n'y avait plus de bijoux, ni de crucifix, ni de missels, mais des moulinets, des cannes et un tas d'attirail pour la pêche. La porte vitrée était constellée d'affichettes et d'autocollants qui firent tomber la pièce du côté pile. Chasse et pêche. Le panonceau accroché à une ventouse était retourné du bon côté : ouvert.

La disposition intérieure n'avait pas changé depuis que Tad y avait acheté son Idéal et ses fils après lui leurs Darne. C'était une boutique tout en long, prolongée par les pièces d'habitation, salle à manger et cuisine, séparées du commerce par une porte à miroir sans tain. La porte était entrouverte. Le buffet, la table et les chaises à personnages bretons étaient toujours là. La veuve Plusquellec avait certainement continué à tenir la boutique après la guerre et la jeune femme qui sortit de la salle devait être sa fille ou sa belle-fille. La bru, plutôt, car elle n'avait pas le visage allongé des Plusquellec. Elle était habillée chic – robe à mi-cheville, chemisier et cardigan, trois rangs de perles autour du cou.

— Vous avez de la chance, dit-elle, on allait fermer. Il y a une cérémonie. Le vingt-cinquième anniversaire de la Libération. C'est pour des vifs à brochet ?

— Pour des cartouches.

— A cette époque-ci ?

Elle appela son mari.

— François !

Ah, se dit Corentin, on a baptisé le fils d'après le père !

— J'ai un monsieur ici pour des cartouches ! Où elles sont ?

— J'arrive !

Le fils Plusquellec finissait de boutonner sa veste. Il salua Corentin.

— Vous voulez des cartouches ?

— Calibre 16.

— Ce n'est plus très courant, mais j'en garde toujours quelques boîtes. Il y a des inconditionnels du 16. C'est pour tirer quoi ?

— Le rat, répondit Corentin.

— Ah, je me disais aussi...

— ... que la chasse était fermée.

— Vous êtes du coin ?

— Plus ou moins.

Corentin raconta sa salade. Qu'il habitait Quimper mais qu'il avait hérité d'un penty entre Plouyé et Poullaouen et qu'à côté du penty il y avait un poulailler qui attirait les rats.

— En 16, je dois avoir du 6 et du 8, dit l'armurier.

— Du 6 ça ira très bien.

— Combien de boîtes ?

— Deux.

Les cartouches se trouvaient sous le comptoir. Le fils Plusquellec les mit dans une poche en plastique. Corentin paya.

— Remarquez, dit l'armurier, les rats c'est plus rigolo de les tirer à la 22 long rifle.

— Sûrement, concéda Corentin, mais au fusil de chasse on rate moins.

— C'est vrai. Excusez-moi, on va fermer derrière vous. Bonne journée.

— Bonne journée.

Corentin retraversa la place et acheta *Ouest-France* à la maison de la presse. Devant l'hôtel, il demeura interdit, frappé de cette évidence : muni de cartouches, il ne pouvait plus reculer.

Afin de nourrir sa haine, il regarda longuement la fontaine. Contre le muret, les SS avaient laissé mûrir toute une journée les cadavres d'un père et d'un fils. Quelques semaines plus tard, les gendarmes le laisseraient boire de l'eau au robinet de cette fontaine. Boire et s'asperger la chemise, à cause des menottes dans le dos. On l'avait pris au piège à Kermabeuzen et on le conduisait pour un premier interrogatoire patriotique à l'hôtel d'Angleterre, institué quartier général des FFI. Des gens lui gueulaient après, sans savoir ce qu'on lui reprochait.

Le lendemain, près de la fontaine, se tiendrait Naïg.

Et quelques heures après Naïg, ce serait Suzanne.

Le casse-gueule de fête foraine recommença à tourner. Cette fois, il le laissa s'emballer, persuadé que ce coup-ci les chaînes allaient céder, envoyant tout le monde valser en l'air, au ciel ou en enfer, ou au purgatoire de l'oubli.

19

Huelgoat, juin 1944

Le général Eduard Klapper fut le premier à entrer dans la légende luciférienne.

Il abandonna à regret l'hôtel d'Angleterre et se rendit à pied à la gendarmerie. Il n'aurait pas détesté qu'un sniper le prît dans sa ligne de mire et lui logeât une balle dans la tête.

Il tenta le sort en s'arrêtant fumer une cigarette sur le pont qui surplombait la naissance du chaos. Il posa une semelle sur le muret et, coude au genou, main au menton, offrit une cible idéale à un éventuel tireur posté dans le clocher de l'église, ou bien dans une mansarde du bord du lac, ou derrière un chêne, à l'orée de la forêt. Rien. Décidément, il serait obligé de se tirer lui-même une balle dans la tempe. Ce n'était pas déshonorant, mais un peu trivial, moins sacrificiel.

La mort ne voulant pas encore de lui, il fit donc ses adieux aux mythes qui lui étaient si chers : Arthur, roi de la Table Ronde ; Ahès, princesse de la ville d'Ys ; Gawr, le géant de Saint-Herbot. Il adressa un dernier signe à Victor Segalen, dont il enviait le talent et la fin énigmatique. Du fond de sa mélancolie, une pensée réconfortante émergea : il partirait en compagnie d'une bonne amie, la miraculeuse Vierge de Vienne, miraculée de tant de siècles de sauvagerie. Une pensée connexe s'agrégea à cette consolation et l'amusa : sur sa liste de recueillements, il avait omis la tête de l'abbé Castric, ce bon tour joué aux inventeurs de trésors du futur. Quant au corps décapité, il serait enterré l'après-midi même, quelque part au cœur du Léon, dans le village natal du curé, à la fois en grande pompe et dans l'intimité. Dans l'intimité, parce que Klapper doutait qu'il y eût grand monde aux obsèques ; les nationalistes bretons se garderaient bien de se dénombrer et de se signaler aux maquisards. En grande pompe, parce que la messe serait dite par l'évêque de Quimper et de Léon.

Il était dommage que le devoir appelât Klapper à marcher sur Lorient et lui fît manquer l'oraison funèbre de Castric. Ecrite par le chauffeur et secrétaire particulier du prélat, elle serait mise en musique par monseigneur Dupré, avec de magnifiques accents de sincérité.

Le jeune abbé avait remis à son évêque un texte en cinq points, merveilleusement respectueux de la casuistique qui s'imposait en la circonstance, compte tenu de l'acuité du cas de conscience posé à l'Eglise par les engagements douteux du curé et sa mort au moment précis où la Libération allait les rendre caducs.

Condamnation du meurtre, bien sûr, au nom du « Tu ne tueras point ».

Hommage obligé au défunt, brancardier décoré de la Grande Guerre et à ce titre patriote français.

Allusion à sa passion ardente pour la cause bretonne, mal interprétée par ses adversaires.

Anathème contre la guerre civile qui mènerait la Bretagne aux abîmes.

Enfin, adjuration à s'unir autour du grand chef que le pays s'était donné, formulée de façon qu'on ne sache pas s'il s'agissait du maréchal Pétain ou du général de Gaulle.

Oui, le sens de la dialectique du jeune abbé aurait comblé d'émotions intellectuelles le général Eduard Klapper.

Au garde-à-vous devant la gendarmerie, sa compagnie avait fière allure, convint-il avec lui-même et son délire celtisant. En tenue de combat, *machinen pistole* en sautoir, harnachés de chargeurs et de grenades, coiffés de leurs casques lourds et mentonnières ajustées, les Ukrainiens ne manqueraient pas d'inspirer à l'ennemi le même effroi qu'avaient inspiré aux Slaves les chevaliers teutoniques du duc Frédéric de Souabe. Il était vrai que leur croisade vers l'Est, après la fusion de l'Ordre avec celui des Porte-Glaives, s'était achevée par leur noyade dans le lac Tchoudsk, sur les fragiles glaces duquel Alexandre Nevski, à la tête d'une horde de moujiks, leur avait tendu un traquenard. Cela dit, point de lac gelé, en Bretagne. Point d'armée régulière – point encore : les Alliés s'enlisaient dans le bocage normand. Point de maquis assez nombreux pour mettre en déroute une compagnie de SS. Sûr de sa force, Klapper n'envisageait cependant pas de vaincre. Il lui fallait un destin funeste pour clore sa vie en tragédie. Le pire des sorts serait de l'achever dans la peau d'un bouffon de minable comédie, à savoir vêtu d'un costume de prisonnier, interrogé par des Juifs américains et peut-être livré à un bourreau nègre qui sourirait de ses grandes dents, tout à sa joie de venger enfin sa race en pendant un Blanc. A cette idée, Klapper frissonna de répulsion.

Le lieutenant Andréas avait exécuté ses ordres concernant la statue. Telle une figure de proue, l'ambivalente Vierge de Vienne, mi-chrétienne, mi-païenne, était fixée sur le capot d'un blindé léger déclaré, de par la présence de cette mère de Dieu apparentée à Janus, vaisseau amiral. La limousine de Klapper avait été conduite à la Kommandantur. Avec autant de regret qu'il abandonnait le confort de l'hôtel d'Angleterre et le pays des mythes, la veille le général avait laissé sa Daimler aux bons soins de la garnison de la Wehrmacht – une vingtaine d'hommes condamnés à macérer dans leur médiocrité.

— Que faisons-nous des Bretons, mon général ? demanda Andréas.

— Un Mauser pour deux, plus une provision de balles et quelques chargeurs pour leurs pistolets.

Sous le regard déconcerté des douze breizh atao, fusils et munitions furent déposés en tas contre le mur de la gendarmerie.

— Et maintenant, mon général ?

— En route, Andréas ! A la rencontre de l'Ankou !

Il monta dans la tourelle du blindé amiral en compagnie de sa chère Vierge de Vienne. Les Ukrainiens se hissèrent dans les camions. Le lieutenant Andréas prit le commandement du second blindé léger. Complètement désorientés à présent, les breizh atao hésitèrent, puis quelques-uns d'entre eux se saisirent des Mauser et voulurent à leur tour embarquer dans les camions.

— Refoulez ces primates ! hurla Klapper.

Une courte bousculade s'ensuivit à l'arrière des camions. Les breizh atao protestèrent, s'accrochèrent aux ridelles et finalement furent repoussés à coups de crosse et inondés de rires gras. Les moteurs grondèrent. Klapper troqua sa casquette contre un casque lourd, se dressa de toute sa hauteur et lança en allemand aux breizh atao pantois, trahis, abandonnés, cet ordre ironique :

— O vous les douze apôtres, allez par les landes et les tourbières prêcher aux communistes ! Allez répandre le désordre ! Bonne chance, et à bientôt en enfer !

Le sergent ukrainien se tapa sur les cuisses. Il aurait volontiers embrassé son général comme on embrasse un comique à la fin du spectacle qui vous a fait pisser dans votre froc.

Un des Bagadou Stourm, un clerc de notaire avec un nom à rallonge – Gwenn-Aël de Kerdu –, plus nationaliste breton que nazillon, saisit le sens des paroles de Klapper.

— Ce type est complètement dingue, dit-il.

— N'empêche qu'on est comme des cons.

— On va aller voir les Allemands de la Wehrmacht. Ils ne nous laisseront pas tomber, eux.

Tandis que la colonne à la Vierge passait le pont sur le chaos, coupait la route de Brest et s'engouffrait dans le goulet de la rue des Cieux, les breizh atao faisaient chou blanc à la Kommandantur. A la suite d'une courte discussion avec son adjudant, le capitaine les refoula également, tout d'abord par dégoût des jaunes de tout acabit, ensuite parce que ces traîtres déguisés en SS – espèce qu'il méprisait tout autant – seraient une source d'ennuis fatals, en exacerbant la haine des maquisards, le jour où il faudrait se rendre, seul espoir qu'il leur restait de sortir vivants de ce fortin isolé au cœur des monts d'Arrée. Le capitaine ordonna de fermer toutes les portes et de doubler les sentinelles.

— Je n'y comprends plus rien, dit Gwenn-Aël de Kerdu. Ou plutôt si : tous ces Boches sont des salauds.

— On est dans la merde.

— On n'est pas dedans, on va la foutre ! dit un matamore.

Blaise Kermanac'h demeura muet. Il comprit qu'il avait été cocufié. Qu'ils avaient tous été floués. Qu'ils ne pouvaient plus se séparer. Que leur participation à la liquidation du maquis de Meil Fao les avait soudés. Et que ce n'était pas pour le meilleur mais pour le pire. Qui était à venir, inutile de parier sur le contraire.

Ils regagnèrent la gendarmerie désertée par les SS et tinrent conseil de guerre. Kerdu s'érigea en chef.

— On va se fondre dans la nature, dit-il, et on cherchera l'occasion de venger l'abbé Castric. Quoi qu'il arrive, on aura notre mot à dire, au moment où il faudra décider de l'avenir de la Bretagne. Breizh atao !

Des voix sans enthousiasme répétèrent le cri de guerre. Des bras se levèrent mollement, retombèrent aussitôt. Le salut nazi était tout à coup devenu déplaisant. Kerdu décida qu'ils iraient chercher le gîte et le couvert dans des fermes amies. Il délimita un quadrilatère à l'intérieur de quatre points : Scrignac, Saint-Thégonnec, le roc Trevezel et Huelgoat. Le groupe s'en irait dans la direction opposée à celle de la colonne SS, vers le nord.

En ordre dispersé, mais cependant aux aguets, et certains infatués encore de leur brassard à triskell, de leur fusil, de leur pistolet et des balles qui leur remplissaient les poches, ils remontèrent la route de Berrien, en longeant les murs comme des renards, jusqu'à gagner la pleine nature et obliquer à travers champs et taillis.

Docile et dolent comme un bœuf qu'on mène à l'abattoir, Blaise Kermanac'h obéit à son credo – suivre le mouvement.

Dressé dans sa tourelle au côté de la Vierge de Vienne, le Surhomme Eduard Klapper laissa le dragon de la colonne sinuer à son gré. Malheur aux homuncules et à leurs animaux qui croisaient son chemin : au contact de la langue de feu, hommes, femmes et enfants, chiens, vaches et cochons s'embrasaient aussitôt et tournoyaient sur eux-mêmes en se carbonisant. Les canons des mitrailleuses et des pistolets-mitrailleurs fumaient. Klapper sentait sur son visage le vent brûlant du désert : il était Rommel dans les sables de Libye. Klapper percevait des clameurs d'arènes : il était Caligula rêvant que le peuple n'eût qu'une seule tête afin de la trancher d'un seul coup. Klapper croyait entendre les cliquetis d'estocs : il était le Grand Maître des chevaliers teutoniques et n'espérait rien tant que la terre s'ouvre sous les chenilles de son blindé comme la glace du lac Tchoudsk s'était brisée sous les sabots des chevaux caparaçonnés.

Cela, c'était la vision délirante du Surhomme. La réalité de la terreur répandue fut plus humble : les populations civiles meurent sans gloire, n'appartiennent à aucun régiment sur le drapeau duquel accrocher des médailles, ne récoltent pour décorations que le nom de quelques-uns des leurs sur des plaques commémoratives, bornes d'affliction pour des meurtres gratuits et des rapines assassines.

Tout d'abord, en guise d'adieu à la cité du chaos, la colonne SS arrosa de balles les façades des maisons de la route de Carhaix, tuant un vieillard à sa fenêtre et une jeune mère de famille dans son jardin. Entre Locmaria-Berrien et Poullaouen, les Ukrainiens détruisirent une ferme à la grenade et au lance-flammes et fusillèrent sept personnes, toute une famille, cependant que Klapper errait dans les steppes de la folie en déclamant des strophes wagnériennes.

Au bout d'une heure de route et à l'issue de ces deux premiers forfaits, ce fut avec frayeur que le lieutenant Andréas ne douta plus que les mercenaires du Reich, qui avaient tiré sans ordres, retournaient à leur état originel de soudards de la Podolie et de la Volhynie. Il préféra ignorer leur sauvagerie plutôt que de risquer d'avoir la tête tranchée par des mutins abâtardis de sang turc et mongol.

Le malheur voulut que la colonne fasse une nouvelle fois fausse route et qu'à l'entrée d'un gros bourg un gamin enfiévré de patriotisme d'une fenêtre tire un coup de fusil sur le général. La balle lui traversa le gras de l'épaule. Les Ukrainiens se déchaînèrent, vidèrent toutes les maisons de la grand-rue de leurs habitants, violèrent des filles et pour finir pendirent un homme à la fenêtre de chaque maison.

Comme le soir tombait, ni Klapper ni son lieutenant ne firent d'objections à ce que la troupe campât sur place. De nouveau les SS pénétrèrent dans les maisons, pillèrent tout ce qui pouvait être bu et mangé, jetèrent meubles et literie par les fenêtres, les arrosèrent d'essence – sauf une table et deux fauteuils qu'ils épargnèrent pour leurs officiers – et toute la nuit un brasier éclaira les pendus tandis que Klapper, le bras en écharpe, battait aux échecs un Andréas totalement absent du jeu. Il songeait au sort que leur réserveraient les partisans s'ils tombaient entre leurs griffes. Devinant ses pensées, Klapper lui demanda :

— Alors, mon cher Andréas, vous avez réfléchi à ce que je vous ai dit sur le suicide ?

— Oui, mon général, répondit sombrement le lieutenant. Si nous n'avons pas la chance de tomber sous les balles, il ne nous restera plus que cette solution.

— Pourquoi le dire avec autant d'affliction ? Vous entrerez dans la légende, Andréas !

Pendant que le dragon continuait de serpenter vers Gourin et Le Faouët, les ondes se mirent à tisser leur toile sur le métier des radios clandestines. Des messages en morse informèrent Londres des massacres et de la direction prise par la colonne. Londres informa les maquis du Morbihan. Il fallait empêcher les SS d'atteindre Lorient. Des maquis se regroupèrent, réunirent les quelques armes lourdes en leur possession et décidèrent de tendre une embuscade sous le commandement d'une poignée de parachutistes anglais des services spéciaux chargés du sabotage des voies de communication.

Comme l'itinéraire de la colonne Klapper était erratique, plusieurs sites furent choisis dans un triangle compris entre Meslan, Kernascléden et Plouay. Lorsqu'il fut certain que les SS allaient emprunter la route de Meslan à Plouay, une troupe de résistants nombreuse de plus de deux cents hommes marcha vers le lieudit Saint-Vincent, entre Le Scorff, à l'ouest, et la forêt de Pont-Calleck, à l'est. La route fut minée et une demi-douzaine de nids de mitrailleuses et trois batteries de bazookas installés.

Le blindé de Klapper sauta sur la première mine. Deux secondes plus tard le camion de queue était touché par un obus de bazooka. Un tir nourri se déclencha. Le général Eduard Klapper fut aussitôt criblé de balles. Son blindé s'embrasa et avec lui sa figure de proue. En compagnie de la Vierge de Vienne, Eduard Klapper réalisa enfin son vœu d'entrer dans la légende satanique.

Tout en reculant d'une cinquantaine de mètres de chaque côté de la route, les résistants fixèrent les SS le long des fossés. Trois Spitfire surgirent en rase-mottes au-dessus de la forêt de Pont-Calleck, prirent la colonne en enfilade et peaufinèrent le travail. Le lieutenant Andréas finit ses jours sous un camion en feu.

L'assaut final fut donné après le mitraillage aérien. Tous les véhicules brûlaient. A court de munitions, les Ukrainiens survivants, moins d'une section, voulurent se rendre. Ils furent tirés comme des lapins. Les résistants déploraient onze morts et vingt-trois blessés. La Libération venait vraiment de commencer.

20

Corentin remonta dans sa chambre, ôta son pull et le rangea dans son sac de sport par-dessus l'Idéal démonté. Il enfila sa canadienne sur sa chemise et répartit les deux boîtes de cartouches dans ses poches, une de chaque côté. Le poids qu'elles pesaient lui rappela les parties de chasse d'antan. Il redescendit rendre sa clé et payer.

— Cette fois-ci vous êtes vraiment en retard, dit la jeune patronne.

— Il faut savoir prendre son temps, répondit Corentin.

Surtout quand on hésite, ajouta-t-il mentalement. Qu'on hésite entre égorger le cochon ou le laisser engraisser encore un peu. Toujours est-il qu'il devra mourir un jour. Il ne meurt jamais de sa belle mort, le cochon. *Mon cochon de frère.*

L'air était doux. Comme autrefois, Huelgoat trompait son monde. Chaud dans le creuset du chaos, frais sur les hauteurs alentour. Il s'assit à la terrasse du café du Menhir et commanda une bière. Derrière l'église on réglait des micros et des haut-parleurs. Les premières mesures du *Chant des partisans* retentirent, aussitôt coupées par des parasites et du larsen et une voix qui disait : « Un, deux, trois… Un, deux, trois… »

La place s'était vidée d'un coup et la solitude ne déplaisait pas à Corentin. Il pouvait *hésiter* en paix. Lui revint en mémoire ce que lui avait demandé la belle-fille Plusquellec un quart d'heure auparavant :

« C'est pour des vifs à brochet ? »

Il n'avait jamais pêché le brochet, ni quoi que ce soit, d'ailleurs. Il était assez paradoxal que la plupart des ruraux, qui n'auraient eu qu'à se baisser pour prendre des truites sur les radiers ou piquer des saumons à la fourche sous les têtards de saules, ne s'intéressent pas au poisson. Chasseurs, oui, pêcheurs, non. Sans doute était-ce dû au fait que le poisson ne vous tenait pas au ventre comme un bon ragoût ; que cette chair-là, légère comme de la farine, comparée au lard, n'était bonne qu'à garnir les assiettes des dames de la ville, ces chipoteuses de gras, ces sacs d'os étayés par des corsets ; à moins que les gens eussent peur des arêtes, aussi. Toujours est-il qu'à Kermabeuzen il n'y avait jamais de poisson au menu. Malgré cela, curieux de toutes les choses de la nature, Corentin avait observé ces fameux brochets dans la retenue d'eau de Saint-Herbot.

Le barrage avait été construit en 1932 sur le cours de l'Ellez, en aval de Brennilis, pour alimenter une usine électrique – quelque chose de bien mystérieux, en ce temps-là, que l'électricité. Du réservoir un énorme tuyau descendait vers Saint-Herbot et grondait lors des lâchers d'eau. On disait que le géant Gawr était en colère. Sitôt le barrage mis en eau, des alevins avaient dévalé du lac Saint-Michel : vairons, gardons, perches et brochets avaient prospéré.

Le brochet, avait remarqué Corentin, ressemblait à ces crocodiles, ou caïmans, ou alligators des livres de classe, avec sa peau marbrée et son museau bégu. Il se planquait sous les souches de la berge pour guetter ses proies et quand un banc de gardons lui passait devant le nez, soudain il jaillissait de sa cache et fonçait dans le tas. Le fretin fusait en l'air et la surface de l'eau crépitait comme sous une averse de grêlons. Contenté pour un moment, pouvait-on supposer, le brochet rentrait dans son trou et bientôt les petits poissons ressortaient des herbiers, timidement d'abord dans les ocelles d'ombre où ils se confondaient avec les brindilles de bois mort, puis, effrontés, venaient se chauffer et briller dans les flaques de soleil.

La tête à l'ombre, Corentin se chauffait au soleil. Assis à cette terrasse, il était le brochet au bord de son trou. Dans un instant ce serait la chasse et le fretin s'égaillerait dans les taches d'ombre et de lumière de la place de la mairie.

Tiédie, la canadienne et veste de chasse de son beau-frère sentait la grange, la sciure de bois et ces peaux de lapin bourrées de foin qu'on suspendait à des crochets dans les courants d'air pour qu'elles sèchent sans pourrir avant qu'on s'en serve pour fourrer les sabots de paille qu'on portait à l'intérieur de la maison. Cette odeur le ramena vingt-cinq ans en arrière. Il lui vint à l'idée que *la suite des événements*, après l'assassinat de Castric et la liquidation du maquis de Meil Fao, fut aussi une histoire de brochet.

Le brochet : la compagnie de SS ; le fretin avalé : le maquis de Meil Fao ; le fretin épargné : Mathias et consorts et tous les maquisards du coin. Et les breizh atao, à quoi les comparer ? A une autre sorte de fretin. Il y a du gros et du menu fretin et dans l'univers de la bigaille les gros mangent aussi les petits.

Orphelins de leurs protecteurs SS, les Bagadou Stourm se mirent à errer dans les halliers.

Libérés du péril de la compagnie Klapper, les résistants prirent leurs aises sur le même territoire. Mathias, Momo et Tarzan élurent domicile dans un penty de La Feuillée occupé par une vieille sorcière qu'ils approvisionnaient et qui leur faisait à manger et lavait leur linge.

Le capitaine Gradlon réapparut. Il les rencontra à Berrien. Comme il était à peu près certain que ce secteur d'Arrée ne risquait plus grand-chose – les Boches de Huelgoat partiraient à leur tour ou se rendraient le jour venu –, sa mission était d'organiser d'ores et déjà l'administration future du canton et de regrouper les maquisards en sections susceptibles de nettoyer le terrain devant les Américains.

Il ne reprocha pas à Mathias l'assassinat de l'abbé Castric. Il jugea de bonne diplomatie d'omettre de dire que, de son avis, ce meurtre inutile était la cause du massacre de Meil Fao, tandis que Mathias, lui, était persuadé d'avoir sauvé des dizaines de gars de la déportation. Il fallait se serrer les coudes et se ranger tous sous la même bannière. Mathias était-il d'accord ?

— Ouais, répondit-il, à condition que je reste le chef du secteur.

— Je n'y vois aucun inconvénient. Mais êtes-vous bien conscient que cela suppose d'obéir aux ordres supérieurs ?

— De qui ?

— Aux miens, par délégation du Conseil national de la Résistance.

— On demande pas mieux que de se battre.

— Alors, puisque nous sommes d'accord...

Gradlon n'avait guère le choix. Il lui fallait un noyau autour duquel réunir les maquisards dispersés dans la campagne huelgoataine. Ce trio d'arsouilles – pensée secrète du capitaine – ferait l'affaire dans un premier temps.

Lors de leur rencontre suivante, Mathias toucha un uniforme et ses barrettes de lieutenant, ainsi qu'une accréditation en bonne et due forme.

— Quels sont les ordres, mon capitaine ? ironisa-t-il.

Gradlon resta de glace et déclina ses instructions point par point : réceptionner d'éventuels parachutages, relever des « boîtes à lettres » convenues, respecter les rendez-vous fixés, accueillir les nouveaux FFI et les former en section, surveiller à distance les Allemands de Huelgoat, n'intervenir qu'au cas improbable où ils tenteraient une sortie et maintenir l'ordre jusqu'à la percée américaine en Bretagne.

— Je veux dire par là : pas d'épuration hâtive, pas d'expéditions punitives. C'est bien compris ?

— Affirmatif, mon capitaine !

« Compte là-dessus ! » commenta Mathias après le départ de Gradlon. Il considérait qu'il avait les pleins pouvoirs et entendait bien en user. Jusqu'à la dernière balle.

Les balles, il fallut les partager avec les nouveaux arrivants. L'effectif des maquisards ne cessait de grossir, celui de l'autre clan s'était amaigri.

Chez les Bagadou Stourm, il y eut non pas des défections, mais des changements d'orientation. Traumatisé par les coups de crosse des SS au cul des camions, Gwenn-Aël de Kerdu se rendit très vite compte de la précarité de leur situation. Trahis par les SS, rejetés par les Allemands de la Wehrmacht, la raison leur commandait de quitter les monts d'Arrée sur-le-champ et de rejoindre le quartier général du PNB où leur sécurité serait assurée. Il convainquit six hommes de le suivre à Rennes. Ils réussirent à gagner la capitale bretonne, pour trouver face koat[1]. Les grands théoriciens du mouvement avaient déjà gagné Paris où un convoi de collaborateurs de haut vol était en formation, direction l'Allemagne et Sigmaringen, et plus tard l'Irlande, où ils écriraient leurs mémoires en attendant la grâce gaullienne des condamnés par contumace.

Gwenn-Aël de Kerdu et ses acolytes se fondirent dans une unité de combat fraîchement constituée, le Groupe d'action pour la justice sociale, un véritable ramassis d'assassins. Trois périraient sous les balles des résistants et quatre, dont Kerdu, seraient condamnés à mort par la cour de justice de Rennes, et passés par les armes.

Blaise et les quatre breizh atao restants, que Momo, avec son sens de la formule boulevardière, surnommerait bientôt les « brêles atao », n'avaient pas voulu suivre le clerc de notaire par hantise de l'étranger. Et l'étranger, pour eux, ce n'étaient ni les Amériques, ni l'Afrique, ni l'Océanie, mais le département voisin, quand ce n'était pas le canton d'à côté, au-delà de la colline voisine. L'expérience du service militaire et du stalag leur avait suffi. Ils se souvenaient avec exécration des paysages urbains, des plates étendues de terre labourée, des gigantesques forêts prussiennes, des accents pointus des bidasses, des moqueries à propos de leur propre accent et de leur baragouin qu'ils croyaient universel. Oui, ils avaient souffert de l'altérité géographique et de la promiscuité avec l'étranger.

1. Figure de bois, autrement dit porte close.

Ils étaient cinq pauvres types qui ne se sentaient à l'aise que dans leur cambrousse, à des degrés très peu différents cinq clones d'abrutis à qui on avait bourré le crâne comme on bourre un poêle de papier journal, au point d'empêcher tout tirage. Déjà brumeuses de naissance, leurs cervelles étaient à présent complètement enfumées. Orphelins des SS, orphelins de la Wehrmacht, orphelins de leurs collègues, les cinq brêles se retrouvèrent comme une portée de renardeaux dont le terrier a été dynamité, dans l'obligation de chaparder de poulailler en poulailler, c'est-à-dire de ferme en ferme où réclamer de quoi manger et un tas de foin où dormir.

Blaise les guida tout d'abord vers une poignée de métairies supposées sympathisantes, puisque abonnées à *L'Heure bretonne*. La réception n'y fut pas à la hauteur de leurs espérances. Le vent tournait, les vestes se retournaient. On leur servait la soupe à la grimace, avant de leur suggérer par litotes et euphémismes d'aller se faire fusiller ailleurs.

Force fut donc de prendre une option quelque peu différente : rançonner les paysans qui s'étaient particulièrement distingués sur le marché noir. Là, les uniformes SS faisaient merveille : hommes, femmes et enfants, voire chiens et chats, tremblaient devant les treillis bariolés et les brassards au triskell. On les servait toujours en silence, mais en abondance, en patates, en lard, en cidre et en lambig, comme pour les anesthésier. Justement, l'inconvénient, dans ces fermes-là, c'était qu'il fallait monter la garde à la porte de la grange, de peur d'être occis à coups de fourche ou de faux pendant son sommeil.

Mentalement et physiquement, le reliquat de la Bezen Castric se contentait de survivre, sans penser à l'avenir, sinon de façon idéale et vaporeuse, sous forme d'une image d'Epinal représentant la paix des braves et le retour de chacun chez soi. L'idée de voler des fringues civiles, de balancer leurs armes dans un fossé et de se disperser dans les gros bourgs ou dans les villes – Pleyben, Briec, Châteauneuf-du-Faou, Carhaix, Quimper – leur vint trop tard.

Au bout de trois semaines, Mathias fut à la tête d'une vingtaine d'hommes. Il fallut les loger. Le lieutenant FFI choisit d'installer le groupe au bord de l'Ellez, au sud-est de Saint-Herbot, dans une longère décrépite offrant l'avantage de plusieurs accès et issues de secours, qu'il fit garder jour et nuit, fort de l'expérience tragique de Meil Fao. Il s'était pris au jeu du commandement, d'autant plus facilement qu'il était auréolé, aux yeux de sa troupe de novices, du statut de survivant du maquis de Meil Fao et d'exécuteur de l'abbé Castric.

Il fallait aussi nourrir tout ce monde : Mathias désigna aux ravitailleurs des fermiers enrichis par le marché noir à qui réclamer un tribut en nature. Au cours d'une expédition à laquelle il participa, Mathias apprit que Blaise et ses quatre compères erraient dans la nature et se nourrissaient sur la même bête.

— On a déjà donné à ton frère ! lui dit le fermier.

— T'es allé chez toi, à Kermabeuzen ? lui demanda la fermière. Ton frère Corentin, lui aussi il a vendu des cochons aux Allemands ! Qu'est-ce que t'attends ?

— Ouais, *boullc'hurun*, insista le fermier, un jour les breizh atao, le lendemain les résistants. Finalement c'est nous qui n'aurons plus rien à manger !

— Des pissenlits par la racine que tu boufferas, répondit Mathias, si tu fermes pas ta grande gueule !

Vexé que tout ce monde sache qu'il avait un frère

parmi les pires collabos, il ouvrit la chasse aux breizh atao. Ça ne devrait pas être plus difficile de les attraper que de mettre des lièvres au carnier. Le lièvre est stupide : il va de gîte en gîte. Levé sur l'un par les chiens, raté près du second par les fusils, il file vers le troisième et, levé et raté de nouveau, tourne en rond et revient au premier. Où il suffit de l'attendre.

— Qu'est-ce qu'on fait si on leur tombe dessus ? demandèrent les hommes.

— Autant que possible, vous les ramenez à la base. S'ils font mine d'attaquer, vous tirez dans le tas.

— Même ton frangin ?

— Y a plus de frangin qui compte.

En disant cela, Mathias espérait que Blaise se ferait dégommer. Trois jours plus tard, les capucins furent surpris au gîte. Deux voulurent dégainer leur pistolet. Ils furent abattus d'une rafale et laissés sur place, aux bons soins de leurs hôtes chargés de les enterrer, et trop heureux de s'en tirer à si bon compte. Les résistants ramassèrent les cinq Mauser et les cinq pistolets et ramenèrent les trois autres au camp, dans la longère du bord de l'Ellez.

L'un des trois était Blaise.

Les hommes se turent. Le silence – farouche et sinistre silence – fit peser sur les épaules de Mathias la toge du juge suprême. Oserait-il condamner son frère ? Une fois de plus il se sentit grandi, investi d'une mission supérieure.

Blaise chancela vers lui et tenta de se réfugier dans ses bras, ce qui était risible, en raison de leur différence de taille et compte tenu qu'il avait les mains liées dans le dos.

Les hommes ne rirent pas.

Mathias repoussa son frère.

— Alors, t'as l'air malin, comme ça, déguisé en mardi gras ! T'as pas honte ?

— Si ! cria Blaise. Oui, j'ai honte !

Il tomba à genoux.

— Tu fais tes prières ?

— Tu vas pas me tuer ? Tu vas pas tuer ton frère ? Mathias ! Je veux rentrer à la maison ! Ramène-moi à la maison ! Je te promets que t'entendras plus parler de moi.

— Relève-toi, crapule ! T'es un homme ou un enfant de chœur ? Relève-toi, je te dis ! Mets-toi debout si tu veux être jugé !

— Jugé ? bredouilla Blaise.

Les deux autres breizh atao redressèrent la tête, une lueur d'espoir dans les yeux. Le mot évoquait un tribunal, des juges impartiaux et des défenseurs.

— Ouais, dit Mathias, ici même. On va voter à main levée. Momo, Tarzan et moi, on a vu de nos yeux vu à Meil Fao ces salopards exécuter chacun un de nos copains d'une balle dans la tête. Qu'est-ce qu'ils méritent, à votre avis ?

— La mort, grogna un homme.

— Les SS nous ont obligés, bafouilla Blaise.

— Obligés, mon cul ! hurla Mathias. Fallait réfléchir avant de vous engager dans la milice ! Qui vote la mort ?

— Mathias ! supplia Blaise. Pense à Mamm, pense à Tad. On est du même sang.

— J'y pense, figure-toi ! Et eux aussi, ils pensent à toi. Ils te voient ! Je les entends pleurer et se retourner dans leur tombe, tellement tu les débectes. Il faut que tu crèves, rien que pour ça, pour qu'ils puissent reposer en paix. Alors, qui vote la mort ?

Il leva le bras. Tarzan leva le sien, suivi de Momo. Avec un temps de retard, tous les bras se levèrent.

— C'est bon, dit Mathias. Qu'on les colle au mur. Cinq volontaires pour former le peloton.

— J'en suis ! dit Tarzan en saisissant un Mauser.

Pas très enthousiaste dans son tréfonds, mais sentant bien qu'il ne pouvait guère faire autrement, Momo lança sur un ton guerrier :

— Moi aussi !

— Je veux trois jeunes qui n'ont jamais fait le coup de feu, dit Mathias.

Un trio se détacha du groupe. Les condamnés furent poussés contre le mur de la longère. L'un défiait fièrement ses bourreaux, l'autre regardait ses pieds, Blaise sanglotait. Une tache s'élargissait à son entrejambe. Le peloton s'aligna.

— Le fiérot d'abord, dit Mathias. En joue ! Feu !

Le breizh atao s'écroula. Le second psalmodiait des prières. Il s'écroula à son tour, au beau milieu d'un *Pater* ou d'un *Ave*. Blaise se mit à gueuler comme une bête blessée, se détacha du mur et s'avança vers le peloton pendant que les hommes actionnaient les leviers de culasse. Tarzan tira le premier, au jugé, fusil à la hanche. Il le sécha d'une balle dans le ventre.

— L'ordure ! éructa Mathias. Il n'est même pas capable de mourir proprement. Feu, nom de Dieu !

Feu ? Où viser un homme à terre, roulé en boule comme un hérisson ?

— Mathias ! plaida Momo, faut lui filer une balle dans la tronche.

— C'est ça que tu veux ? Que je le fasse moi-même ?

Mathias dégaina son pistolet. Il écumait. Tarzan avait rechargé son arme. Il s'approcha du blessé.

— Laisse, dit-il à Mathias, un frangin ce serait trop lourd à porter.

— Rien à foutre !

— Non, laisse, je te dis.

Tarzan ordonna aux trois jeunes recrues :

— Avec moi, visez la tête. Feu !

Blaise fut massacré de quatre balles dans la tête. Il s'ensuivit un long silence. Les mains des recrues tremblaient sur leur Mauser. Des pigeons roucoulèrent dans un châtaignier. Mathias toisa ses troupes, rengaina son pistolet et dit :

— Maintenant, vous savez ce que c'est, la guerre ! Y a des pelles et des pioches dans l'appentis. Enterrez-moi ces trois collabos quelque part par là. Pas trop près, et profond, qu'ils reniflent pas. Exécution !

Exécution, *exécutions*... De mi-juillet à début août, Mathias collectionna les titres de gloire qu'il épinglerait sur sa poitrine lors du procès de Corentin. Récupérée chez le forgeron de la route de Berrien et badigeonnée sur le toit et les flancs des trois lettres FFI, la Onze légère de Momo sillonna le pays en quête de collabos plus ou moins affirmés. Le plus souvent la Citroën ne transportait que le lieutenant et ses deux aides de camp. Le reste de la troupe demeurait au cantonnement, l'arme au pied, dans l'attente de la bataille finale.

Une autre section s'était constituée, formée surtout de gendarmes qui avaient rejoint la Résistance. Mathias n'en avait pas voulu sous son commandement. Ces types-là étaient aussi pour la plupart des RMJ, des résistants du mois de juillet – comme il y aurait les RMA et les RMS en août et septembre. En outre, avec leur uniforme, et bien que certains d'entre eux ne fussent pas très clairs, qui avaient servi Pétain sans sourciller, ils symbolisaient le retour de l'ordre républicain. Or, Mathias se sentait plus Robin des bois et Mandrin que lieutenant du gouvernement provisoire.

Les justiciers n'ont pas forcément envie de se frotter aux représentants de la justice, surtout lorsque leurs attendus et leurs arrêts ne correspondent à aucun article du code de procédure pénale.

Précédant une tentation qui habitait Momo mais qu'il se gardait d'exprimer car il se méfiait des réactions de son lieutenant, un maquignon eut la malencontreuse idée de leur proposer une somme en contrepartie de leur protection. Momo empocha les biftons d'autorité. Mathias ne broncha pas. De retour dans la Onze légère, il dit simplement :

— J'aime pas beaucoup ça.

— T'inquiète, répliqua le demi-sel, je te l'ai déjà dit, faut les punir là où ça leur fait mal : au larfeuille. N'importe comment, on va pas rançonner tout le patelin. Juste ceux que ça soulage, aux deux sens du verbe. D'ailleurs...

— Ouais ? grogna Mathias.

Momo tourna sa langue sept fois dans sa bouche avant de jacter. Le sujet était délicat. Au cours de leurs récentes pérégrinations, le maquereau avait observé que son cheftain évitait les alentours immédiats de Saint-Herbot et les hauteurs de Kermabeuzen, tant du point de vue strictement topographique que de celui de la causette.

A Ty Stang, Momo aurait bien remis une cabane sur le chien – un corps d'homme sur la brune du café-tabac – mais Mathias demeurait imperméable à ses suggestions voilées. Il se doutait que le jeune coco des landiers y avait fait chou blanc. Il était sorti bien trop vite de la remise où Momo, lui, avait joué serein de son foret en fer doux, malgré les yeux de braise de la belle, qui avaient de quoi intimider un puceau, fallait dire. C'était couru, Mathias n'avait aucune envie de revoir dans les feux du regard de la belle le rappel ironique du fiasco.

Quant au château fort de Kermabeuzen, une cambuse toute trouvée, qui regorgeait a priori de provisions de bouche, Mathias semblait l'avoir déclarée terra incognita. Plusieurs fois les bâtiments s'étaient encadrés dans le pare-brise de la Onze légère, toujours Mathias avait ordonné un changement de cap. Sans trop risquer de se fêler la cafetière, on pouvait imaginer que le cadet n'était pas trop enclin à échanger des confidences avec son grand frère à propos du décès brutal, qu'il avait pu apprendre, de leur collatéral collabo. Pourtant, c'eût été dans son caractère de se pointer pour s'en vanter. Et re-pourtant, l'anarchie ambiante était idéale pour régler ses comptes avec lui. Il y avait autre chose. La frangine en cloque d'un Fridolin. En effaçant Kermabeuzen de son champ de vision, Mathias faisait l'autruche. Reculait à perpète le moment d'affronter la question du lardon à naître.

Momo lança le cochonnet, puis sa première boule à suivre :

— D'ailleurs, ton frangin Corentin, l'intendant en chef, il doit avoir un sacré magot, non ? supputa-t-il en tripatouillant le levier de vitesse de la Onze.

— Roulez, chauffeur ! dit Tarzan affalé sur la banquette arrière.

— Je te l'ai dit, un sacré magot, sûr, concéda Mathias.

Momo expira son soulagement. Il ne s'était pas fait envoyer paître, il pouvait donc placer une deuxième boule.

— Dis donc, t'as pensé que s'il arrivait des bricoles à ton dernier frérot tu serais le châtelain ?

— Et ma sœur ? répondit Mathias en regardant la route droit devant lui.

— Et ta sœur ! s'exclama gaiement le Momo. La main de ma sœur dans la culotte d'un artilleur ! Tu connais la chanson ?

— J'ai pas envie de la connaître.

— Sérieusement, c'est pas une fille de quinze ou seize ans qui peut tenir une ferme. Une greluche seulabre, ça signe tout ce qu'on veut.

Tarzan se redressa et s'accouda aux dossiers des sièges avant. D'une réplique, il fit perdre le point à Momo.

— Fais pas chier le maquisard, Momo. Mathias en a eu sa dose, de la mouscaille familiale.

— C'est vrai, j'oubliais le fusillé, s'excusa Momo avec roublardise. Pardon, Mathias, j'ai eu tort de parler de ça.

— Peut-être pas. Peut-être qu'on en reparlera.

La Onze légère se mit à enfiler les virages de la route de Berrien, direction le nord. Ces messieurs excursionnaient et consolidaient leur prestige au passage, comme ce fut le cas ce jour-là.

Les Américains approchaient de Saint-Brieuc. Dans une modeste bourgade entre Scrignac et Plestin-les-Grèves, la Wehrmacht avait laissé une poignée d'hommes en poste. Leur mission suicide consistait à défendre un carrefour de deux départementales. Ils disposaient pour ce faire de six Mauser, d'une poignée de grenades, d'un MP 40 et d'une caissette de chargeurs. L'arrivée de l'avant-garde américaine était annoncée pour le lendemain matin. Au milieu de l'après-midi, le conseil municipal de la commune rendit visite aux Allemands.

— Avez-vous l'intention de vous battre contre les Américains ? leur demanda le maire.

— Avec nos fusils et un pistolet-mitrailleur, je ne vois pas ce que nous pourrions faire contre les chars.

— Voulez-vous vous rendre ?

— Oui, si vous garantissez notre sécurité.

— Je m'en porte garant, dit le maire. Donnez-nous vos armes et nous irons au-devant des Alliés pour les prévenir qu'ils ne rencontreront ici aucune opposition.

L'adjudant en discuta avec ses hommes.

— Nous sommes d'accord, monsieur le maire.

En fin de soirée, au bord de la route, désarmés et en bras de chemise, les Allemands savouraient leur statut de prisonniers sur le muretin de l'école primaire où ils étaient cantonnés. Pendant l'après-midi, des villageois étaient venus bavarder avec eux et se féliciter, chacun avec ses mots simples, de la fin de la guerre.

Le maire et une délégation de conseillers guettaient les Américains à l'est du village. La Onze légère avait remis cap au sud. A l'entrée du bourg, la troïka justicière n'en crut pas ses yeux. Des Boches, fumant leur clope et bayant aux premières étoiles, alignés comme les silhouettes du jeu de massacre au pardon des Cieux.

— Putain, le carton ! jubila Tarzan.

— Tu ralentis au passage et après tu mets les gaz, dit Mathias à Momo en saisissant sa Sten.

Sur la banquette arrière, Tarzan arma la sienne d'un chargeur plein et baissa sa vitre.

Le ronflement du moteur alerta les Allemands. Ils se redressèrent, virent les trois lettres FFI, eurent à peine le temps de lever les bras. Les deux Sten crachèrent la mort et la Onze légère poursuivit sa route.

— Huit d'un coup ! Merde alors ! se félicita Tarzan.

— Vous croyez pas qu'ils s'étaient rendus ? suggéra Momo.

— Et qu'est-ce que ça pourrait bien nous foutre ?

répliqua Mathias. Des Boches c'est des Boches. Pour ceux de Huelgoat ce sera du pareil au même. Passeront à la toise.

— A la moulinette, tchak-tchak-tchak-tchak-tchak ! commenta Tarzan.

— Ceux-là, m'étonnerait qu'ils sortent comme ça de leur blockhaus, dit Momo.

— Quoi, tu voudrais qu'ils sauvent leur peau ?

— Non, mais j'essaie de raisonner.

— T'as oublié nos copains de Meil Fao ?

— Mon grand Mathias, tu sais bien que t'as toujours raison, concéda Momo le diplomate.

Et il songea que le cadet de saumure était vraiment marteau, toctombe, zinzin et quoi terra. Mûr. Complètement blet pour l'ultime fratricide. Schématiquement, Momo voyait ainsi la chose et n'en démordait pas : décès prématuré du frangin et de la frangine, chute du castel dans l'escarcelle du fondu, vente dudit domaine, investissement associatif du produit sur les boulevards, entortillement de l'associé et peut-être bien sa noyade dans la Seine. Le problème, c'est que les détails ne lui apparaissaient pas vraiment. L'homme était assez chaud pour passer à l'acte, mais comment le pousser au crime ? Il ne fallait pas l'y pousser. Fallait juste poursuivre le travail de suggestion. Inconvénient : le succès n'était pas garanti. Dans une quinzaine, un mois tout au plus, ce serait trop tard. L'ordre rétabli, le meurtre prétendument épuratif, crime parfait en l'occurrence, deviendrait impossible.

Depuis l'assassinat de l'abbé Castric, Marianne Lautridou n'avait pas eu d'occasion, ni de véritable raison, d'user de sa bouilloire magique. Tourmentée par le désir de la passer à la vapeur, elle tourna et retourna l'enveloppe qui venait d'échoir entre ses mains.

Oblitéré du sceau de la fatalité, le pli émanait de la poste aux armées allemande, venait de Normandie et était adressé à Naïg Kermanac'h, aux bons soins de la poste de Saint-Herbot. C'était éminemment intrigant. Ça vous gratouillait l'ongle du pouce, que Marianne Lautridou avait gardé assez long, au cas où elle aurait encore de l'ouvrage. L'eau frémissait dans la bouilloire sur le coin de la cuisinière. D'impatience ? Marianne Lautridou réfréna la sienne, mit le pli de côté et ne le donna pas au facteur quand il vint trier sa tournée.

A midi, la lumière fut : et si cette lettre avait à voir avec les collabos ? Et si Naïg, tout comme le Blaise, était de mèche avec les breizh atao ? Sa conscience lui fit remarquer que l'argument était oiseux et plutôt tiré par les cheveux, mais elle lui répondit :

— Et si jamais c'était ça, hein ?

Elle rajouta des bûches dans la cuisinière.

La lettre était en allemand et commençait par « Naïg, *Mein Lieber* ». En quatre ans, Marianne Lautridou avait eu le loisir d'apprendre au moins le sens de ces deux mots-là. Mon amour, tiens donc ! Le cœur de la demoiselle des postes se mit à battre, pire que si elle avait avalé, comme dans le temps, deux bols de café *créo*, plus noir qu'un drap de deuil et aussi épais que de la bouillie d'avoine.

Elle parcourut en hâte le reste de la lettre, dans l'espoir d'être touchée par une espèce de grâce linguistique, mais n'y comprit rien, trois fois hélas. Elle déposa contre la fenêtre son panonceau « Je reviens dans cinq minutes » et courut confier la traduction de la missive à l'institutrice en retraite. La bonne dame vint rendre sa copie à l'heure du goûter. Elle tremblait d'émotion tant l'information était d'importance et brûlait de cette aura du secret que vient de révéler l'encre sympathique à la chaleur d'une bougie.

L'institutrice lut à Marianne la lettre d'amour et d'adieu d'Erwin Probst.

Ma petite Naïg, mon grand amour,

J'écris cette lettre, que je vais confier à un camarade, en espérant que tu ne la liras jamais et qu'après la guerre nous nous marierons et nous aimerons jusqu'à la fin de nos jours, mais si tu la lis cela voudra dire que je suis mort. Les combats sont très durs, ici, en Normandie.

Ne pleure pas, mon amour. Si le paradis existe, nous serons à nouveau réunis pour l'éternité.

Je ne pleure pas parce que je vis en toi, par cet enfant qui naîtra à l'automne. Elève-le, soigne-le, aime-le en pensant à notre amour brisé.

Plus tard, quand la paix sera revenue, que la France et l'Allemagne auront pansé les plaies de la guerre, je voudrais que tu ailles voir mes parents avec le petit ou la petite. Ils t'accueilleront comme leur propre fille. Je les ai prévenus. Ce sont des gens de la campagne, comme toi et les tiens.

Adieu, Naïg.

Ton Erwin qui t'aimera toujours.

Marianne Lautridou en demeura stupéfiée.

— C'est une lettre très émouvante, dit l'institutrice. Quel âge a la fille Kermanac'h ? Elle est toute jeune, il me semble.

La postière ne l'écoutait pas. Elle suivait le cours de ses pensées.

— Je l'ai eue en primaire, continua l'institutrice. Elle doit avoir quinze ou seize ans. A cet âge-là on tombe facilement amoureuse et on n'en mesure pas les conséquences.

Marianne Lautridou hochait la tête, les yeux dans le vague, que c'en était gênant pour l'institutrice.

— Il vaudrait mieux garder cela pour nous, non? Qu'en pensez-vous, Marianne? Puisque le père est mort. Et puis cette pauvre Naïg a dû avoir une jeunesse difficile, entre cinq frères... Où a-t-elle bien pu rencontrer cet Allemand?

— Sûrement à Carhaix où elle était placée, répondit Marianne Lautridou du tac au tac, en faisant claquer les mots, comme pour signifier à l'institutrice que ses questions parasitaient son cheminement mental.

— Bon, dit la vieille dame, on déchire la lettre?

La postière se réveilla brutalement. Elle arracha la lettre et sa traduction des mains de l'institutrice.

— Eh ben, conclut-elle sa réflexion, avec ça le Corentin va pouvoir mettre sa fierté dans sa poche et son mouchoir sale par-dessus!

Tout était dit dans cette phrase.

Elle contenait le mépris d'une résistante à l'égard d'un homme qui n'avait jamais pris parti; qui n'avait pas fichu dehors son frère Blaise quand il s'était engagé dans les breizh atao; qui avait laissé les Bagadou Stourm et les SS se glorifier eux-mêmes aux obsèques d'Alexis; qui avait rejeté Mathias, le seul être valable de la fratrie, le seul doté d'un vrai courage; Mathias sans qui des dizaines de gars auraient été fusillés ou déportés, s'il n'avait pas liquidé le curé collabo avant qu'il remette aux Allemands sa liste de réfractaires au STO.

La phrase contenait aussi toute la rancœur sournoise d'un bourg à l'encontre d'un homme à part, qui n'adorait ni Dieu ni maître, qu'il soit bleu, blanc ou rouge, et n'avait de respect que pour sa terre ; un homme qui réussissait tout ce qu'il entreprenait, malgré la dureté des hautes terres : ses récoltes étaient les plus abondantes, ses bêtes les plus grasses, ses chevaux les plus costauds, son cidre le plus sec au palais et le plus doux au gosier, son lambig le plus moelleux ; un homme qui telle une châtaigne dans sa bogue s'enfermait dans son orgueil de maître de Kermabeuzen. Ses piquants le protégeaient ? On l'aurait par sa sœur.

La phrase révélait enfin la jalousie rentrée, au demeurant bien pardonnable n'eussent été ses corollaires, d'une vieille fille à l'égard des histoires d'amour, et surtout envers celle de Corentin avec la Suzanne, cette étrangère au pays d'une beauté inouïe et, à l'instar de son amant, indifférente aux événements ; une femme qui vous regardait sinon de haut, du moins sans vous voir et servait à boire aux Allemands ; une scélérate devant qui le général SS avait déroulé le tapis rouge le matin de la prise d'otages ; et pire encore, en accueillant sans vergogne le Corentin entre ses jambes, une dévergondée qui clamait bien haut qu'elle était libre de son corps.

Tout avait fini par concorder, comme dans les mots croisés de *Ouest-Eclair* dont Marianne venait à bout, à force de se creuser les méninges.

— Vous allez dénoncer Naïg ? chuchota l'institutrice.

— Je vais aller le dire à Louis Coz et il le dira à Mathias s'il en a envie.

— Cela équivaut à dénoncer, insista l'institutrice. Vous ne croyez pas que...

Marianne lui adressa son noir regard de demoiselle des postes que courrouce la contradiction aussi bien qu'un mandat raturé.

— Qui parle de dénoncer ? se fâcha-t-elle. Il faut que ça se sache, un point c'est tout.

Il pleuvait des cordes quand elle ressortit de chez Louis Coz. La pluie continua de tomber pendant la nuit, droite, tiède, abondante. Elle ruissela sur des tapis d'aiguilles de mélèzes, remplit des mares au pied des hêtres, réveilla le chant des fontaines, forma des ruisselets qui se frayèrent un chemin à travers les bruyères et les plants de myrtilles du coteau de Saint-Herbot, et avec toute cette eau, telle une couleuvre, le secret de Naïg serpenta jusqu'aux prairies des bords de l'Ellez et le camp des maquisards où l'information se mit à circuler en fin d'après-midi.

Mathias, accompagné de ses deux sous-fifres, revenait de la mairie de Huelgoat où il avait pris possession de ses bureaux de super-préfet provisoire de la localité. Les Allemands s'étaient rendus aux gendarmes, la ville était libérée, le trajet de Mathias était en quelque sorte achevé. Sa mission présente consistait à purger le conseil municipal d'éventuels pétainistes un peu trop affirmés et à nommer à leur place une équipe de gaullistes et de communistes savamment dosée.

Ce travail de censeur allait lui permettre d'occulter son avenir immédiat. S'engager dans l'armée et pourchasser les Boches jusqu'à Berlin ? Déjà lieutenant, il finirait colonel. Mais il ne se voyait pas se fondre dans le moule de l'armée. S'occuper de Kermabeuzen, n'était-ce pas cela son véritable avenir ? « On en reparlera ! » avait-il promis au Parisien.

A vrai dire, dès que Momo cessait de lui souffler au derrière, Mathias reculait le moment d'aller régler ses comptes avec Corentin. Un cadet reste souvent le petit frère, pour l'éternité. Il continue de craindre le grand, ses fesses le cuisent encore, même à quatre-vingts ans, des tournées reçues. Tout en laissant Kermabeuzen dans les confortables brouillards de l'indécision, il s'en voulait de sa lâcheté qui, gamin, le faisait renoncer le matin à de terribles vengeances concoctées au coucher : planter une fourche à deux doigts dans le dos du peigne-cul qui se prenait à la fois pour son père et pour Dieu le père. Oui, remettre à sa place ce curé sans soutane qui vous punissait à tout propos : pour avoir déniché des buses aussi bien que pour avoir laissé la vache caguer dans son lait pendant la traite. La veille encore, il se voyait tenir Corentin au bout de sa Sten et l'obliger à lui demander pardon.

Et à lui donner sa part.

Il regagnait la rive de l'Ellez dans un tout autre état d'esprit. Enjoué, mais pas moins fier de lui que d'ordinaire, il allait annoncer aux gars qu'ils déménageaient dès ce soir dans les hôtels du bourg, où ils prendraient du bon temps en préparant la fiesta à tout casser, avec bal populaire et tout le bazar, du lendemain 15 août, jour du pardon des Cieux, avant guerre.

Intuitif comme la plupart des caractériels, il remarqua aussitôt les sourires goguenards et les gueules enfarinées.

— Qu'est-ce qui se passe ? demanda-t-il.

A mesure que le danger s'éloignait, la discipline s'était effilochée mais là, vraiment, certains gars le regardaient d'un drôle d'air, comme s'il s'était pris les pieds dans ses lacets.

— Ben écoute, Mathias...

— Ben ouais, j'écoute !

— En allant au ravitaillement, on a appris un truc. Tu savais que ta sœur était en cloque ?

— En cloque ? Comment je pourrais savoir, moi ? Et d'abord, qu'est-ce que ça peut te foutre ?

— Ben, c'est que... La postière de Saint-Herbot a ouvert une lettre allemande. Y a aucun doute, ta sœur est en cloque d'un Fridolin.

— Hein ?

Mathias n'eut pas la présence d'esprit de s'étonner plus avant, d'empoigner le gars par le colback et de lui faire ravaler ses paroles. Il fut tétanisé. Momo lui souffla à l'oreille :

— Reste pas sonné comme ça. Si tu veux pas qu'ils te chient tous dans les bottes, t'as intérêt à te relever avant que l'arbitre ait compté dix.

— Une lettre, hein ? éructa-t-il.

— Tu veux qu'on s'en occupe ? proposa un gars. T'as déjà eu ta ration avec ton frère breizh atao.

— Ta gueule ! Le linge sale, ça se lave en famille ! Je monterai à Kermabeuzen ce soir.

21

Corentin finit sa bière, paya et empoigna son sac. Il avait deux cents mètres à faire jusqu'à la place de la mairie. Peut-être moins en empruntant le raccourci de la ruelle à droite de l'église. « Un, deux, trois », répéta la voix dans les haut-parleurs.

Un, deux, trois... Corentin commença à compter ses pas et s'arrêta à cent quatre-vingt-trois.

Le public était massé en arc de cercle devant une tribune dressée dos à la haute futaie sous laquelle se faufilaient les premiers hectomètres du canal de la mine d'argent de Locmaria-Berrien.

Corentin se hissa en compagnie de quelques badauds sur l'escalier extérieur d'une crèche à moitié en ruine située à l'arrière d'une des belles maisons du bourg. Ces marches étaient le meilleur endroit pour ne rien manquer du spectacle, mais Corentin ne voyait pas. Il ne voyait ni les drapeaux, ni les personnalités, ni les gendarmes en grande tenue.

Il n'avait d'yeux que pour le loquedu, le Mathias, assis à la tribune, et comme de bien entendu couvert de décorations. Il paraissait bien ratatiné dans un costume plus très frais. Il portait bien plus beau dans son uniforme américain, avec ses barrettes de lieutenant, au procès.

Corentin n'entendait pas le sous-préfet de Châteaulin discourir. La vision de l'ordure médaillée l'avait transporté dans cette portion de son passé qui, pourtant minuscule en longueur, comparée à vingt-cinq années de prison, occupait depuis tout son présent.

Du haut des marches, face à la tribune des officiels, Corentin écoute un pic épeiche marteler un tronc pourri, à Kermabeuzen, le soir du 14 août 1944.

Mi-août, les jours ont déjà bien raccourci. Naïg fait la vaisselle. La ceinture de son tablier sera bientôt trop courte. Noul est sorti pisser. Corentin se lève de table, le cœur gros, à cause de l'orge, de l'avoine et du blé qu'il n'a pu moissonner qu'en partie. Il se dit qu'il faudra faire avec. Les journaliers circulent de nouveau. Il a appris, pour Blaise. Fusillé par son propre frère. A qui le tour ? Il s'attend à de la visite, un jour ou l'autre.

Il roule une cigarette, pince le bout, remet les brins de tabac dans sa blague, allume la cigarette et comme chaque soir s'en va guetter les bruits, à l'extérieur du mur d'enceinte, près du porche. Il ne peut plus compter sur les chiens pour garder la maison. Les courants sont morts d'obésité et d'ennui, sauf un, Paotr, le vieux griffon, à moitié paralysé du train arrière et sourd comme un pot. Sourd, Corentin ne l'est pas, lui. C'est même à croire que depuis une semaine son ouïe s'est développée. S'il le voulait, il entendrait une fourmi transporter un brin de paille sur son dos.

Il écoute le pic épeiche marteler très loin de la ferme, sur le front de la vallée, juste au-dessus d'un éperon de roche planté comme un nez busqué dans la pente, juste avant qu'elle n'allonge son long menton fuyant vers le ruisseau. Il sait de quel tronc l'oiseau rouge et noir fait sortir les larves.

L'hiver dernier, il a laissé debout un chêne mort sur pied. Les arbres aussi bien que les gens se trompent parfois d'endroit pour pousser. Celui-ci est né dans le sec d'une bordure de landier, a réussi à croître tout tordu et probablement ligneux à l'intérieur, mais quand il est parvenu à l'âge adulte – quel âge ? à peu près vingt ans, comme les gens – et qu'il lui a fallu plus de nourriture, il s'est épuisé à la chercher et a épuisé la terre autour de lui.

L'arbre a fait de moins en moins de feuilles, sa ramure a flétri, ses branches hautes se sont détachées et la mort est descendue tout doucement de la tête vers le pied. La pourriture s'est installée sous l'écorce, son tronc s'est desquamé, le chêne s'est transformé en garde-manger. Corentin l'a laissé debout exprès pour les pics, parce qu'il aime les écouter et qu'il faut laisser sa part à chacun dans la nature si on veut continuer à en faire partie.

Le ciel rougit, les coups de bec cessent. Le pic épeiche a l'habitude de débaucher une heure avant la nuit noire. Le bruit qui remplace le martèlement n'appartient pas à la nature. Une voiture. Deux voitures, rectifie Corentin. Une, assez loin, roule doucement sur la route de Collorec. Son moteur ronronne avec régularité. Celui de la seconde n'arrête pas de changer de régime. Corentin peut suivre son trajet dans les lacets de la montée. Dans cinq minutes elle sera à Kermabeuzen.

Corentin crache son mégot, repasse sous le porche, traverse la cuisine où Naïg essuie maintenant la vaisselle, prend le Darne sous son lit, vérifie que les deux canons sont chargés, ouvre le tiroir de la table de nuit, empoche une poignée de cartouches de plomb numéro 4, revient dans la cuisine et dit à Naïg :

— Enferme-toi à double tour dans ta chambre.

Le visage de Naïg se décompose instantanément. Cette bouille ronde, faite pour le sourire et le rire, n'est plus que crispation, vieillie d'un siècle, d'un coup. S'il y a quelque chose qu'on ne peut pas pardonner à un homme, c'est bien d'enlaidir une femme à ce point, en lui causant du chagrin. Corentin s'en veut, mais ce n'est pas de sa faute, c'est celle des autres, dans la voiture qui vient chercher son gibier. Il pense « les autres » parce qu'il sait que Mathias n'osera pas venir seul. Il prend Naïg sous son aile, lui caresse les cheveux, la pousse doucement vers sa chambre au rez-de-chaussée. La fenêtre est barreaudée et les volets intérieurs et la porte sont en châtaignier épais de trois centimètres.

— Va ma belle, personne ne te touchera.

Il ressort de la cuisine, traverse la cour, franchit le porche et s'accroupit à l'angle du mur, derrière un tas de bois. Les autres penseront s'introduire en catimini dans la maison et le flinguer dans son fauteuil au coin de la cheminée. Il les prendra à revers et les surprendra pendant qu'ils seront occupés à essayer d'ouvrir la porte de la chambre de Naïg.

La lumière du soir nimbe le paysage de son pollen ocre-jaune. Dans cette atmosphère sépia de photo de famille, on respire un air qui incline au sommeil, on sent dans ses jointures une fatigue de fin de moissons, on aspire à se reposer dans des draps frais. Corentin voudrait tant revenir aux jours de tranquillité, quand Mamm et Tad étaient en vie et que tout le monde s'accordait.

La Traction franchit le dos d'âne au bout du chemin.

Une seconde ses phares sont comme deux yeux rouges. Moteur coupé, elle finit sa course en roue libre et s'arrête à une cinquantaine de mètres de la ferme. Les autres sont trois : Mathias le coquelet de bruyère, armé d'un pistolet à canon long ; une espèce de singe nain qui semble avoir les bras plus longs que les jambes, armé d'une Sten ; et un grand maigre en costume rayé et chapeau mou, armé d'un fusil de guerre. Ils referment sans bruit les portières de la Traction et se mettent à marcher à la queue leu leu, courbés sur leur arme comme s'ils montaient à l'assaut d'une casemate.

Comme trois *skeuls* [1] qu'ils sont, se dit Corentin.

Skeuls ? Corentin se rappelle qu'il a oublié Noul. Que l'idiot se balade dans la nature. *Boullc'hurun !* Trop tard.

Trop tard pour aller le chercher !

Après, tout va très vite. Si vite que ça ne servirait à rien de se reprocher le début, le milieu ou la fin une fois que ce qui est fait est fait. Dans les scènes qui vous gâchent définitivement la vie il n'y a ni commencement ni finale, exactement comme quand vous passez la tête en l'air devant le museau du taureau et qu'il vous encorne le gras de la cuisse et vous cisaille l'artère fémorale.

Trop tard pour le regretter.

Corentin entend de nouveau la voiture sur la route de Collorec. Elle roule toujours à petite allure mais se rapproche.

Les trois *skeuls* ne sont plus qu'à une quinzaine de mètres de lui.

Sur leur gauche, à l'endroit exact où il a l'habitude de se tenir et d'accueillir les visiteurs, Noul se dresse

1. Imbéciles, crétins.

soudain sur le talus comme un diable à ressort, pantalon baissé, et se met à rigoler et à baver en agitant ses grelots.

Tarzan ripe de côté sur ses brodequins et lâche une rafale d'un même mouvement. Noul s'écroule.

Corentin épaule et tire. Le singe nain encaisse la décharge en plein coffre, tombe sur son cul, et puis sur le flanc. Raide mort.

Momo pointe son arme. Il mésestime le recul d'un Mauser. Le fusil lui saute des mains et le déséquilibre à l'instant où Corentin lâche son second coup. La balle du Mauser ricoche sur le mur à un bon mètre de lui. Touché à l'épaule par plusieurs plombs à blaireau, Momo tombe à genoux.

Corentin soulève la clé du Darne, les étuis sont éjectés, il plonge sa main dans sa poche…

— Laisse tomber ton fusil !

Le canon long du pistolet le vise à la tête. Mathias tient son arme à deux mains, comme s'il voulait cacher sa figure derrière.

— T'as la tremblote, on dirait, dit Corentin.

— Lâche ton fusil ! hurle Mathias d'une voix aiguë.

Momo s'est relevé. Il penche à gauche, l'épaule basse, sur laquelle il serre sa main droite. Le sang dégouline entre ses doigts.

— Flingue-le ! grogne-t-il à Mathias. C'est ça que t'attendais, non ? Faut finir le travail. Flingue-le, je te dis !

Mais il se doute que Mathias ne tirera pas. Il sait maintenant pourquoi le petit frère a les jetons du grand. Pas le même genre, celui-là ! Une gueule et des épaules carrées, un regard à vous faire ramper sous les pavés. Un roc, un arc de triomphe, la colonne Vendôme ! Un bunker d'autorité, un maréchal des halliers ! Sur les boulevards, entre Clichy et Blanche, Momo n'en aurait pas compté cinq, de zigues de son envergure. Pas des maquereaux ceux-là, ni des braqueurs d'échoppes de la Loterie nationale tenues par des vioques aveugles, non, des vrais darons de familles d'artistes de la cambriole, des maîtres d'œuvre de casses du siècle, des Césars du milieu, des mecs gonflés, devant qui les flics deviennent aphones à force d'essayer de les faire s'allonger.

Gonflé, il l'est, le grand frère. Peinard, il prend deux cartouches dans sa poche et recharge son fusil de chasse.

— Hé ben, qu'est-ce que t'attends ? dit Corentin à Mathias. Tire donc, depuis le temps que ça te démange ! Dépêche-toi, dans dix secondes ce sera trop tard.

Momo et Mathias entendent le bruit de moteur. Qui rugit, accélère dans le chemin. Ils se retournent. Corentin jette son fusil.

— Maintenant, va falloir s'expliquer avec les gendarmes.

Les gendarmes ont repris leurs tournées en rase campagne. Ils sont deux à descendre de la Juvaquatre, un brigadier et un brigadier-chef. Ils reconnaissent Mathias, sont au courant de ses états de service et de ses titres de gloire. Ils saluent ses deux barrettes.

— Mon lieutenant... Vous avez des problèmes ?

Mathias abaisse son arme. La langue lui colle au palais. Dans sa cervelle il y a un grand blanc. Momo s'avance vers les gendarmes et lui sauve la mise.

— Rengaine ton flingue, Mathias, c'est fini. Le lieutenant est choqué, messieurs. Déjà que c'est pas facile de venir arrêter ses propres frère et sœur. Alors, quand en plus vous tombez en plein drame... Le lascar venait de dégommer son autre frère et nous a tiré dessus sans sommation. Vous avez vu ?

Les gendarmes aperçoivent les cadavres et en restent bouche bée.

— Bon Dieu, bredouille le chef, quand on pense que ça ne fait que commencer...

— Mais c'est pas vrai ! proteste Corentin. C'est eux qui ont tiré les premiers !

— Ta gueule, collabo ! crie Mathias.

Il a recouvré ses esprits. En un éclair il a compris tout le génie du scénario ébauché par Momo.

— Embarquez-moi cet assassin, dit-il aux gendarmes. On s'occupe des morts et on vous suit. On se retrouve au bourg.

— Si c'est pas malheureux, dit le brigadier-chef, entre frères.

— Ouais, dit Mathias, un deuxième frangin bon pour le poteau.

— T'as qu'à croire ! dit Corentin en se laissant passer les menottes aux poignets.

La ficelle lui paraît tellement grosse qu'il ne pense pas une seconde que la justice marchera dans la combine. Au moment de monter dans la Juvaquatre, il pense au contraire que les gendarmes lui ont sauvé la vie. Mais les gendarmes, en août 1944, n'avaient pas grand-chose à dire face à un lieutenant FFI.

Il a signé un bail de vingt-cinq ans de réflexion pour regretter sa passivité. Il aura eu vingt-cinq années de prison pour reconstituer ce que les deux clampins ont fabriqué après son départ entre deux gendarmes.

Le Parisien, le plus rusé du duo, tire deux cartouches dans le cadavre de Noul et réduit en bouillie les preuves purement visuelles – il n'y aura pas d'examen médico-légal – qu'il a été descendu d'une rafale de mitraillette.

Ensuite, grâce à l'expérience de Momo quant aux finesses pénales, ils chiadent leur scénario et se mettent d'accord sur les détails. Inutilement, car il n'y aura pas d'enquête. En guise de dossier d'instruction, la cour se contentera du rapport du sieur Mathias Kermanac'h, lieutenant et héros des FFI.

Ensuite, Mathias le faux frère, à travers la porte en châtaignier, berce Naïg de belles paroles et tente d'endormir sa méfiance. Elle a entendu les coups de feu, il lui dit que Corentin est gravement blessé. Désespérée et tremblante, elle ouvre. Ahurie, elle est embarquée, avec les deux cadavres, dans la Onze légère, en route pour le charivari du lendemain. Elle crie :

— Mathias, où tu m'emmènes ? Mathias, où est Corentin ?

Mathias ne répond pas. Ricane, peut-être.

A vingt-cinq ans de distance, Corentin en a encore le cœur soulevé, à dégobiller tripes et boyaux.

Drôle de pardon des Cieux, *boullc'hurun* ! *Fest deiz* des lopettes ! Kermesse des héros d'opérette ! Carnaval patriotique ! Mascarade de la vengeance ! Grand-guignol de la résistance tardive ! Tonte des brebis galeuses !

Les gens ont appris que dans les villes on rase le crâne aux collaboratrices horizontales. Les ruraux, déjà complexés par rapport aux urbains, ne veulent pas être en reste. Eux aussi aspirent à voir les mèches tomber en chapelets sur les épaules, les seins et les pieds des pécheresses. Eux aussi sont gourmands de spectacle capillaire. Eux aussi réclament à cor et à cri les rosses figaros. Seulement voilà, dans le canton il n'y a pas lerche à se mettre sous les ciseaux. Avec les feldgendarmes quadragénaires et les soldats de la Wehrmacht bons pères de famille, aucun cas avéré de coucheries antipatriotiques. Point de femme de prisonnier luxurieuse, point de Messaline bourgeoise, point de prostituée cupide.

Naïg comble ce vide affreux. Livrée par son frère aux merlans, elle cumule les qualités de victime, si bien que l'étendue de ses péchés apaise tous les scrupules : sœur de breizh atao, sœur de fratricide, sœur de héros sali par sa faute, le ventre gros des coups de queue d'un Teuton, ne mérite-t-elle pas mille fois sa punition ?

Sur la place de l'église on dresse un semblant d'estrade. Sur l'estrade, une chaise. Sur la chaise, Naïg, en petite robe d'été. De chaque côté, un matamore embrassardé d'une croix de Lorraine. L'un va couper et tondre, l'autre maniera pour finir le bol à raser, le blaireau et le coupe-chou du barbier. Le visage de Naïg est inondé de larmes. Afin de lui dégager le cou comme l'on fait aux guillotinés, le haut de sa robe est déchiré d'un coup et lui découvre les seins, suscitant une volée de youyous bretons :

— Elle a pas encore vêlé qu'elle va donner du lait !

Alors, cependant que les ciseaux entrent en action, le charivari éclate : rictus, hurrahs, huées.

— A poil ! lance un clampin.

Un peu contrits de n'y avoir pas songé, les bourreaux soulèvent Naïg par les aisselles et achèvent de déchirer sa robe. Dessous, elle ne porte qu'une petite culotte. Elle veut s'asseoir, les inquisiteurs l'en empêchent. En quatre coups de ciseaux sa culotte est coupée et lui glisse entre les jambes. Un figaro ramasse les lambeaux et les jette à la foule. Des hommes se bousculent pour les attraper. Des femmes rient jaune.

Enfin, Naïg est rasée. Le savon à barbe sèche en croûtes sur ses tempes et dans son cou. Les esthéticiens de la Résistance lui dessinent au charbon de bois une croix gammée sur le front.

Un patriote accourt, porteur d'un pot de peinture rouge et d'un pinceau.

— Et son ballon, alors ? Faut baptiser son Fridolin !

Les bourreaux lui disent de monter.

— Eh ben vas-y, goupillonne !

Ils tirent les bras de Naïg en arrière pendant que le peintre lui badigeonne une croix gammée sur le ventre. De la peinture rouge coule dans sa toison. Croit-elle son supplice achevé ? Elle va pour ramasser sa robe. On la rassoit brutalement pour lui ôter ses chaussettes et ses chaussures. Et on la pousse dans le dos, vers un interminable chemin de croix.

Afin que Mathias retrouve son aura de héros du maquis, Naïg doit être souillée, éclaboussée, déshonorée à cœur. C'est lui-même qui a dicté la suite. Plus nue que nue à cause de son gros ventre et de ses croix gammées, Naïg trébuche, nu-pieds, sur les pavés de la place, les graviers du bord du lac, le verre pilé d'une bouteille qu'une mégère casse sous ses pas.

Elle avance, au bord de l'évanouissement, serrée entre les mâchoires d'une tête de serpent qui rit, hurle et siffle, tandis que le corps du reptile humain ondule et grossit dans son dos. On l'entraîne ainsi sur les hauteurs du quartier de la Roche cintrée, route de Berrien dans le hameau de Niver, à Coat Rouzic, à Quennaye, à Rosbraz, partout où habitait une des victimes du massacre de Meil Fao. On l'oblige à s'agenouiller devant les maisons, à en baiser le seuil et à demander pardon, on ne peut plus dénudée par cette posture. Les garçonnets n'en perdent pas une miette.

Les bourreaux finissent par être rassasiés. Ils confient Naïg aux gendarmes, qui l'envoient à la prison de

Quimper d'où, après sa condamnation à l'indignité nationale, elle partira pour Morlaix, chez les sœurs de l'asile d'aliénés, accoucher d'un garçon prématuré.

Il fallait qu'elle soit solide, songe Corentin. N'importe quelle autre fille serait devenue folle à lier. Meurtrie, Naïg a guéri, sauf qu'elle n'a jamais remis les pieds dans les monts d'Arrée. C'est sans doute plus pour la venger, elle, que pour se venger, lui, qu'il a déterré son fusil.

Perdu dans ses pensées de zombi, il a quitté l'escalier de l'appentis, a fendu la foule et se trouve à présent contre une barrière métallique, tout près de la tribune des officiels. Il n'a eu aucun mal à se frayer un chemin parmi l'assistance endimanchée. Les gens se sont écartés de sa canadienne crasseuse comme la rivière s'écarte en deux en se heurtant au rocher.

Comme les bourgeois s'écartent du clochard sur le trottoir à la sortie de la messe. Sa présence fait jaser en sourdine. Des gendarmes entrent en conciliabule. Ils surveillent du coin de l'œil cet individu suspect.

Mathias l'a vu. Corentin lui sourit et hoche la tête, l'air de lui dire : « Oui c'est moi, oui oui oui c'est bien moi. » Du regard, l'ordure cherche une porte de sortie. Ah t'as envie de jouer *rip*[1], mon lascar ! Impossible, petit frère, pas question de rompre le bel ordonnancement de la cérémonie.

Le sous-préfet s'apprête à épingler une médaille sur la poitrine de la femme que Corentin a vue de dos, à l'hôtel des Ajoncs d'or.

— Madame Magdalena Boïkowski, au nom de la République française...

Applaudissements. Décorée, la femme se retourne vers le micro pour dire quelques mots. Elle aperçoit

1. Prendre les jambes à son cou.

Corentin, elle a un imperceptible mouvement du corps vers lui. Imperceptible pour le commun des mortels, pas pour Corentin. Ses lèvres forment le mot :

— Suzanne...

Et il croit que ses lèvres à elle répondent :

— Corentin...

Il grimace et replonge dans le bain d'acide de ses tourments. Pourquoi Suzanne s'est-elle laissé tondre ? Pourquoi a-t-elle obéi à l'ordre du fier-à-bras ? Le fumier n'a pas assisté au calvaire de sa sœur, par charité fraternelle – tout de même ! – ou bien par lâcheté – plutôt ! En tout cas, ses sbires lui ont rapporté que le peuple était content, mais qu'il trouvait à son repas de fauves un goût de trop peu. Aux banquets des noces, et peu importe que celles-ci fussent le mariage forcé de l'innocence au barbare, on repasse toujours les plats deux fois.

Tel un empereur romain drapé de puissance souveraine, Mathias se trémousse sur le siège du maire encore tiède du fessier du commandant allemand. Il fait venir la secrétaire de mairie, lui explique ses souhaits et lui demande de taper à la machine une convocation. Atavisme bureaucratique ou humour noir de la rédactrice ? Le premier courrier officiel signé du super-préfet est un fleuron de style administratif.

Madame Suzanne GUERMEUR,

Domiciliée au bourg de Saint-Herbot,

Est priée d'accompagner sur-le-champ les porteurs de la présente afin de venir à la mairie de Huelgoat se faire couper les cheveux.

Signé :

Mathias KERMANAC'H, lieutenant des Forces françaises de l'intérieur.

Les trois messagers sont dans leurs petits souliers. Suzanne lit et consent, sans un mot de commentaire. Elle dénoue son tablier, passe un paletot léger sur sa robe, glisse un foulard plié dans son décolleté, remplit d'eau fraîche la carafe de Louis Guermeur, remonte les oreillers dans son dos, lui dit : « Je reviens tout de suite », sort et monte dans la Traction. Elle est tellement belle, elle a tellement l'air d'une princesse que l'un des messagers lui tient la portière et que le chauffeur reproche à son camarade :

— T'es con ou quoi ? C'est pas une reine, merde !

— Je sais pas, moi. Et d'abord, qu'est-ce qu'elle a fait, cette femme ?

— T'as qu'à demander à Mathias !

Le lieutenant Mathias est dans sa loge d'empereur. Assis à la terrasse du Menhir, il trempe ses lèvres dans un bock de bière. Le dos de la chaise est tourné vers lui. La foule s'est de nouveau agglutinée sur la place de l'église. Le charivari recommence, mais s'estompe très vite quand la victime monte sur l'estrade, retourne la chaise pour s'asseoir face à Mathias, déplie son foulard, le noue comme une serviette autour de son cou, et attend, dominant hommes, femmes et enfants de toute son altérité.

— T'es sûr de ton coup ? lance un des deux figaros à Mathias.

— Tu veux que je te signe un papier ?

— Ça va, ça va.

Les mèches brunes tombent. La tondeuse tond. Le public demeure silencieux. Le barbier reste en plan avec son bol et son blaireau.

— Ça suffit comme ça, non ? demande-t-il à Mathias.

Un cheval hennit dans les écuries de l'hôtel des Ajoncs d'or. La foule se force à ricaner.

— Ramenez-la chez elle ! ordonne Mathias.

Suzanne se met debout, secoue son foulard, le noue sur sa tête, descend de l'estrade et attend qu'on lui ouvre la portière de la Traction.

La foule rugit de se sentir coupable.

Le deuxième acte des jeux du cirque a foiré.

Mais pas le troisième, *boullc'hurun* ! se fouette Corentin attelé à sa charrue à labourer le grand champ du ressentiment. Il n'aurait pas eu le temps d'écrire ses mémoires en prison dans l'attente de son procès, nom de Dieu ! Ça jugeait à tour de bras et sans effets de manche !

Pour Naïg et Suzanne, qui ont été emprisonnées aussi, comme toutes les tondues, l'affaire a été encore plus vite réglée. Elles n'ont passé que quelques jours à Mesgloaguen, dans l'aile des femmes : indignité nationale, toutes les deux, ont dit les gardiens à Corentin.

Ils n'avaient pas l'air d'en savoir plus long que lui sur les tenants et les aboutissants de cette peine de circonstance inventée par de Gaulle, paraissait-il. Grosso modo, on devinait ce que ça signifiait : indignes d'être françaises. Et tu parles que ça leur faisait une belle jambe !

Naïg était partie finir sa grossesse chez les sœurs à Morlaix. Suzanne était rentrée à Saint-Herbot où son Louis Guermeur était au plus bas, resté sans soins dans sa pisse et dans sa merde en l'absence de son infirmière.

Entre-temps, compte tenu de la gravité de son cas,

comme s'en gargarisaient les justiciers, Corentin est resté au secret. Dans la cellule des condamnés à mort, ils auraient pu aussi bien dire. Au secret ! Il n'avait rien à cacher, lui ! Et le plus drôle c'est que personne ne lui demandait rien.

Il revoit son avocat commis d'office se pointer l'avant-veille du procès, la bouche en cœur. Il lui raconte le soir du 14 août par le menu et ne se prive pas d'ouvrir un tas de parenthèses sur le caractère tordu du Mathias.

« Ecoutez, monsieur Kermanac'h, je ne demande qu'à vous croire, mais ça ne marchera pas. La cour n'accordera aucun crédit à votre version des faits.

— Mais enfin, pourquoi j'aurais tué ce pauvre Noul ? Comment j'aurais pu savoir que les trois autres allaient monter à Kermabeuzen ce soir-là ? Ils sont venus pour me liquider et ils sont tombés sur un bec !

— Sans doute, sans doute, mais croyez-moi, il faut plaider coupable.

— Vous rigolez ?

— Hélas non ! Le meilleur verdict qu'on puisse espérer, c'est la perpétuité. Si je sauve votre tête, je considérerai la cause comme gagnée.

— Merci bien ! Pas d'accord ! Je tiens à m'expliquer avec eux, au procès !

— N'y comptez pas, dans un tel contexte.

— Quoi, qu'est-ce que c'est que ça, le contexte ?

— Ce n'est pas un procès d'assises ordinaire, monsieur Kermanac'h. C'est une cour un peu spéciale. Cela s'appelle aujourd'hui une cour de justice. »

Cour d'injustice ! Au lieu de débats contradictoires, une accusation souveraine. Au lieu de témoins à charge et à décharge, rien que des enfonceurs de clous. Au lieu de neuf jurés tirés au sort parmi la population, un jury composé de quatre résistants.

« Alors, pensez…

— Ma sœur peut témoigner en ma faveur !

— Elle était enfermée dans sa chambre, elle n'a rien vu, monsieur Kermanac'h, c'est dans sa déposition. Et elle est enceinte d'un soldat allemand. Et votre frère Mathias est un héros de la Résistance. Et vous avez… enfin, vous êtes accusé d'avoir tué le survivant d'un massacre, et blessé un autre héros, réfugié en Bretagne pour échapper à la Gestapo.

— Ils voulaient me descendre !

— Ils prétendent le contraire. Ils affirment que vous vouliez vous approprier la ferme, votre sœur et vous.

— Ça ne tient pas debout !

— Votre frère Mathias a fait valoir certains arguments. Vous régniez en maître sur la fratrie, vous considériez les terres comme les vôtres, vous vous êtes livré au marché noir.

— Marché noir ? J'ai vendu quelques cochons aux Allemands.

— Vous ne vous êtes pas opposé à l'engagement de votre frère Blaise dans la milice bretonne.

— Ils l'ont liquidé sans procès !

— Convaincre un jury de maquisards de votre innocence me paraît une tâche impossible. D'autant qu'il me faudrait pour cela accuser du meurtre de votre jeune frère et de tentative d'assassinat sur votre personne des figures locales de la Résistance. Laissez-moi faire, monsieur Kermanac'h, promettez-moi de ne rien dire et nous sauverons peut-être votre tête.

— Je ne vous promets rien.

— Il le faut, monsieur Kermanac'h. Tant de charges pèsent sur vos épaules… Alors, taisez-vous à l'audience, je vous en supplie. Une insulte ou un mot de travers et votre compte est bon ! »

Vu l'ambiance de cour martiale qui régnait au tribunal, Corentin décide de se taire. Les deux autres blaireaux déblatèrent leur scénario, logique d'un bout à l'autre, recta. L'avocat général boit du petit-lait. Dans son réquisitoire, il n'a qu'à répéter leur histoire, comme un perroquet, et conclure en réclamant la peine capitale. L'avocat tout court était assez malin, en définitive, se souvient Corentin comme si c'était hier.

L'avocat plaide la méprise. En s'arc-boutant à demi-mot sur des rumeurs qui commencent à ternir le paysage de l'épuration – la mise à sac de fermes par des faux résistants, des viols, des vols –, il décrit la scène de l'erreur criminelle avec de belles envolées d'emphase agreste et de sombre poésie.

Le crépuscule, Kermabeuzen isolée sur une crête des hautes terres, la solitude de Corentin et de sa sœur bien-aimée, un bruit de moteur, une voiture monte de la vallée, Corentin ne doute pas que ce sont des voyous en maraude, il s'arme de ce fusil qu'il n'a pas rendu aux Allemands, au péril de sa liberté. Il enferme sa sœur dans sa chambre.

Il sort, la nuit tombe, et ah malheur, il a oublié ce frère à demi fou qui se plaît à hanter la lande à la nuit tombée. Au moment où la voiture stoppe, menaçante, à cinquante pas de la ferme et où trois ombres en descendent, Noël se dresse devant lui. Il tire par réflexe. Les trois héros de la Résistance, se croyant visés, répliquent. Dans la seconde qui suit, ô tragique méprise, Corentin tue l'un d'entre eux, blesse un second et découvre horrifié que la première silhouette sur laquelle il a tiré est celle de son frère Noël, qu'il protège de tous ses soins depuis sa naissance.

« Messieurs les jurés, déjà condamné au remords jusqu'à la fin de ses jours, Corentin Kermanac'h, ce paysan exemplaire qui, par son travail acharné, a fait de terres ingrates une ferme modèle où, hélas, et à son grand désespoir, une fratrie s'est déchirée, ne mérite pas la mort, non plus que l'absolution : il mérite seulement des circonstances atténuantes. »

Un quart d'heure plus tard la cour de justice rendait son verdict : perpétuité, et la peine automatiquement accessoire d'indignité nationale.

Corentin vit Mathias tirer une gueule longue comme ça et le Momo lui glisser quelques mots à l'oreille, qui eurent l'air de le réconforter.

Avant qu'on ne l'embarque dans le panier à salade, l'avocat vint serrer la main de Corentin. Celui-ci le remercia sincèrement.

— Vous aviez raison.

— Tout le mérite de ce succès ne me revient pas, monsieur Kermanac'h. Il semble que d'autres éléments ont joué en notre faveur. Votre qualité d'agriculteur, à coup sûr. Inconsciemment, les jurés ont peut-être voulu, à travers vous, épargner le monde rural. De plus, la présence de la presse nationale a sans doute inhibé la cour qui, depuis le début de la semaine, a expédié quatre bougres au poteau. Un cinquième à la guillotine, cela risquait de ressembler à de l'acharnement, ou à un manque de discernement, ou de fantaisie dans le jugement, si l'on peut dire. Enfin, quoi qu'il en soit, vous êtes en vie, c'est le principal. Dans quelques années, de l'eau ayant coulé sous les ponts, vous bénéficierez d'une remise de peine. Je reste à votre disposition.

N'hésitez pas à faire appel à moi, en cas de besoin. Dans l'immédiat, si je peux vous rendre un service...

— Kermabeuzen, dit Corentin, il faut s'en occuper. Il faut que la ferme revienne à ma sœur.

— A votre sœur ? Mais tout comme vous elle a été condamnée à l'indignité nationale.

— C'est quoi, ça ? Du pipeau, non ?

— Pas du tout ! C'est une peine très grave de conséquences. Privation des droits civiques, suppression du port des décorations, perte des droits à pension et confiscation des biens. Con-fis-ca-tion des biens, Kermanac'h ! Votre part et celle de votre sœur dans la ferme échoient aux Domaines.

— Aux Domaines ?

— A l'Etat, si vous préférez.

— Mais qu'est-ce que l'Etat a à faire d'une ferme ?

— Rien. L'administration des Domaines cédera vos parts à votre frère Mathias pour une somme symbolique. En récompense de ses mérites de résistant, et parce que ça arrangera tout le monde.

— Il a donc fini par avoir ce qu'il voulait, murmura Corentin.

— Pardon ?

— La ferme et les terres vont être à lui, alors ?

— Cela ne fait aucun doute. Allons, bon courage, Kermanac'h !

Sur le coup Corentin s'était dit qu'il aurait préféré la guillotine. L'ordure avait gagné. Il était l'*Aotrou*, le maître, le seigneur de Kermabeuzen.

Il ne l'était pas resté bien longtemps. Naïg, de loin, avait suivi les événements et les lui avait rapportés dans ses lettres. Sûrement poussé par le Momo qui réclamait sa part – chacun son tour ! –, autrement dit ses deniers de Judas pour faux témoignage, Mathias avait vendu la ferme et récolté tous les livrets des morts et des dégradés de la nation à la Caisse Mutuelle. Monsieur était monté à Paris avec le Parigot ouvrir un hôtel. Le drôle d'asticot lui avait bouffé sa *kign* en vitesse – lui avait même enlevé la peau sur les os – et le fumier était revenu au pays la queue entre les jambes, obligé de repartir à zéro. Preuve qu'il y avait tout de même un bon Dieu ou que sa cervelle de *skeul* ne pesait pas plus lourd qu'une poignée de plumes, il n'avait pas cessé de retomber à zéro depuis, en se trompant sur les vaches laitières, le veau aux hormones, le bœuf d'embouche, le porc industriel, le poulet d'exportation et la pondeuse en batterie, pour arriver à cinquante ans en dessous de zéro, dans les dettes jusqu'au cou, ficelé par la coopérative, hypothéqué par le Crédit Agricole, plus pauvre qu'un clochard qui est au moins propriétaire de la besace qu'il trimballe et ne doit rien à personne.

Voilà, *echu toud*[1], Corentin a remis à l'heure les pendules de sa mémoire, il ne lui reste plus qu'à tirer l'ultime coup de fusil. A quoi bon ? Il n'en a plus envie. Il va pour empoigner son sac à ses pieds, une main lui saisit le poignet.

— Bouge pas !

Que se passe-t-il ? Que s'est-il passé ? Pendant qu'il broyait dans sa tête les épines noires du passé, deux gendarmes l'ont encadré. Sur l'estrade tout le monde le regarde. Mathias parle avec le maire, ils hochent la tête tous les deux. A droite du podium, le chef de clique des biffins lève sa baguette et retentissent les premières mesures de l'hymne national.

1. Tout est fini.

Allons enfants de la patrie...

Sur l'estrade on chante, et Corentin chante aussi.

Abreuve nos sillons...

— Pom-pom-pom, conclut Corentin.

— Suis-nous et pas de scandale, dit un des gendarmes.

— Qu'est-ce qu'il y a dans ton sac ? demande l'autre.

Des anciens chuchotent :

— Mais oui, c'est bien lui, Corentin Kermanac'h, l'assassin de Kermabeuzen, ça alors, il est sorti de prison.

— Non, je me suis évadé, rigole Corentin.

La femme qui ressemble à Suzanne accourt vers lui, avec sa médaille de la Légion d'honneur accrochée sur sa poitrine. Elle pose ses mains sur ses épaules, des mains légères comme deux papillons parfumés.

— Corentin ! murmure-t-elle.

— Suzanne ?

Bien sûr que c'est elle, plus belle encore qu'à vingt ans. Ses yeux, sa bouche, son corps même ne sont que sourire, sa joie cascade et étincelle comme un ruisseau d'eau pure sous les jonquilles.

— Viens, lui dit-elle.

Et aux gendarmes :

— Laissez-le, je m'occupe de lui.

Il ramasse son sac et elle passe son bras sous le sien. Elle l'emmène à l'écart de la foule, sous la haute futaie. Ils descendent par un sentier en pente qui lui rappelle le sentier à travers la hêtraie de Saint-Herbot et ils trouvent une pierre où s'asseoir au bord du canal de la mine. Elle prend ses mains entre les siennes.

— Mon Corentin ! Tu ne m'embrasses pas ?

— Tu es tellement belle !

Elle part d'un petit rire léger, tendre, gentil, amoureux. A Ty Stang, jamais elle ne riait comme cela.

— Mais toi aussi tu es beau ! Toujours fort, toujours droit ! Qui croirait que tu as passé vingt-cinq ans en prison ?

Elle pose ses lèvres sur les siennes. Elles sont fraîches comme l'eau d'une source qui a frayé son chemin à travers une montagne de granit.

— Alors, c'est toi, c'est bien toi, Maglade... Malgane...

— Magdalena Boïkowski.

— Mais Suzanne Guermeur ?

— C'était le nom sous lequel se cachait une Juive, Corentin. Ça ne te fait rien que je sois juive ?

— Je ne sais même pas ce que c'est, un Juif. En Bretagne on n'a jamais fait la différence entre les Juifs et les chrétiens.

— Toi, non, mais d'autres si.

— Et Louis Guermeur ?

— Louis Guermeur n'était pas mon mari. Ne dis plus rien, laisse-moi te raconter.

Pour la première fois depuis vingt-cinq ans, Corentin entend, Corentin est capable d'écouter une voix sans que viennent la parasiter les huées de la Libération, les mensonges du procès et les cris des harpies de la vengeance.

Magdalena Boïkowski le transporte dans un lointain pays de l'Est après l'annexion de la Tchécoslovaquie. Elle lui raconte les pogroms de Hongrie et de Roumanie, l'assassinat de ses parents par les nazis, l'organisation de sa fuite en France, son arrivée à Paris et la décision prise par ses protecteurs de l'éloigner de la capitale. Par l'intermédiaire d'un réseau auquel appartiennent les Jacob de Carhaix, elle est placée à l'hôtel d'Angleterre, au fin fond de la Bretagne, où elle sera en sécurité. Mais quand les Allemands arrivent, sur le conseil des Jacob, qui font de même à Carhaix, elle va voir l'abbé Castric pour qu'il la baptise. Elle ne le connaît pas, elle croit avoir affaire à un curé ordinaire, elle ignore qu'il milite dans un mouvement breton pro-nazi. Elle se jette dans la gueule du loup.

— « Ainsi, m'a-t-il dit, tu es juive ? Une Juive à Huelgoat ? Peut-être est-ce le Ciel qui t'envoie, resplendissante de jeunesse et de beauté... Magdalena, Madeleine... Voudrais-tu racheter le déicide perpétré par ton peuple ? » Je ne comprenais pas. Alors il m'a dit : « J'ai à Saint-Herbot un cousin infirme, un héros de la Grande Guerre. Outre qu'il respire mal, il lui manque une jambe et un jour on risque de l'amputer de la deuxième. Il a besoin que quelqu'un s'occupe de lui. Il faudra le laver, le changer, essuyer ses sanies. Si tu le veux, tu seras celle-là, Madeleine, et je te prendrai sous ma protection. » Pouvais-je refuser ? J'ai accepté et il m'a donné tous les faux papiers nécessaires, certificat de baptême et de mariage, carte d'identité au nom de madame Suzanne Guermeur. C'était un homme étrange. Quand nous sommes devenus amants, sais-tu ce qu'il m'a demandé ? « Cette liaison, est-ce seulement de la luxure ou éprouves-tu un amour sincère pour cet homme ? » J'ai répondu que je t'aimais et qu'on comptait se marier après la guerre. « Alors, m'a-t-il dit, tu as une chance inouïe. Peu importe à mes yeux qu'il se prétende mécréant, Corentin Kermanac'h est le meilleur homme de la paroisse. Il est franc et droit. Il est habité par l'amour de la terre et il faudra que tu partages cet amour-là avec lui. »

— Tu l'aurais fait ?

— Je suis toujours disposée à le faire, Corentin.

— La dernière fois, au parloir, je t'ai demandé pourquoi tu les avais laissés te tondre. Je ne comprenais pas et maintenant je comprends encore moins.

— J'étais une étrangère au pays et la femme d'un pétainiste. Je servais les Allemands au café. J'étais ta maîtresse et tu étais en prison. Qui aurait cru mon histoire ? Je les ai laissés me tondre pour éviter bien pire. Ton frère faisait la pluie et le beau temps, c'était une façon de le satisfaire à moindre mal.

— Comment ça, le satisfaire ?

— Il voulait m'avoir.

— Il te l'a dit ?

— Oui, après avoir tué l'abbé Castric.

— Et il n'a pas essayé de...

— Non. Alors, comme il ne pouvait pas rester sur sa faim, il m'a eue en me faisant tondre. Tu comprends cela, n'est-ce pas ?

Corentin hausse les épaules.

— J'ai continué de soigner Louis Guermeur jusqu'à sa mort, en février 1945, et là, en allant à la mairie déclarer son décès, j'ai dit que je n'étais pas sa femme, que je m'appelais Magdalena Boïkowski et que j'étais une réfugiée juive. Les mots leur ont manqué pour s'excuser. Je me suis dit que c'était peut-être aussi pour ça que je m'étais laissé tondre, pour qu'ils le regrettent un jour et qu'ils aient une dette envers moi.

— Mathias aussi s'est excusé ?

— Non, pas lui, il était à Paris. Et vingt-cinq ans plus tard un Compagnon de la Libération, qui se faisait appeler Gradlon dans la Résistance, s'est souvenu de cela. Il a dû penser que la Légion d'honneur, à l'occasion du vingt-cinquième anniversaire de la Libération, effacerait ma honte et la leur...

— Où tu étais ? Comment ils t'ont retrouvée ?

— Oh, très simplement, par l'intermédiaire de l'ambassade d'Israël à Paris.

— Pourquoi l'ambassade d'Israël ?

— Attends un peu. Dès qu'ils m'ont contactée, j'ai accepté, dans l'espoir de te voir à la prison de Quimper. Et puis j'ai appris avant-hier que tu avais été libéré. Demain, je comptais me rendre chez ta sœur, et je te trouve ici. Qu'y a-t-il dans ton sac, Corentin ?

— Un fusil.

— Il n'y a plus personne à tuer, Corentin.

— Je viens de m'en apercevoir.

— On ne tire pas sur les spectres. Tu as vu Mathias ? Il n'est plus que l'ombre de lui-même. Il a six ans de moins que toi et on dirait qu'il en a vingt de plus. Il te demande pardon, il vient de me le dire.

— Donner son pardon n'est pas bien difficile, c'est oublier qui est impossible. Je ne pourrai jamais.

— Personne ne t'oblige à oublier. Il ne faut rien oublier. Je ne t'ai pas oublié, Corentin.

— Oh, tu as bien dû refaire ta vie.

— Oui et non. Oui, ma vie a changé. Peu de temps après que tu m'as dit de ne plus chercher à te voir, de ne plus t'écrire, je suis partie en Israël contribuer à bâtir une patrie au peuple juif. J'y suis depuis. C'est l'ambassade de France qui m'a payé le voyage, pour recevoir cette décoration.

— Et qu'est-ce qu'il y a derrière le non ?

— Non, je n'ai pas refait ma vie au sens où tu me le demandais. Je ne te cacherai pas qu'en vingt-cinq ans j'ai eu deux ou trois compagnons. Des camarades, pas des amoureux, ni des maris. Cette place-là était déjà occupée par toi.

— Tu repars quand ?

— Après-demain. Je ne voudrais pas que tu restes seul en Bretagne, Corentin.

— Reste avec moi.

— Ma place est là-bas.

— Là-bas, ça barde avec les Palestiniens, non ?

— Je m'arrange bien avec eux.

— Qu'est-ce que je ferais dans ton pays ?

— On a besoin de bras.

— Les miens ont perdu l'habitude de travailler.

— Tu travailleras avec ton cœur. La terre est partout la même, elle est généreuse avec les gens qui l'aiment.

— Je n'y connais rien à la culture des oranges.

Elle le force à se lever et à passer ses bras autour de sa taille. Elle presse son corps contre le sien, rejette la tête en arrière et le regarde droit dans les yeux pour lui dire :

— Les mariées portent des couronnes de fleurs d'oranger, Corentin.

Il sourit et lui caresse les cheveux.

— Ils sont presque plus noirs que dans le temps.

Elle éclate de rire.

— Ne t'y fie pas ! Je les teins pour cacher mes cheveux blancs.

— Ça ne fait rien, ils sont tellement beaux.

Elle le prend par la main et l'entraîne au bas de la pente, vers la rivière d'Argent.

— Viens, dit-elle, je voudrais revoir le chaos.

Il pense que tout au long de ces vingt-cinq années elle l'a tenu par la main.

Ils se faufilent sous le tunnel de deux rochers adossés épaule contre épaule au-dessus du vide et Corentin est frappé de cette vérité : tout comme ces roches gigantesques reposent en paix l'une contre l'autre depuis des millions d'années, Magdalena et lui ont cessé de rouler. Personne ne pourra plus les soulever ni les séparer.

Sur le ton d'une déclaration d'amour et de sa voix de jeune homme qui descendait de Kermabeuzen à travers la hêtraie, il dit :

— J'ai envie de voir des fleurs d'oranger dans tes cheveux.

Ils jettent le fusil et les cartouches dans les ténèbres de la grotte du Diable.

Ils ont vaincu le chaos.

Bibliographie

CAPDEVILLA (Luc), *Les Bretons au lendemain de l'Occupation, imaginaire et comportement d'une sortie de guerre 1944-1945*, Presses Universitaires de Rennes, 1999

HAMON (Kristian), *Les Nationalistes bretons sous l'Occupation*, An Here, 2001

CADIOU (Georges), *L'Hermine et la Croix gammée*, Mango Document, 2001

DU MÊME AUTEUR

Aux Presses de la Cité

Que ma terre demeure, 2001, prix Bretagne 2002.
L'Adieu au Connemara, 2003.

Chez d'autres éditeurs

La Mariée rouge, Jean Goujon, 1979 ; NEO, 1983 ; Euredif, 1985 ; Picollec, 1986 ; Livre de Poche, 1989 ; Editions de la Chapelle, diffusion Ouest-France, 2002.
La Chasse au merle, Jean Goujon, 1979 ; Gallimard, 1984 ; Editions de la Chapelle, diffusion Edilarge/Editions Ouest-France, 2002.
Pleure pas sur ton biniou, Jean Goujon, 1980 sous le titre *La Petite Fille et le Pêcheur* ; Gallimard, 1985 ; Editions de la Chapelle, diffusion Edilarge/Editions Ouest-France, 2002.
Quai de la Fosse, Fleuve Noir, 1981 et 1991 ; Editions de la Chapelle, diffusion Edilarge/Editions Ouest-France, 2002 ; prix du Suspense 1982.
Marée basse, Fleuve Noir, 1983 et 1991 ; Editions de la Chapelle, diffusion Edilarge/Editions Ouest-France, 2004.
Toilette des morts, Fleuve Noir, 1983 et 1992, *épuisé*.
Le Crime du syndicat, Denoël, 1984 ; Editions de la Chapelle, diffusion Edilarge/Editions Ouest-France, 2003.
Histoire d'ombres, Denoël, 1986 ; Livre de Poche, 1990 ; Editions de la Chapelle, diffusion Edilarge/Editions Ouest-France, 2004.
L'Adieu aux îles, Mazarine, 1986, et Folio Gallimard n° 3151, 1999 ; prix des Bretons de Paris 1986.
Les Chiens du Sud, Denoël, 1987 ; Editions de la Chapelle, diffusion Edilarge/Editions Ouest-France, 2003.
Coup de chaleur, Fleuve Noir, 1987 ; Editions de la Chapelle, diffusion Edilarge/Editions Ouest-France, 2004.

Le Fils du facteur américain, Payot, 1988, *épuisé.*
Connemara Queen, Denoël, 1990; Folio Gallimard n° 2483, 1993; Folio Policier n° 51, 1999.
Hôpital souterrain, Denoël, 1990 ; Folio Gallimard n° 2424, 1992; Folio Policier n° 137, 2000; grand prix de Littérature policière 1990.
Flora des embruns, Denoël, 1991; Editions de la Chapelle, diffusion Edilarge/Editions Ouest-France, 2003.
Les Douze Chambres de M. Hannibal; Stock, 1992, *épuisé.*
Ouragan sur les grèbes, Denoël, 1993.
Les Endetteurs, Stock, 1994, *épuisé.*
Le Fossé, Denoël, 1995; Editions de la Chapelle, diffusion Edilarge/Editions Ouest-France, 2003.
Toutes les couleurs du noir, Denoël, 1995, volume regroupant 4 titres épuisés.
L'Allumeuse d'étoiles, Denoël, 1996; Folio Gallimard n° 3029, 1998; prix Populiste 1996.
La Tentation du banquier, Denoël, 1998.
Merci de fermer la porte, nouvelles, Denoël, 1999; Folio Gallimard n° 3560, 2001.
Chroniques d'hier et d'aujourd'hui, Editions Ouest-France, 2004.

Jeunesse

Le Monstre du lac noir, Syros, 1987.
La Croix du Sud, Syros, 1988, *épuisé.*
Le Cahier noir, Gallimard Jeunesse, 1992, prix des Ecrivains de l'Ouest 1992.
L'Oisif surmené, Seuil, 1995.
Stang Fall, nouvelles, *in* Pages Noires, collectif, Gallimard Jeunesse, 1995.
L'Or blanc du Loch Ness, Gallimard Jeunesse, 1998.
Singes d'hommes, Nathan, 1999.
Mamie mémoire, Gallimard Jeunesse, 1999, prix Chronos 2000, prix des Incorruptibles 2001.
Combien je vous doigt?, Nathan, 2000.
La Route de la liberté, Gallimard Jeunesse, Folio Junior, 2003.

Littérature de voyage

Journal d'Irlande 1977-1983, Calligrammes, 1984, prix des Ecrivains bretons, *épuisé.*
Journal d'Irlande 1977-1983/1984-1989, Editions Ouest-France, 1990 et 2002 au format de poche.
Irlande, album, texte illustré de photographies de Bruno Ravalard, Editions Ouest-France, 1992, *épuisé.*
Chroniques irlandaises 1990-1995, Editions Ouest-France, 1995 et 2002 au format de poche.
Petite Prose trans(e)irlandaise, texte accompagnant des photographies de Georges Dussaud, Apogée, 1995.
Le Bois bleu, texte accompagnant des aquarelles de Bernard Louviot, Editions Ouest-France, 1996.
La Cocaïne des tourbières, Editions Ouest-France, 2000 et 2002 au format de poche.

L'Eternel irlandais, texte accompagnant des photographies de Nutan, Editions du Chêne, 2003.

TRADUCTION

L'Assassin, de Liam O'Flaherty, Joëlle Losfeld, 1994 ; Rivages/Noir n° 247, 1996.

Les Robinsons du Connemara, de Guy St John Williams, Editions Ouest-France, collection « Latitude Ouest », 2002.

PRODUCTION JEANNINE BALLAND

Romans « Terres de France »

Jean Anglade
Un parrain de cendre
Le Jardin de Mercure
Y a pas d'bon Dieu
La Soupe à la fourchette
Un lit d'aubépine
La Maîtresse au piquet
Le Saintier
Le Grillon vert
La Fille aux orages
Un souper de neige
Les Puysatiers
Dans le secret des roseaux
La Rose et le Lilas
Avec le temps…
L'Ecureuil des vignes
Sylvie Anne
Mélie de Sept-Vents
Le Secret des chênes
La Couze
Ciel d'orage sur Donzenac
La Maîtresse du corroyeur
Un horloger bien tranquille
Jean-Jacques Antier
Autant en apporte la mer
Marie-Paul Armand
La Poussière des corons
Le Vent de la haine
Le Pain rouge
La Courée
tome I *La Courée*
tome II *Louise*
tome III *Benoît*
La Maîtresse d'école
La Cense aux alouettes
Nouvelles du Nord
L'Enfance perdue
Un bouquet de dentelle
Au bonheur du matin
Le Cri du héron
Victor Bastien
Retour au Letsing
Henriette Bernier
L'Enfant de l'autre
L'Or blanc de la Meuse
Françoise Bourdon
La Forge au Loup
La Cour aux paons
Le Bois de lune
Le Maître ardoisier
Les Tisserands de la licorne
Patrick Breuzé
Le Silence des glaces
Nathalie de Broc
Le Patriarche du Bélon
Annie Bruel
La Colline des contrebandiers
Le Mas des oliviers
Les Géants de pierre
Marie-Marseille
Jean du Casteloun
Les Amants de Malpasset
Michel Caffier
Le Hameau des mirabelliers
La Péniche Saint-Nicolas
Les Enfants du Flot
La Berline du roi Stanislas
Jean-Pierre Chabrol
La Banquise
Alice Collignon
Un parfum de cuir
Didier Cornaille
Les Labours d'hiver
Les Terres abandonnées
La Croix de Fourche
Etrangers à la terre
L'Héritage de Ludovic Grollier
L'Alambic
Georges Coulonges
Les Terres gelées
La Fête des écoles
La Madelon de l'an 40
L'Enfant sous les étoiles
Les Flammes de la Liberté
Ma communale avait raison
Les blés deviennent paille
L'Eté du grand bonheur
Des amants de porcelaine
Le Pays des tomates plates
La Terre et le Moulin

Les Sabots de Paris
Les Sabots d'Angèle
La Liberté sur la montagne
Yves Courrière
Les Aubarède
Anne Courtillé
Les Dames de Clermont
Florine
Dieu le veult
Les Messieurs de Clermont
L'Arbre des dames
Le Secret du chat-huant
Paul Couturiau
En passant par la Lorraine
Annie Degroote
La Kermesse du diable
Le Cœur en Flandre
L'Oubliée de Salperwick
Les Filles du Houtland
Le Moulin de la Dérobade
Les Silences du maître drapier
Le Colporteur d'étoiles
La Splendeur des Vaneyck
Alain Dubos
Les Seigneurs de la haute lande
La Palombe noire
La Sève et la Cendre
Le Secret du docteur Lescat
Marie-Bernadette Dupuy
L'Orpheline du bois des Loups
Les Enfants du Pas du Loup
Elise Fischer
Trois Reines pour une couronne
Les Alliances de cristal
Mystérieuse Manon
Le Soleil des mineurs de la nuit
Laurence Fritsch
La Faïencière de Saint-Jean
Alain Gandy
Adieu capitaine
Un sombre été à Chaluzac
L'Enigme de Ravejouls
Les Frères Delgayroux
Les Corneilles de Toulonjac
L'Affaire Combes
Les Polonaises de Cransac
Le Nœud d'anguilles
L'Agence Combes et Cie
Suicide sans préméditation
Gérard Georges
La Promesse d'un jour d'été
Les Bœufs de la Saint-Jean
Michel Hérubel
La Maison Gelder
La Falaise bleue
Tempête sur Ouessant
Le Démon des brumes
Denis Humbert
La Malvialle
Un si joli village
La Rouvraie
La Dent du loup
L'Arbre à poules
Les Demi-Frères
La Dernière Vague
Yves Jacob
Marie sans terre
Les Anges maudits de Tourlaville
Hervé Jaouen
Que ma terre demeure
Jean-Pierre Leclerc
Les Années de pierre
La Rouge Batelière
L'Eau et les Jours
Les Sentinelles du printemps
Hélène Legrais
Le Destin des jumeaux Fabrègues
La Transbordeuse d'oranges
Louis-Jacques Liandier
Les Gens de Bois-sur-Lyre
Les Racines de l'espérance
Jean-Paul Malaval
Le Domaine de Rocheveyre
Les Vignerons de Chantegrêle
Jours de colère à Malpertuis
Quai des Chartrons
Les Compagnons de Maletaverne
Le Carnaval des loups
Les Césarines
Grand-Mère Antonia
Dominique Marny
A l'ombre des amandiers
La Rose des Vents
Et tout me parle de vous
Pascal Martin
Le Trésor du Magounia
Louis Muron
Le Chant des canuts
Henry Noullet
La Falourde

La Destalounade
Bonencontre
Le Destin de Bérengère Fayol
Le Mensonge d'Adeline
L'Evadé de Salvetat
Les Sortilèges d'Agnès d'Ayrac
Michel Peyramaure
Un château rose en Corrèze
Les Grandes Falaises
Frédéric Pons
Les Troupeaux du diable
Les Soleils de l'Adour
Jean Siccardi
Le Bois des Malines
Les Roses rouges de décembre
Le Bâtisseur de chapelles
Le Moulin de Siagne
Un parfum de rose
Jean-Michel Thibaux
La Bastide blanche
Le Secret de Magali
La Fille de la garrigue
La Colère du mistral
L'Homme qui habillait les mariées
La Gasparine
L'Or des collines
Le Chanteur de sérénades
Jean-Max Tixier
Le Crime des Hautes Terres
La Fiancée du santonnier
Le Maître des roseaux
Brigitte Varel
Un village pourtant si tranquille
Les Yeux de Manon
Emma
L'Enfant traqué
Le Chemin de Jean
L'Enfant du Trièves
Le Déshonneur d'un père
Colette Vlérick
La Fille du goémonier
Le Brodeur de Pont-l'Abbé
La Marée du soir
Le Blé noir

Récits « Terres de France »

Albine Novarino
George Sand ou l'amour du Berry

Collection « Sud Lointain »

Jean-Jacques Antier
Le Rendez-vous de Marie-Galante
Marie-Galante, La Liberté ou la Mort
La Dame du Grand-Mât
Erwan Bergot
Les Marches vers la gloire
Sud lointain
tome I *Le Courrier de Saïgon*
tome II *La Rivière des parfums*
tome III *Le Maître de Bao-Tan*
Rendez-vous à Vera-Cruz
Mourir au Laos
Jean Bertolino
Chaman
Fura-Tena
Anne Courtillé
Le Mosaïste de Constantinople
Paul Couturiau
Le Paravent de soie rouge
Le Paravent déchiré
L'Inconnue de Saigon
Alain Dubos
Acadie, terre promise
Retour en Acadie
Hubert Huertas
L'Orque de Magellan
Hervé Jaouen
L'Adieu au Connemara

Eric Le Nabour
Orages sur Calcutta
Sonia Marmen
La Vallée des larmes
Dominique Marny
Du côté de Pondichéry
Les Nuits du Caire
Cap Malabata
Juliette Morillot
Les Orchidées rouges de Shanghai
Michel Peyramaure
Le Pays du Bel Espoir
Bernard Simonay
Les Tigres de Tasmanie
La Dame d'Australie
Jean-Michel Thibaux
La Fille de Panamá
Tempête sur Panamá
La Pyramide perdue

Romans

Alain Gandy
Quand la Légion écrivait sa légende
Hubert Huertas
Nous jouerons quand même ensemble
La Passagère de la «Struma»
Denis Humbert
Un été d'illusions
Michel Peyramaure
Les Tambours sauvages
Pacifique Sud
Louisiana
Le Roman de Catherine de Médicis
Jean-Michel Thibaux
Le Roman de Cléopâtre

Impression réalisée par

BUSSIÈRE

GROUPE CPI

à Saint-Amand-Montrond (Cher)
en mars 2005
pour les Presses de la Cité
12, avenue d'Italie
75013 Paris

Mise en pages : Bussière